Knaur.

Knaur.

Über die Autorin:

Christina Wahldén, 1965 geboren, arbeitet als Kriminalreporterin für die schwedische Tageszeitung *Svenska Dagbladet*. Sie hat bereits mehrere Bücher veröffentlicht. *Verschleppt* ist ihr Debüt im Kriminalroman. In Schweden ist bereits ihr zweiter Roman mit dem Ermittlerduo Hedvig Ek und Rafael Flores erschienen.

Christina Wahldén

Verschleppt

Kriminalroman

Aus dem Schwedischen von
Marie-Sophie Kasten

Knaur Taschenbuch Verlag

Die schwedische Originalausgabe erschien 2004
unter dem Titel »Till salu« bei Bokförlaget Prisma, Stockholm

Deutsche Erstausgabe September 2006

Redaktion: Viola Eigenberz
Umschlaggestaltung: ZERO Werbeagentur, München
Umschlagabbildung: Getty Images
Satz: Adobe InDesign im Verlag
Druck und Bindung: Clausen & Bosse, Leck
Printed in Germany
ISBN-13: 978-3-426-63250-5
ISBN-10: 3-426-63250-0

2 4 5 3 1

»Polizisten sind das Beste, was ich kenne.
Nach Rhabarbercreme.«
Pippi Langstrumpf

Vorwort

Alle Ereignisse und Personen, die in diesem Buch vorkommen, sind frei erfunden. Auch die Stadt, in der sich der Roman abspielt, ist fiktiv. Aus dramaturgischen Gründen habe ich die tatsächlich existierende Regierungsstadt und die kleineren Ortschaften entlang der Grenze im Norden zu einer einzigen Stadt zusammengefasst.

Ansonsten trägt die Geschichte reale Züge. Einzelne Umstände habe ich verschiedenen großen Zuhältereiprozessen entnommen, die 2003 aktuell waren. Das hier Erzählte hätte passieren können.

Die Fakten sehen wie folgt aus: 2002 sowie beinahe im gesamten Jahr 2003 hat die Polizei im Bezirk Norrbotten keine einzige Untersuchung wegen Zuhälterei oder Menschenhandel zum Zwecke der Prostitution eingeleitet. Die lokale Polizeidirektion findet an dieser Tatsache eigentlich nichts auszusetzen, da sie der Meinung ist, Prostitution stelle kein entscheidendes Problem dar, und es erfordere allzu große Ressourcen, umfassendere Fahndungen zu betreiben. Darüber habe ich als Kriminalreporterin eine Anzahl Artikel veröffentlicht.

Der Polizeibeamte, dessen Aufgabe es war, den Sexhandel in Norrbotten zu erfassen, wurde versetzt. Die lokale Polizeidirektion kritisierte seine umfangreiche Grundlagenuntersuchung und behauptete, die Angaben seien übertrieben. Deshalb führte die Reichskriminalpolizei im

Frühsommer 2003 eine eigene Ermittlung durch. Die zuständigen Beamten der Reichskripo zogen den Schluss, dass die früheren Berichte nicht übertrieben waren, sondern eher noch gemäßigt ausfielen. Daher beschloss der Chef der Reichskripo, dass die eigenen Beamten die Polizei in Norrbotten künftig kontinuierlich bei der weiteren Untersuchung von Sexualdelikten unterstützen und verstärken sollten.

Verschiedene Ermittlungen deuten darauf hin, dass in Nordschweden minderjährige Mädchen zur Prostitution gezwungen werden. Die Abteilung für organisiertes Verbrechen bei der Staatsanwaltschaft Sundsvall leitete unmittelbar nach den Ermittlungen der Reichskripo eine Voruntersuchung wegen des Verdachts auf Zuhälterei ein, die von der Vermutung ausgeht, dass zwei 15- und 16-jährige russische Mädchen Opfer von Frauenhandel geworden sind.

Die polizeilichen Ermittlungen dauern noch an, während dieses Buch geschrieben wird, und Polizei und Staatsanwaltschaft sind verschwiegen, was den Umfang der Untersuchung angeht.

Nach Angaben der Reichskriminalpolizei werden jährlich zwischen zweihundert und dreihundert Frauen und Kinder Opfer des internationalen Menschenhandels in Schweden. Bis Ende des Jahres 2003 wurden lediglich zwei Personen wegen des Deliktes »Menschenhandel zum Zwecke der Prostitution« verurteilt, das am 1. Juli 2002 in das Strafgesetz aufgenommen worden ist. Es handelt sich dabei um eine Frau und einen Mann, die 2003 vom Gericht in Göteborg verurteilt wurden, weil sie zwei jugendliche Mädchen, das jüngere davon sechzehn Jahre alt, getäuscht und zur Prostitution gezwungen hatten. Das Strafmaß für

Menschenhandel zum Zwecke der Prostitution beträgt mindestens zwei und höchstens zehn Jahre Haft.
Im September 2003 versprach Justizminister Thomas Bodström, dass die Regierung in den nächsten drei Jahren zehn Millionen Kronen für die Bekämpfung von Menschenhandel einsetzen wolle. Das Geld solle der Reichspolizei zugeteilt werden, die dann frei darüber verfügen kann.
Die Regierung sowie verschiedene freiwillige Organisationen betreiben gemeinsam mit Vertretern sämtlicher betroffener Länder diverse Projekte gegen den Frauenhandel in der Region um die Barentssee.

Christina Wahldén

1

Kompakte Dunkelheit umgibt sie. Wie sehr sie auch die Augen aufreißt und starrt, sie sieht nichts. Es riecht nach frischem Holz. Sogar der Boden der Sauna, in die man sie gesperrt hat, besteht aus neuen Holzdielen. Sie fühlt ein Astloch an ihrer Wange. Einige Tropfen Harz sind aus der Planke gequollen, als die Temperatur vorhin bis zur Hundert-Grad-Marke anstieg. Die dumpfe Finsternis, die sie umschließt, ist ganz still.

Unwillkürlich greift sie sich an den Hals, um das Kreuz zu berühren, um Kraft zu schöpfen. Da fällt ihr ein, dass sie es ihr schon vor langer Zeit weggerissen haben. Die Bewegung schmerzt, der ganze Körper tut weh.

Sie hat Todesangst, aber kämpft dagegen an. Nicht, weil ihr Leben besonders viel wert wäre, sondern weil es das ihre ist.

Eben deswegen muss sie, Irina Volkova, besonders viel Prügel einstecken. Und noch anderes, wofür ihr die Worte fehlen. Aber sie kann ihnen nicht nachgeben, nicht jetzt. Wenn sie es tut, ist es vorbei mit ihr.

Irina weiß nicht, was schlimmer ist, das Haus oder die Männer. Das Haus ist ganz neu gebaut, es duftet gut nach frisch geschlagenem Holz, das dachte sie jedenfalls, als sie zum ersten Mal hierher kam. Oder was sie glaubt, gedacht zu haben. Sie erinnert sich nicht mehr so gut daran. Das hier geht schon zu lange.

Es könnte also eigentlich ein gutes Haus sein. Aber der mannshohe Zaun um das große Grundstück deutet darauf hin, dass hier keine Güte wohnt. Die beiden Kampfhunde, die dort draußen hechelnd umherschleichen, wenn die Männer aus verschiedenen Gründen weggefahren sind, bestärken diesen Eindruck. Das Haus steht abgeschieden, geradezu einsam, umgeben von einem dichten Wald auf der einen Seite und einem braunroten Moor auf der anderen. Einmal hat sie in der Dämmerung einen Elch am Rande des Moors gesehen. Irina glaubte trotz der verschlossenen Fenster das Geräusch der enormen, auf das Wasser klatschenden Hufe zu hören, als das Tier langsam durch den Nebel schritt. Sie weiß nicht, wie es dort draußen riecht, aber sie stellt sich vor, dass es frisch und herb nach Gagel und Sumpfporst duftet.

Die Männer. Einer von ihnen ist immer dabei. Sie hat begriffen, dass er es ist, der befiehlt. Sergej. Ein Mann aus Stahl und Eiseskälte, ganz in Leder und Gold gekleidet. Wo sein Gesicht sein sollte, befindet sich nur ein schwarzes Loch. Er hat Dinge mit ihr gemacht, für die sie keine Worte kennt, für die sie keine Worte haben will. Er droht und schlägt, bis selbst eine wie sie genau das tut, was Sergej sagt und will. Bis sie gehorcht.

Oft hat er ein paar Freunde um sich. Besonders häufig einen Schatten, der Sergejs kleinstem Wink folgt, ein Mann, der ihn sich so mächtig fühlen lässt, wie er es gerne hätte. Das denkt Irina, wenn sie ab und zu im Keller, auf dem Boden der Sauna, hinwegdämmert. Sie versucht nicht daran zu denken, dass Sergej auf die Idee kommen könnte, die Sauna einzuheizen. Sie muss versuchen, von hier wegzukommen, bevor das geschieht. Sergej würde das sicher für einen glänzenden Einfall halten.

Heute ist sie allein, jedenfalls in der Sauna. Manchmal hat Sergej neue Mädchen mitgebracht, eines oder zwei auf einmal. Sie sind dann einige Tage geblieben, vielleicht eine Woche, aber immer nur genauso lange, wie es dauerte, sie zu bezwingen. Ist ihr Widerstand gebrochen, müssen sie weiter, damit Sergej keine finanziellen Verluste macht. Aber bevor die Ware weiterbefördert wird, muss sie untersucht werden, um festzustellen, ob sie gut oder schlecht ist. Sergej handelt nur mit den besten Mädchen, nichts anderem. Und um zu wissen, ob sie wirklich die besten auf dem Markt sind, muss er sie zunächst selbst testen. Das versteht sich. Sergej probiert sie immer aus, ein oder mehrere Male. Manchmal sind seine Freunde dabei. Nicht selten werden mehrere Mädchen gleichzeitig von verschiedenen Männern im selben Raum getestet.
Sie wusste, dass die Arbeit, die er ihr bot, die einer Stripteasetänzerin war. Allein das Wort ist für ein jugendliches Mädchen mit einem Kreuz um den Hals schwer in den Mund zu nehmen. Aber es gibt Gründe dafür, warum sie damals dachte, es sei gar kein so schlechter Gedanke, eher ein ganz interessanter. Sie könne es doch zumindest versuchen. Wenn es nicht gut liefe oder sie ihr dumm kämen, könne sie schließlich wieder nach Hause fahren. Wo auch immer sich ihr Zuhause befand.
Es spannt um den Mund herum, als sie in der Dunkelheit leise lacht.
Vielleicht ist sie dabei, verrückt zu werden. Wenn sie es nicht schon ist.
Nicht grübeln.
Sie schließt die Augen, zwingt sich, an einen Sonnenuntergang am Meer zu denken oder an eine paradiesische Insel mit kreideweißem Sand. Dorthin wollte sie anschlie-

ßend fahren. Wenn sie überlebt hatte. Denn überleben würde sie.

Vorsichtig fährt sie mit der Zunge über die Zähne am Oberkiefer. Hoffentlich hat er ihr wenigstens keinen Zahn ausgeschlagen, als er ihr mit der Schöpfkelle, die im Eimer in der Sauna liegt, einen Schlag versetzte. Die Kelle ist dabei mittendurch gebrochen, und es fühlt sich an, als sei mit ihrem Gesicht dasselbe passiert.

»You must do as I say!«, brüllte er. Zum wievielten Mal weiß sie nicht.

In der Dunkelheit der Sauna kann niemand erkennen, dass sie rot wird. Und niemand kann ihre Tränen sehen. Natürlich wusste Irina, dass man nur mit Hilfe des Mundes Liebe machen konnte. Sie konnte sich nicht richtig vorstellen, wie es sich wohl anfühlte, aber sie glaubte, dass es sanft und weich und feucht sein müsste. Ruhig und behutsam. Sie hatte nicht gedacht, dass sie einen nach Urin stinkenden Penis, dick wie ein Telefonmast, in den Rachen geschoben bekommen würde. Niemals hätte sie sich vorstellen können, dass ein Mann sie festhalten könnte, während ein anderer sie erniedrigte und ein dritter dabei zuschaute. Sie hätte nie geglaubt, dass zwei andere Mädchen zur gleichen Zeit, im selben Raum, Opfer solcher Übergriffe sein würden. Nicht in ihren kühnsten Phantasien hätte sie sich ausmalen können, dass sie gezwungen werden sollte, sich nackt auf zwei anderen verschreckten Schulmädchen aus demselben Wohnviertel herumzuschlängeln, während zwei Männer mit glasigem Blick ihren Samen über sie spritzten.

Niemals hätte sie gedacht, dass sie zuerst anal vergewaltigt werden würde, um direkt im Anschluss zu Oralsex mit einem erigierten Penis gezwungen zu werden, der

nicht nur nach Pisse stank, sondern auch von ihren eigenen Exkrementen verunreinigt war. Und all das wurde ihr tief in den Hals gesteckt. Wieder und wieder.
Irina Volkova erbrach sich heftig.
Sergej Björkman, kreativer Unternehmer, in verschiedenen Erwerbszweigen tätig, lachte. Der Mann ohne Gesicht.
Und hier liegt sie nun. Die Hände tasten vorsichtig nach dem Hals. Das Kruzifix ist unwiederbringlich verschwunden.
Sie hört eine Tür zuschlagen, setzt sich abrupt auf, legt sich aber wieder hin, als das Pochen im Gesicht zu stark wird. Sie spitzt die Ohren, fühlt die Angst in der Magengrube. Kommt Sergej? Ist er allein? Hat er einen Mann oder ein neues Mädchen bei sich? Fängt es wieder von vorne an? Ihr Puls rast, ihr Atem geht keuchend.
»Ich, Irina Volkova, werde aus diesem Haus herauskommen. Lebend«, zischt sie leise.
Sie muss mit sich selbst laut reden, sonst wird sie wirklich verrückt. Sie hat trotz allem einen Namen. Irina versucht, eine schöne Erinnerung wachzurufen, aber es gibt so wenige davon: Großmutters Hände, das blanke, unbenutzte Zeichenpapier und die beinahe neue Kreide, die die Großmutter auf dem Markt erstanden hatte.
Es ist ein Glück, dass Großmutter tot ist, denkt sie und erschrickt über sich selbst. Nach all dem könnte sie nie wieder ihrem Blick begegnen, ohne vor Scham und Schuldgefühl in der Erde zu versinken. Vor sich sieht sie den gesenkten Kopf der Großmutter in dem blumigen Schal, eine gelbe Wachskerze in den Händen, in ein stilles Gebet vor der Ikone vertieft.
Herr, erbarme dich meiner.

Irina wird von grellem Licht geblendet, als die Tür zur Sauna aufgerissen wird. Dort draußen steht ein Mann, den sie noch nie gesehen hat. Er lächelt aufreizend. Sie schleudert ihm den Holzeimer entgegen, und einen Moment lang sieht er erstaunt aus. Es knallt ordentlich, und er greift sich an die Stirn. Dann sieht er sie an und lacht laut.

2

Sie steuern den rostbedeckten Wagen die ganze Nacht über Richtung Norden. Zunächst wird der Wald im Herbstregen immer dichter, die Espen leuchten feuerrot. Viel später erheben sich bläuliche Berge aus der Dunkelheit des Waldes, als schwebten sie darüber, auf halbem Weg in den Himmel. Wie enorme gestrandete Wale wirft die Erde sich auf. Dann lichtet es sich, sowohl die Bäume als auch die Autos werden spärlicher. Eine schmale, gerade Straße, umgeben von meilenweitem stramm stehenden Kiefernwald. Kilometer für Kilometer.

Anfangs ist der Ton zwischen ihnen scherzhaft, beinahe albern, wie sie da zwischen Bergen von Gepäck zusammengepfercht sitzen. Keiner von beiden weiß, wie lange sie dort oben bleiben werden. Am besten, man ist auf alles vorbereitet. Sie hat neue Daunenhausschuhe und drei Flanellpyjamas eingepackt. Kälte ist für sie das Schlimmste, was es gibt. Er hat fünfzig seiner besten CDs mitgenommen und die tragbare Stereoanlage.

Sie bittet darum, als Erste fahren zu dürfen, obwohl der schäbige Wagen sein Privatauto ist. Das Einzige, was darin gut funktioniert, sind der CD-Player und das Radio. Sie haben sich für das Auto und gegen das Fliegen entschieden, um zu ihrem Auftrag auf unbestimmte Zeit mehr Sachen mitnehmen zu können. Und sie fahren nachts anstatt tagsüber, um Zeit zu sparen und weil sie dachten, es sei dann weniger Verkehr. Aber die Lastwagen donnern weiterhin durch die Dunkelheit. Hedvig fährt konstant hundertfünfundzwanzig. Sowohl Rafael als auch das Auto knarren, als er versucht, eine für seinen beeindruckenden Körperbau bequeme Position zu finden. Seine Knie stoßen gegen das Handschuhfach und der Kopf gegen das Dach.

»Zweihundertsechs Zentimeter, falls es dich interessiert.« Das ist das Erste, was er sagt, bevor sie überhaupt dazu kommt nachzufragen. Sie überlegt, ob seine Uniform wohl eine Spezialanfertigung ist. So große Größen gibt es bestimmt nicht von der Stange.

Er schließt die Augen und schläft die ersten dreihundert Kilometer über. Dann erwacht er mit einem Ruck und teilt ihr mit, dass er pinkeln muss. Sie halten an einem Gasthaus, aber nur sie benutzt dort die Toilette, er selbst verschwindet im Gebüsch hinter dem Parkplatz und kehrt sichtbar erleichtert, seinen Reißverschluss hochziehend, zurück. Sie essen beide ein Beefsteak mit Zwiebeln, und er trinkt drei Tassen schwarzen Kaffee. Er fragt nicht erst, sondern geht direkt auf die Fahrerseite des Wagens zu. Sie wirft ihm die Schlüssel hinüber und gleitet auf den Beifahrersitz. Es dauert eine Weile, bis sie losfahren können, da er den Sitz maximal nach hinten schieben muss, was bedeutet, dass drei Taschen beiseite gerückt werden müssen. Er dreht die Stereoanlage voll auf. Discomusik für eine neue Generation von Bullen. Keine langweilige Schlagerband oder, noch schlimmer, Oper. Die Bässe vibrieren.

I am not a sinner, nor a saint
not that I will loose my head and faint

Sie starrt verärgert durch das Fenster. Muss sie das noch tausend Kilometer lang ertragen?
»Du, Rafael. Worauf haben wir uns verdammt noch einmal eingelassen?«
Er wirft einen schnellen Blick in den Rückspiegel auf einen Lastwagen, der ein unsinniges Überholmanöver an einem Hang ohne jede Sicht plant. Er betätigt die Bremse und lässt den Lkw mit polnischem Nummernschild vorbeifahren, bevor er auf hundertdreißig beschleunigt. Er muss immer der Beste sein.
»Ein Kamikazeauftrag. Kann lustig werden. Ärger ist garantiert. Diese faulen Penner werden uns hassen«, sagt er munter.
Sie schließt die Augen und versucht zu schlafen. Ohne viel Erfolg. Es hat angefangen zu regnen, und sie friert. Er murrt nicht, als sie ihn bittet, die Heizung höher zu stellen. Er hat beschlossen, eine Weile großzügig zu sein.
Hedvig Ek weiß nicht viel über ihren neuen Kollegen. Sie sind schon eine Zeit lang in derselben Abteilung, aber haben noch nie zusammengearbeitet. Sie kennt die äußeren Fakten über Rafael, dass er aus Lateinamerika stammt und deshalb von der Polizeibehörde gerne als Vorzeigeexemplar benutzt wird, wenn es um ihr Bestreben geht, mehr Leute aus Einwanderungsländern in den Polizeiberuf zu locken. Und er ist geradezu ein Musterbeispiel. Gilt als extrem sprachbegabt und schlau. Aber wie er sich in das Straßenbild im Norden einfügen und verdächtige Personen beobachten soll, ohne sofort aufzufallen, ist ihr ein Rätsel. Wenn man ihn einmal gesehen hat, vergisst man ihn nicht mehr. Er sticht hervor. Rafael Flores Alba, wie sein vollständiger, imponierender Name lautet, spricht manchmal von seiner Mutter Mercedes, aber viel mehr

weiß Hedvig nicht über sein Privatleben. Vermutlich wirft er Damen um wie Bowlingkegel. Wenn ihm danach ist. Er ist immer sehr gut gekleidet, wenn er in Zivil ist, kennt sich mit den neuesten Modetrends aus und besitzt wahrscheinlich mehr Paar Schuhe als sie. Ein auf den ersten Blick eitler Mensch mit einer Vorliebe für dicke Goldketten. Ein Anachronismus: Autohändler und Fotomodell in ein und derselben Person. Aber der gammelige Wagen steht in auffallendem Kontrast zu seinem Besitzer.
Er ist nicht leicht zu durchschauen. Viel von dem, was man sagt, lässt er mit einem spöttelnden Grinsen von sich abprallen. Hedvig glaubt verstanden zu haben, dass seine gute Laune eine Art Überlebensstrategie ist, eine Attitüde, hinter der er sich verstecken kann. Wer er wirklich ist, hat sie noch nicht herausgefunden. Sie weiß nur, dass er Discomusik liebt. Ein unglaublich kindischer Typ.
Wenn Rafael an Hedvig denkt, sieht er eine sehr kleine Frau vor sich. Clever und impulsiv. Unglamourös, kein bisschen eitel. Die anderen Kollegen behaupten, sie sei nicht immer so gewesen. Sie habe sich verändert. Manchmal scheint es, als würde sie gegen die ganze Welt kämpfen. Sie trainiert hart, hat eine ungewöhnlich gute physische Kondition. Mindestens so gut wie er selbst. Ist wohl viel geklettert. Oft handelt sie zuerst und denkt dann. Aber sie ist ohne Zweifel intelligent. Er hat sich wie gesagt dazu entschlossen, einen wohlwollenden Eindruck von ihr zu haben. Sie sind hier oben aufeinander angewiesen. Und äußerer Druck vereint ja bekanntlich.
Sie fahren schweigend weiter. Der Regen prasselt gegen die Fenster, die Scheibenwischer bewegen sich in der Dunkelheit monoton hin und her. Nasses Laub, leuchtende Autoscheinwerfer und zum dritten Mal *Am I a bad*

boy, maybe? Am I a sad boy, let's see. Oder vielleicht zum vierten Mal.
Nach ein paar Stunden hört der Regen auf. Sie halten an einer Tankstelle, die auch als Bäckerei, Imbissbude, Videothek und Postamt fungiert. Es ist zwei Uhr nachts. Der Kaffee schmeckt nach Zyanid. Er trinkt zwei Tassen. Sie kippt ihren in ein Gebüsch neben der Einfahrt zur Autowaschanlage. Das grelle Licht in der Tankstelle bildet einen scharfen Kontrast zur Nachtschwärze außerhalb.
Rafael joggt zwischen den Benzinpumpen hin und her. Wie ein großer, nasser Seehund zwängt er sich prustend durch die Wagentür. Sie beißt die Zähne zusammen, sagt nicht, dass sie friert. Trotz Daunenjacke, Wollmütze und Handschuhen. Wie dumm, dass sie die Wollsocken ganz unten in die Reisetasche gepackt hat.
Sie sieht wirklich zu lächerlich aus in all diesen Kleidern, denkt Rafael. Und ihre Verärgerung lässt sie nur noch lächerlicher erscheinen. Warum trägt sie diese alberne Mütze? Was soll das geben, wenn's erst richtig Winter wird?
Sie fahren weiter. Sie sitzt am Steuer.
»Sollen wir Elche zählen?«, fragt Rafael.
Hedvig starrt in die Dunkelheit. Nach siebzig Kilometern hat sie noch keinen einzigen entdeckt. Sie haben sich wahrscheinlich schon lange schlafen gelegt. Also unterhalten sie und Rafael sich zur Abwechslung eine Weile.
»Was haben sie nur zu verbergen?«, wundert sich Hedvig.
Er schüttelt den Kopf und fährt sich durch das dunkle, kräftige Haar.
»Glaubst du an Verschwörungstheorien?«, fragt er.
Sie starrt auf die weißen Mittelstreifen, die ihr entgegenschießen.

»Nein.«
»Gut, dann sind wir schon zwei. Wir halten uns zunächst zurück und beobachten. Lassen sie glauben, dass wir nicht sehr gefährlich sind. Versuchen, die Strukturen zu erkennen. Dann können wir direkt zum Angriff übergehen.«
Sie fahren wieder eine Weile schweigend.
»Aber es ist doch trotzdem seltsam«, sagt sie und gähnt.
Er atmet ganz kurz ein. Es ist, als würde selbst die Sprache spärlicher, je weiter sie nach Norden kommen.
»Ja.«

Es ist früher Morgen, als sie bei Gunnar Rantatalo, dem Mann, bei dem sie sich eingemietet haben, auf dem Hof vorfahren. Sie sind von der Durchfahrtsstraße abgebogen und auf einem schmalen Schotterweg gelandet, der am väterlichen Gutshof von Gunnar Rantatalo endet. Rundum stehen gerade, stille Bäume.
Der Stall ist das erste Gebäude, an dem sie vorbeikommen, aus der Ferne hören sie das Muhen der Kühe, als sie die Autotüren zuschlagen. Unter einem Blechdach stehen ein Traktor und einige andere Maschinen, deren Bezeichnung Hedvig nicht kennt. Hinter dem Wohnhaus, das sich direkt vor ihnen befindet, liegen die Weiden verlassen da. Um den Stall herum springt eine weiße Katze mit einem entzündeten roten Auge. Weiter hinten im Schatten sitzen weitere scheue und struppige Exemplare.
Zuerst klopfen sie an die Haustür, die nicht verschlossen scheint; Rafael drückt sie auf und ruft ein vorsichtiges »Hallo?« in den Flur hinein.
Keine Antwort.
Sie gehen zurück zum Stall. Die Katzen stieben wie verschreckte Kanonenkugeln auseinander und verschwinden

in einer zugewachsenen Laube, als die zwei sich nähern. Im Stall brennt Licht. Die Kühe wühlen im Futter und starren sie mit mahlenden Kiefern glotzäugig an. Sie scheinen gerade gefüttert worden zu sein.
»Hallo?«
Noch immer keine Antwort. Aber von der Rückseite des Stalls hören sie ein mürrisches Gemurmel. Rafael steckt den Kopf hinaus. Draußen, mitten auf dem Misthaufen, steht ein krummer, magerer Mann mit Händen groß wie Bratpfannen und scheint mit seinen kräftigen Händen etwas abzumessen.
»Fünfeinhalb Meter, verdammt …«
»Entschuldigung.«
Der Mann zuckt zusammen und starrt sie an. Dann strömen die Worte aus ihm heraus, als habe man einen Eispfropfen aus einem Fluss gezogen:
»Wenn nicht diese verdammte, blöde EU wäre, würde ich gut zurechtkommen. Aber nein, eine Dungabdeckung muss absolut sein, ohne Dungabdeckung geht es nicht, versuch das mal, diesen Froschfressern zu erklären, dass wir hier fünfhundert Jahre, ja sogar tausend Jahre, glücklich ohne Dungabdeckung gelebt haben, zum Teufel. Und dann kommen die mit ihren verdammten arroganten Forderungen. Sonst kriegen wir keine Unterstützung. Pfui Teufel«, sagt er wütend und mit Nachdruck.
Der Mann spuckt eine Ladung dunkelbraunen Kautabak vor Rafaels ordentlich geputzte Schuhe.
»Wir suchen Gunnar. Wir bräuchten nur nach Gunnar Rantatalo zu fragen, hat er am Telefon gesagt.«
Der Alte schiebt sich die Mütze in den Nacken und blinzelt sie an. »Ja, aber zum Teufel«, sagt er, beinahe verwundert, »Gunnar Rantatalo bin doch ich.«

Er betrachtet sie von oben bis unten. Sie weiß, was er denkt. Der Alte sagt nichts, aber besinnt sich und streckt eine schwielige Hand aus. Er reicht sie Rafael.
»Hallo, ich heiße Rafael Flores Alba.«
»Was sagen Sie?« Der Alte bleibt verwundert stehen.
»Das ist Spanisch, könnte man sagen.«
»Aha, aha. Ach so.«
»Ich habe wegen des Hauses angerufen.«
»Ja, ja, natürlich, der Schlüssel hängt drinnen neben der Tür. Können Sie ihn selbst holen?«
Hedvig reicht ihm die Hand, und er nimmt sie zögernd. Er weiß schließlich, wo sie arbeitet. Würde schlecht aussehen, wenn er sie nicht grüßte.
»Hedvig Ek«, sagt sie.
Er nickt schweigend, zieht Luft zwischen den Zähnen ein und sagt dann:
»Ja. Ich kann nicht mit zum Haus gehen, sehen Sie. Ich muss mich um diese verdammte Betonabdeckung kümmern, bevor das Jahr zu Ende ist, und wenn es anfängt zu schneien, kann man sie nicht mehr gießen. Es ist zu blöd. Ich habe oben die Heizung angemacht, aber es zieht womöglich leicht. Kommen Sie vorbei, wenn etwas ist. Wie lange bleiben Sie?«
»Das ist noch unklar. So lange es nötig ist.«
Gunnar spuckt den restlichen Tabak mit einem kräftigen Schnauben aus und wischt sich den Mund am Ärmel seines karierten Flanellhemdes ab.
»Wenn Sie einen guten Rat hören wollen, dann können Sie genauso gut gleich wieder umkehren und nach Hause zurückfahren. Hier gibt es nichts zu ermitteln. Nicht das kleinste bisschen. Gäbe es etwas, hätten sich unsere Jungs hier schon darum gekümmert.«

Rafael nickt.
Sie gehen hinauf zum Wohnhaus und finden ein Schlüsselbund, das mit Gunnars Beschreibung übereinstimmt.
Auf dem Weg zurück zum Auto zischt Rafael Hedvig zu:
»Ich könnte wetten, dass er eine illegale Anlage zum Schnapsbrennen hat, die in irgendeiner Scheune vor sich hin brodelt. Danach werde ich mich an einem freien Tag einmal umsehen.«
Ihr Haus liegt einige hundert Meter oberhalb von Gunnars Hof. Es war das Einzige, was sich außer einem Hotel so kurzfristig auftreiben ließ. Sowohl Hedvig als auch Rafael waren gegen ein Hotel, da sie meinten, es sei besser, so wenig wie möglich aus der Menge hervorzustechen, um ihren Auftrag hier oben ausführen zu können. So kamen sie zu dieser Bruchbude, einer baufälligen Altenteilhütte am Waldrand, bei der die rote Farbe abblättert und der Garten verwuchert ist. Das lange, nasse, strohige Gras liegt in großen unordentlichen Büscheln da. Hinter dem Haus fängt unmittelbar der Wald an. Wie viele arme, dürre Bäume gibt es in diesem Land? Aber setzt man sich auf die feuchte Vortreppe, hat man einen einzigartigen Blick. Man sieht weit über die Felder, ein Stück dahinter kann man einen See erahnen, und auf der anderen Seite erhebt sich hinter dem Wald ein Berg. Es ist still. Absolut still. Der Gedanke daran, dass sie nicht wissen, wie lange sie hier bleiben werden, erscheint ihnen ein wenig unwirklich.
Hedvig schließt die wettergegerbte Tür auf und tritt ein. Ihr Atem hängt ihnen beiden wie eine dunstige Wolke vor dem Mund, und Hedvig fragt sich, ob Gunnar tatsächlich geheizt hat. Die Küche ist die schmutzigste und schäbigste, die sie je gesehen hat. Niemand hat darin auch nur

einen Finger gerührt, seit sie vor bestenfalls fünfzig Jahren renoviert wurde.

Die ganze Baracke scheint in Braun gehalten zu sein. Brauner Kunststoffboden, braune Tapeten, braune, flickenbesetzte Sitzmöbel mit ungewissem Innenleben. Das ist wahrscheinlich der einzige Vorteil der Kälte im Haus: dass die eine oder andere Milbe hoffentlich draufgegangen ist.

Rafael schlängelt sich die steile Treppe in den oberen Stock hinauf, und sie hört ihn mit schweren Tritten herumschlurfen, dass es in den Wänden und im Boden knackt. Er ruft nach ihr, und sie folgt ihm. Dort oben befinden sich ein Schlafzimmer und ein altmodisches Badezimmer mit einer Badewanne, die auf Füßen steht. Außerdem gibt es eine Dachkammer, die bis zum Dachfirst hinaufreicht. Durch das Fenster im Giebel hat man Blick auf das ganze Tal. Sie bleiben schweigend stehen.

Rafael schaut auf sein Handy. Dann lässt er es wieder sinken und sieht Hedvig an.

»Kein Empfang. Wenn die Geschäfte öffnen, fahren wir in die Stadt und kaufen etwas Farbe. Hier können wir sonst nicht wohnen, verdammt. Wir würden vor lauter Hässlichkeit sterben«, sagt er, und in dem alten, müden Holz ächzt es, als er in zwei Sätzen die Treppe hinabspringt.

Sie hieven das meiste Gepäck aus dem Wagen und werfen es in die Diele. Dann fahren sie den Hügel hinunter, und Rafael steckt noch einmal den Kopf in die Scheune, um die Erlaubnis einzuholen, alles weiß zu streichen. Gunnar scheint verwundert, dass sich jemand darüber Gedanken macht. Er selbst hat das nie getan. Sich um nichts gekümmert. Aber natürlich dürfen sie streichen. Er denkt, dass es für ihn so wenigstens umsonst ist.

Hedvig fährt in die Stadt. Dort gibt es das, was man in kleineren Städten üblicherweise findet: ein Rathaus am einen Ende einer protzig breiten Allee und ein Theater von der letzten Jahrhundertwende am anderen. Eine Fußgängerzone entlang eines offenbar renovierten Marktplatzes, wo unter anderem ein paar Warenhäuser und ein Kino stehen. In den Straßen rundum befinden sich kleine Geschäfte, die Geschenke und Kunsthandwerk aus der Region verkaufen, ein paar kleine Restaurants, eine Bank mitsamt Geldautomat und eine Apotheke. Am Marktplatz, der laut Straßenschild Stora torget heißt, liegt unter anderem ein Konsum-Supermarkt. Direkt gegenüber befindet sich im Übrigen das Polizeirevier, in das sie am Montag gehen sollen, aber jetzt ist nicht der passende Moment, um vorbeizuschauen und Hallo zu sagen.
Sie frühstücken in einem Hamburgerlokal, das morgens geöffnet hat, während sie darauf warten, dass es neun Uhr wird. Die Zeit kriecht voran, aber schließlich sind alle Minuten vergangen.
Der Konsum ist kein besonders großer Laden, aber dennoch scheint das meiste vorhanden zu sein. Alle Waren sind ordentlich gestapelt, und die Preise sind sowohl in Kronen als auch in Euro ausgewiesen, obwohl formal gesehen keine Währungsunion existiert. Zu kommen und nach fünfzig Litern weißer Wandfarbe, matt, zu fragen, scheint nicht im Geringsten seltsam. Pinsel, Farbeimer und Rollen gibt es auch. Lasse, wie der Filialleiter heißt, ist äußerst freundlich und hilfsbereit in seiner grün karierten Weste aus hundert Prozent Polyester, die alle Angestellten während der Arbeit zu tragen haben.

In Gunnars Küche brennt Licht, als sie eine Weile später an seinem Haus vorbeifahren. Sie tragen ihre neu erstandenen Malerutensilien hinein und schieben alle Möbel in der Mitte des Raumes zusammen. Darüber breiten sie ein paar alte Laken aus. Sie beschließen, mit dem Erdgeschoss zu beginnen und mit dem oberen Stockwerk zu enden. Die Farbe hält hoffentlich so lange, wie sie hier sein werden. Wenn sie also mit dem Untergrund pfuschen, wird es sie vermutlich nicht mehr selbst treffen.
Rafael hat angeboten, in dem kleinen Wohnzimmer im unteren Stock zu schlafen, da es weniger Abgeschiedenheit erlaubt.
»Ich will mal versuchen, Gentleman zu sein«, sagt er.
Nicht, dass sie viel Besuch erwarten. Beide hoffen, dass ihr Auftrag schnell erledigt sein wird, damit sie wieder nach Hause fahren können.
Rafael kann ohne Leiter die Decke streichen, daher darf er das machen. Eine neue Disco-CD schmettert los, und Hedvig muss sich selbst eingestehen, dass es das Ganze ein wenig unterhaltsamer gestaltet. Sie streicht die Wände. Die alten Tapeten saugen mehr Farbe auf, als sie zunächst angenommen hatten, aber das Ergebnis ist ganz zufriedenstellend. Sie legen eine kurze Mittagspause ein und wärmen das Essen in der Mikrowelle auf, die Rafael schlau genug war mitzunehmen. Er nimmt zwei Portionen, sie eine.
Sie machen im Obergeschoss weiter. Das Streichen geht beinahe von selbst. Hedvig putzt die Küche, und dann machen sie eine zweite Tour zu den Geschäften in der Stadt. Ein paar Elektroöfen, Gardinen, Blumentöpfe und Überwürfe später sieht das Haus ganz wohnlich aus. Die schlimmsten geflickten Möbel tragen sie in einen Anbau

hinaus, der eine Mischung aus Vorratskammer, Holzschuppen und Hühnerhaus ohne Hühner ist. Die anderen Möbel bekommen einfache Bezüge und werden so ganz akzeptabel.

»Jetzt reicht es aber mit dem Gemütlichmachen. Man darf es auch nicht übertreiben«, sagt Rafael. »Jetzt tun wir das, wofür wir hergekommen sind.«

Sie ziehen sich um und fahren noch einmal mit dem Auto in die Stadt. Neben der Polizeiwache, gegenüber vom Konsum am Marktplatz, gibt es einen Pub, in den sie hineingehen.

Rafael bestellt ein Malzbier. Hedvig bietet an zurückzufahren und nimmt einen Moosbeerensaft. Sie sehen sich um. Entweder ist es zu früh am Abend, oder sie sind am ganz falschen Ort, denn in dem dunklen Lokal ist es beinahe leer. An einem Tisch hängen zwei pickelige Jugendliche, die vielleicht gerade einmal achtzehn sind. An einem anderen sitzt ein fetter Kerl in einem orangefarbenen Helly-Hansen-Pullover und spricht laut in sein Handy:

»Ja, aber verdammt, Sergej, hör jetzt zu! Donnerstagnachmittag, drei Uhr an der OK-Tankstelle. Das haben wir doch die ganze Zeit schon gesagt. Beruhige dich!«

Weiter hinten in dem schwach beleuchteten Lokal hocken ein paar einsame Männer über ihr Bier gebeugt. Leise Musik ist zu hören. *Weine mir keine Tränen nach …*

»Was sollen wir morgen denn für eine Taktik einschlagen?«, fragt sie.

»Wir machen es so wie ursprünglich besprochen. Überhaupt keine Taktik. Gleich zur Sache kommen. Ihnen ein wenig Angst einjagen.«

Er zeigt ein breites Grinsen und schiebt sich eine gewaltige Prise Tabak in den Mund.

»Nimmst du Kautabak?«
»Man muss die landesüblichen Gewohnheiten annehmen«, sagt er und streckt ihr die Dose entgegen.
Sie schüttelt den Kopf und trinkt einen kräftigen Schluck aus ihrem Glas.
»Das hier wird keine einfache Sache werden.«
»Für sie vielleicht nicht, für uns schon. Entspann dich mal, Hedvig. Es ist alles in Ordnung.«
Ein rothaariger Mann mit wässrigen blauen Augen und einer beinahe durchsichtigen, mit Sommersprossen bedeckten Haut drängt sich an ihnen vorbei nach draußen. Warum auch immer er ihnen so nahe kommen muss, wo das halbe Lokal leer ist. Hedvig hat den Eindruck, er starre sie an, aber wahrscheinlich bildet sie es sich nur ein.
»Willst du noch einen, Ek?«, fragt Rafael.
Sie zögert.
»Komm schon! Mehr als zwei kriegst du ohnehin nicht runter, also kannst du mir wenigstens so lange Gesellschaft leisten. Ich kann dich anschließend nach Hause tragen«, sagt Rafael.
Wenn er keinen so freundlichen Ton gehabt hätte, hätte sie ihn vermutlich verprügelt.

Wieder in der Hütte, rollt Rafael nach einem notdürftigen Duschbad unter lauwarmem Wasser, das von den alten Rohren zum hauseigenen Brunnen voller Rostablagerungen ist, seine extra lange, spezialangefertigte Schlafmatte aus. Er genießt die erfrischende Kühle. Dann stellt er die beiden zusätzlichen Elektroheizungen auf, die sie gekauft haben, und dreht sie voll auf. Mit einem Verlängerungskabel bringt er den kleinen Fernseher mit eingebautem Videorecorder, den er mitgebracht hat, zum Laufen. Hedvig bekommt unter der Dusche Kälteschauer und zittert bei dem Gedanken an all die ungefrorene Kälte, die in der nächsten Zeit noch vor ihr liegt. Sie zieht zwei Pullover übereinander an und wird in Rafaels Lager eingeladen. Gemeinsam sitzen sie vor den Heizkörpern, und Hedvig fühlt sich wie ein Stück Fleisch über einem offenen Feuer, warm am Bauch und eiskalt im Rücken. Es riecht nicht so stark nach Farbe, wie man hätte annehmen können.

Rafael kramt eine Flasche hervor, auf der »Gancia« steht, und aus blumigen Kaffeetassen trinken sie die gelbliche Flüssigkeit, die sich darin befindet. Sie schmeckt ein bisschen wie Wermut.

»Eigentlich muss es draußen warm sein, wenn man das hier trinkt«, sagt Rafael und legt sich die Decke um.

Hedvigs Daunensocken wärmen gut, und alles wirkt gleich behaglicher. Erschöpft sehen sie einen amerikanischen Thriller an, den Rafael mitgebracht hat. Der Film handelt von einer hochschwangeren Polizistin in einem Schneesturm und einem schwedischen Psychopathen als Schurke, der seine Opfer mit der Kettensäge zermahlt. Als der Film zu Ende ist, geht Hedvig in ihr Zimmer hinauf und macht ihr Bett.

So müde sie auch ist, fällt es ihr schwer einzuschlafen, wie immer in der ersten Nacht an einem fremden Ort. Sie liegt da und wirft sich hin und her. Zieht die Daunensocken aus. Zieht sie wieder an. Seufzt. Schläft schließlich ein. Schläft unruhig. Wacht auf und lauscht der Stille. Sucht nach der kleinen blauen Schachtel und stellt sie neben das Bett. Hört Rafael husten. Dreht sich auf die andere Seite und schläft wieder ein. Sie ist nicht allein.

Stig Rönnlund, genannt Stickan, eilt aus der Bar. Er geht dabei so nahe an den Objekten vorbei, wie es möglich ist, ohne dass sie seine Beobachtung bemerken. Das Herz klopft ihm bis zum Hals. Ihm ist ein Durchbruch gelungen! Er hat mit größter Wahrscheinlichkeit gerade einen neu eingetroffenen Zweig der Unterwelt entdeckt. Er lacht in sich hinein, als er die wenigen Schritte über den Platz läuft und die Stufen zum Polizeigebäude hinaufspringt. Innerlich hört er schon die Lobeshymnen. Åke wird dafür sorgen, dass er in der Hierarchie aufsteigt. Und das auch noch in seiner Freizeit; man stelle sich vor, dass man sogar aufmerksam sein muss, wenn man nicht im Dienst ist. »Aufgeweckt«, wird Åke sagen. Vor allen anderen, bei der Dienstbesprechung.
Im Foyer ist es dunkel. Sonja ist schon lange nach Hause gegangen. Stickan zieht seine Schlüsselkarte hervor, als wäre sie seine Dienstwaffe, und tippt den Kode ein, bevor die Tür sich öffnet. Er ist zu ungeduldig, um auf den Aufzug zu warten, und rennt stattdessen in drei Sprüngen die Treppe hinauf. Sein Puls ist noch immer erhöht.
In seinem Zimmer brennt Licht. Streng genommen ist es eigentlich nicht seines, sondern das Büro desjenigen, der gerade Dienst hat. Aber Stickan betrachtet das Zimmer als sein eigenes. Im Grunde genommen könnte »Stig Rönnlund« an der Tür stehen, auch wenn das tatsächlich nicht der Fall ist. Sein Kollege Erik Bergström sitzt nun an einem der beiden Computer und surft im Internet. Stickan nickt ihm kurz zu und schaltet den anderen Computer ein. Er steckt seine Karte hinein, um an die Register zu kommen, die er benötigt.
»Hast du kein Zuhause?«, murrt er und starrt Erik über den Bildschirm hinweg an.

Erik schaut zurück, unberührt. Eines Tages wird Erik Stickan dorthin befördern, wo er hingehört. In die Diebesgutausgabe.

»Ich habe eine Beobachtung gemacht«, sagt Stickan. Eigentlich will er nicht mehr erzählen. Es besteht die Gefahr, dass Erik seinen Tipp herunterspielt und versucht, auf irgendeine Weise seinen Ruhm einzuheimsen.

»Aha. Was denn?«

Wieder diese Augen über dem Bildschirm. Besorg dir ein eigenes Leben, Erik. Und besorg dir einen eigenen Computer, so wie alle anderen in diesem Laden. Aber das sagt er natürlich nicht.

»Unten im Pub sitzt ein verdammt zwielichtiger Typ. Mindestens zwei Meter groß. Irgendein Kanake. Gut frisiert. Teuer gekleidet. Drei Kilo Gold um den Hals. Lederjacke. Ja, du weißt schon, wie diese Typen aussehen.«

Plötzlich klingt seine Beobachtung nicht mehr so messerscharf, wie er sie sich in seinem Kopf zurechtgelegt hat.

»Aha?«

»Die Mafia, natürlich.«

»Mafia?«

»Ja, die Unterwelt. Das international organisierte Verbrechen. Vermutlich ein neu eingetroffener Drogenkurier, vielleicht für Zigaretten oder Wodka oder noch härtere Sachen. Oder Waffen. Atomwaffen. Heutzutage fließt hier schließlich viel Scheiße aus dem Osten und dem Norden durch.«

»Ist das so?«

Erik starrt ihn an, bis es ihm beinahe unbehaglich wird. Stickan tut so, als habe er die Frage nicht gehört.

»Er hatte auch eine kleine Donna dabei. Abstinenzlerin

oder schwanger, sie hat irgendein alkoholfreies Gesöff getrunken. Verdammt dubios war das.«
Erik nickt langsam.
»Ich schreibe einen Bericht, wir müssen dann mal sehen, wann wir mit der Beschattung anfangen können«, sagt Stickan bestimmt und öffnet ein neues Dokument. Langsam, Zeigefinger für Zeigefinger, tippt er ein, was er beobachtet hat. Das dauert.
Erik sitzt noch immer da, als er geht.
»Vergiss nicht, dass morgen ›Lustige Truppe‹ ist«, sagt Stickan, bevor er die Tür zum Flur hinter sich schließt.

3

Montagmorgen. Ein herrlich klarer Tag mit Sonnenschein und blauem Himmel. Kurz nach acht, als die Polizeiwache öffnet, kommt eine alte Frau auf einem riesigen Damenrad, das mindestens so altersschwach ist wie sie. Sie fährt mit erstaunlicher Geschmeidigkeit, bevor sie bremst und absteigt. Dann stellt sie das Rad im Fahrradständer neben einem Blumenkübel mit verwelkten Tagetes ab. Am Lenker hängen zwei Bastkörbe, die dunkle Beerenflecken aufweisen. So früh am Tag sind sie noch leer.

Viola Uusitalos knochige Hände streichen schnell über den blumigen Baumwollhut, den sie auf ihre grauen Locken gedrückt hat. Sie nimmt die leeren Körbe und betritt mit entschlossenem Schritt den Eingangsbereich. Dort sitzt Tore Östers Tochter Sonja an der Information und strickt Babysöckchen aus gelber Angorawolle.

»Guten Morgen«, sagt Viola. »Ist es wieder so weit?«

»Ja, jetzt kommt bald Enkelkind Nummer fünf«, sagt Sonja und strahlt über das ganze Gesicht. »Aber wir wissen noch nicht, was es wird, deshalb halte ich mich an Gelb und Grün, dann sind wir auf der sicheren Seite.«

»Ich komme ja normalerweise nicht ständig hierher gelaufen. Aber jetzt möchte ich doch etwas anzeigen, nämlich eine, ja wie soll ich es nennen, eine mysteriöse Entdeckung könnte man wohl sagen. Hast du vielleicht

einen guten Polizisten an der Hand, mit dem ich reden könnte?«
»Worum geht es?«
Sonja beugt sich neugierig vor, aber so einfach funktioniert es nicht. Viola räuspert sich.
»Nun ja, ich muss mit einem Polizisten sprechen.«
Sonja versteht den Wink. Sie wirft den Kopf zurück, genauso wie als Teenager, dann sagt sie »einen Moment« und schaut mit wichtiger Mine auf ihre Telefonschaltzentrale. Dass sie all diese Knöpfe auseinander halten kann, denkt Viola.
Gütiger Himmel, denkt Sonja. Warum müssen immer alle Verrückten am Montagmorgen hierher kommen und von mysteriösen Entdeckungen berichten? Sie erreicht diese Schlafmütze Stickan. Zu Viola sagt sie:
»Sie können sich gerne dort auf das Sofa setzen und warten. Stig Rönnlund kommt gleich.«
»Ist er gut? Kann man ihm vertrauen?«
Viola sieht Sonja misstrauisch an.
»Er ist garantiert der Beste, den wir haben. Nach dem Polizeichef natürlich«, fügt Sonja hinzu und beginnt wütend zu stricken, so dass die Nadeln aneinander schlagen.
Nach diesem Söckchen stricke ich eine passende Jacke mit der Rundnadel, denkt sie und blickt kurz zu Viola Uusitalo hinüber. Welch eigensinniger Mensch – natürlich hat sie sich nicht gesetzt, sondern steht auf ihren krummen alten Beinen da.
Mindestens zehn Minuten muss sie warten, bis es Stickan behagt, sich von seinem Patiencespiel am Computer zu lösen. Sonja sieht wohl, wie Viola von einem Bein auf das andere tritt, aber die Alte scheint zäh wie Kiefernholz zu sein.

»Guten Morgen, Konstapel«, sagt Viola laut und nimmt seine Rechte mit einem festen Händedruck.
Stickan lacht und weist ihr den Weg. Er erkennt auf den ersten Blick, wenn jemand chronische Schmerzen hat.
Er nimmt sie mit in sein und Eriks Zimmer, bittet sie, sich zu setzen, und ist zufrieden mit sich, weil er daran denkt, Viola zu fragen, ob sie Kaffee möchte. Sie möchte nicht. Sie möchte, dass er die Tür schließt. Stickan spürt eine leichte Verärgerung aufkeimen. Wer zum Teufel glaubt sie, dass sie ist, diese religiöse Alte, die ständig zu Gebetsstunden rennt und dasselbe von anderen erwartet?
»Also, Sie haben etwas gesehen, wovon Sie Mitteilung machen möchten«, sagt er und faltet die Hände auf dem Schreibtisch.
»Willst du dir nicht notieren, was ich sage, Stig?«, fragt Viola streng.
»Ich notiere es mir hier«, sagt Stickan und klopft sich mit dem Finger an die Stirn.
Sie schaut ihn lange an. Viola weiß schließlich, was für ein Schlamper der kleine Stig Rönnlund immer gewesen ist. Es wunderte sie sehr, dass er es geschafft hatte, auf die Polizeischule zu kommen, aber das war freilich auch zu einer Zeit, in der sie händeringend nach Leuten suchten, die bereit waren, eine Uniform anzuziehen. Die kleine Sonja weiß wohl nicht, wovon sie redet, wenn sie behauptet, Stig sei der beste Polizist, den sie hätten. Wenn es um die Polizei so übel bestellt ist, kann sie genauso gut gleich einpacken und dichtmachen, denkt Viola.
Sie beugt sich vor und stellt zu Stickans Verdruss ihre beiden Bastkörbe auf den Schreibtisch. Er will keine Beerenflecken auf seine wichtigen Unterlagen bekommen. Sie senkt die Stimme.

»Es ist so, Stig, ich möchte, dass du notierst, was ich sage.«
Er sinnt über diese Unerhörtheit nach. Die Schachtel nimmt sich etwas heraus.
Aber er kann natürlich auch mitspielen. Er will die Alte lediglich so schnell wie möglich zur Tür hinaus und wieder im Wald haben. Er setzt ein angestrengtes Lächeln auf und holt aus einer Schublade einen abgenutzten Collegeblock hervor. Der erste Stift schreibt nicht, er wirft ihn in den Papierkorb. Der zweite Stift funktioniert zwar nicht gut, muss aber reichen.
»Also?«, fragt er kurz.
Die Alte nimmt Anlauf. Sie sieht streng aus. Sie hat sich genau überlegt, was sie sagen will.
»Ich bin hierher gekommen, weil ich ein verdächtiges Gebäude entdeckt habe, vermutlich ohne Genehmigung errichtet.«
Stickan kritzelt unlustig etwas auf das Papier. Was hat die Frau hier zu meckern?
»Jemand hat ein ganz neues Haus im Moorgebiet hochgezogen. Es ist schlampig gebaut und muss sehr schnell entstanden sein.«
»Entschuldigen Sie, Viola, aber das klingt mehr nach einem Fall für die Bauaufsichtsbehörde. Die Polizei erteilt keine Baugenehmigungen«, sagt Stickan.
»Um das Haus herum steht ein hoher Zaun, und manchmal sieht man Wachhunde dahinter«, fährt sie fort und schiebt ihre Beerenkörbe noch weiter zu Stickan hinüber. Er schiebt sie wieder ein Stück zurück.
»Weder Zäune noch Wachhunde sind ungesetzlich«, sagt er. Jetzt soll die Alte aber Ruhe geben.
»Machst du dir Notizen?«

»Ja, ja, natürlich, verdammt, Entschuldigung, natürlich.« Sie hält inne. Wartet auf den Trödelheini Stig Rönnlund. Wie soll er dieses Gekrakel jemals wieder entziffern können?

»Ich habe gesehen, dass Autos dorthin fahren. Autos mit jungen Mädchen darin. Sehr jungen Mädchen«, sagt die Alte.

Stickan läuft es kalt den Rücken hinunter. Was zum Teufel erzählt sie da?

»Sergej Björkman habe ich oft dort gesehen«, sagt Viola und starrt ihn an.

Stickan bricht in Gelächter aus.

»Sergej! Was hat der jetzt damit zu tun? Verdächtigen Sie ihn irgendeines Verbrechens? Er kann keiner Fliege etwas zu Leide tun. Er ist gut darin, der halben Stadt Jagdhunde zu verkaufen, aber ich glaube kaum, dass er etwas anderes zustande bringt. Sergej würde doch kein Haus im Moor bauen. Warum sollte jemand dort wohnen wollen, bei den ganzen Bremsen und Mistviechern, die es dort gibt?«

»Eben«, sagt Viola und sieht Stickan wieder in die Augen. »Seine Jagdhunde sind nach und nach verrückt geworden. Ich habe gehört, dass er Inzucht betrieben hat, um an das schnelle Geld zu kommen. Vielleicht muss er also die Branche wechseln, wenn man es so nennen will«, sagt Viola quasi ins Blaue hinein.

Stickan schluckt. Die Frau ist genauso verrückt wie Sergejs wertlose Elchhunde.

»Das Gebäude steht in seinem Jagdrevier. Ich habe es im Sommer entdeckt, als ich im Moor Multbeeren sammeln war. Man muss ja auf der Hut sein«, sagt sie und macht ein paar Schmatzgeräusche mit ihrem Gebiss, das ein wenig locker sitzt.

Stickan beschließt, bis zum Ende mitzuspielen, um sie schnell loszuwerden. Er setzt eine ernste Miene auf.
»Ich danke Ihnen dafür, Viola, dass Sie mit dieser wertvollen Information hierher gekommen sind. Wenn nur alle Bürger ein so großes Verantwortungsbewusstsein hätten wie Sie. Das würde unsere Arbeit enorm erleichtern.«
»Was passiert jetzt mit meinen Angaben?«
»Wir werden sie bearbeiten. Ich spreche mit meinem direkten Vorgesetzten darüber, dann sehen wir, was wir tun können.«
Sie blinzelt und seufzt kurz auf.
»Mach das, kleiner Stig, mach das.«
Er beißt die Zähne zusammen. Kein Mensch darf ihn »kleiner Stig« nennen. Er ist froh, dass die Tür zum Flur geschlossen ist. Erik hätte sich totgelacht. Er begleitet sie zurück zum Ausgang. Gibt ihr wieder die Hand. Gerade als sie gehen will, sagt sie noch:
»Weißt du nicht, dass es eine Sünde ist, Karten zu spielen? Auch am Computer. Sei achtsam, Stig Rönnlund. Ich bin zwar alt, aber ich sehe immer noch gut. Und glaube nicht, dass Gott dich hinter deinem Schreibtisch nicht sieht, denn das tut er.«
Dann nimmt sie ihre Körbe und geht hinaus zu ihrem Fahrrad.
Stickan kehrt in sein Büro zurück, reißt das Blatt aus dem Block, auf das er Wörter wie »Moor« und »illegales Gebäude« gekritzelt hat, und stopft es direkt in den Reißwolf.
Eine Anzeige gegen Sergej aufsetzen.
Nie im Leben.

Er hört klackende Absätze auf dem Flur. Es ist Sonja.
»Kommst du, Stickan? Alle warten auf dich im Konferenzraum. Diese beiden Neuen sind jetzt da. Es gibt frischen Kaffee und Gebäck. Solches mit Nüssen drin, das isst du doch so gerne«, sagt sie, bevor sie zurück zur Information klappert.
Stickan seufzt. Dieser Montag ist schlimmer als gewöhnlich. Jetzt werden sie wie die Schuljungen einen Verweis bekommen, von zwei verdammten Idioten aus Stockholm, die keinen blassen Schimmer davon haben, wie es ist, hier oben zu arbeiten, aber glauben, sie wüssten alles. Er nimmt seine Tasse mit, die noch kein einziges Mal gespült wurde, seit er sie vor zwei Jahren gekauft hat, und geht zum Konferenzraum. Dort sitzen die meisten, die an diesem Tag im Dienst sind. Selbstverständlich Polizeidirektor Åke Vallgren und Kripochef Mats Julin mit gefüllten Kaffeetassen; das fettige Kopenhagener Gebäck liegt vor ihnen auf Servietten, auf denen *Frohe Ostern* steht. Sie müssen aus irgendeinem alten Restpostenbestand stammen. Außerdem ist Sofia Blind da, ein Frauenzimmer, das starrsinnig versucht, Sexualverbrechen gegen Kinder aufzudecken, obwohl alle wissen, wie viel sich solche Gören zusammenreimen und ausdenken können. Der Kriminaltechniker Rolf Blom und sogar der Staatsanwalt Sture Holmlund sind anwesend. Letzterer muss extra eingeladen worden sein. Stickan nimmt neben Erik Platz, der so diskret wie möglich hustet. Stickan wirft einen Blick unter den Tisch, und tatsächlich liegt dort einer von Åkes Elchhunden. Es sieht aus, als würde Erik weinen, aber er ist nur extrem allergisch gegen Hundehaare. Dennoch will er sich nicht mit dem Chef überwerfen, der immer einen seiner Jagdhunde mit zur Arbeit bringt.

»Hatschi«, niest Erik und schnäuzt sich in eine der Osterservietten.
»Jetzt kommen sie«, ruft Sonja vom Flur aus, und kurz darauf wird der Türrahmen vom größten Menschen, den Stickan je gesehen hat, verdunkelt.
Er muss sich geradezu bücken, um durch die Tür zu kommen. Teufel noch einmal. Stickan erstarrt.
Vor seinen Augen, an seinem Arbeitsplatz, offenbart sich der Chef der Unterwelt in Eigenschaft eines übergeordneten und unabhängigen Polizisten aus Stockholm. Das ist nicht zu fassen! Das kann nicht die richtige Person sein. Ein Mann, der aussieht wie dieser Kanake, kann vielleicht Zigaretten oder Waffen schmuggeln. Aber nicht der lange Arm des Gesetzes sein. Und hat er sich seine Uniform aus irgendeinem alten Vorhangstoff selbst genäht? So große Uniformen gibt es doch gar nicht, denkt Stickan, während er gleichzeitig überlegt, wie er den Bericht löschen kann, den er selbst so eifrig am Abend zuvor in einer Überstunde niedergeschrieben hat.
Hinter dem Leuchtturm folgt das Anhängsel. Diese Bazille, das Mädchen, das in der Kneipe dabei war, ist es überhaupt volljährig? Und hat es seine Uniform auch selbst zusammengeschustert? Aus einem Taschentuch? Oder vielleicht zweien?
Die beiden Neuankömmlinge sehen sich im Raum um, nicken kurz und setzen sich dann auf die ihnen zugewiesenen Plätze. Sonja stolziert um sie herum, schenkt Kaffee ein und drängt ihnen Gebäck auf. Aber der Riese sagt: »Nein danke, ich bin Veganer.«
»Aber in Kopenhagener Gebäck ist doch kein Fleisch«, ruft Sonja erschrocken aus, beinahe als habe er sie geschlagen.

»Ich bin sehr orthodox, wissen Sie, und Fett ist oft tierischer Herkunft. Ich möchte kein Risiko eingehen. Außerdem brauche ich nicht mehr zu wachsen.«

Niemand sagt etwas. Die Frau neben ihm verdreht ein wenig die Augen, es sieht fast so aus, als sei sie entrüstet.

Verdammt, Rafael, denkt Hedvig. Mach es nicht schlimmer, als es ist. Gestern noch hast du ein blutiges Beefsteak gegessen. Sie finden uns ohnehin schon seltsam.

Sonja versorgt sich mit einer Tasse Kaffee und dem größten Gebäckstück, das noch übrig ist. Sie war es, die auf das Brotkörbchen mit blauer und gelber Acrylfarbe, die sie im Konsum erstanden hatte, das Emblem der Polizei gemalt hat. Die kleine, neu eingetroffene Frau schiebt Sonja einen Stuhl zu, die errötend sagt: »Oh, nein, ich bleibe nicht, ich sitze nur in der Telefonzentrale. Außerdem verbrennt man mehr Fett, wenn man im Stehen isst. Das habe ich in der Zeitung gelesen.«

Dann klappert sie den Flur entlang davon.

Åke schließt hinter ihr die Tür und unterbricht dann die leicht angestrengte Stille.

»Im Namen der Polizeibehörde heiße ich unsere Kollegen aus dem Süden hier willkommen. Wir wissen alle, warum Sie da sind, aber über den Grund haben wir unterschiedliche Auffassungen. Ich habe zu diesem kleinen Treffen eingeladen, damit Sie die Gelegenheit haben, so viele wie möglich von uns kennen zu lernen, und damit wir unsere Sicht auf die Dinge schildern können. Willkommen, Hedvig Ek und Gabriel …«

»Rafael«, sagt Rafael.

»Ja, Rafael, wie auch immer man Ihren Nachnamen ausspricht.«

»Flores Alba«, sagt Rafael.

»Ja, hm, Alba«, wiederholt Åke.
»Flores Alba.«
»Genau, willkommen hier bei uns.«
Dann beginnt Åke mit einer Erläuterung, der die beiden Neuankömmlinge ganz und gar zustimmen. Sie handelt davon, dass Geldmangel herrscht, zu wenig Polizisten für einen geografisch extrem großen Bezirk zuständig sind und es zu viele Krankschreibungen gibt. So weit sind alle einer Meinung. Aber hinsichtlich der Prioritätenliste weichen die Ansichten voneinander ab.
»Wir setzen das schwere internationale Verbrechen an erste Stelle, wissen Sie«, sagt Åke und schiebt sich seine Lesebrille in die Stirn.
»Grenzüberschreitender Frauenhandel ist ein schweres internationales Verbrechen«, sagt die Frau aus Stockholm.
Der Polizeichef ergreift wieder das Wort. »Das Gesetz macht sehr hohe Auflagen, wenn es um solchen Sexhandel geht. Wir müssen die Täter im Prinzip in flagranti ertappen, wenn es zu einer Anklage kommen soll. Die Strafe beträgt zudem nicht mehr als sechs Monate oder ein Bußgeld, wie Sie wissen, deswegen konzentrieren wir uns stattdessen auf Drogen- und Waffenkriminalität«, sagt Åke.
»Die Höchststrafe für Menschenhandel zum Zwecke der Prostitution beträgt zehn Jahre Haft. Ist das hart genug?«, fragt Hedvig, und ihr ist klar, dass sie bereits gehasst wird.
»Es ist ein unerhört schwieriges Unterfangen, so ein Verbrechen zu beweisen. Geben Sie uns alle Polizeikräfte zurück, die wir in den letzten zehn Jahren eingebüßt haben, vielleicht können wir dann ein paar Ermittler ausschicken.

Außerdem ist es doch so, dass die Frauen, von denen wir jetzt sprechen, nicht mit der Polizei zusammenarbeiten wollen. Sie tun das hier doch, weil sie es wollen, sie wollen Geld mit ihrem Körper verdienen«, sagt Åke.

»Wie viele Prostituierte haben Sie im letzten Jahr verhört?«

Diese verdammte Tussi ist schonungslos.

Stille.

»Hm«, sagt Åke schließlich.

»Wie viele?«

»Keine.«

Er sagt es leise und äußerst widerstrebend.

»Woher wissen Sie dann, dass sie nicht aussagen wollen?«

Erneutes Schweigen.

Der Riese holt tief Luft und spricht dann zu ihnen, ganz ohne Akzent. Bei dem Namen hätte man denken können, dass er einen Dolmetscher braucht.

»Über ein Jahr lang haben Sie keine einzige Untersuchung wegen des Verdachts auf Prostitution oder eines Verstoßes gegen das Gesetz zur Bekämpfung von Menschenhandel zum Zwecke der Prostitution eingeleitet. Obwohl wir über Informationen verfügen, die darauf hindeuten, dass der Frauenhandel an der finnischen Grenze besonders floriert. Russische Frauen werden über die Grenze nach Schweden zu schwedischen Männern gebracht, die für Sex bezahlen. Dass es nicht zur Anklage gekommen ist, ist vielleicht eine Sache, aber wie erklären Sie, dass Sie keine verdächtigen Fälle und konkreten Tipps untersuchen?«

»Nun ist die Sache ja nicht so einfach, wie Sie versuchen, sie darzustellen. Wenn es um Angaben sexueller Natur geht, lügen die Menschen deutlich mehr als sonst. Man möchte sich interessant machen und prahlen. Es gibt so viele Gerüchte. Nicht zuletzt vom hiesigen Frauenhaus«, sagt der Polizeichef.

Hier macht Åke eine Pause, bevor er fortfährt: »Viele haben etwas gehört oder glauben, etwas zu wissen, aber die wenigsten wissen etwas Konkretes. Nur weil Frauen aus einem bestimmten Land zusammen in einer Wohnung wohnen, heißt das noch nicht, dass sie Prostituierte sind; nur weil sie an irgendeiner Tankstelle in einen Wagen mit schwedischem Nummernschild steigen, bedeutet es nicht, dass sie dabei sind, sich zu verkaufen. Sie müssen auch daran denken, was das bei all den netten und gesetzestreuen Frauen aus Russland bewirkt, die hier wohnen. Sie fühlen sich durch all diese Gerüchte gebrandmarkt! Diejenigen, die nichts getan haben. Es ist schlimm, dass sie so bestraft werden sollen«, sagt Åke und lehnt sich über den Konferenztisch.

»Ich spreche nicht von gesetzestreuen Personen. Um die braucht die Polizei sich nicht zu kümmern. Um sie geht es hier nicht«, sagt Rafael.

»Das können Sie leicht sagen! Hier kennen sich alle, und es sind ungeheuer ernste Beschuldigungen, mit denen Sie hier ankommen«, sagt der Kripochef Mats Julin.

Åke spricht mit dem Mund voll Gebäck: »So etwas kann man schließlich nicht geheim halten, das verstehen Sie doch. In Kleinstädten wissen die Leute über ihre Nachbarn Bescheid. Es ließe sich nichts machen, ohne dass jemand etwas erführe.«

»Aber wenn man auf einem abgelegenen Hof im Wald wohnt?«, fragt Rafael.

»Vor der Abzweigung zum kleinen Schotterweg in den

Wald ist eine Kreuzung. Wenn dort viel Verkehr herrscht, wissen die Leute darüber Bescheid«, sagt Åke und füllt sich Kaffee nach.

»Und angenommen, sie wissen Bescheid, angenommen, alle wissen, was vor sich geht, könnte es dann sein, dass sie schweigen? Weil sie sich gegenseitig in der Hand haben, weil sie verwandt miteinander sind oder zusammen auf die Jagd gehen oder gemeinsam Schnaps brennen?«

»Hören Sie mal, so etwas bildet ihr Stockholmer euch doch ein! Das ist völliger Unsinn! Weder jagen wir illegal, noch betreiben wir Schwarzbrennerei! Wenn Sie solche Vorurteile haben, können Sie gleich wieder nach Hause fahren.«

»Sie wissen genauso gut wie ich, dass wir einen Auftrag erhalten haben. Nicht von Ihnen, sondern von höherer Stelle. Es geht nicht darum, Sie zu überprüfen, um herauszufinden, ob Sie richtig oder falsch gehandelt haben. Das Einzige, was wir versuchen sollen, ist, einen Anhaltspunkt zu finden, um selbst beurteilen zu können, ob es sich nur um Gerüchte und unsinniges Gerede handelt, wie Sie behaupten. Wir werden unseren Auftrag ausführen, was auch immer Sie darüber denken mögen. Wir haben die Erlaubnis, auf eigene Faust zu handeln, wie Sie wissen«, sagt Rafael.

Unter dem Konferenztisch gibt der Elchhund des Polizeidirektors einen geräuschvollen Furz von sich, der nach Trockenfutter stinkt.

»Aber Lola«, sagt Åke und wedelt verärgert mit der Hand.

Staatsanwalt Sture Holmlund zieht seine venezianische Rohseidenkrawatte zurecht und sagt: »Mir ist eigentlich nicht ganz klar, warum ich hier anwesend sein soll. Ich

gehöre ja schließlich einer ganz anderen Behörde an. Die Polizei sollte ihre Probleme intern regeln.«
Rafael erwidert: »Aber Sie tragen auch eine gewisse Verantwortung. Wenn Sie Kenntnisse über ein mutmaßliches Verbrechen haben und keine Untersuchung einleiten, begehen Sie selbst ein Verbrechen. Ihre Behörde hat landesweit den niedrigsten Prozentsatz an gerichtlichen Vorladungen wegen Sexualverbrechen und Gewalt gegen Frauen und Kinder. Wie erklären Sie sich das?«
Der Staatsanwalt überlegt einen Moment, dann erhebt er sich, rückt den Stuhl zurecht und verlässt ohne ein Wort den Raum.
Alle schauen auf Rafael, der sagt: »Tja, dann fangen wir wohl mit der Arbeit an.«
»Warten Sie einen Moment.«
Åke hebt die Hand.
»Das war doch wohl unnötig. Und ich bin noch nicht fertig. Natürlich werden wir mit Ihnen zusammenarbeiten, damit Sie Ihren Auftrag ausführen können. Aber ich möchte Sie warnen, Sie werden mit Sicherheit enttäuscht werden. Hier gibt es nichts von dem, was Sie andeuten. Nichts! Keinen Menschenhandel, keine Prostitution. Gäbe es das, hätten wir dem bereits Einhalt geboten. Nun dachte ich daran, Ihnen einen eigenen Streifenwagen zuzuteilen, dann können Sie sich heute in den normalen Dienst eingliedern.«
Hedvig und Rafael starren ihn an.
»Auf die Art gewinnen Sie ein besseres Verständnis dafür, wie es bei uns hier oben zugeht. In Wirklichkeit. Damit Sie Ihren hochwohlgeborenen Chefs da unten in der königlichen Hauptstadt die Wahrheit erzählen können.«
Hedvig gewinnt als Erste wieder die Fassung.

»Natürlich. Selbstverständlich«, sagt sie.
»Gut. Mats kümmert sich im kleinen Konferenzraum um die Einteilung«, sagt Åke.
»Oh, nein! Da trifft sich doch die ›Lustige Truppe‹!«, wendet Stickan ein.
»Müssen wir eben ausweichen«, antwortet Erik.
Dann niest er so, dass Gebäckkrümel über den gesamten Konferenztisch fliegen.

»Kommen Sie zunächst einmal noch mit zu mir, dann können wir etwas ungestörter miteinander reden. Ich möchte auf keinen Fall wie ein Bremser wirken oder den Eindruck erwecken, ich würde mich der Entscheidung, dass Sie hier sind, widersetzen. Selbstverständlich dürfen Sie völlig frei agieren, niemand von uns denkt daran, sich einzumischen. Hier entlang, mein Büro liegt dort vorne links«, sagt Åke und treibt Hedvig und Rafael vor sich den Gang entlang.
»Aber Sie verstehen bestimmt, dass diese Angelegenheit starke Emotionen weckt. Die Leute hier im Haus, die lange an dieser Sache gearbeitet haben, fühlen sich ganz einfach übergangen und in Frage gestellt. Ich hoffe, Sie begreifen das?«
Weder Rafael noch Hedvig antworten ihm, stattdessen setzen sie sich schweigend auf ein braunes Ledersofa, das dem breiten Schreibtisch, der voller Papiere ist, genau gegenübersteht. Åke folgt Hedvigs Blick, der an einer Fotografie auf dem Schreibtisch hängen geblieben ist. Er deutet mit dem Kopf darauf: »Das ist Birgitta, meine Gattin. Eine wirklich talentierte Frau. Sie ist Ärztin. Kümmert sich um diejenigen, die es schwer haben. Ich bin so stolz auf sie«, sagt er beinahe schüchtern.

Die Frau auf dem Bild sieht apart aus.
Hedvig nickt, weil sie den Eindruck hat, es sei angebracht.
»Ich liebe sie über alles auf der Welt, wirklich.«
Einen Augenblick lang ist es still, dann sagt Rafael: »Entschuldigen Sie die Frage, aber was ist denn diese ›Lustige Truppe‹?«
Åke fährt sich mit der Hand in den Hemdkragen, bevor er antwortet: »Es ist ein Versuch, die Zufriedenheit am Arbeitsplatz zu erhöhen, könnte man sagen. Als ich diese Stelle antrat, gab es viele Klagen von Seiten der Gewerkschaft, darüber, dass die Leute sich aufreiben, ohne jemals etwas Freundliches zurückzubekommen. Dieser Job ist schließlich nicht immer besonders spaßig oder schön, wenn man so will. Deshalb wurde die ›Lustige Truppe‹ gegründet, und im Moment ist sie gerade dabei, einen Ausflug ins Polizeimuseum nach Stockholm zu organisieren, glaube ich. Dort soll es viele interessante Mordwerkzeuge geben, die man studieren kann. Und abends ist ein Theaterbesuch geplant, irgendetwas mit einer Mausefalle, habe ich gehört. Man könnte das Ganze als Studienreise bezeichnen, ja als Fortbildung geradezu«, sagt Åke.
»In dem Stück spielt ein Polizist eine entscheidende Rolle«, erwidert Hedvig.
»Aha, ist das so? Wie nett«, meint Åke.
»Wir dachten daran, uns ein wenig umzuschauen«, sagt Hedvig und steht auf. Sie will keine Sekunde länger hier sitzen und bei zwanghafter Konversation Wurzeln schlagen.
Åke nickt und seufzt: »Ja. Natürlich, tun Sie das. Aber wie gesagt, hier gibt es nichts zu entdecken. Sie werden unverrichteter Dinge wieder nach Hause fahren müssen.«

Später, nachdem sie ihren ersten Arbeitstag absolviert haben und bei diversen Routineeinsätzen mehr Kilometer gefahren sind, als Hedvig jemals für möglich gehalten hätte, gehen sie und Rafael in den Fitnessraum der Polizeiwache hinunter und trainieren eine Runde, um den Kopf freizubekommen. Beide konzentrieren sich ganz auf ihren eigenen Körper, darauf, die Bewegungen korrekt auszuführen und so lange wie möglich durchzuhalten. Rafael weiß, dass Hedvig gut trainiert ist, dennoch staunt er darüber, wie eine so kleine Frau wie sie so viele Gewichte heben und stemmen kann. An der einen Wand sind Spiegel angebracht. Hedvig sieht verbissen aus, um nicht zu sagen wütend. Rafael lacht heimlich.

Hedvig schließt die Augen und fährt fort, bis ihre Muskeln vor Übersäuerung brennen. Ihr Kopf entspannt sich, ihre Wut erhält eine Richtung: noch einmal, noch einmal … Wenn sie kurz davor ist aufzugeben, denkt sie an Anders, und dadurch schafft sie immer noch einmal. Seinetwegen.

Dann dehnt sie sich. Straffe Muskeln und viel Kraft. So will sie sein. Sie brilliert vor Rafael, indem sie in den Spagat geht. Aber Rafael lacht nur.

4

Der Morgen ist kühl, die Luft klar. Es dampft zwischen den Bäumen, als Åke zu seinem Hochsitz geht. Seiner Meinung nach ist die Elchjagdsaison die beste Zeit im Jahr. Da nimmt er seinen restlichen Urlaub und seine Überstunden und positioniert sich zusammen mit Lola und den Jungs vom Jagdverein im Wald. Beinahe vierundzwanzig Stunden am Tag sind sie draußen, umgeben von Mannsbildern, wilden Tieren, Waffen und Flachmännern. Mit orangefarbenen Bändern um Schirmmützen und Hüte. Besser kann man es auf dieser Welt nicht haben.

Er ist im selben Jagdverein wie Sergej Björkman, der Elchhundzüchter. Und sie jagen in Sergejs Revier. Åke hat bereits am ersten Tag ein Elchtier geschossen, aber danach blieb es beunruhigend still. Jetzt muss es bald wieder so weit sein. Sie haben aus der Ferne zwei einjährige Jungtiere gesehen. Vielleicht erwischen sie wenigstens das eine.

Åke behält Lola angeleint, aber die Hündin bleibt vor einer mächtigen Fichte stehen und markiert. Wie sehr Åke auch an der Leine zieht, der Hund will ihm nicht folgen. Er signalisiert, dass eben dort, unter der Fichte, eine erlegte Beute liegt.

Åke ärgert sich über die Hündin, bis er erkennt, dass wohl tatsächlich etwas dort liegt. Er geht in dem nassen Gras

näher heran, ein paar rote Blätter bleiben an seinen grünen Stiefeln hängen. Der Hund zieht an der Leine.
Zunächst begreift er nicht, was er sieht. Er schiebt einen der untersten Zweige beiseite. Der ist steif, und die Nadeln streifen sein Gesicht. Zunächst sieht es nur nach einem Haufen alter Lumpen aus. Irgendein braun geblümter Stoff, feucht und schmutzig. Er will gerade den Zweig loslassen, als er sich aus einem Impuls heraus tiefer beugt. Die Hündin springt um seine Beine herum und ist völlig außer sich.
Auf einem Kissen wird ein Hinterkopf sichtbar, mit grauem, verworrenem Haar, und darüber liegt eine Decke; sie ist es, die geblümt ist. Er hebt die Decke am oberen Ende ein wenig an, nur um bestätigt zu bekommen, was ihm gerade klar geworden ist: Hier liegt ein toter Mensch gebettet.

Wenig später wimmelt der Wald von Menschen. Kriminaltechniker Rolf Blom ist mit dem Wagen der Spurensicherung eingetroffen, eigensinnig trägt er seine Taschen, Plastikplanen und Tüten vom Schotterweg den halben Kilometer in den Wald, wo die Leiche liegt.
»Was ist passiert?«, fragt Sergej, der mit seinen Hunden herbeikommt und eine Portion Kautabak anbietet, doch Åke lehnt ab.
»Ein Toter. Unter der Fichte liegt ein Toter.«
»Oh, verdammt«, sagt Sergej. »Wer kann das sein?«
Åke ist zu sauer, um zu antworten. Er sitzt auf einem Stein und kaut wütend auf einem Nikotinkaugummi. Das war's dann mit der Elchjagd. Jetzt gibt es anderes zu tun, so viel ist klar, obwohl das eigentlich Mats' Baustelle ist. Aber wie sähe das aus, wenn man einen Todesfall an den

Hals bekommt, und der Polizeichef macht weiter Urlaub?

»Was ist das für ein verdammter Penner, der sich mitten im Wald unter eine Fichte legt? Hier gibt es doch keine Feuerstelle oder sonst irgendetwas«, sagt er zu Mats, der auch in den dichten Nadelwald gekommen ist. Mats hat Rolf Blom eine Zeit lang während der Arbeit über die Schulter geschaut.

»Das hier ist kein Obdachloser. Es scheint jemand zu sein, der erschlagen wurde«, erwidert Mats trocken.

»Was zum Teufel sagst du?«

Åke bindet Lola an eine junge Kiefer. Die beiden Männer nähern sich Rolf Blom, der mit seinen Planen und Plastiktüten unter der Fichte hockt.

»Gewalteinwirkung mit einem stumpfen Gegenstand am Kopf. Mehr kann ich jetzt noch nicht sagen«, sagt Rolf.

»Wer ist es denn?«

»Das ist im Moment noch schwer festzustellen. Wir müssen den Betreffenden ein wenig säubern und dann genauer anschauen.«

Sergej nimmt seine Hunde und geht zurück zum Auto.

»Wir hören voneinander«, sagt er.

»Ja«, sagt Åke.

Es blitzt zwischen den Bäumen auf. Die idiotische Fotografin von *Norrbottens Allehanda* hat natürlich mit ihrem verdammten Radio, das sie wahrscheinlich sogar mit ins Bett nimmt, den Polizeifunk abgehört.

»He, Sie. Verschwinden Sie jetzt.«

»Was ist passiert?«

»Wir können noch nichts sagen. Bei den Vorermittlungen herrscht Geheimhaltungspflicht, wovon Sie sicher schon gehört haben. Oder gehört haben sollten.«

Es ist eine Neue, ein mit Teleobjektiven behängtes Frauenzimmer. Wie will sie mit diesen digitalen Ungetümen fertig werden?, fragt sich Åke. Aber sie blitzt munter drauflos, und er hat den Eindruck, als würde auch er auf einen Teil der Bilder geraten.

»Wen haben Sie gefunden?«

»Kein Kommentar«, sagt Åke und treibt die Frau vor sich in Richtung Straße.

Dann fällt ihm Lola ein, und er muss noch einmal kehrtmachen. Die Fotografin nutzt sofort die Gelegenheit, näher an den Fundort heranzukommen, aber dann wird ihr Lola auf die Fersen geschickt, und schnell nimmt sie Kurs auf ihr Auto.

Åke setzt sich in seinem Dienstwagen seufzend hinter das Steuer. Es ist doch typisch, dass man nie seine verdammten Überstunden abfeiern kann, ohne dass aus dem Nichts erschlagene Leute auftauchen.

Auch im SKL, dem Staatlichen Kriminaltechnischen Laboratorium in Linköping, bricht ein Herbstmorgen an. Die Laborantin Fanny Olsson steht mit einer großen Kiste in den Händen in der Biologie, der Biologischen Abteilung. Die Kiste enthält die Kleider einer toten Person aus Nordschweden. Von dort kam ein Anruf, natürlich mit der Bitte um vorrangige Behandlung. Jeder einzelne Techniker und Untersuchungsleiter verlangt, dass gerade sein Fall schnell erledigt wird. Wenn sie wüssten, wie viel Arbeit das SKL hat. DNA-Analysen machen einen immer größeren Teil innerhalb der technischen Voruntersuchungen und der Beweisführungen der Ankläger aus. Das Volumen erhöht sich lawinenartig. In diesem speziellen Fall gibt es bisher noch keinen mutmaßlichen Täter, und

dann ist es schlichtweg unmöglich, eine privilegierte Behandlung zu bekommen, das versteht sich von selbst.
Aber manchmal muss man einfach Glück haben. Fanny Olsson ist nicht nur Laborantin, sondern auch Doktorandin und Expertin für Zerfallszeiten in feuchten Milieus. Als sie daher erfährt, dass dieses Opfer in einem Wald, wenige Kilometer von einem großen Moor entfernt, gefunden wurde, bittet sie darum, die Kleider gesondert untersuchen zu dürfen. Und damit wird der Fall doch vorrangig behandelt.
Sie geht in einen der großen, hellen Räume, die ihr zur Verfügung stehen. Auf den hohen Tischen hat sie bereits meterweise gewöhnliches braunes Packpapier ausgebreitet. Vorsichtig legt sie den Inhalt der Kiste auf das Papier. Dabei entsteht ein lebendiges Bild. Ein unmoderner, zerbeulter Hut aus irgendeinem Wollstoff, ein Baumwollhemd und eine dunkelblaue Hose aus synthetischem Material, eine hellbraune, dicke Strumpfhose, die an mehreren Stellen mit braunem Garn gestopft ist, was wie lange Narben aussieht, sowie ein Paar ordentliche braune Wanderschuhe. Ein Bettlaken mit Decke und ein Kopfkissen samt Bezug befinden sich in einem anderen Karton. Die Tische sind bald voll. Fanny schaltet die tief hängenden Lampen ein und betrachtet konzentriert, was vor ihr liegt. Es sind alles praktische und funktionelle Gegenstände. Sie zieht die Latexhandschuhe höher und rückt den weißen Kittel zurecht, den sie trägt, um nicht selbst die Proben zu kontaminieren. Überall hinterlassen wir Spuren und Abdrücke, denkt sie, bevor sie sich daranmacht, die Schuhe zu untersuchen.

5

Der Mann, nach dem Irina in der Sauna den Eimer geworfen hat, wird wütend, weil sie sich sträubt und nicht tut, was man ihr sagt. Sie weigert sich einfach. Woher sie die Kraft nimmt, weiß sie selbst nicht, wahrscheinlich entspringt sie gleichermaßen dem Schrecken wie der Verzweiflung.

Sie sollen mich lieber töten, als dass ich tue, was sie wollen, denkt sie und flieht aus der Sauna ins Haus hinauf. Alles Greifbare, das sie findet, schleudert sie dem Mann entgegen. Lampen, Schalen, Schuhe. Sein Lachen geht in ein immer wütenderes Fluchen über. Sergej hat es ihm schließlich erlaubt. Er wurde gewarnt, dass sie schwer zu bändigen sei, es sei beinahe unmöglich, aber erst jetzt begreift er, wie stur sie tatsächlich ist. Die kleine Hure. Warte nur, bis ich dich erwische …

Sie verbarrikadiert sich in einem der Schlafzimmer im ersten Stock. Rechtzeitig gelingt es ihr, den Schreibtisch und das dürftige Bett vor die neue, starke Kieferntür zu schieben. Er steht davor und trommelt eine Weile dagegen, schreit und flucht fürchterlich. Verängstigt versucht sie ein Fenster aufzubekommen, aber sie sind verriegelt und lassen sich nicht öffnen, so dass sie nicht entkommen kann.

Gerade als sie bereit ist aufzugeben, sich ihrem Henker auszuliefern, hört das Wummern an der Tür auf.

»Ich hole Sergej«, ruft der Mann mit einer tiefen Stimme wie aus der Unterwelt.
Das einzige Wort, das Irina versteht, ist der verhasste Name: Sergej. Sergej kommt. Jetzt wird er mich umbringen.
Sie hört den Mann mit wütenden, trampelnden Schritten, die durch das ganze Haus hallen, die Treppe hinuntergehen. Die Flüche sind immer undeutlicher zu hören, dann schlägt die Haustür zu. Es knackt im elektronischen Schloss, das nur Sergej und seine Männer mit Hilfe eines Codes öffnen können. Durch die Haustür kommt sie niemals hinaus. Seit das Auto abgefahren ist, steht sie unbeweglich in der Stille.
Wieder sucht die Hand am Hals nach dem Kreuz, das nicht mehr dort hängt. Dann handelt sie. Mit zitternden Händen schiebt Irina das Bett und den Schreibtisch beiseite, bis ein Spalt entsteht, der groß genug ist, um hindurchzuschlüpfen. Wenn er es sich nun anders überlegt und sofort kehrtmacht? Die Beine tragen sie kaum, als sie auf bloßen Füßen die Treppe hinunter in die Küche eilt. Sie öffnet den Kühlschrank.
Das Steak, das gestern übrig war, wo ist es? Wo? Sie reißt, zerrt, eine Packung Milch kippt um, und der Inhalt fließt über ihre Hände auf den Boden. Sie muss es finden. Da! Sie nimmt das in Frischhaltefolie eingewickelte Paket und sieht sich um. Ein Wachhund bellt und starrt sie mit gesträubtem Fell durch das Küchenfenster an. Sie schluckt, aber ihr Mund bleibt trocken.
Heilige Mutter Gottes, steh mir bei. Führe mich von hier fort.
Irina wickelt die rechte Hand in ein Küchentuch und greift nach einem steinernen Kerzenhalter. Sie denkt, dass

sie den Moment, da ihre Flucht entdeckt wird, so lange wie möglich hinausschieben muss, daher geht sie in das Schlafzimmer, das im Erdgeschoss auf der Rückseite des Hauses liegt. Gerade als sie den schweren Kerzenhalter gegen die Scheibe schlägt, durchzuckt sie der Gedanke, dass das Fenster vielleicht mit einem Alarm gesichert ist. Jetzt gibt es kein Zurück mehr. Umso größere Eile ist geboten.

Das Fensterglas gibt einen dumpfen Laut von sich, aber es lässt sich weniger leicht einschlagen, als sie vermutet hatte. Sie fühlt Panik in sich aufsteigen, legt ihre ganze Kraft in den nächsten Schlag, und das Fenster zersplittert. Falls sie sich verletzt, spürt sie es nicht. Schnell bricht sie alle Splitter heraus. Im Gras unter dem Fenster bellt der Hund wie verrückt. Sie greift nach einem Kissen und legt es auf den Fensterrahmen, um sich nicht zu schneiden.

Das Fleisch, wo ist das Fleisch? Ihre Hände zittern so sehr, dass sie es kaum schafft, das Paket zu öffnen. Sie nimmt das große Fleischstück und wirft es so weit, wie sie kann. Der Hund springt hinterher und stürzt sich darauf. Ein weiterer borstiger Hund kommt herbeigerannt, und sie beginnen, um das Fleisch zu kämpfen.

Sie fällt eher, als dass sie aus dem Fenster springt. Sieht sich nicht nach den Hunden um. Rennt, rennt, rennt auf den enormen Zaun zu. Nicht daran denken, dass es nicht klappen könnte, ich muss darüber, bevor die Hunde etwas merken, muss es schaffen. Ihre Geschwindigkeit hilft ihr, ein gutes Stück den grobmaschigen Draht hinaufzugelangen. Erst jetzt fällt ihr auf, dass sie barfuß ist, aber vielleicht ist es gut so, die Füße finden ohne Schuhsohlen zwischen sich und dem Metallnetz einen besseren Halt. Sie klettert, zieht sich empor, sieht den Stacheldraht ganz oben, nicht zurückschrecken jetzt, Jesus, hilf mir! Die Hunde haben ihren Fluchtversuch bemerkt, sie springen und schnappen nach ihr, und es scheint, als hebe sie der Schreck das letzte Stück über den Zaun hinüber. Einmal auf der Außenseite, stürzt sie beinahe senkrecht hinunter. Die Füße gehorchen nicht, die Beine wollen sie nicht tragen. Ganz in der Nähe die rasenden Hunde. Nur ein dünnes Gitter trennt sie von ihnen. Verwundert blickt sie in die rosaroten, geifernden Mäuler.

Irina steht auf, wankt. Und jetzt? Wohin, und wie weiter? Sie können jeden Augenblick kommen, der wütende Mann wird bald zurück sein, und dann hat er Sergej bei sich. Sie werden die Hunde loslassen. Diese Erkenntnis bringt sie in Bewegung. Sie hinkt eilig den Sumpf entlang. Mit einem Bein scheint etwas nicht in Ordnung zu sein, aber sie hat jetzt keine Zeit, sich darum zu kümmern. Die Jeans ist zerrissen, und ihre Hand wird blutig, als sie sich an den Schenkel fasst.

Halb in dem sumpfigen Boden versinkend rennt sie am Rande des Moors entlang, wo es unter den Bäumen rotgolden leuchtet. Noch nie zuvor hat sie so viele Preiselbeeren gesehen. Sie geht so weit ins Wasser hinein, wie sie es sich traut, damit die Hunde verwirrt werden und ihre Spur verlieren. Zum Schluss wankt sie zurück in den Wald, geht weiter und weiter, im halben Laufschritt, geduckt. Ein schmerzhaftes Pochen macht sich langsam bemerkbar, sowohl im Gesicht als auch im Bein. Sie beißt die Zähne zusammen, zwingt sich weiterzugehen. Sie gelangt an einen Schotterweg, biegt aber wieder in den Wald ab, entdeckt einen weichen, mit Baumnadeln bedeckten Pfad, folgt ihm und hofft, dass er sie zugleich fort und nach Hause führt. Sie bleibt stehen und lauscht keuchend.

Alles ist still. Dann hört sie aus der Ferne Hundegebell. Holt tief Luft. Fällt auf die Knie.
Sie zwingt sich, wieder aufzustehen. Es ist zu früh, um zu danken. Sie ist noch nicht in Sicherheit. Wenn sie ihr nun folgen und sie zurückbringen.

Viola Uusitalo hat sich nie als Privatdetektivin verstanden. Sie ist nicht der Typ, der herumspioniert, findet sie zumindest selbst. Dennoch ist es eine Art Beschattung, die sie vornimmt, als sie so nahe, wie sie sich heranwagt, unweit des neuen Hauses im Moor, hinter einem großen, bemoosten Stein hockt. Stig Rönnlund traut sie keine Sekunde. Schon als Kind war er ein hoffnungsloser Fall. Heulte bei der geringsten Kleinigkeit und hing seiner Mutter am Rockzipfel.
Das Haus ist auf einer kleinen Anhöhe unmittelbar neben dem Moor errichtet. Es müssten doch noch andere außer ihr bemerkt haben, dass Holz hierher transportiert wurde, oder geschah es nachts? Die vielen Mücken und Bremsen müssen eine wahre Plage sein, wenn die Zeit kommt. Und warum brauchen sie einen so hohen Zaun? Mit Stacheldraht obendrauf? Das hier ist kein gewöhnliches Wohnhaus. Es ist nicht normal.
Sie hält die Luft an, als die Haustür auffliegt und ein großer Kerl, den sie noch nie gesehen hat, herausstürzt. Er schreit und flucht, wirft sich in den Wagen, lässt den Motor aufheulen, fährt durch das Tor, muss aber noch einmal aussteigen, um hinter sich abzuschließen. Dann lässt er zwei große Hunde frei. Sind es Wachhunde? Viola steht ganz still da, als der rote Wagen wie ein Pfeil den Schotterweg entlangschießt.
Nun ja, sie sollte jetzt wohl doch lieber verschwinden. Es

könnten gefährliche Dinge sein, die hier vor sich gehen. Vielleicht sollte sie zurück zur Polizei fahren und darum bitten, mit Stigs Chef sprechen zu dürfen.
Gerade hat sie die Thermoskanne mit dem schwarzen Kaffee in den zerschlissenen, ausgebleichten grünen Baumwollrucksack gepackt, als sie ein dumpfes, klopfendes Geräusch hört, das in ein Klirren übergeht. Etwas fliegt durch das zerbrochene Fenster. Die Hunde schlagen sich wie wild darum, was auch immer es sein mag. Dann sieht Viola etwas aus dem Fenster springen und in Richtung Zaun rennen. Es muss ein Mensch sein. Er macht sich daran, den Zaun hinaufzuklettern. Violas Puls fängt an zu rasen, sie wusste doch, dass hier seltsame Dinge geschehen. Es scheint sich um ein junges Mädchen zu handeln. Nein, jetzt bemerken die Hunde es! Viola weiß nicht, wohin sie sich wenden soll, es kommt ihr wie eine Ewigkeit vor, bis das arme Mädchen an der Außenseite des Zauns hinunterfällt und liegen bleibt. Viola ist nahe daran, sich auf den Weg zu ihm zu machen, als das Mädchen aufsteht und davonhinkt, geradewegs auf das Moor zu.
»Das kann nicht gut gehen«, denkt Viola, aber folgt dem Mädchen in einiger Entfernung.
Sie muss sich beeilen, um zu sehen, welchen Weg das hinkende Mädchen ohne Schuhe einschlägt. Eine ganze Weile laufen sie tiefer in den Wald hinein, und als Viola gerade denkt, dass es nicht viel länger durchhalten wird, bricht das Mädchen zusammen. Es zittert am ganzen Körper, und Viola eilt zu ihm.
»Fürchte dich nicht«, sagt sie und streicht ihm vorsichtig über das Haar.
Das Mädchen fährt zusammen und schaut sie panisch an.

Es ist schmutzig und blutet im Gesicht, eine hässliche Wunde klafft neben dem Mund.
»Kleines«, sagt Viola so sanft sie kann. »Fürchte dich nicht, Kleines.«
Tränen steigen in den Augen des Mädchens auf, das süß aussieht, aber sehr schmutzig und mager. Es ist noch ein Kind. Ein Strom russischer Wörter fließt aus seinem Mund, es ist sehr aufgeregt. Von all den Worten versteht Viola nur ein einziges. Es fällt wieder und wieder.
Sergej. Sergej. Sergej.
Viola nimmt das Kind in den Arm und wiegt es hin und her.
»Beruhige dich, beruhige dich.«
Aber das Mädchen steht auf, es ist unruhig, zeigt mit den Händen, dass jemand – Sergej – hinter ihnen her ist und jeden Moment kommen kann.
»Wir nehmen mein Fahrrad«, sagt Viola und führt das Mädchen bei der Hand.
Sie leitet es durch den Preiselbeerwald, an ihren besten Pilz- und Beerenstellen vorbei. Sie versteht, dass Eile geboten ist, auf eine Art und Weise, wie sie sie nie zuvor erlebt hat. Während sie gehen, denkt Viola darüber nach, welchen Weg sie einschlagen könnten, um zu ihrer Wohnung zu gelangen, ohne die Hauptstraße zu passieren.
Das Fahrrad steht ein Stück weit entfernt an eine Fichte gelehnt, an der Kreuzung zwischen dem breiteren Schotterweg und einem kleineren Waldweg. Einen Moment lang bleiben sie unschlüssig stehen. Sie sind zu zweit, aber es gibt nur ein Fahrrad. Das Mädchen ist es, das eine Lösung findet. Es fährt, während die alte Frau auf dem Gepäckträger sitzt.
So rollt ein ungewöhnliches Gespann durch den dichten

Wald, weg von dem Haus am Moor in Richtung Stadt. Eine magere Jugendliche mit Verletzungen im Gesicht und zerrissenen Jeans tritt mühsam die Pedale des schweren alten Damenrads. Hintendrauf, auf dem Gepäckträger, sitzt eine ältere Dame, die aussieht wie ein kleiner Spatz. Der Hut auf ihren selbst gelegten graublauen Dauerwellen hüpft auf und nieder. Indem sie dem Mädchen vorsichtig einen Klaps auf die eine oder andere Seite gibt, zeigt Viola ihm, wie es fahren soll, als sie sich der Stadt nähern.

Sie ist wie Großmutter, denkt Irina. Die Heilige Mutter Gottes hat meine Not erkannt und mir einen Engel zur Hilfe geschickt. Eine kleine alte Frau. Sergej wäre ziemlich erstaunt, wenn er das wüsste.

Sie hat die gleichen Hände wie Großmutter. Hände, die Marmelade einkochen können und Pilze sammeln und den Boden schrubben und Brot backen.

Wie im Nebel fährt Irina weiter, versucht, keinen Schmerz zu empfinden. Sie bekommt Angst, als sie am Waldrand Häuser auftauchen sieht, aber die kleine Oma auf dem Gepäckträger tätschelt ihr freundlich das unverletzte Bein. Als würde sie verstehen, dass Irina sich fürchtet.

6

Der Abteilungsleiter vom Konsum, Lasse, stapelt Tunfischdosen zu zwei symmetrischen Türmen. Die in Öl rechts, die im eigenen Saft links. Er hört es am Eingang läuten und eilt nach vorne, um zu sehen, ob er jemandem behilflich sein kann. Da steht ein maskierter Mann.

Nun ja, was heißt maskiert. Er hat die Kapuze seines Pullovers über den Kopf gezogen und trägt ein schwarzes Halstuch vor Mund und Nase.

»Money. Quick!«, ist alles, was er sagt.

Lasse will gerade protestieren, als er bemerkt, wie der Mann seine Jacke öffnet und diskret eine Schusswaffe vorzeigt, die er dort versteckt hält. Es ist unmöglich zu erkennen, ob es sich um einen Revolver oder eine Pistole handelt. Stattdessen zeigt Lasse also ein breites Lächeln und sagt »okay, okay«, während er die Tageseinnahmen in die schmutzige Plastiktüte legt, die der Dieb die zweifelhafte Freundlichkeit besaß mitzubringen.

Erst als der Mann wieder zur Tür hinaus ist, löst Lasse den Alarm aus. Dann setzt er sich auf ein kleines Holzfass, auf das er eigentlich die Lachssoße und die Hofmeistersoße genauso ordentlich stapeln wollte wie den Tunfisch. Aber das muss jetzt warten.

Rafael und Hedvig haben gerade ein vermisstes Kind wiedergefunden und es bei der besorgten, unruhigen Mutter abgeliefert, die den Sprössling sofort nach allen Regeln der Kunst ausschimpft, als sie über Funk von dem Überfall erfahren. Es ist nur ein paar Straßen weiter, und bevor Hedvig einen Ton sagen kann, hat Rafael den Notruf bereits entgegengenommen und mitgeteilt, dass sie die Sache übernehmen.

»Wie sollen wir jemals die Zeit finden, das zu tun, weswegen wir hier sind? Das ist doch völlig absurd! Wir sind doch nicht hergekommen, um nach verschwundenen Kindern zu suchen und Supermarktdiebe zu jagen«, sagt Hedvig.

Rafael nimmt sich schnell Lasses an und notiert die wenigen Angaben, die von Bedeutung sind. Die Täterbeschreibung gibt nicht viel her. Lasse fängt plötzlich an zu weinen, und Rafael fischt ein sauberes Stofftaschentuch aus seiner Uniformjacke und reicht es ihm. Lasse schnäuzt sich geräuschvoll.

»Ich glaube, ich schließe den Laden für heute«, sagt er.

Als Rafael und Hedvig sich zum Gehen wenden, treffen sie auf einen erregten älteren Herrn, der behauptet, er habe den Dieb in einem roten Auto unklarer Marke verschwinden sehen.

»Er ist nach Süden gefahren, zu Gunnar Rantatalos Hof«, ruft der Mann und zeigt beharrlich in die Richtung.

Sie springen ins Auto, und um dem Zeugen Freude zu machen, schaltet Rafael die Sirene ein und gibt Gas. Sie fahren schweigend. Der Weg aus der Stadt verläuft schnurgerade. Es herrscht fast kein Verkehr.

»Wir fahren am besten zu Gunnar und drehen dann wieder um«, sagt Rafael mehr zu sich selbst.

Kein roter Wagen so weit das Auge reicht, obwohl Hedvig in jeden kleinen Waldweg starrt. Der Alte hat sich vielleicht geirrt. Oder das Auto ist in eine andere Richtung gefahren.

»Da!«, ruft Hedvig.

Auf einem Rastplatz an einem kleinen See steht ein unordentlich geparkter roter Mercedes. Der Wagen sieht leer aus, und auf gut Glück fährt Rafael weiter.

»Er hat den Wagen gewechselt!«

»Wonach suchen wir dann jetzt?«

Rafael meldet per Funk, dass jemand den roten Benz kontrollieren solle. Vor seinem inneren Auge sieht er bereits Erik und Stickan den Auftrag erhalten. Kein Wunder, dass diese Abteilung auf Sparflamme läuft.

Als sie bei Gunnars Hof ankommen, tritt Rafael auf die Bremse, und einen Moment lang befürchtet Hedvig, dass er die Pedale durch den Wagenboden treten wird.

»Wir fragen, ob er etwas gesehen hat«, sagt Rafael bestimmt.

Im Stall ist außer den Kühen niemand. Sie eilen weiter zum Wohnhaus und hämmern an die Tür. Rafael ruft: »Polizei! Aufmachen!« Das Ganze wirkt ein wenig übertrieben, findet Hedvig. Nach langem Warten öffnet Gunnar die Tür einen Spaltbreit. Die Haare stehen ihm vom Kopf ab. Er blinzelt gegen das Licht.

»Hallo, entschuldigen Sie die Störung. Es hat einen Überfall auf den Konsum-Supermarkt gegeben, von einem bewaffneten Täter. Wir haben Grund zur Annahme, dass er in diese Richtung hier geflohen ist. Sie haben nicht zufällig etwas gesehen?«, fragt Rafael.

Gunnar fährt sich durch das Haar und schüttelt langsam den Kopf.

»Nee, was sollte ich gesehen haben?«
Er steht im Türspalt und hält die Haustür so geschlossen wie möglich.
Rafael stellt ein paar weitere Fragen, und Hedvig lässt den Blick über die Hausfassade schweifen, hinüber zum Stall und wieder zurück. Sie meint hinter der Gardine an einem der Fenster im Erdgeschoss ein Gesicht zu sehen. Vermutlich Gunnars Frau, sicher eine, die immer am Fenster steht und heimlich die Leute beobachtet, die kommen und gehen, denkt sie.
Gunnar ist nicht von Nutzen, hier war kein Räuber. Er verspricht aber, sofort die Polizei zu verständigen, wenn er etwas Verdächtiges bemerkt. Sie danken und kehren zum Streifenwagen zurück.
»Die Spur ist kalt. Wir haben den Typen verloren. Er kann jetzt genauso gut fünfzig Kilometer weit weg sein«, brummt Rafael.
»Gunnar hat kaum die Tür geöffnet«, sagt Hedvig.
»Er hatte wohl Angst, dass es drinnen kalt wird«, meint Rafael. »Strom ist teuer, weiß du.«

Später auf dem Revier, als der Bericht geschrieben ist, erzählt Hedvig Stig im Gemeinschaftsraum bei einem Weightwatcher-Imbiss, den sie zuvor acht Minuten in der Mikrowelle aufgewärmt hat, von dem Besuch bei Gunnar. Währenddessen schaufelt Stickan einen Berg Kohlrouladen in sich hinein, die seine Mutter gemacht hat, sowie einen See an selbst eingekochter Preiselbeermarmelade und starrt Hedvig ausdruckslos an.
»Ich glaube, ich habe eine Frau im Haus gesehen. Die Gardine hat sich bewegt«, sagt sie.
»Aha«, erwidert Stickan.

»Ist Gunnar verheiratet?«
»Nein, ist er nicht. Nie gewesen. Er ist ein eingefleischter Junggeselle.«
Stickans Handy klingelt, und Hedvig steht auf, um die Plastikschale wegzuwerfen, in der ihr Essen war. Dann holt sie sich eine Tasse Kaffee und macht sich auf die Suche nach Rafael.

Viola und Irina stellen das Rad im Fahrradständer neben dem Mehrfamilienhaus am Stadtrand ab, in dem die alte Frau wohnt. Gott sei Dank sind sie bisher keiner Menschenseele begegnet. Aber im Treppenhaus treffen sie auf einen Nachbarn, einen jungen Mann, der auf dem Weg nach draußen ist und beim Anblick von Irinas zerschundenem Gesicht zusammenzuckt.
»Was ist passiert?«, fragt er.
Irina wendet den Kopf ab und schließt instinktiv die Augen.
»Ein Unfall. Ich sorge dafür, dass sie Hilfe bekommt«, sagt Viola bestimmt und schiebt das junge Mädchen weiter.
Der Mann eilt aus dem Haus. Er wirkt bestürzt.
Viola sucht eine Weile in ihrem grünen Rucksack nach dem Wohnungsschlüssel. Schließlich findet sie ihn und führt Irina behutsam in ihre kleine Zweizimmerwohnung mit Balkon. Sorgsam verschließt sie hinter sich die Tür. Normalerweise zieht sie immer als Erstes die Schuhe aus, wenn sie hineinkommt, aber heute nicht.
Viola hat es mit eigenen Augen gesehen, aber den ganzen Rückweg über hat sie darüber nachgegrübelt, was es wohl bedeutet. Was ist das für ein Haus am Moor? Was geschieht dort? Was ist so furchtbar, dass man ein Fenster

zerschlagen und hinausspringen muss, obwohl man dabei riskiert, von zwei lebensgefährlichen Wachhunden in Stücke gerissen zu werden? Wer hat das junge Mädchen so übel zugerichtet?

Viola sieht Irina nachdenklich an. Das Mädchen seinerseits schaut sich in der Wohnung um. Es hat das Bild über Violas Sofa entdeckt, eine alte Lithographie, die einen mild blickenden Christus mit ausgestreckten Armen darstellt, umgeben von einem seltsamen Strahlen. Das Mädchen fällt zwischen Klavier und Wohnzimmertisch auf die Knie. Es spricht in seiner Sprache ein Gebet. Tränen fließen ihm über das Gesicht.

Viola ist gewiss eine alte Frau, aber ihre Kenntnisse als Kreiskrankenschwester sitzen tief. Atmung, Blutung, Schock, geht ihr routinemäßig durch den Kopf. Sie hilft dem Mädchen behutsam auf und führt es ins Badezimmer. Setzt es auf die Klobrille, streichelt ihm über die Wange und spricht zu ihm wie zu einem kleinen Kind.

»Ist gut, ist gut, beruhige dich! Jetzt wirst du sehen, dass alles wieder gut wird. Ich bin da, dir kann nichts mehr geschehen. Ich helfe dir.«

Viola schält das Mädchen vorsichtig aus einer Schicht schmutziger Kleider, die sie in den Wäschekorb legt. Der Pullover des Mädchens ist von der Verletzung im Gesicht blutverschmiert und die Jeans zerrissen. Eine hässliche, frische Wunde klafft auf einem Schenkel, wahrscheinlich stammt sie von dem Stacheldraht. Vielleicht sollte das Kind besser in ein Krankenhaus und genäht werden, überlegt Viola. Aber zuerst spreche ich mit Sergej. Und zuallererst muss das Mädchen notdürftig verarztet werden. Viola reinigt und verbindet vorsichtig die Wunde. Auf dieselbe Weise verfährt sie mit der älteren Verletzung im Gesicht. Es muss unerhört wehtun, aber das arme Mädchen gibt keinen Ton von sich. Vielleicht sollte es zu einem Zahnarzt gehen, es ist schwer zu beurteilen, ob nicht auch der Kiefer verletzt wurde. Viola hilft dem Mädchen, sich mit weichen Waschlappen zu säubern. Gemeinsam waschen sie die verschwitzten, glanzlosen Haare. Mit Magnolienschampoo für feines und sprödes Haar. Das Mädchen genießt es trotz der Schmerzen.

Viola wickelt es in ein großes Badetuch und holt ein sauberes Nachthemd, das sie dem Mädchen, das sich deutlich beruhigt zu haben scheint, vorsichtig über den Kopf zieht. Sie führt es in die Küche, bedeutet ihm, auf der Bank Platz zu nehmen, und öffnet den Kühlschrank. Nichts ist so beruhigend wie etwas zu essen. Viola setzt Teewasser auf und holt Brot, Käse und ein wenig selbst gemachte Marmelade hervor. Als sie die Lampe einschaltet, die auf dem Küchentisch steht, beginnt das Mädchen wieder zu weinen.

»Iss jetzt«, sagt Viola, obwohl sie weiß, dass das Mädchen sie nicht versteht.

Aber die Bedeutung ist universal. Das Mädchen isst. Schnäuzt sich und isst. Dann bricht es in eine lange, wortreiche Tirade aus. Viola glaubt den Inhalt zu verstehen.

»Jaja, es geht in Ordnung. Du brauchst mir nicht zu danken, Kleines. Iss jetzt.«

Als sich die Wohnungstür hinter ihnen schließt, wagt Irina aufzuatmen. Hier fühlt sie sich sicher. Mit großen Augen blickt sie sich in der kleinen, ordentlichen Wohnung um. Die Möbel sind aus dunklem Holz und haben gepolsterte Kissen. Überall sind kleine Deckchen, getrocknete Blumen und Kerzenleuchter. Ein schwarzes

Klavier steht neben der Balkontür, und an der Wand hängt ein Christus-Bild.
Da begreift sie endlich, dass sie nichts zu befürchten hat, dass sie gerettet ist, dass die Macht des Gebets sie aus der Finsternis geführt hat.
Sie fällt auf die Knie und sagt all die Gebete auf, die ihre Großmutter sie gelehrt hat. Sie hat geradezu das Gefühl, wieder bei ihrer Großmutter zu sein, wieder zu Hause. Aber dann erkennt sie, dass es nicht so ist. Dies hier ist lediglich eine andere alte Frau, eine, die ihre Großmutter hätte sein können. Eine barmherzige Samariterin, die sie gerettet hat.
Nun ist sie so müde. Es pocht in der Wunde. Die alte Frau gibt ihr zwei weiße Tabletten, die Irina zunächst nicht nehmen will. Die Alte ist sehr bestimmt und streicht ihr über die Wange. Ihre Augen blicken ernst. Sie nimmt Irinas Hand und berührt leicht die Verletzung im Gesicht und den verbundenen Schenkel. Dann zeigt sie erneut auf die Tabletten. Irina gibt nach und genießt es, das zu tun. Sie braucht nicht länger trotzig zu sein, sie braucht nicht mehr um ihr Leben zu fürchten. Sie ist in Sicherheit. Jetzt wird alles wieder gut.
Die alte Frau führt sie in den hinteren Raum der Wohnung. Es ist ihr Schlafzimmer, und außer einem Bett befindet sich dort noch ein großer Sessel vor einem alten Fernsehapparat. Die Frau zieht die gehäkelte weiße Tagesdecke weg, in die kleine runde Knospen aus Baumwollgarn eingearbeitet sind. Dann bezieht sie das Bett frisch, mit gestärkten und bestickten Laken, von denen das obere, das um die blumige Decke geschlagen wird, mit Spitze und einem weiß gestickten Monogramm versehen ist. Irina sieht das Kreuz über dem Bett und fällt

wieder auf die Knie. Dieses Mal kniet die Großmutter auch. Sie beten, jede in der eigenen Sprache:
»Vater unser im Himmel, geheiligt werde Dein Name.«

Das Mädchen ist eingeschlafen, sowie es den Kopf auf das Kissen gelegt hat. Viola bleibt neben ihm stehen und betrachtet es. Was führte es hierher in mein Bett? Was hat es erlebt? Das liebe Kind. Es wimmert im Schlaf. Viola streicht ihm langsam über das feuchte Haar. Sie lässt eine kleine Lampe im Fenster brennen und schließt die Schlafzimmertür. Sie nimmt das alte Bettzeug mit, legt es in den Wäschekorb und geht in die Küche, um abzuspülen. Währenddessen versucht sie so scharf wie möglich nachzudenken. Viola Uusitalo begreift, dass sie es mit dem Teufel selbst zu tun hat.
Als die letzte Tasse auf dem Abtropfgestell landet, hat Viola zu Ende gedacht. Sie tut zwei Dinge. Nach kurzem Herumhantieren öffnet sie in dem alten Sekretär im Wohnzimmer ein Geheimfach, das sich über der Schublade mit dem Tafelsilber befindet. Sie zieht einen zerknitterten Umschlag hervor. Wie viele ältere Menschen hat Viola das Vertrauen in die Banken verloren und bewahrt deshalb eine größere Geldsumme bei sich zu Hause auf, wo sie das Gefühl hat, es besser unter Kontrolle zu haben.
Das hier könnte gefährlich werden, denkt sie. Wenn mir etwas passieren sollte, was vielleicht gar nicht der Fall sein wird, aber wenn, dann will ich diesem Mädchen die Möglichkeit geben, auf eigene Faust nach Hause zu kommen. Zuerst zählt Viola tausend Kronen ab. Dann überlegt sie einen Moment und legt viertausend dazu. Geld hat im Grunde genommen aufgehört, irgendetwas wert zu sein,

das hat sie verstanden. Es besteht natürlich die Gefahr, dass sie die gesamte Summe verliert, vielleicht führt das Mädchen sie an der Nase herum, aber nein … Und wenn es so wäre, müsste ich eben damit leben. Es gibt schließlich keinen, der mich beerben wird, also kann niemand anderes böse darüber sein, dass ich mein eigenes Geld hergebe.

Viola schiebt die Scheine in einen neuen Umschlag und schreibt mit zittriger Handschrift »Für dich« darauf. Sie weiß noch nicht einmal, wie das Mädchen heißt. Dann kramt sie in ihrem Schmuckfach im Sekretär und findet schließlich das Gewünschte. Sie nimmt eine blaue Samtschachtel und stellt sie zusammen mit dem Umschlag auf den Nachttisch neben das tief schlafende Mädchen. Dann verlässt sie das Schlafzimmer, macht die Tür zu, zieht einen Mantel an und setzt ihren besten Hut auf, den flauschigen. Sie schließt die Haustür ab, geht hinaus und setzt sich wieder auf ihr Fahrrad. Die mit Pilzen und Beeren gefüllten Körbe hängen noch immer am Lenker, sie wird sich später darum kümmern.

Es dämmert, als sie denselben Weg zurückfährt, den sie und das Mädchen vorhin gekommen sind. Sie ist entschlossen und verbissen. Sie wird Sergej Björkman die Leviten lesen, diesem Tunichtgut und Nichtsnutz. Sie fand schon immer, dass Sergej Björkman untauglich ist. Groß im Reden, armselig im Handeln. Als Kind wurde er von seinen Eltern, der schönen Olga aus Murmansk und dem kränklichen Sven Björkman, streng erzogen. Im Namen von Zucht und Ordnung wurde er jede Woche zur Sonntagsschule geschleift. Aber gebracht hat es wenig. Sergej hat sicher nicht mehr den Fuß in eine Kirche gesetzt, seit er konfirmiert wurde und seine Geschenke bekam. Geheiratet hat er nur standesamtlich, schon allein das!

Die Umstände haben ihn zweisprachig werden lassen. Als der Vater starb, zog Olga zurück in die Heimat und bekam von einem neuen Mann einen zweiten Sohn, Vladimir. Aber Sergej blieb zurück, so verwurzelt, wie er in Schweden war. Olga starb vor ein paar Jahren, und es heißt, Vladimir käme manchmal hierher, um seinen Bruder zu besuchen. Viola hat die Brüder ein paar seltene Male zusammen gesehen, sie findet, dass sie beide wie Lumpen aussehen.

Sie radelt zurück in den Wald, zurück zum Moor. Viola sieht nicht wie sonst die Schönheiten der Natur um sich herum, so aufgewühlt ist sie. Sie glaubt nicht an die Möglichkeit, dass Sergej bei sich zu Hause sein könnte, auf dem Hof außerhalb der Stadt, den er mit seiner Frau bewohnt. Irgendetwas macht Viola ganz sicher, dass sie Sergej in genau diesem neuen Haus am Moor finden wird, von dem alle behaupten, es nicht zu kennen. Denn es war sein Name, den das Mädchen nannte. Das zerschundene, verängstigte Kind. Innerlich kocht es in Viola, wenn sie an die Wunden denkt, die sie soeben gereinigt und verbunden hat. Nichts macht eine Krankenschwester so wütend wie unnötig zugefügter Schaden. Unfälle sind eine Sache, sie lassen sich nicht vorhersagen und sind etwas, in das sich auch ein Christ fügen muss. Aber reine Gewalt – das ist nicht zu akzeptieren. Das ist Sünde und ein Werk des Teufels.

Als Viola das Haus erreicht, ist es fast dunkel. Der Wind frischt auf und fährt durch die Baumkronen über ihr. Ein Geruch nach Fäulnis und Brackwasser weht vom Moor zu ihr herüber. Oberhalb der Treppe brennt Licht am

Haus. Das Tor steht offen, Hunde sind nicht zu sehen. Sie spricht leise ein kurzes Gebet, stellt das Rad ab und steigt die Treppe hinauf. Es gibt weder eine Klingel noch einen Klopfer.

Entschlossen pocht sie an die Tür. Keine Reaktion. Sie klopft noch einmal.

»Sergej!«, ruft sie, so laut sie kann.

Der Wind scheint ihre Stimme einzufangen und weit über das Moor zu tragen.

»Sergej! Ich will mit dir sprechen!«

Die Tür öffnet sich einen Spaltbreit. Zwei misstrauische Augen blicken sie an.

»Ich möchte mit Sergej sprechen«, sagt Viola so freundlich wie möglich.

Die Tür will sich sofort wieder schließen, aber Viola greift nach der Klinke und sagt mit ihrer lang vergessenen, entschlossensten Krankenschwesterstimme: »Ich will Sergej sprechen. Jetzt. Holen Sie ihn her. Ich weiß, dass er hier ist.«

Dennoch denkt sie: Vielleicht ist er gar nicht hier, vielleicht irre ich mich vollständig?

Da steht er vor ihr. In einem blauen Seidenhemd mit offen stehenden Knöpfen und einer Lederhose. Er grinst von einem Ohr zum anderen. Er war es selbst, der die Tür geöffnet hat, sie hat ihn nur nicht gleich erkannt.

»Guten Tag, Sergej«, sagt Viola.

Er lacht nur. Am liebsten würde sie diesem Nichtsnutz den Kopf waschen. Er braucht nicht zu glauben, dass er so davonkommt.

»Hast du vergessen, was du in der Sonntagsschule gelernt hast, Sergej?«

Er grinst noch immer.

»Dass Gott und Jesus alles sehen und alles hören. Hast du das vergessen?«

»Scher dich zum Teufel, Alte«, sagt Sergej und versucht, die Tür zu schließen.

Es gelingt ihr, einen Fuß dazwischenzuschieben.

»Ich glaube gewiss, dass dir heute Abend ein Mädchen abhanden gekommen ist, Sergej.«

Sein Blick verfinstert sich.

»Hast du all deine Schäfchen gezählt, Sergej?«

»Zum Teufel! Was …«

»Hör mir zu, Sergej. Hör mir gut zu.«

»Was soll denn der Blödsinn, verdammt!«

»Hör zu! Ich weiß, was du treibst. Du brauchst nicht zu glauben, ich wüsste es nicht. Und ich bin nicht so alt, dass ich nicht eins und eins zusammenzählen kann, auch wenn es sich um eine private Angelegenheit handelt. Das, was du tust, ist sündig, Sergej. Gott sieht dich.«

»Verschwinde von hier!«

»Nein, hör mir jetzt zu, ich bin noch nicht fertig. Du hast die Wahl, Sergej. Jeder Mensch kann frei wählen. Deswegen hat das Böse einen Platz in der Welt, daran erinnerst du dich doch noch aus der Sonntagsschule? Mach die Tür nicht zu!«

Sie schiebt den Fuß noch ein Stück weiter zwischen Tür und Schwelle.

»Der freie Wille erlaubt es dem Bösen zu wachsen. Du hast die Wahl, mit dem, was du tust, aufzuhören. Du kannst deine Türen aufsperren und die Mädchen, die Kinder, die du hier festhältst, freilassen.«

»Zur Hölle!«

»Du solltest nicht mit mir über die Hölle sprechen, Sergej. Hörst du? Dort wirst du nämlich enden, wenn du so weitermachst. In der Hölle, Sergej, denk daran! Der Teufel selbst wird kommen und dich zu sich in die Hölle holen.«

Der Mann vor ihr schrumpft zusammen, wird wieder zu einem unsicheren Kind. Ängstlich, eingenässt, verwundbar und weinerlich. Gott sieht dich, Sergej.

»Verdammtes Weib, scher dich zum Teufel!«, sagt er heiser, aber kraftlos.

»Du hast die freie Wahl, Sergej. Das Mädchen, das nicht mehr hier ist, befindet sich in Sicherheit. Du wirst es nie mehr sehen. Nie mehr, hörst du? Die anderen werden auch bald frei sein. Denn du bist kein böser Mensch, Sergej, oder? Zeige Gott, dass du kein böser Mensch bist«, sagt Viola ganz leise.

Sie stehen noch immer auf dem Treppenabsatz, Viola draußen im Sturm, Sergej hinter der Türschwelle.

Sie lächelt ihn an und sagt: »Gott segne dich, Sergej.«

Ohne eine Reaktion abzuwarten, zieht die alte Frau ihren Fuß aus der Türöffnung zurück, dreht sich um und steigt die Treppe hinab. Plötzlich ist sie sehr müde. Mit dem Fahrrad nach Hause zu fahren erscheint unmöglich, aber es muss sein. Um des Mädchens willen, das in ihrem Bett schläft.

Mühsam schiebt sie das Fahrrad neben sich her, rückt die Körbe zurecht. Sie darf nicht vergessen, die Beeren und Pilze mit in die Wohnung zu nehmen und sie zu waschen, sonst gehen sie kaputt. Sie setzt sich auf das Rad und strampelt langsam davon.

Fanny Olsson stützt sich in der Biologischen Abteilung des Staatlichen Kriminaltechnischen Labors gegen die Tischplatte und streckt sich. Lange hat sie jedes einzelne

Kleidungsstück gedreht und gewendet, um mögliche Spuren zu finden. Das Blut am Kragen stammt wahrscheinlich vom Opfer, vermutet sie. Ansonsten gibt es keine weiteren Anzeichen für Gewalt, keine Risse oder andere Schäden an den Kleidern.

Als sie die Hose auf links dreht, entdeckt sie etwas, das von dem Untergrund stammen könnte, auf dem die Leiche lag. Irgendeine getrocknete Pflanze. Fanny ist mit einem Schlag hellwach, und durch das erleuchtete Vergrößerungsglas, das in ihre Lampe eingebaut ist, betrachtet sie neugierig, was vor ihr liegt. Es sieht wie Sonnentau aus. Aber Moment, wo wurde das Opfer gefunden? War das nicht unter einer Fichte mitten im Wald? Sie schaut im mitgeschickten Bericht nach. Genau, das Opfer lag im Trockenen unter einer Fichte, seltsamerweise unter einer Decke.

Fanny Olsson schaut auf und starrt in die Luft. Sonnentau wächst nicht im Wald, man findet es in feuchten Gebieten, in Sümpfen oder Moorgegenden. Und in der Nähe des Orts, an dem die Leiche entdeckt wurde, gab es doch auch ein Moor.

Das Opfer lag ursprünglich nicht am Fundort, sondern wurde dorthin gebracht. Vermutlich, nachdem der Tod eingetreten war.

7

Natascha schiebt ein neues Blech Piroggen in den Ofen und streckt sich. Jetzt hat sie fünfzig Stück mit verschiedenen Füllungen gemacht, der Teig ist beinahe aufgebraucht. Das müsste reichen, bis sie das nächste Mal wiederkommt.

Vor dem Fenster leuchtet die Herbstsonne. Natascha steht eine Weile mit geschlossenen Augen im Licht. Hier in der Küche fühlt sie sich sicher, hier fängt sie an, sich einzugewöhnen und das zu machen, was sie selbst für richtig hält. Im übrigen Haus ist sie ein Gast, eine zufällige Besucherin, nicht zuletzt im Schlafzimmer des Käufers.

Seit letztem Winter war sie alle drei Wochen für vier Tage hier. Von Donnerstag bis Sonntag. In dieser Zeit haben die Transporte sich verändert. Anfangs holte der Mann sie an der OK-Tankstelle vom Kleinbus ab. Dann befand Sergej das für zu riskant und ging zur Lieferung frei Haus über. Autos mit schwedischen Nummernschildern fahren die Ware, das heißt, die Frauen, bis vor die Haustür des Käufers. Jede Einzelne hat eine persönliche Einladung des Mannes bei sich, zu dem sie kommt. Einfacher geht es nicht. Die Stammkunden bezahlen nachträglich am Ende des Monats. Woher ihr Käufer das Geld nimmt, versteht sie nicht. Vielleicht besitzt er Wald, den er stückweise verkaufen kann. Der Hof scheint schlecht zu gehen.

Sie erinnert sich an ihre erste Begegnung. Sie hatte Angst,

und er wusste nicht, wie er sich verhalten sollte. Sie konnten überhaupt nicht miteinander sprechen. Als sie am Abend ankamen, führte er sie in die Küche, die so unsagbar schmutzig war, dass sie am liebsten geweint hätte. Sie war davon überzeugt, dass sie hier, auf dem einsam gelegenen Hof, ihrem sicheren Tod entgegenging. Niemand würde sie vor Montag vermissen, wenn sie nicht nach Hause zurückkam. Und wer sollte sie schon suchen? Sie, die weniger wert war als die Beeren im Wald.

Er hatte sie die schmale Treppe hinaufgeführt. Weiter in eine enge Dachkammer mit schrägen Wänden und einer Aussicht über Felder und Wiesen. Hier hatte er sich Mühe gegeben, es lagen ganz neue, noch verpackte Laken am Fußende des alten Bettes. Das Bett machen musste sie selbst.

Es war das erste Mal, dass sie einen solchen Auftrag annahm, und sehr bald verstand sie, dass es auch das erste Mal war, dass der Mann sich eine Frau gekauft hatte. Zunächst einmal hielt er sich mehr im Stall als im Haus auf. Sie hatte erwartet, dass er unaufhörlich Sex verlangen und sie nicht in Ruhe lassen würde. Aber er fasste sie nicht an. Anfangs war sie beinahe beleidigt, fragte sich, ob er etwas an ihr auszusetzen hatte, aber er bat sie dennoch weiterhin wiederzukommen. Nach einer Weile pfiff sie auf die ausbleibenden Avancen und schätzte sich stattdessen sehr glücklich, als Prostituierte bezahlt zu werden, ohne es zu sein.

Sie verdient bei ihren Besuchen mehrere Monatslöhne, verglichen mit dem, was sie zu Hause verdienen würde. Das heißt, wenn sie eine Arbeit hätte. Mit zwei kleinen Kindern fällt es schwer, so ein Angebot auszuschlagen, wenn sich die Möglichkeit nun einmal bietet. Aber sobald

sie nach Hause kommt, zittert sie bei dem Gedanken an die nächste Reise.
Zu Beginn des Herbstes begriff sie den wahren Grund, warum ihr Käufer trotz allem so viel für sie bezahlte. Aller Wahrscheinlichkeit nach war er impotent. Aber er wollte nicht, dass seine Kumpels es merken, daher hielt er sich freigebig eine Frau, damit sie glaubten, er wäre aktiver denn je. Sie war ein Alibi. Und dagegen hatte sie nichts.
Ihr erstes Projekt war zu putzen. Sie schrubbte das ganze Haus vom Keller bis zum Dach. Sie hatte verstanden, dass die Mutter des Mannes vor einigen Jahren gestorben war, und vermutlich waren die Gardinen damals das letzte Mal gewaschen und der Boden geputzt worden. Auf dem zerschlissenen Holzboden reiht sich Flickenteppich an Flickenteppich. Der Webstuhl, an dem sie gewebt wurden, steht noch immer in einem der vielen Zimmer. Als sie das erste Mal hier war, ging der Mann mit ihr in dem alten Holzhaus herum, zeigt ihr den Herd, die Gefriertruhe und den Putzschrank. Die ganze Zeit über sprach er schwedisch. Sie verstand nicht mehr, als dass sie kochen und das Essen in das Gefrierfach legen sollte. Putzen wäre auch gut.
Anfangs wusste Natascha nicht, wie man den Weichspüler vom Putzmittel unterschied, auf beiden Flaschen waren Blumen abgebildet, die eine Flüssigkeit war grün, die andere gelb. Sie roch daran und überlegte, aber es gelang ihr nicht, die lateinischen Buchstaben auf den Flaschen zu entziffern. Also wusch sie mit WC-Reiniger und putzte das Bad mit Weichspüler. Sie erkannte ihren Irrtum, bevor der Mann es tat, und die Wäsche nahm erstaunlicherweise keinen Schaden. Dagegen beklagte sich der Mann darüber, dass sie zu viel Waschmittel verwendete – es war stark

parfümiert, und er erklärte deutlich, dass er nicht wie »ein altes Weib« riechen wolle. Das war wohl das erste Wort in seiner Sprache, das sie lernte.
»Weib.«
Sie wusste nicht, was es bedeutete, aber es klang irgendwie barsch. Als sie das nächste Mal kam, hatte er ein Waschmittel gekauft, das nach nichts roch, und von da an benutzte sie nur noch dieses.
Es gab Mehl, Butter, Eier, Salz und Pfeffer. Sie musste viel Zeit darauf verwenden, auf die Gewürzdosen zu zeigen, um ihm verständlich zu machen, dass er Kümmel, Majoran, Zimt und Wacholderbeeren kaufen sollte. Wobei er es noch immer nicht geschafft hatte, Wacholderbeeren oder Majoran zu besorgen. Sie wird wohl nachschlagen müssen, was das auf Schwedisch heißt.
Nachdem sie das Haus bewohnbar gemacht hatte, ging sie dazu über zu kochen. Das Essen, das sie selbst gewohnt war. Piroggen und Rote-Beete-Suppe. Aber als sie das zweite oder dritte Mal kam, hatte er ein uraltes, beschmiertes, fettiges Kochbuch herausgesucht und es auf der Seite mit dem Rezept für Fleischbällchen aufgeschlagen. Er stand mit allen Zutaten neben ihr und gab ihr gerade so viel, wie nötig war, und in der richtigen Reihenfolge, dass das von ihm gewünschte Resultat erzielt wurde. Dann aß er die Hackfleischklöße mit Kartoffeln und saurer Preiselbeermarmelade. Sie hatte ein wenig Sahnesoße gemacht, die sie auf seinen Teller zu geben versuchte, aber davon wollte er nichts haben.
Nataschas Käufer ist kein Mensch, mit dem man scherzen kann, das findet sie schade. Sie muss ihre ganze Kraft aufwenden, um nicht daran zu denken, wie es ihren beiden kleinen Kindern zu Hause geht, wenn sie fort ist. Daran,

wie viel Igor trinkt, ob er den Jungen wieder geschlagen hat, ob es der Schwiegermutter gelingt, die Kinder von ihm fern zu halten. Ob sie es warm und gut haben, ob die Kinder sie vermissen. Jede Nacht weint sie sich in den Schlaf. Es fiele ihr etwas leichter, wenn der Mann hier ab und zu ein wenig lachen könnte, aber bisher ist das noch nie vorgekommen. Sie sieht ein, dass er sie aus rein praktischen Gründen hält, genauso wie er eine neue Kuh kauft, wenn er eine alte geschlachtet hat. Sie ist hier, weil er eine Frau braucht. Sie putzt und kocht und macht die Nachbarn glauben, er sei noch immer ein richtiger Mann, so alt er auch ist.

Natascha schläft in dem Raum, der wohl einmal der Mutter gehörte. In einem harten, alten Bett in einem heruntergekommenen Zimmer. Ein Stuhl, ein kleiner Tisch und ein Kleiderschrank stehen darin. Nichts Überflüssiges. Funktion vor Form. Die Wände um sie herum strahlen Pflichtbewusstsein und Arbeitseifer aus. Über dem gesamten Hof liegt eine Strenge, aus der Natascha nicht richtig klug wird. Wenn man auf einem solchen Hof wohnen dürfte, einem Hof, der schön und ordentlich sein könnte, wenn nur die richtige Sorte Mensch hier wohnte, wie glücklich müsste man dann sein. Aber dieser Mann weiß nicht, wie gut er es hat.

Das Leben, das sie und er führen, dass sie sich um ihre Sachen kümmert und er sich um seine, passt ihr ganz gut. Sie sind sich nicht ebenbürtig, er isst allein, und sie nimmt anschließend das, was übrig bleibt, isst neben der niedrigen Spüle stehend von seinem Teller. Näher will sie ihm nicht kommen, sie möchte auf keinen Fall eine gefühlsmäßige Verbindung. Das hier ist Arbeit, und sie versucht, sie gut zu machen. Jeden Abend lässt sie in ihr Gebet den

Wunsch einfließen, dass die Lust des Käufers nicht zum Leben erwacht.
Um die Zeit durchzustehen, erfindet sie für sich selbst kleine Beschäftigungsspiele. Sie sucht sich eine junge Katze aus, die sie streichelt und verhätschelt, bis sie schließlich mit in ihrem Bett schläft. Ein anderes lebendes Wesen füllt so den Platz aus, an dem ihre Kinder gewöhnlich liegen. Es ist nicht nur ihr eigener Atem im Zimmer zu hören. Dem Mann gefällt das zwar nicht richtig, aber er wirft die Katze auch nicht hinaus, so dass Natascha es wagt, sie zu behalten.
Nachdem sie schon ein paarmal bei ihm gewesen ist, öffnet der Mann zum ersten Mal den Kleiderschrank in ihrem Zimmer. Sie versteht, dass es die Kleider seiner Mutter sind, die hier schon seit einigen Jahren hängen, ohne dass er es vermochte, sie wegzugeben. Das meiste ist hoffnungslos altmodisch, aber es gibt ein paar karierte Baumwollblusen, die ihr zufälligerweise genau passen. Ein Paar nahezu unbenutzte Holzpantinen passen ihr auch, und Natascha fängt an, sie bei ihren Besuchen zu tragen.
Ihr Kontakt geht in eine Art Dauereinrichtung über. Wenn sie geht, lässt Natascha die Laken bis zum nächsten Mal auf dem Bett, da sie davon ausgeht, dass während ihrer Abwesenheit niemand anderes darin schläft. Der Mann scheint keinen Kontakt zu seiner Verwandtschaft zu pflegen, falls er denn eine hat. Der einzige Besucher, den sie bisher getroffen hat, ist ein männlicher Bekannter. Er wirkt unfreundlich. Sie versucht, sich fern zu halten, wenn sie seinen Traktor auf dem Hof stehen sieht.
Eine Zeitung bekommt ihr Käufer nicht, aber Natascha betrachtet neugierig die bunten Werbezettel, die in seinem

Briefkasten landen. Sie hat ihn dazu bringen können, das lateinische Alphabet auf einen Zettel zu schreiben, den sie an einen der Küchenschränke gehängt hat, um es so oft wie möglich anzuschauen. Nach einer Weile kann sie Texte entziffern wie »Topangebot! Nimm drei Shorts, bezahle einen« oder »Mildred Ersson, approbierte Haut- und Schönheitstherapeutin«. In einer Zeitschrift für Landwirte liest sie »kaum benutzter Mähdrescher zu verkaufen«. Die Werbung vermittelt ihr ein Bild von Schweden. Einem Land, in dem alle Menschen in neuen Autos herumfahren, neue Kleider tragen und sieben Tage die Woche ein Festmahl essen.
Manchmal sitzen sie und der Mann nach dem letzten Melken und dem Abendessen eine Weile vor dem Fernseher. Er will die Nachrichten sehen, die meist von einem Krieg an einem anderen Ort handeln. Oder er möchte eine Quizsendung sehen, bei der die Teilnehmer Fenster öffnen und beispielsweise Autos oder Urlaubsreisen in ferne Länder gewinnen können. Dabei lernt Natascha »Hallo, hallo« zu sagen, denn das sagt der Moderator jedes Mal, wenn ein erwartungsvoller Zuschauer anruft, der darauf hofft, eben jenes Auto zu gewinnen. Wenn der Anrufer nur einen Rasenmäher bekommt, hört man an der Stimme sofort, wie enttäuscht er ist. Natascha lernt beim Fernsehen mehr als im Gespräch mit dem Mann, weil er nie mehr als ein oder höchstens zwei Wörter am Stück sagt. Dafür brummt er umso mehr. »Da!« oder »hierher« oder »nein!« stößt er allenfalls hervor, aber weit kommt man damit nicht. Nach einer Weile wird Natascha beinahe versessen darauf, die Sprache zu lernen, um besser zurechtzukommen. Sie stellt sich vor, dass es nett wäre, irgendwann einmal selbst in die Stadt fahren und einkaufen zu

können, herumzugehen und zwischen den tausend verschiedenen Sorten Kakao oder Waschmittel zu wählen und »Hallo, hallo« zu den Leuten zu sagen, die sie trifft.
Am liebsten mag der Käufer erstaunlicherweise Fernsehsendungen, die von Kindern handeln, die nach einem verschwundenen Elternteil suchen, oder von Eltern, die ihre zur Adoption freigegebenen Kinder wieder finden möchten. Wenn der Moderator am Ende der Sendung nach endlosen Versuchen und Fehlschlägen endlich einen mit Drogen vollgepumpten Vater in einem Gefängnis in Laos findet oder eine arme Frau auf einer kleinen philippinischen Insel, dann fängt der Kerl zu flennen an. Nicht nur ein bisschen, sondern er heult richtig laut. Als es das erste Mal passiert, starrt Natascha ihn verwundert an, aber er unternimmt nichts, um die Tränenflut zu verbergen, die über seine Wangen läuft.
»Ich bin so sensibel. Das hat Mutter immer gesagt«, erzählt er.
Im hintersten Winkel eines Schrankes entdeckt Natascha ein uraltes Radio, das sie schließlich zum Laufen bringt. Sie stellt es hinter die Küchengardine und schaltet es ein, wenn der Mann draußen im Stall ist, denn sie möchte nicht, dass er denkt, sie sei faul, weil sie während der Arbeit Radio hört. Aber von dem, was gesagt wird, versteht sie nicht viel. »Norra Kvark und Bottenvik, ostsüdost, fünf Meter pro Sekunde, Nebel. Am Nachmittag Regen«, meldet eine monotone Frauenstimme.
Eines Abends, nachdem sie ihre Piroggen gebacken und zuerst der Mann und dann sie gesessen haben, wird die Haustür ohne Vorwarnung geöffnet, und der einzige Freund des Käufers tritt ein. Sie vermutet, dass er ein Nachbar ist. Er trägt einen großen orangefarbenen Pull-

over. Natascha versucht, freundlich dreinzublicken, aber sobald sie den Männern Kaffee gekocht hat, geht sie die Treppe hinauf in ihr kleines Zimmer. Sie hört sie in der Küche sitzen und prahlen. Dem Gelächter nach zu urteilen, hat der Nachbar mehr als nur den Hasen mitgebracht, den er vorhin triumphierend mit der einen Hand hochhielt. Etwas Flüssiges. Sie legt sich angezogen auf das Bett, sie friert. Ihr Körper signalisiert Gefahr, aber je mehr Zeit vergeht, ohne dass etwas passiert, desto ruhiger wird sie. In der Dunkelheit schlummert sie ein.

Als sie geweckt wird, weiß sie nicht, wie spät es ist. Sie hört die schweren Schritte, die auf der Treppe immer näher kommen, und schon im Traum spürt sie, dass es jetzt ernst wird, dass jetzt Gefahr droht, es Zeit ist zu fliehen. Aber wohin? Der einzige Ausweg aus dem Zimmer ist die Tür, die auf das Treppenhaus und den Flur hinausgeht. Der Nachbar reißt die Tür auf, und gegen das schwache Deckenlicht des Flurs sieht sie sein schwankendes Profil sich abzeichnen. Ich hätte die Tür verbarrikadieren sollen, denkt sie, und gleichzeitig ist ihr klar, dass es nichts genützt hätte, da die Tür nach außen aufgeht.

Er sagt eigentlich nichts. Er leckt sich nur die Lippen, knöpft die Hose auf, kommt herein und nimmt sich das, was ihm seiner Meinung nach zusteht. Zuerst gerät sie in Panik und schreit wie ein Tier, laut und wild. Der Schlag trifft sie am Ohr und in der einen Gesichtshälfte, so dass es im Kopf zu pfeifen und zu dröhnen beginnt. Er schlägt mich tot, denkt sie. Lieg still, dann hört er auf.

Der Nachbar schnauft wie ein Kraftwerk, er wühlt und gräbt, dringt tief in sie ein, und sie will einfach nur von hier verschwinden. Er stinkt nach Alkohol, was das Seine dazu beiträgt, dass er Probleme hat, zum Ende zu

gelangen. Nachdem er sich eine ganze Weile abgemüht hat, bekommt sie eine Ohrfeige, und noch eine und noch eine. Es ist nicht ihre Schuld, dass er nicht kommt.
Zum Schluss rollt er sich zur Seite und schläft einfach ein. Sie hat Schwierigkeiten, ihr eines Bein freizubekommen, das unter seinem dicken Bauch festklemmt, sie wimmert, dreht es vorsichtig und zieht schließlich so fest, dass sie fürchtet, der ganze Fuß und das Knie würden ausgekugelt. Mit zitternden Händen zieht sie sich an und flieht aus dem Zimmer, die Treppe hinunter und aus dem Haus hinaus. Ihr Käufer liegt mit dem Oberkörper auf dem Küchentisch und schnarcht so laut, dass beinahe die Wände beben. So viel nimmt sie noch wahr, bevor sie mit schmerzendem Unterleib in die Herbstnacht hinausstürzt.
Die Verzweiflung, die sie empfindet, ist größer als jemals zuvor. Natürlich hat sie früher schon Ähnliches erlebt, natürlich hat Igor sich manchmal genauso verhalten, aber das hier, ein komplett Fremder, der einfach auf sie zugeht und sie vergewaltigt, das ist etwas Unbegreifliches. Scham und Wut, Ohnmacht und Zorn. Zunächst irrt sie im Herbstregen auf dem Hof herum. Sie weiß nicht, ob das, was über ihre Wangen läuft, Regentropfen sind oder Tränen. Natascha schreit ein paarmal laut in die Nacht, wie ein verwundetes Tier. Sie kann brüllen, so viel sie will. Es hört sie ohnehin niemand.
Natascha versucht, wieder zur Besinnung zu kommen, nun gilt es zu überleben, morgen darf sie nach Hause fahren, wenn sie sie bis dahin nicht totprügeln. Schluchzend schleppt sie sich zur Stalltür, stemmt das große Tor auf, schlüpft hinein und zieht es hinter sich wieder zu. Über den Köpfen der Tiere leuchten schwach ein paar Lampen. Sie bleibt stehen, die Kühe muhen und bewegen sich ner-

vös, beruhigen sich aber, als Natascha auf sie einredet. Sie geht auf eine Kuh zu, von der sie weiß, dass sie friedlich ist, die milchweiße Leitkuh ohne Hörner. Natascha legt die Arme um das Tier und weint verzweifelt. Dann lässt sie sich ins Heu gleiten, und die Kuh atmet ihr vorsichtig ins Gesicht. Ihre kleine Katze kommt zu ihr und rollt sich auf ihrem Schoß zusammen. Das Tier schnurrt. Nataschas Tränen tropfen auf sein Fell. Die Wärme lässt sie einschlafen.

Natascha zuckt zusammen, als der Mann, der ihr Käufer ist, zur Melkzeit am nächsten Morgen alle Lampen einschaltet. Brummend stampft er herum und scheppert mit ein paar Metalleimern, die er bei sich hat. Als er kurz in den Melkraum verschwindet, schleicht sich Natascha hinaus. Hastig streicht sie der Kuh über das Maul. Die kleine Katze nimmt sie mit. Sie hat im ganzen Körper Schmerzen, und zwischen den Beinen fühlt sie ein heftiges Brennen.

Zu ihrer großen Erleichterung stellt sie fest, dass der Nachbar seinen Traktor genommen hat und zu sich nach Hause gefahren ist. Natascha lässt die kleine Katze laufen und rennt in ihre Kammer hinauf. Es riecht säuerlich darin. Sie reißt das fleckige Laken vom Bett, eilt ins Badezimmer, stellt sich unter die Dusche und wäscht sich schnell und mechanisch. Sie will sofort nach Hause fahren, nicht mehr warten müssen. Wenn Igor den blauen Fleck auf ihrem Schenkel zu sehen bekommt, wird er rasend werden, dann wird er ihr auch wehtun wollen, um zu demonstrieren, dass sie ihm gehört und niemand anderem.

Dem Käufer gegenüber verhält Natascha sich steif, ist sich aber nicht sicher, ob er es bemerkt. Sie weiß nicht, ob er darüber Bescheid weiß, was der Nachbar mit ihr gemacht hat. Vielleicht hat der Käufer als guter Gastgeber gesagt: »Bitte, geh hoch, nimm dir ein Häppchen, ich lade dich ein, sie ist schließlich da, es kostet nichts«, oder ist der Nachbar selbst darauf gekommen, nachdem er seinen Kumpel unter den Tisch gesoffen hatte? Sie wird es nie erfahren. Mit eckigen, ruckartigen Bewegungen bereitet sie das Frühstück zu und kann nur an den Wagen denken, der bald kommt, um sie von hier wegzubringen, zurück zu ihren Kindern. Es fällt ihr schwer, die Tränen zurückzuhalten, sie zwingt sich, an etwas anderes zu denken.

Bevor sie fährt, kommt der Mann, der für sie bezahlt, mit einem großen Karton voller Kartoffeln, Zwiebeln und Äpfel.

Als das Auto kommt, ist es beinahe voll. Eine Frau sitzt schon vorne und zwei sind auf der Rückbank, außerdem ist Sergejs Halbbruder Vladimir, der Fahrer, da. Natascha ist froh darüber, ganz außen an der Tür zu sitzen und auf den vorbeirasenden, regennassen Wald starren zu können. Sie kennt die Frauen, weiß, wie sie heißen und wo sie wohnen, aber wenn sie sich zu Hause begegnen, tun sie so, als seien sie einander fremd. Als hätten sie sich noch nie gesehen. Hier ist das eine Leben, dort ein anderes. Von den anderen Frauen im Wagen spricht auch keine, jede von ihnen hat genug eigene Sorgen. Vladimir hat eine Bruce-Springsteen-Kassette eingelegt, die wieder und wieder läuft. Soviel Natascha weiß, träumt Vladimir davon, im Westen ein berühmter Rocksänger zu werden.

Kleine Flocken beginnen draußen vor den Autoscheiben herumzutanzen. Der erste Schnee. Er fällt spät dieses Jahr.

8

Auf dem Briefkasten sind die ehemals weißen Buchstaben vor dem blauen Samtuntergrund hinter der kleinen Scheibe verblasst. »Uusitalo« steht da. Die Tür ist angelehnt, und aus der Wohnung sind Stimmen zu hören. Rafael stößt die Tür auf, seine Gestalt im Rahmen verdunkelt das Treppenhaus. Hedvig folgt ihm und zieht die Tür hinter sich zu. In der Küche neben der Spüle steht Rolf Blom. Auf der Jagd nach Spuren hält er in der einen Hand ein Wattestäbchen und in der anderen eine Kaffeetasse. Er sieht verärgert aus.

»Ich will hier nicht noch mehr Leute haben! Mussten Sie denn unbedingt auch noch kommen? Fassen Sie nichts an!«

»Das wissen wir, Rolf«, sagt Rafael.

Rolf brummt zur Antwort etwas Unverständliches und steckt die Kaffeetasse in eine Plastiktüte.

Die Wohnung ist klein und düster, es riecht muffig, und die Blumen auf der Fensterbank sind verwelkt. Auf dem Boden im Flur liegt ein Stapel Werbezettel. Viola muss demnach schon ein paar Tage tot gewesen sein, als sie gefunden wurde. Ältere Menschen lassen ihre Topfpflanzen nicht vertrocknen, denkt Hedvig.

Im Wohnzimmer stoßen sie auf Erik und Stickan. Letzterer liegt bäuchlings auf dem grauweißen Knüpfteppich und schaut unter das Sofa.

»Finden Sie etwas?«, fragt Rafael.
Stickan sieht ihn und Hedvig böse an.
»Wir kommen allein zurecht. Es ist unnötig, dass sich hier vier Personen gleichzeitig aufhalten. Haben Sie nichts Besseres zu tun?«
»Fünf!«, ruft Rolf aus der Küche. »Techniker sind auch Menschen! Und außerdem bin ich ausgebildeter Polizist, Bengtson. Vergiss das nicht!«
Stickan verdreht die Augen, und Rafael verzieht den Mund.
Die Unsicherheit, um wen es sich bei dem Opfer handelt, verflog ziemlich schnell, nachdem der Körper gesäubert und obduziert war. Der Gerichtsmediziner, der die Untersuchung leitet, kannte Viola Uusitalo persönlich, seit er als Kind in die Sonntagsschule gegangen war, die sie mehrere Jahrzehnte lang mit Eifer und Redlichkeit geführt hatte. Der Arzt erinnert sich vor allem daran, wie ausdauernd sie vorne im Gemeindesaal auf dem Podium die asthmatische Tretorgel spielte. Später im Leben, als er selbst aus verschiedenen Gründen nicht mehr in der Kirche aktiv war, ist er ihr ab und an in der Stadt begegnet. Die beiden leeren und vor Feuchtigkeit dunklen Bastkörbe, die man bei der Leiche gefunden hat, bestärken zudem seine Auffassung, dass es sich bei dem Opfer um Viola handelt.
Aus Mangel an Angehörigen bestätigt der Zahnabdruck, dass die Tote wirklich Viola Uusitalo ist. Die Information sickert umgehend durch und steht bereits am nächsten Tag sowohl in *Norrbottens Allehanda* als auch in der *Arbetarposten*, wie auch immer das geschehen konnte. Den »Moormord« nennt die Presse es. Aber die Polizei bleibt vage. Wie immer. Und die Leser entsetzen sich über die

Tat und fragen sich, was eigentlich mit »stumpfer Gewalteinwirkung« gemeint sein könnte. Wie konnte das passieren? Eine alte, gläubige Frau in unserer friedlichen Stadt, wie ist das möglich?

»Stand die Balkontür offen?«, fragt Rafael in Violas Wohnung, in der die technische Untersuchung jetzt im vollen Gange ist, auf der Jagd nach aussagefähigen Körpersekreten, Haaren oder Fasern, die ein möglicher Täter in seiner Unachtsamkeit oder Eile zurückgelassen haben könnte.

»Vermutlich hat die Alte gelüftet. Sie hatte bestimmt den Sauberkeitswahn, wie alle alten Weiber«, erwidert Stickan, steht auf und geht ins Schlafzimmer.

»Keine Schäden an der Wohnungstür, soweit ich sehen konnte«, sagt Rafael.

»Niemand außer der Alten ist hier gewesen. Wir haben ihr Adressbuch und werden sehen, ob wir etwas finden. Anscheinend hat sie vor allem mit einem Haufen kirchlicher Vereinigungen telefoniert. Sie muss einem Verrückten in die Quere gekommen sein. Es ist kaum anzunehmen, dass jemand bewusst ausgerechnet sie wegen eines alten Unrechts erschlagen haben sollte«, sagt Stickan.

»Hatte sie eine Brieftasche bei sich?«, fragt Hedvig.

»Es steckt doch wohl kein Mensch, der zum Beerensammeln geht, eine Brieftasche ein, oder? Einen Raubüberfall können Sie abhaken.«

»Haben Sie dann hier ihre Geldbörse gefunden?«

»Noch nicht«, sagt Erik.

Stickan kommt langsam mit einem Blatt Papier in seinen gummibehandschuhten Händen auf sie zu.

»Seht mal, hier! Dumm, dass es Russisch ist. Ich frage mich, was hier steht.«

Hedvig bemerkt, dass Rafael die Ohren spitzt.
»Darf ich mal sehen!«
Der groß gewachsene Polizist beugt sich über Stickans Schulter und liest langsam und laut: »Kleine Großmutter! Danke für alles. Ich muss jetzt verschwinden, damit du keine Probleme bekommst. Gott segne Dich. Küsse von Irina.«
Rafael ist ganz auf den Zettel fixiert, aber Hedvig sieht, wie sich Stickans Gesicht in ein Fragezeichen verwandelt.
»Zum Teufel! Können Sie Russisch?«, fragt Stickan.
Rafael schaut auf und bemerkt den Stimmungsumschwung. »Natürlich. Ich wurde wegen meiner Sprachkenntnisse für diesen Job ausgewählt, wissen Sie.«
»Aber … aber Sie sind doch Spanier oder irgend so was.«
»Und?«
»Das hier ist aber Russisch.«
»Ja, und?«
Stickan verstummt. Erik errötet.
Rafael nutzt die Situation aus.
»Offensichtlich ist jemand hier gewesen und hat die Wohnung dann, vermutlich nach Violas Tod verlassen. Kann diese Person etwas mit dem Mord zu tun haben? Wir müssen versuchen, diese … Irina ausfindig zu machen. Kennen Sie jemanden, der so heißt?«
Sowohl Stickan als auch Erik schütteln den Kopf.
»Rolf! Sie müssen auch hier drinnen nach Fingerabdrücken suchen. Wir müssen diesen Brief überprüfen.«
»Natürlich. Was denken Sie, was ich gerade mache? Wenn Sie endlich aufhören würden zu quatschen und mich in Ruhe ließen, könnte ich die gesamte Wohnung nach Spuren durchkämmen«, sagt Rolf, der eine Bürste in der Hand

hält und die Brille in die Stirn geschoben hat. »Wofür halten Sie mich eigentlich? Für einen verdammten Amateur?«
»Wir wissen, dass du Preise eingeheimst hast, Rolf. Das goldene Wattestäbchen, oder wie hieß das? Zweimal sogar«, sagt Erik.
Rolf verschwindet brummend wieder in der Küche.
»Im Wäschekorb liegen Bettlaken«, sagt Hedvig, nachdem sie ihn durchwühlt hat.
Dann pfeift sie durch die Zähne.
»Und ein blutiger Pullover.«
»Bingo«, sagt Rafael.
»Hier ist ein Markenzeichen, was steht da, Paninter.«
»Das entspricht in etwa Hennes & Mauritz«, sagt Rafael.
»Und hier ist eine zerrissene Jeans. Gloria Jeans.«
»Ja, ja! Ich kümmere mich um die Kleider. Ich werde prüfen, ob das Blut von Viola oder einer anderen Person stammt. Aber ich kann mir nicht vorstellen, dass sie Jeans trug. Verschwindet jetzt, Kinder«, sagt Rolf.
»Dann sehen wir uns auf dem Revier«, ruft Rafael in den Raum, bevor er und Hedvig gehen.
Vor der Wohnungstür stoßen sie beinahe mit dem Nachbarn zusammen, einem jungen Kerl, der mit seinem Müll auf dem Weg nach draußen ist.
»Ist etwas passiert?«, fragt er erschrocken und schaut sie mit großen Augen an.
»Vielleicht haben Sie in den Nachrichten gehört, dass ein Stück von hier entfernt im Wald eine tote Frau gefunden wurde?«, erwidert Hedvig.
»Ja«, antwortet der Junge und hält die Luft an.
»Das Opfer war Ihre Nachbarin, Viola Uusitalo.«
»Was sagen Sie da! Ist das wahr? Wer sollte ihr etwas

Böses antun wollen? Sie war meist für sich allein und blieb nie stehen, um sich zu unterhalten oder so, zumindest nicht mit mir.«

»Wann haben Sie sie zuletzt gesehen, wissen Sie das noch?«

»Wenn Sie meinen, an welchem Tag und um wie viel Uhr genau, dann muss ich erst in meinen Kalender schauen, um mich zu erinnern. Ich glaube, es war irgendwann letzte Woche. Aber daran erinnere ich mich noch sehr gut.«

»Wieso?«

»Viola Uusitalo hatte selten Besuch, vielleicht einmal von einer Freundin oder einem Pfarrer. Aber an jenem Abend, ich weiß jedenfalls noch, dass es dunkel war, da hatte sie ein junges Mädchen bei sich. Das Mädchen war schwer verletzt, sehr schwer, soviel ich sehen konnte, sein Gesicht und das eine Bein waren ganz blutig.«

Hedvig und Rafael erstarren. Der Junge hat Irina gesehen.

»Können Sie sich daran erinnern, wie sie aussah?«

»Nicht direkt. Der erste und stärkste Eindruck war eben, dass sie verletzt und blutig war. Das Gesicht konnte ich nur schwer erkennen, aber ich glaube, dass sie langes, blondes Haar hatte. Obwohl es sehr schmutzig war.«

»Wie alt würden Sie das Mädchen schätzen?«

»Schwer zu sagen. Keine zwanzig.«

»Haben Sie gehört, ob sie miteinander gesprochen haben und wenn ja, in welcher Sprache?«

Der Nachbar überlegt einen Moment.

»Nein, jedenfalls nicht, soweit ich mich erinnere. Ich glaube nicht, dass sie miteinander geredet haben, nur Viola hat etwas zu mir gesagt.«

»Und was?«

»Dass ich mir keine Sorgen machen sollte, dass sie sich um das Mädchen kümmern würde. Und ich wusste ja, dass Viola früher Krankenschwester gewesen war, deshalb nahm ich an, sie wüsste, was sie täte, und dass es vielleicht schlimmer aussah, als es war. Aber jetzt ist sie umgebracht worden … Glauben Sie, das Mädchen hat es getan?«
»Wir glauben gar nichts. Es klingt nicht ganz so, als sei dieses Mädchen in der Lage gewesen, jemanden zu töten, aber wir können es nicht ausschließen. Haben Sie später am Abend oder in der Nacht noch etwas Ungewöhnliches gesehen oder gehört?«
»Nein. Ich glaube, ich habe bei meiner Freundin in der Stadt übernachtet.«
Hedvig sagt: »Danke für Ihre Hilfe. Melden Sie sich, wenn Ihnen noch mehr einfällt. Wir lassen vielleicht noch einmal von uns hören.«
Der junge Mann nickt und zieht die Haustür zu. Den Müllbeutel hält er noch immer in der Hand.
»Ich frage mich, wer diese Irina ist«, sagt Hedvig, als sie im Wagen sitzen. »Kann sie etwas mit der Prostitutionsgeschichte zu tun haben?«
»Auf jeden Fall war sie jemand, dem die Alte offensichtlich geholfen hat. Sie war verletzt, die Frage ist, warum? Irina weiß etwas. Aber wir haben nur einen Vornamen. Und einen gewöhnlichen noch dazu. Es wird schwierig sein, sie zu finden«, sagt Rafael und fährt fort:
»Das Schloss der Wohnungstür war nicht beschädigt. Viola muss sie freiwillig hineingelassen haben.«
»Sollen wir in dieser Sache aktiv werden?«, fragt Hedvig.
»Hat der Mord etwas mit Frauenhandel zu tun?«
»Alle haben hervorgehoben, dass sie religiös war. Vielleicht haben ganz andere Dinge zu ihrer Ermordung geführt.

Und diese junge Frau ist möglicherweise ein Teil der Erklärung. Aber in Ermangelung anderer Spuren könnten wir ja ein bisschen in dieser Sache wühlen. Hier gilt, wie du weißt, dem schweren Verbrechen oberste Priorität.«
Hedvig lacht. Rafael ahmt den Chef der Kripo perfekt nach.

Kleine Großmutter, verzeih mir. Verzeih, wenn ich dich in Schwierigkeiten gebracht habe. Wo bist du jetzt?
Ich wache mitten in der Nacht auf und kann dich nicht finden. Humpelnd gehe ich in deiner kleinen Wohnung umher, aber hier gibt es nur mich und die Bilder von unserem Herrn Jesus Christus. Vielleicht hast du trotz allem Sergej aufgesucht? Was kann er mit dir anstellen? Ist etwas passiert? Wenn du nicht zurückkommst, dann kommt Sergej und holt mich. Und wenn du ihn tatsächlich aufgesucht hast, um ihm zu sagen, dass er keine unschuldigen Mädchen mehr vergewaltigen soll, dann ist deine Wohnung der erste Ort, an dem er mich suchen wird. Vielleicht bist du ganz woanders hingegangen, vielleicht bist du bei einer Verwandten oder Freundin, vielleicht kommst du morgen früh zurück, um nach mir zu schauen, und dann ist alles in Ordnung, dann ist nichts Schlimmes passiert. Aber wenn ich noch hier bin, wenn Sergej kommt, dann bin ich des Todes. Verstehst du das?
Jetzt sehe ich die Schachtel mit dem Kreuz neben dem Bett. Ist es für mich? Hast du es so gemeint? Ich hänge es mir um den Hals, und es passt genau. Die Kette ist schmaler als die, die ich vorher hatte, und das Kreuz ist kleiner, aber es ist ein Kreuz, wieder trage ich dieses Zeichen um meinen Hals. Noch bin ich nicht vollständig gerettet, aber ich bin auf dem richtigen Weg.

Und der Umschlag, kleine Großmutter, der Umschlag. Ob der für mich ist, weiß ich auch nicht, denn ich kann nicht lesen, was du geschrieben hast. Aber Geld brauche ich, wenn ich die Möglichkeit haben will, dorthin zurückzukehren, woher ich gekommen bin. Wir könnten es als Leihgabe betrachten, auch wenn wir beide, du und ich, wissen, dass ich es niemals werde zurückbezahlen können.

Ich habe mir auch ein paar Kleider geliehen, meine eigenen konnte ich nicht finden. Eine Bluse, einen Pullover und eine dünne Baumwollhose. Ein Paar von deinen Gummistiefeln habe ich außerdem genommen, sie passen mir beinahe. Kannst du mir deswegen verzeihen? Es pocht so in meinem Gesicht und in meinem Bein, verstehst du. Falls wir uns vorher nicht mehr sehen, treffen wir uns im Himmel.

Gott segne dich.

Siebenundzwanzig Minuten, nachdem Irina Volkova von Violas Balkon im ersten Stock geklettert ist, wird die Wohnungstür mit einem Dietrich geöffnet. Ein Mann in Lederhose geht durch die Wohnung, ohne zu finden, wonach er sucht. Bevor er sie wieder verlässt, muss er sich beruhigen, um keine Aufmerksamkeit zu erregen. Aus einer Tasse, die in der Küche im Abtropfgestell steht, trinkt er ein wenig Wasser.

Zum Teufel noch mal.

Die Hure ist entkommen.

Stickan sorgt dafür, dass er und Erik so spät ins Polizeirevier zurückkommen, dass Hedvig und Rafael ihren Dienst bereits beendet haben. Die beiden haben Åke versprochen, Samstagnacht außer der Reihe eine Schicht zu übernehmen, aber ihren freien Freitagabend verbringen sie zu Studienzwecken im Stadthotel, einem Betonklotz aus den sechziger Jahren, den jemand mit Hilfe von dunklen Teppichböden und schummriger Beleuchtung aufzupeppen versucht hat.

Kurz nach Mitternacht treffen sie in Zivilkleidung dort ein. An der Bar ist es eng. Dieses Mal hat Rafael versprochen zu fahren, daher nimmt er ein großes Glas Saft, während Hedvig ein Bier möchte. Obwohl es an der Theke voll ist, gelingt es Rafael dennoch, schnell zu bestellen, indem er sich über die anderen Gäste hinwegbeugt. Der Barmann sieht ihn sofort. Hedvig lacht und denkt an all die Male, als sie selbst beinahe zerdrückt wurde und mit der Nase in den verschwitzten Achselhöhlen der anderen Menschen hinter deren Rücken ewig lange gewartet hat.

An einem niedrigen Tisch in der Nähe sitzt ein etwa vierzigjähriger Mann und hält Hof. Er trägt eine Lederhose und ein hellgelbes Seidenhemd. Nicht besonders kleidsam. Aber das scheint den jungen Frauen, mit denen er sich umgibt, nichts auszumachen. In Anbetracht des kühlen Wetters, das draußen herrscht, sind sie auffallend leicht bekleidet. Minimale Röcke, lediglich ein BH und Schuhe, die so hohe Plateau-Absätze haben, dass sie wie Hufe aussehen. Mit leeren Augen sitzen sie brav auf seinem Schoß, akzeptieren, dass seine Hände über ihre Hintern streichen, lachen gellend und torkeln herum, wenn sie sich setzen sollen. Jenseits des Tisches stehen zwei junge Kerle, die ziemlich blau sind; sie haben sich mit Jackett und Krawatte zurechtgemacht, aber ihre weißen Tennissocken verraten sie. Einer von ihnen wankt vor und flüstert dem Mann mit der Lederhose etwas ins Ohr. Er nickt in Richtung Tanzfläche. Die beiden Kerle gehen unsicher darauf zu, und sofort steht der Mann an dem niedrigen Tisch auf und nimmt zwei der Mädchen mit sich, die um ihn herumsaßen.

»Sieh mal, da«, flüstert Hedvig.

Rafael blickt sie an.

»Darf ich bitten?«, sagt er unerwartet und zieht seine Kollegin mit sich auf die Tanzfläche.

Dort versucht er, sich so diskret zu bewegen, wie ein Zweimetermann es vermag. Hedvig kann den Mann in der Lederhose unauffälliger beobachten. Ihr wird nur einige Male beim Tanzen auf die Füße getreten. Sie müssen die Geldübergabe verpasst haben, wenn so etwas hier stattgefunden hat. Die beiden Trunkenbolde wiegen sich jetzt selig lächelnd mit je einem jungen Teenager-Mädchen vor sich hin und her. Die eine trägt einen schwarzen BH und einen Rock, der unwesentlich breiter als ein Gürtel ist, sowie Schuhe, in denen Hedvig niemals auch nur einen Meter zurücklegen könnte. Das Mädchen tanzt, aber ihr Blick ist seltsam abwesend. Ihre Freundin trägt ein Oberteil, das zumindest die Unterwäsche verbirgt, aber im Gegenzug ist der Rock so kurz, dass man deutlich sieht, wo die halterlosen Strümpfe enden. Der eine Kerl fängt an, nach dem Hinterteil seiner Tanzpartnerin zu tasten, und sie lässt ihn gewähren.

»Tolle Möpse. Sind das deine?«, lallt er gegen die Musik an und kneift ihr in die Brust.

Das Gesicht des Mädchens ist starr wie eine Maske.

Der Discjockey wechselt von Schlagern über zu Discomusik, und Rafael lacht vor Freude auf.

Am I a bad boy, maybe
am I a sad boy, let's see
I can't remember crying since I was a child

Rafael dreht sich wie ein Wilder und bemerkt nicht, dass die Menschen um ihn herum auf der Tanzfläche einen weiten Kreis bilden, aus Angst, von dem riesigen, dunklen Mann einen ordentlichen Hieb abzubekommen, so wie er herumspringt.
Hedvig beobachtet, wie die beiden Jungen mit ihren Mädchen verschwinden.

I get my satisfaction every now and then
In tears of joy and lack of sorrow

»Hör mal, John Travolta, komm jetzt. Sie sind weg.«
»Nur noch einen Moment, ich muss das hier zu Ende hören«, ruft er laut, um die Musik zu übertönen.
Sie lässt ihn stehen und geht verärgert zu ihrem Bier zurück.
Der Mann mit der Lederhose hat Essen bestellt. Die drei Teenager-Mädchen, die noch um ihn sind, haben zwar Teller vor sich auf dem Tisch stehen, aber sie tun nicht viel mehr, als in den Riesenportionen Hamburger, Pommes frites und – so vermutet Hedvig – Coca-Cola herumzustochern.
Alle haben diesen glasigen Blick.
Was hat er ihnen gegeben, überlegt sie. Und wer ist er?
Sie sieht einen anderen Mann auf den Typen in Lederhose zugehen. Der Neuankömmling ist sauber, aber leger gekleidet. Sie sprechen Schwedisch miteinander. Der Neue hat einen Sektkühler mit einer großen Flasche Champa-

gner darin bei sich. Der Korken fliegt an die Decke, und die beiden Männer lachen und prosten sich zu.

Da kommt ein verschwitzter und glücklicher Rafael von der Tanzfläche und trinkt einen ganzen Krug Eiswasser aus, der auf der Theke steht. Der Barkeeper schaut ihn böse an, aber Rafael kümmert sich nicht darum.

An der Bar ist es etwas leerer geworden, und Hedvig lehnt sich über den Tresen, als der Barmann gerade Rafaels Trinkgefäß spült.

Über die Musik hinweg ruft sie: »Ich glaube, ich kenne diesen Typen an dem Tisch dort drüben. Wissen Sie, wie er heißt?«

Der Barkeeper wirft einen Blick in die Richtung, in die sie zeigt und schreit zurück:

»Sergej Björkman.«

Hedvig nickt.

»Wer ist er?«

Der Barkeeper macht ein Gesicht, das sie nicht deuten kann.

»Alle kennen Sergej. Er betreibt hauptsächlich die Aufzucht von Jagdhunden. Elchhunden.«

Sie nickt wieder.

»Und der andere Typ?«

»Sie fragen ganz schön viel.«

»Wer ist er? Er kommt mir irgendwie bekannt vor?«

Sie feuert ein strahlendes Lächeln ab.

»Das ist Klas. Ihm gehört dieser Laden.«

Hedvig kneift die Augen zusammen, als ob sie nachdenken würde.

»Sie scheinen hier viele Damen zu haben.«

Der Barkeeper hat es plötzlich eilig, die Bestellung eines schwankenden Mannes entgegenzunehmen, der sich mit weißen Knöcheln verzweifelt an der Theke festhält, als befände er sich in einem Sturm im Gebirge.

Die Mädchen rotieren um den Mann, der Sergej Björkman heißt. Hedvig bemerkt, dass ein paar von ihnen aufstehen, um einen Moment später wiederzukommen.

Wir müssen diesen verdammten Sergej überprüfen, denkt sie.

Rafael ist nicht zu sehen. Sie entdeckt ihn wieder auf der Tanzfläche, obwohl jetzt Schlager gespielt werden. *Weine mir keine Tränen nach*. Er schwebt über das Parkett, eine dicke ältere Dame fest im Griff. Sie tanzen sehr eng, und die Alte sieht selig aus. Als das Lied zu Ende ist, möchte sie gerne noch eine Runde tanzen, aber Hedvig ist schneller:

»Komm jetzt, wir gehen«, sagt sie.

Murrend folgt er ihr, nachdem er sich zunächst sehr artig vor der Frau verbeugt und sie tausendmal um Entschuldigung dafür gebeten hat, dass seine Schwester möchte, dass er mit nach Hause kommt. Die Alte sieht ihm mit feuchtem Blick nach.

»Schwester«, zischt Hedvig an der Garderobe. »Sehr witzig!«

Rafael lässt sein glucksendes Lachen ertönen.

Plötzlich fühlt Hedvig im Gedränge an der Garderobe eine Lederhose an ihrem Arm. Sie blickt auf, und da steht Sergej.

»Ich gehe nur ein wenig frische Luft schnappen«, sagt er zum Türsteher.

Hedvig meint zu sehen, dass er dem Mann etwas zusteckt. Eingerollte Banknoten? Oder nur ein paar Zigaretten? Vielleicht Drogen?

Sie schüttelt den Kopf. Nicht fantasieren. Rafael fischt

nach ihren Jacken und hebt sie über die Köpfe der anderen hinweg.
»Komm jetzt, Bruder, wenn wir morgen arbeiten wollen«, sagt sie und nickt dem Türsteher zu, als sie vorbeigehen. Der steht da und zählt Geldscheine, die er sich dann ungeniert in die Tasche steckt. Vielleicht nur die Begleichung einer alten Schuld?
Als sie nach draußen treten, sieht Hedvig Sergej auf einen schicken schwarzen Wagen zugehen und etwas holen oder hineinreichen. Dann richtet er sich wieder auf und nimmt einen tiefen Zug von der Zigarette, die mit seinem Mundwinkel verwachsen zu sein scheint. Als er sich wieder dem Eingang des Stadthotels zuwendet, steigt Hedvig ins Auto, und Rafael folgt ihrem Beispiel. Vom Wagen aus sehen sie, dass Sergej unter einer Straßenlaterne stehen bleibt und raucht. Er holt sein Handy hervor und führt ein Gespräch, dann geht er wieder hinein. Er klopft dem Türsteher freundschaftlich auf die Schulter.
»Sergej Björkman sollten wir überwachen«, sagt Hedvig leise und mit Nachdruck.
»Wir sollten am Montag mit Mats Julin darüber sprechen. Vielleicht können wir ihn dafür gewinnen«, sagt Rafael. Er startet den Motor und fährt nach Hause, hinaus aus der Stadt. Hedvig friert.

Vierundzwanzig Stunden später kommt ein Notruf. Häusliche Gewalt. Hedvig sitzt am Steuer, und Rafael teilt per Funk mit, dass sie zu der angegebenen Adresse fahren. Sie befindet sich in einer der besseren Wohngegenden, mit Häusern von der vorigen Jahrhundertwende, im Zentrum der Stadt.
»Eine Frau hat angerufen und um Hilfe gebeten. Sie woll-

te nicht sagen, wie sie heißt, hat aber ihre Adresse hinterlassen«, sagt der Kollege von der Leitzentrale.

»Wir übernehmen das«, sagt Rafael.

Der Abend verlief bisher verhältnismäßig ruhig. Sie haben versucht, einen verwirrten Mann, der Ratten aus dem Kühlschrank kommen sah, in die Psychiatrie einzuweisen, aber die war vollständig belegt. Danach haben sie einen gesuchten Wagen angehalten. Dann sind sie ein wenig in der Innenstadt herumgefahren, damit es aussieht, als sei die Ordnungsmacht allgegenwärtig und habe die Lage voll unter Kontrolle, obwohl alle wissen, dass dies der einzige Streifenwagen ist, der sich innerhalb eines Radius von mindestens hundertfünfzig Kilometern auftreiben lässt.

Sie parken den Wagen vor einem schönen alten Backsteinhaus mit Zinnen und Erkern und einem kupfergrünen Dach. Hinter der glatten Haustür aus dunklem Holz hören sie eine Frau kreischen und eine Männerstimme, die antwortet:

»Tu, was ich sage! Komm her! Komm her, sage ich.«

Die Frau beginnt, um Hilfe zu rufen, und Hedvig drückt auf die Klingel. Rafael ist weniger feinfühlig und versucht, die Haustür zu öffnen. Sie ist unverschlossen.

In der Diele hinter der Tür steht ein fetter Kerl in Trainingshose, mit bloßem Oberkörper. In der Hand hält er eine schwere Kristallvase. Der Schweiß perlt ihm auf der Stirn, und sein Blick ist starr. Auf dem Parkettboden im Wohnzimmer, in das man von der Diele aus blicken kann, liegt eine Frau. Ihr Morgenrock ist in Unordnung, und sie wendet ihnen ein blutiges Gesicht zu.

Rafael schließt hinter sich die Tür.

»Guten Abend«, sagt er und schaut den Mann an.

»Es ist überhaupt nicht das, wonach es aussieht«, sagt der Kerl und stellt die Vase vorsichtig zurück auf den antiken Sekretär, der links neben der Tür steht.
»Was ist es dann?«, fragt Rafael.
Sie teilen sich spontan auf, Rafael und der Mann ziehen sich in die Küche zurück, und Hedvig geht zu der Frau im Wohnzimmer.
»Sie provoziert mich so unglaublich. Aber ich sollte natürlich nicht … Ich sollte wirklich nicht …«, sagt der Mann und sinkt am Küchentisch zusammen.
»Sie muss immer übertreiben. Es gab wirklich nicht den geringsten Anlass, Sie zu rufen, und das habe ich ihr auch gesagt«, fährt er fort.
»Ist so etwas früher schon einmal passiert?«, fragt Rafael.
»Dass ich sie geschlagen haben? Nein, nie. Niemals. Ich verstehe nicht, was in mich gefahren ist«, sagt der Mann, der angibt, dass er Olle Grönlund heißt.
Im Wohnzimmer setzt sich seine Frau auf das Sofa und fährt sich vorsichtig über die Wange. Als sie bemerkt, dass sie Nasenbluten hat, steht sie auf.
»Wenn das Sofa Flecken bekommt, dreht Olle durch. Ich glaube, er hat Stress bei der Arbeit. Er ist so gewalttätig geworden. Das hier war nicht das erste Mal«, sagt die Frau und presst sich das feuchte Handtuch, das Hedvig aus dem Badezimmer geholt hat, gegen das Gesicht.
»Haben Sie ihn angezeigt?«, fragt Hedvig vorsichtig.
»Angezeigt, sind Sie verrückt? Dann müssten wir von hier fortziehen. Das wäre ein Skandal«, sagt die Frau und weint leise.
Eine kräftige Schwellung beginnt sich auf ihrer linken Wange auszubreiten. Die Frau zittert, als ob sie frieren würde.

Hedvig greift nach einer Wolldecke, die ordentlich gefaltet auf dem Sofa liegt, und legt sie um die Frau.
»Hat er Sie mit der Vase geschlagen?«, fragt Hedvig und blickt in Richtung Diele.
»Nein, danach hat er erst gegriffen, kurz bevor Sie kamen. Er hat nur die Hand benutzt.«
»Sie sollten sich vielleicht röntgen lassen, um sicher zu sein, dass nichts gebrochen ist.«
Die Frau zieht die Decke fester um sich. Ihre Hände zittern. Sie starrt auf den tiefroten Teppich zu ihren Füßen und schüttelt bestimmt den Kopf.
»Warum sollte es so gefährlich sein, Ihren Mann anzuzeigen?«, fragt Hedvig.
Die Frau schaut sie lange an, bevor sie antwortet:
»Weil mein Mann hier der amtierende Kommunalrat ist. Wenn ich ihn anzeige, ist seine politische Karriere am Ende. Und Politik ist das Einzige, was er beherrscht, er hat keine Berufsausbildung. Ich kann ihn unmöglich anzeigen. Wir müssen wegen der Partei zusammenhalten.«

9

Am Montagmorgen sind Hedvig und Rafael früh im Polizeirevier. Sie wollen keine Zeit vergeuden. Nur Sonja von der Telefonzentrale ist da. Sie strickt aus Leibeskräften an einem blauen Babypullover und bemerkt nicht, dass die beiden eintreffen.

»Ist das Enkelkind schon auf der Welt?«, fragt Hedvig in dem Versuch, freundlich zu sein.

»Oh, ja, er ist am Freitagabend geboren! Es ging so schnell und problemlos, obwohl er 4200 Gramm wiegt. Max soll er heißen, er ist seinem Papa so ähnlich, und er hat eine Menge Haare. Max meine ich, nicht der Papa. Ich bin ganz verliebt«, strahlt Sonja.

Hedvig lächelt und nickt. Babys sind nicht gerade ihre starke Seite. Angesichts dieser kleinen schreienden Würmer kommt sie sich immer unbeholfen vor.

Sonja legt das Strickzeug nieder und sagt auf einmal aufgeregt: »Wissen Sie, was mit Viola passiert ist?«

»Was meinen Sie?«, fragt Hedvig ungeduldig und hat das Gefühl, dass es Zeit wird, an die Arbeit zu gehen.

»Die Frau, die ermordet wurde. Viola Uusitalo.«

»Es läuft eine Untersuchung, wie gewöhnlich«, sagt Hedvig.

»Sie war ja einen Tag vorher hier, die Arme«, sagt Sonja und nimmt ihr Strickzeug auf.

»Hier?«

»Ja, sie kam hierher und wollte etwas melden, sie wollte mit einem Polizisten sprechen, sagte sie. Stickan hat sich um sie gekümmert, er ist vielleicht nicht gerade eine Leuchte, aber ich sagte zu Viola, er wäre der beste Polizist, den wir hätten, nur um sie zu beruhigen. Und um sie loszuwerden.«

»Sagte sie, worum es ging?«

»Nein, Viola war ziemlich eigensinnig. Und auch ein wenig unverschämt. Sie wollte absolut nicht mit mir sprechen, ich war nicht wichtig genug. Aber es muss wohl etwas Wichtiges gewesen sein, wenn sie deswegen hierher kam. Ich erinnere mich, dass sie ihre Beerenkörbe dabeihatte. Wobei sie noch leer waren, es war ja am Morgen. Es war übrigens derselbe Tag, an dem Sie hier ankamen, wenn ich genau überlege. Aber fragen Sie Stickan, wenn er da ist. Seltsam, dass er nichts davon gesagt hat. Bestimmt finden sich ein paar Aufzeichnungen in seinem Computer«, sagt Sonja und wechselt beim Stricken von links nach rechts.

Hedvig und Rafael sehen sich an.

»Wir werden mit Stickan reden«, erwidert Hedvig und passiert die Sicherheitstür.

Sie und Rafael gehen schweigend die Flure entlang.

Stickan hat mit keinem Wort erwähnt, dass Viola hier gewesen ist, bevor sie ermordet wurde. Rafael loggt sich in den Computer ein und startet eine kurze Suche. Er findet unter ihrem Namen nichts weiter als die Untersuchung des Mordfalles.

Bei der Morgenbesprechung ist Åke auffallend ruhig. Er schaut Rafael, der keine Miene verzieht, kurz und unsicher an.

»Haben Sie heute nicht frei? Sie haben doch am Wochenende gearbeitet?«, fragt Mats Julin, der die Sitzung leitet.
»Wir haben eine Frage«, sagt Rafael.
Åke starrt böse vor sich auf den Tisch.
»Oder zwei.«
»Wir besprechen das im Anschluss«, sagt Mats.
Er fasst kurz zusammen, was am Wochenende los war und welche Personen seit Freitag in Untersuchungshaft genommen wurden. Der Zoll hat eine große Menge an geschmuggelten Zigaretten beschlagnahmt, und Mats ist so glücklich, als hätte er es selbst gemacht.
»Wie Sie beide sehen, kümmern wir uns intensiv um das schwere grenzüberschreitende Verbrechen«, schließt er ab und schaut Hedvig und Rafael an.
Beide schweigen einen Moment, bevor Rafael tief einatmet: »Am Samstagabend waren Hedvig und ich im Stadthotel. Dort saß ein Kerl namens Sergej Björkman mit einer Schar Teenager-Mädchen, denen er irgendetwas wenig Empfehlenswertes verabreicht zu haben schien. Sowohl Hedvig als auch ich haben beobachtet, wie er zwei der Mädchen ein paar jungen Typen anbot, die schon ziemlich betrunken waren.«
»Lieber Freund«, sagt Mats. »Wir leben in einer freien Gesellschaft. Sergej darf doch in einer Bar treffen, wen er will. Diese jungen Mädchen wollen schließlich nichts lieber, als hier oben einen Mann kennen zu lernen, damit sie hierher kommen und heiraten und ein etwas angenehmeres Leben haben können. Viele Männer finden, dass diese Frauen wesentlich kooperativer sind als die schwedischen. Was ist daran falsch? Sie sehen darin etwas Kriminelles. Ich meine, man sollte das Ganze vielleicht als Wohltätigkeit betrachten, zumindest manchmal.«

»Wir möchten Sergej beobachten lassen«, sagt Hedvig. Sie hört ein lautes Lachen von Mats und ein leises von einigen der Kollegen am Tisch.
»Sie können sagen, was Sie wollen, aber das waren nicht irgendwelche Schulmädchen, die er in der Bar getroffen hat, das waren Mädchen, die er an irgendeinem anderen Ort aufgesammelt und dorthin gebracht hat. Er hat für sie bezahlt, davon bin ich überzeugt. Zwei von ihnen verschwanden in irgendein Hotelzimmer mit diesen besoffenen Kerlen.«
»Jetzt mal langsam. Begreifen Sie, was solche Spekulationen für anständige Menschen bedeuten können, die hier wohnen, aber von jenseits der Grenze kommen? Sie haben das Gefühl, dass man mit dem Finger auf sie zeigt, nur weil Leute wie Sie am helllichten Tag Gespenster sehen. Wir brauchen Handfesteres, das ist Ihnen doch wohl klar. Was Sie jetzt verbreiten, sind nur Gerüchte«, sagt Mats.
»Der Typ, dem das Stadthotel gehört, scheint mit diesen Aktivitäten sehr einverstanden zu sein«, sagt Hedvig.
»Was Sie nicht sagen? Jaja, am besten schreiben Sie erst mal einen schönen Bericht darüber, dann werden wir sehen«, sagt Mats.
»Dann war da noch etwas«, sagt Rafael. »Haben Sie nicht einen Einsatz vergessen, der Samstagnacht getätigt wurde?«
»Was meinen Sie? Ich habe keinen Einsatz vermerkt.«
»Nein, das haben Sie vielleicht nicht, aber ich und Hedvig haben gemeldet, dass wir im Haus des Kommunalrats Olle Grönlund waren, nachdem seine Frau die Polizei alarmiert hatte.«
Schweigen.

»Jetzt verstehe ich Sie nicht«, sagt Mats.
»Wir erhielten einen Notruf wegen Misshandlung und fuhren zur genannten Adresse. Dort erfuhren wir schließlich, dass der Mann, der seine Frau geschlagen hatte, der Kommunalrat war, der große Mann der Stadt, wenn ich richtig verstehe. Die Frau war blutig und übel zugerichtet, aber wollte ihren Mann nicht anzeigen. Ich finde, dass das alle wissen sollten.«
Erneutes Schweigen. Kein Laut ist im Konferenzraum zu hören. Nur ein leises Rauschen der Klimaanlage.
»Ich möchte das gerne klarstellen.«
Es ist Åke.
»Olle rief mich an, nachdem Sie bei ihm gewesen waren, und bedauerte zutiefst, was passiert war. Er sagte, so etwas sei noch nie geschehen und würde auch nicht wieder vorkommen. Ich finde es respektlos und seine Integrität kränkend, dass Sie diese Sache erwähnen, hier bei der Morgenbesprechung, vor dem gesamten Personal, ohne dass er, als öffentliche Person, die Möglichkeit hat, sich zu verteidigen.«
»Verzeihung, aber ist es wirklich Ihre Aufgabe, das zu bewerten?«, fragt Hedvig.
Åke schnaubt.
»Ich verstehe nicht, worauf Sie hinauswollen. Behaupten Sie nicht, ich würde mich in Angelegenheiten mischen, die mich nichts angehen. Olles Frau hat keine Anzeige erstattet und wird es auch nie tun, aus dem einfachen Grund, dass es nichts anzuzeigen gibt. Sie haben etwas als Misshandlung der Ehefrau ausgelegt, was in Wirklichkeit nur ein Streit innerhalb ihrer zugegeben etwas angespannten Beziehung war, wenn Sie das unbedingt wissen müssen. Olle ist sehr zerknirscht, und ich habe ihm versprochen,

mich um die Sache zu kümmern«, sagt Åke und macht ein beleidigtes Gesicht.

»Und die Meldung, dass wir dort waren, zu vernichten?«

»Jetzt beruhigen Sie sich! Olle verspricht, dass es nie wieder vorkommt. Ich kenne ihn ganz anders als Sie. Ich bewerte das als einmaligen Fehltritt.«

»Seine Frau hat angegeben, dass es nicht das erste Mal war«, sagt Hedvig.

»Kennen Sie sich privat, Sie und Olle?«, fragt Rafael den Polizeichef.

Da steht Åke auf und verlässt den Raum. Er schlägt die Tür hinter sich zu.

Rafael gibt sich nicht zufrieden: »Es scheint nicht das erste Mal zu sein, dass eine Anzeige aus dem Polizeiregister verschwindet oder nie dort landet. Wir haben vorhin erfahren, dass das Mordopfer Viola Uusitalo ein paar Tage vor ihrem Tod hier war und mit Ihnen gesprochen hat, Stig. Sonja sagt, sie sei sehr beunruhigt gewesen, aber ich finde den Bericht nicht, den Sie verfasst haben. Wo ist er?«

Stickan windet sich. Alle schauen ihn an, sogar Mats.

»Ich bin noch nicht dazu gekommen, ihn zu schreiben«, sagt er leise.

»Aber das ist doch schon einige Zeit her? So etwas muss schnell erledigt werden, das gilt doch wohl auch hier«, sagt Rafael.

»Was wollte sie?«, fragt Hedvig.

»Es ging um einen illegalen Hausbau. Im Moor. Die Sache war völlig aus der Luft gegriffen. Sie behauptete, Sergej Björkman habe ohne Baugenehmigung da am Sumpf ein Haus errichtet, und ich habe der Alten gesagt, sie solle zur

Bauaufsichtsbehörde gehen, wenn sie klagen wolle. Das ist doch wohl nichts Besonderes?«
Rafael und Hedvig sehen sich an.
Sergej Björkman.

Unmittelbar nach der Besprechung gehen Rafael und Hedvig in ihr Büro und greifen zum Telefonhörer, um den Staatsanwalt Sture Holmlund anzurufen, der die Untersuchung im Mordfall Viola Uusitalo leitet.
Er klingt schon verärgert, als Rafael sich nur vorstellt. Sie schalten den Lautsprecher ein, damit Hedvig am Gespräch teilhaben kann. Rafael legt noch einmal ihre Auffassung dar, nach der die Polizei die Bewachung des Hundezüchters und Gelegenheitsarbeiters Sergej Björkman anordnen solle, da es Gründe gäbe anzunehmen, dass er mehr als nur Hundezucht betreibe, unter anderem mit Unterstützung des Besitzers des Stadthotels. Rafael erzählt von ihrem Besuch in besagter Bar am Samstag.
Sture entgegnet: »Ich muss Sie leider enttäuschen, aber ich teile ganz die Meinung des Polizei- und des Kripochefs in dieser Sache, nämlich dass es nichts zu untersuchen gibt. Wir brauchen stärkere Verdachtsmomente als diejenigen, die Sie präsentieren. Wie soll ich beweisen können, was genau in einem verschlossenen Hotelzimmer vor sich geht, wenn beide Seiten Prostitution abstreiten? Wie?«
»Aber wir bekommen vielleicht nie stärkere Beweise gegen Sergej, wenn wir ihn nicht beobachten oder ein paar von diesen Mädchen vorladen und mit ihnen sprechen«, sagt Hedvig.
Sture Holmlund lacht heiser auf.
»Liebe Leute, habt ihr auch nur einmal versucht, mit solchen Mädchen zu reden?«

»Ja«, sagt Hedvig, denn das hat sie.
»Das, wovon Sie sprechen, ist, wie wir bereits gesagt haben, ein sehr heikles Delikt, das unerhört schwierig zu beweisen ist. Meiner Erfahrung nach sind diese Mädchen äußerst unwillig, bei einem Verhör zu kooperieren. Sie haben nicht das geringste Interesse daran, ihre günstige Einnahmequelle zu verlieren. Das wäre doch auch dumm von ihnen, oder? Dann könnten sie genauso gut direkt nach Hause in die Arbeitslosigkeit fahren. Und dumm sind diese Mädchen nicht. Eher recht clever und gut darin, die Tatsache auszunutzen, dass entlang der Grenze großer Frauenmangel herrscht.«
Hedvig erwidert hart: »Was glauben Sie, wie es zu diesem Frauenmangel kommt, Sture Holmlund? Haben Sie sich das jemals gefragt?«
Eine Weile bleibt es still.
Dann antwortet Sture: »Echauffieren Sie sich jetzt nicht, kleines Fräulein. Denken Sie daran, dass Objektivität eine äußerst wichtige Voraussetzung ist, wenn man versuchen will, ein Verbrechen aufzuklären. Es ist nicht Ihre Aufgabe als Polizistin zu entscheiden, wer schuldig ist. Alles, was Sie zu tun haben, ist, vorurteilsfrei zu ermitteln. Das bedeutet, dass man sowohl Vor- als auch Nachteile berücksichtigt. Dass man beide Seiten anhört. Lassen Sie gerne wieder von sich hören, wenn Sie konkretere Beweise für irgendwelche Unregelmäßigkeiten haben. Ich bin immer bereit, darüber zu reden, aber ich möchte Fakten und keine Gerüchte. Hören Sie auf, solche beschränkten Vorurteile über das Leben hier oben zu verbreiten, denn davon haben Sie verdammt noch mal nicht die leiseste Ahnung. Ich sitze wegen der Beschlagnahmung von ein paar Waffen die restliche Woche

über beim Oberlandesgericht in einer Verhandlung. Guten Tag.«
Dann legt er auf.
Hedvig erhebt sich und verlässt wortlos den Raum.

Fokus auf die Mitte der Zielscheibe. Abdrücken. Rückstoß. Fehlschuss.
Der Schießstand liegt mitten im Wald. Sie ist allein dort. Nichts hilft so gut wie Schießtraining, den Fokus nicht zu verlieren. Nur sie und die Waffe, sie und der gedachte Mittelpunkt. Treffer, aber nicht nah genug. Konzentration, vergiss alles andere. Schließlich sieht sie ein, dass sie sich beruhigen muss, sie ist zu aufgewühlt. Ihre Hände zittern, als sie sie sinken lässt. Wut flimmert hinter ihren Augenlidern, juckt unter der Haut, ihr Herz klopft.
Wie ahnungslos sie gewesen ist. Sie dachte wirklich, dass sie es schaffen würden. Tief in ihrem blauäugigen Inneren hat sie geglaubt, dass sie und Rafael hierher kommen, die Angelegenheit untersuchen und schnell wieder nach Hause fahren würden. Auf Proteste, sogar auf Konfrontationen, Auseinandersetzungen war sie vorbereitet. Aber dieses undurchdringliche Stillschweigen hat sie nicht erwartet, diese kahle Wand, der sie überall begegnet. Kälte, Wut. Mats hat nach dem letzten Auftritt aufgehört, sie auf dem Flur zu grüßen. Es gibt sie nicht. Sie ist einfach Luft.
Was heißt hier Frauenhandel? Hier gibt es so etwas nicht! Du siehst am helllichten Tage Gespenster, kleines Fräulein. Fahr nach Hause und mach anderswo Karriere. Lass uns in Frieden. Sie ist ortsfremd, okay, damit kann sie leben, das ist sie tatsächlich.
Aber diese totale Verneinung.

Diese ganze Aufregung darüber, dass sie und Rafael und ihre Vorgesetzten in einer fernen Welt im Süden Gerüchte und Lügen verbreiten, warum ist die so stark? Wenn ihre Theorie wirklich so falsch ist, wenn die Chefs hier oben recht darin haben, dass Fälle von Prostitution nicht vorkommen, dann gibt es doch nicht den geringsten Anlass dazu, Rafael und sie hinauszuekeln, zu dieser Wut, diesem dickköpfigen Schweigen. Wenn die Leute hier recht haben und tatsächlich sie sich irren, dann könnten sie sich doch wieder und wieder überprüfen lassen, und nichts bräuchte sie zu stören. Oder aufzuregen.

Ihre Einigkeit macht sie misstrauisch. Genau wie bei Tatverdächtigen in einem Verhör. Wenn die Antworten zu schnell und zu selbstsicher kommen, verbirgt sich etwas hinter den Aussagen. Das betrifft den Kommunalrat, wie heißt er noch – Olle, und das betrifft Sergej.

Sie atmet tief durch und hebt erneut die Waffe. Sie ist eine Verlängerung ihres Körpers, sie spürt sie so wie ihre eigenen Hände. Besserer Schuss dieses Mal. Die Wut blitzt auf, aber es gelingt ihr zu fokussieren.

Du bist gut, du weißt, dass du gut bist, sonst hättest du nie diesen hoffnungslosen Auftrag erhalten. Vertraue dir. Bleibe deiner Linie treu. Wenn du recht hast, wird es sich zeigen.

Ich bin über dreißig, habe bald zehn Jahre gearbeitet. Es reicht jetzt mit diesen großspurigen älteren Männern, die zu mir reden wie zu einem kleinen Kind, als würde ich nichts verstehen. Ich weigere mich, eine Quotenfrau zu sein, ich bin genauso gut wie sie, ich bin besser.

Neuer Schuss. Sie fängt an zu ermüden. Seufzt. Die Kälte lässt sie steif werden. Typisch.

Ich muss Vertraute finden, denkt sie und lädt erneut.

Die Frauen in der Organisation, die wissen Bescheid. Die Frauen im Ort, die wenigen, die ich bisher gesehen habe. Was wissen sie eigentlich? Was verbergen sie denn? Die Ehefrauen? Die Geliebten? Die Töchter? Die Mütter? Die Kolleginnen? Vielleicht hat sie Glück, vielleicht beginnen sie, diese Ausweichmanöver von einigen der Männer leid zu sein. Vielleicht wird es Zeit zu sprechen. Klartext zu reden. Ich muss jemanden finden, der mir den richtigen Weg weisen kann, denkt sie.
Plötzlich scheint alles ganz einfach. Clever sein, sich verbünden, so müssen sie und Rafael arbeiten. Aalglatt muss sie sein. Schlau, schnell, klug.
Sie setzt eine ganze Schussserie mitten ins Schwarze. Ins Herz.
Vertrau dir selbst.
Dann kommt ihr ein erster klarer Gedanke:
Was war das für eine Frau, die ich bei Gunnar hinter der Gardine gesehen habe? Soviel ich weiß, hat er doch weder eine Frau noch eine Schwester?
Dann ein zweiter Gedanke:
Es gibt hier eine Polizistin, Sofia Blind. Mit ihr muss ich sprechen.
Die Fichten und Kiefern stehen stumm und unbeweglich da. Das Einzige, was zu hören ist, sind der Wind und ihr eigener Atem.

10

Hedvig fährt auf direktem Weg zurück zum Polizeirevier. Wäre sie in eine Verkehrskontrolle geraten, hätte man ihr den Führerschein abgenommen. Jetzt ist sie gestählt. Kalt, hart und leer. Sie geht in das Gebäude und macht Rafael ausfindig, der anstelle einer Schießübung gerade sein Krafttraining beendet hat.

»Komm mit«, ist alles, was sie sagt.

»Und wohin wollen Sie?«, ruft Mats ihnen hinterher.

»Einem Hinweis nachgehen«, ruft sie über die Schulter zurück.

»Was ist los, Hedvig?«, fragt Rafael, als er sich neben sie ins Auto setzt.

Hedvig fährt. Sie atmet tief durch und schaut Rafael an.

»Jetzt schnappen wir sie uns, klar?«

»Jaja, beruhige dich, wen denn?«

»Wir müssen herausfinden, was hier tatsächlich passiert. Von jetzt an ist es vorbei mit dem Routinedienst. Es wird Zeit, dass wir aufhören, um den heißen Brei herumzuschleichen. Jetzt werden wir das tun, weshalb wir hierher gekommen sind, okay?«

Rafael nickt. Sie startet und lenkt den Wagen aus der Stadt hinaus. Rafael sieht sie nur an, sagt nichts, schaltet nicht einmal die Stereoanlage ein. Schließlich beginnt sie von sich aus zu reden.

»Wir müssen Gunnar überprüfen. Ich habe das starke Gefühl, dass er etwas verbirgt. Als wir das letzte Mal dort waren, nach dem Überfall, hattest du da nicht den Eindruck, dass er sehr wenig gewillt war, uns in sein Haus zu lassen? Ist dir das aufgefallen?«

Rafael lässt den Blick über die dunkle Fahrbahn gleiten.

»Jetzt, wo du es sagst.«

»Ich habe hinter seiner Gardine eine Frau gesehen. Ich will wissen, wer sie ist. Stickan behauptet, er habe weder eine Frau noch eine Freundin oder Schwester.«

»Warum glaubst du, dass er uns dieses Mal hineinlässt?«

Sie starrt ihn an.

»Weil ich es sage.«

Was ist in sie gefahren? Rafael kennt sie nicht gut genug, um zu wissen, was er davon halten soll. Aber er ist ganz gelassen. Er schaut hinaus in die Dunkelheit und denkt, dass ihre Theorie es wert sein könnte, überprüft zu werden. Auch wenn sie nach einem Schnellschuss klingt. Schließlich haben sie eigentlich davon gesprochen, Sergej zu durchleuchten.

Als sie den Hof erreichen, stellt Hedvig den Wagen in einem gelben Lichtkegel vor der Scheune ab, macht den Motor aus und sagt sehr bestimmt: »Du redest und lenkst ihn ab, und ich gehe ins Haus und sehe, was ich finden kann.«

Rafael lacht.

»Ujujuj!«

Sie sieht ihm in die Augen.

»Komm schon, so machen wir es jetzt. Es ist einen Versuch wert. Wir können nicht einfach nur warten. Dann finden wir nichts.«

Rafael nickt und hievt sich aus dem Auto, so dass dieses bedenklich schwankt, als er sein Gewicht verlagert.

Sie folgt ihm. Ein kurzer Blick in die Scheune, aber alles, was sie dort sehen, sind friedliche Kühe.
»Was will er mit diesen vielen Katzen«, murmelt Rafael, als er beinahe auf ein gestreiftes, einohriges Etwas tritt.
Sie gehen nebeneinander her auf das Wohnhaus zu. Auf zwei Schritte von Rafael passen vier von Hedvig.
Noch immer gibt es keine Klingel. Er klopft energisch an. Ohne es besprochen zu haben, schlüpfen sie in ihre Rollen. Der Mann ist der Sichtbare, die Frau bleibt einen Schritt zurück. Das verschafft ihnen mehr Freiraum bei der Arbeit. Weckt keine Aufmerksamkeit, lässt sie sich trotz allem leichter in die Umgebung einfügen. Hedvig hat akzeptiert, dass diese Taktik in manchen Situationen die einzig brauchbare ist.
Gerade als die Tür aufgeht, bemerkt Rafael, dass er nicht die geringste Ahnung hat, was er sagen soll. Aber das ergibt sich automatisch, als er sieht, was Gunnar in der linken Hand hält.
»Hallo, Gunnar, entschuldigen Sie, dass wir so einfach stören, ist es okay, wenn wir für einen Moment hereinkommen? Wir wollten nur fragen, ob Sie etwas Neues bezüglich des Überfalls gehört haben? Aber was sind das für Unterlagen?«
Gunnar seufzt und sieht aus, als werde er gleich weinen.
»Das sind diese verdammten Anträge. Ich verstehe sie nicht. Morgen ist der letzte Tag, um den Zuschuss zu beantragen. Diese Dungabdeckung … Zum Teufel, das macht mich fertig. Das ist alles so … unverständlich.«
Er wedelt unlustig mit dem Bündel Papiere.
»Darf ich mal sehen, ich könnte vielleicht helfen«, sagt Rafael und schnappt sich die Formulare, während er zugleich auf den Küchentisch zusteuert.

Gunnar folgt ihm.
»Sehen Sie, hier steht es sogar auf Spanisch, jetzt schauen wir einmal«, sagt Rafael und lässt sich auf einem Sprossenstuhl nieder.
»Ich gehe nur schnell auf die Toilette, wenn das in Ordnung ist?«, sagt Hedvig, ohne eine Antwort abzuwarten.
Sie huscht auf eine Tür mit einem Herzen darauf zu, aber als sie hört, dass Rafael und Gunnar sich in der Küche eingerichtet haben, ändert sie die Richtung und schleicht die Treppe hinauf. Sie betet im Stillen, dass man sie nicht hört, doch als Rafael passenderweise einen geräuschvollen Hustenanfall bekommt oder simuliert, erklimmt sie die Treppe in drei Sätzen. Hedvig sieht sich um, sie befindet sich in einer kleinen Diele. Richtung Scheune liegt ein Schlafzimmer, das spartanisch in einer Art Fünfziger-Jahre-Stil eingerichtet ist, beinahe wie ein Jugendzimmer. Vermutlich Gunnars. Soll sie dort suchen? Wonach überhaupt? Welche Zeichen erwartet sie?
Nervös zögert sie und blickt sich um. Jetzt keinen Rückzieher machen. Die Lampe beim Stall sendet einen Streifen gelben Lichts entlang des Geländers bis zur Treppe, und Hedvig sieht eine halb geöffnete Tür, auf die sie zuschleicht, ohne zu wissen, wonach sie schauen soll. Die Tür gleitet leise auf, Hedvig lauscht nach unten, hört Rafael etwas Unverständliches auf Spanisch murmeln und Gunnar fragen, ob er Kaffee kochen soll. Sie tritt in das Zimmer und schaltet eine Nachttischlampe ein. Ein gehäkelter Bettüberwurf. Die Bibel auf dem Nachttisch. Ein Nähkorb im Regal. Gestickte Sprichwörter über dem Bett und Kreuzstichstickereien auf der Kommode. Das Zimmer seiner toten Frau? Falls er doch eine hatte? Oder das seiner Mutter? In dem Moment ist sie sich sicher: Sie steht

im Zimmer von Gunnars Mutter. Dann lebt die wohl nicht mehr. Seit wann?
Die Tür des Kleiderschranks ist nur angelehnt. Sie braucht sie kaum zu berühren. Eine Reihe altmodischer Synthetikröcke von der Sorte, für die einige ältere Frauen eine Vorliebe haben, hängt darin. Großblumig gemustert, im Stil der siebziger Jahre, in Braun und Beige. Auf dem Boden des Schrankes ein Paar Gummistiefel, Holzpantinen und daneben ein Haufen Kleider. Schmutzwäsche? Sie beugt sich hinunter, fühlt steifen Stoff zwischen den Fingern, zieht das Bündel heraus ins Licht, um zu sehen, was es ist. Beim Anblick der dunklen Flecken richten sich ihre Nackenhaare auf. Warum liegen im Schrank von Gunnars Mutter blutverschmierte Kleider? Menschen- oder Tierblut? Vielleicht ist daran nichts ungewöhnlich. Hedvig legt schnell die blutige Bluse zusammen, wickelt sie sich um den Bauch und zieht die Hose darüber. Wie gut, dass sie heute in Zivil ist. Die Jacke verbirgt den Fund.
Rasch blickt sie sich um. Ansonsten ist nichts in Unordnung. Das Bett sieht gemacht aus. Bevor sie die Nachttischlampe löscht, hebt sie die gehäkelte Tagesdecke und sieht darunter einen billigen, grün gestreiften Bettbezug. Erwartet Gunnar Besuch? Oder ist das Bett seit dem Tod seiner Mutter bezogen geblieben?
Sie schaltet das Licht aus, schleicht so leise sie kann die Treppe hinunter und geht zum Badezimmer, um den Schein zu wahren. Dort angekommen, betätigt sie die Klospülung und dreht den Wasserhahn auf. Beim Hinausgehen fällt ihr Blick auf ein offensichtlich weibliches Necessaire auf einer Waschmaschine, die schon bessere Tage gesehen hat. Schnell zieht sie den kleinen Reißverschluss auf und hält lauter Schminkutensilien in der Hand.

Alle Fläschchen und Dosen sind mit kyrillischen Buchstaben versehen.
Sie stolpert aus dem Badezimmer, das unter der Treppe liegt. Im Stillen dankt sie für das Halbdunkel, das in Gunnars Haus herrscht. Die beiden Männer am Küchentisch haben die Köpfe zusammengesteckt und überlegen.
»Die Summe tragen Sie in die Zeile da unten ein. Geben Sie ein bisschen mehr an, sie kürzen sicher einiges runter«, sagt Rafael.
»Glauben Sie?«, fragt Gunnar.
»Sie sollten es unbedingt so machen. Aber der Betrag muss in Euro angegeben werden«, erwidert Rafael und richtet sich auf.
»Ojro«, sagt Gunnar.
Vielleicht versucht er nur, den Namen der Währung auszusprechen. Dann geht Gunnar auf die Kaffeemaschine zu und sagt: »Der Kaffee ist jetzt fertig.«
Hedvig muss sich zusammenreißen, um nicht sofort auf den Hof hinauszurennen. Sie lehnt ab, aber Rafael lässt sich Zeit, lobt das Aroma, probiert und genießt. Gunnar strahlt, und Hedvig muss sich eingestehen, dass Rafaels Taktik die richtige ist. Sie lässt sich neben ihm nieder und zieht die Jacke fester um ihre momentan etwas enge Hose. Sie sieht, dass die Männer miteinander sprechen, hört aber nicht, was sie sagen, außer dass es um EU-Beiträge und den umfangreichen Papierkrieg geht.
»Haben Sie den Hof gemeinsam mit Ihrer Mutter betrieben?«, fragt Hedvig beiläufig.
Sowohl Gunnar als auch Rafael sehen sie fragend an.
»Ja. Sie ist vor fünf Jahren gestorben«, sagt Gunnar.
»Ach so ist das«, murmelt Hedvig.

»Ich dachte schon, wir würde nie wegkommen«, sagt sie, als sie endlich wieder im Wagen sitzen.

»Du hättest dir mehr Zeit lassen sollen. Ich hätte ihn gut noch eine Weile beschäftigt«, erwidert Rafael.

»Das konnte ich schließlich nicht wissen, oder? Nein, fahr nach Hause!«, ruft sie, als er den Wagen Richtung Ausfahrt lenkt.

»Was ist denn?«

»Ich muss dir etwas zeigen!«, sagt sie.

Er wendet, fährt den Hügel hinauf und blickt zum ersten Mal an diesem Tag etwas skeptisch auf seine aufgedrehte Kollegin. Sie schaffen es nur bis in die Diele, bevor Hedvig anfängt, ihre Hose aufzuknöpfen.

»Ganz ruhig jetzt«, sagt er.

»Bilde dir bloß nichts ein! Sieh mal, was ich gefunden habe!«

Sie hält die Bluse hoch, eine hellblaue aus Baumwolle. Oben an der rechten Schulter und auf derselben Seite den Rücken hinunter befindet sich ein großer, dunkler, eingetrockneter Fleck, der nichts anderes als Blut sein kann.

Er starrt sie an.

»Hast du die mitgenommen?«

»Nein, ich habe sie per Versand gekauft«, sagt sie.

»Was machen wir damit?«

»Das ist die Frage.«

»Können wir sie dem SKL geben? Sie bitten zu überprüfen, ob es sich um Blut von einer Tierschlachtung handelt oder um, wie nennt Rolf das, Humanmaterial?«

Hedvig nickt.

»Glaubst du, es ist Violas Blut?«

Sein Tonfall ist sachlich, als diskutierten sie Milchpreise. Das ist die einzige Möglichkeit, nicht verrückt zu werden,

der Versuch, nicht gefühlsmäßig zu begreifen, worüber sie möglicherweise tatsächlich sprechen: über Blut von einer toten, ermordeten Person.
Sie schüttelt den Kopf.
»Ich weiß es nicht. Vielleicht.«
»Wessen Bluse ist das? Hat Gunnar eine Freundin?«
»Soviel ich weiß, nicht. Ich habe Erik gefragt, und der hat es verneint. Das Zimmer dort oben sah aus, als hätte eine alte Frau darin gewohnt.«
»Seine Mutter?«
»Vermutlich.«
»Aber wenn das Violas Blut ist, wer hat dann die Bluse getragen? Viola selbst, bevor sie unter der Fichte landete? Oder eine andere Frau? Denn Gunnar wird wohl keine Frauenkleider tragen?«
»In Gunnars Badezimmer stand ein Necessaire mit russischer Schminke darin. Nicht ein Produkt war von hier. Vielleicht hat er doch eine Frau. Eine Russin.«
»Fragt sich nur, zu welchen Bedingungen.«

11

Schön, dich zu sehen! Verdammt, dass du mich beim Gewichte stemmen auch immer schlagen musst. Das muss an den ganzen Bräuten liegen, die du in den letzten Jahren abgeschleppt hast. Doch, so wird es sein. Hier, nimm ein Zeunerts, das ist kalt und gut, hast du einen Flaschenöffner? Wo ist Mats heute? Die Jagd ist doch wohl jetzt zu Ende? Ist es der Mord an der Alten? Muss er sich wirklich darum kümmern? Prost, Kumpel! Prost, zum Teufel! Weißt du, Åke, als wir uns das letzte Mal getroffen haben, hast du da gesehen, verdammt, das ist ganz schön peinlich, hast du gesehen, dass Mats da unten rasiert ist? Rasiert, Mann! Ein Pornosack, er hat sich einen Pornosack zugelegt, zum Teufel!«

Kommunalrat Olle Grönlund kommt aus dem Ruheraum und tritt in die Sauna. Er lehnt sich ganz oben gegen die brennend heiße Saunawand, der Polizeichef setzt sich auf die Pritsche darunter. Es ist Montagabend. Olle hat wie immer unter der Bezeichnung »geheime Ausschusssitzung« die Sauna und den Fitnessraum im Keller des Rathauses reserviert.

Er lacht. Die Leute sollen ruhig glauben, dass sie hier tagen. Langsam streicht er sich über den Schnurrbart, der vor Wasser, Schweiß und Bier trieft. Kratzt sich am Bauchnabel.

»Grüß dich, Torsten, kommst du erst jetzt? Was steht

morgen für Mist in eurem Käseblatt? Kein Unsinn über den Haushaltsplan hoffe ich.«
Der Chefredakteur von *Norbottens Allehanda*, Torsten Stålnacke, ein rotgesichtiger, übergewichtiger Mann, setzt sich auf die unterste Bank. Dort sitzt er immer. Manchmal fragt sich Olle, ob der Kerl unter Klaustrophobie leidet und deshalb neben der Tür sitzen muss.
»Ich musste noch ein paar Sachen bei der Forstgesellschaft regeln. Eventuell will ich am Fluss ein Stück Wald roden, mal sehen, was daraus wird«, sagt er.
Er schaut zu Olle hinauf, der auf der obersten Pritsche sitzt und gewaltig schwitzt. Derselbe lächerlich kleine Schwanz wie immer. Wahrscheinlich kann er ihn selbst gar nicht mehr sehen, diesen mikroskopisch kleinen Auswuchs unter seinem fetten Hängebauch. Olles Schwanz war schon immer klein. Schon während der Schulzeit, die sie in derselben Klasse verbracht haben, wurde Olle manchmal wegen seines kleinen Penis gehänselt, und es kam schon vor, dass Torsten einer der anführenden Quälgeister war, aber das ist nun schon lange vergessen. Obwohl Torsten sich manchmal fragt, wie Olle es eigentlich macht. Wie seine drei Rotznasen zustande gekommen sind. Vielleicht hat er irgendwie nachgeholfen. Hormonspritzen in den Schwanz. Torsten schaudert trotz der Hitze. Pfui Teufel. Er will es lieber nicht wissen.
»Was den Haushalt angeht, kannst du unbesorgt sein«, sagt der Zeitungschef. »Ich habe Östberg überredet, sich mit einer großen Serie den Einsparungen in den dünn besiedelten Gebieten zu widmen. Namenslisten. Jetzt muss verdammt noch mal Schluss sein, habe ich gesagt. Wir organisieren einen Volksaufstand und zeigen es diesen Idioten da unten in Stockholm. Also, über das Budget

kommt nichts, soweit ich weiß. Dieser Östberg hat wie immer alles geschluckt. Ich frage mich, ob alle Nachrichtenredakteure so beschränkt sind«, sagt Torsten.

Olle kratzt sich im Nacken. Wenn Torsten von ihnen beiden der Geschäftsmann ist, mit all seinen kleinen mehr oder weniger seltsamen Unternehmen, dann ist er selbst der Denker. Findet er zumindest. Torsten ist vermutlich anderer Ansicht, seit diesem Vorschlag, neu in die Kommune gezogenen Familien eine freie Kinderbetreuung zu bieten. Tatsächlich hat Torsten als Erster die Idee gehabt, aber das war letztes Jahr im Suff beim Strömlingfest. Olle hätte nicht gedacht, dass Torsten sich im Nachhinein noch daran erinnert, deshalb hat er den Vorschlag im selben Jahr während des Wahlkampfs ungeniert als seinen eigenen vorgebracht. Was dazu führte, dass Olle im letzten Moment seinen heißesten Mitkandidaten für den Kommunalratsposten innerhalb der eigenen Partei ausstechen konnte.

Olle mag Torsten und mag ihn gleichzeitig nicht. Er ist ein Schwätzer, ist ständig am Prahlen und Großtun. Aber sie können sich gegenseitig von Nutzen sein.

Olle seufzt und sagt: »Bei der letzten Kommunalratssitzung wurde ich von einem großen, giftigen Frauenzimmer von euch geknipst. Gar nicht gut. Schön, in bin ein großer Kerl, aber so fett, wie ich auf dem Foto aussah, bin ich nicht.«

Torsten schüttelt den Kopf.

»Ich glaube, sie heißt Maja. Eine Vertretung. Sie wird nicht lange hier bleiben.«

»Warum bist du so still, Åke?«

Der Polizeichef fährt sich mit einer verschwitzten Hand über das Gesicht.

»Nein, zum Teufel … Diese beiden Stockholmer … Sie lassen nicht locker.«
Olle lacht.
»Das ist doch nichts, worüber man sich Gedanken machen muss. Sie finden nichts. Wissen nichts. Können nichts. Diese kleine Schnecke sieht doch aus wie jede x-beliebige Lolita. Wie können sie nur so eine hierher schicken? Die kapiert doch nichts. Die hat noch nie auf einem Scooter gesessen, nie einen Elch geschossen, nie selbst gebrannten Schnaps getrunken.«
»Halt dein Maul, Olle. Du bist Politiker, kein verdammter Poet. Ich komme mit dem Mädchen klar.«
»Natürlich bin ich Poet! Auch! Ich stecke hinter der Abkürzung OG in der Sonntagszeitung. Torsten, das bin doch ich?«
»Hör auf!«, unterbricht Åke.
»Um sie braucht man sich doch nicht zu sorgen?«
»Sie ist nur so verdammt eigensinnig. Beißt sich fest.«
»Bestimmt irgendeine verdammte Feministin. Das sind sie heutzutage doch alle. Völlig verrückt«, sagt Olle.
Åke seufzt schwer und setzt an: »Ich habe gehört, dass du am Wochenende Besuch von ihr hattest.«
Olle erstarrt.
Torsten schreit: »Was zum Teufel sagst du da?!«
»Ja, nicht so. Aber sie und ihr Kollege hatten anscheinend einen Einsatz wegen häuslicher Gewalt. Es war in deiner Wohnung …«
»Halt's Maul!«, brüllt Olle.
»War sie so verrückt, es dir zu erzählen? Hat sie darüber einen Bericht verfasst? Den musst du unbedingt vernichten, Åke! Zur Hölle! Was redest du da? Ich bin geliefert, wenn die Presse das erfährt«, sagt Olle in einem leiseren

Ton und starrt mit blutunterlaufenen Augen den Vertreter der Medien in der geräumigen Sauna an.

Aber Torsten grinst nur.

»Beruhige dich, Olle! Wenn wir darüber noch nichts im Blatt stehen hatten, dann kommt auch nichts mehr. Ich habe jedenfalls nichts davon gehört. Ich werde mit Östberg sprechen. Sicher hat irgendeine blöde Vertretung vergessen, die Polizei anzurufen, und hat es nicht mitgekriegt. Freu dich darüber. Es wird nie an die Öffentlichkeit kommen.«

Olle sitzt eine Weile mit gesenktem Kopf da. Dann flüstert cr, mehr zu sich als zu seinen Kameraden: »Sie hat mich so unglaublich provoziert. Wie immer. Sie war nicht nüchtern. Na ja, ich auch nicht. Die Kinder waren nicht zu Hause. Sie hat angefangen herumzuschreien, dass ich nicht abgespült hätte, und ich dachte, zum Teufel! Die Faust kam von alleine angeflogen. Ich habe es nicht so gemeint.«

»Natürlich hast du es nicht so gemeint. Sie ist schließlich deine Frau. Ihr seid seit der Schule zusammen, wir waren doch alle in derselben Klasse. Wenn einer weiß, was sie dir bedeutet, dann ich. Ihr liebt euch doch. Es ist nichts Schlimmes passiert«, sagt Torsten.

Olle seufzt. »Diese beiden neuen Polizisten aus Stockholm waren da. Sie waren verdammt ernst, haben meiner Frau ihre Version glatt abgekauft. Die hat natürlich Angst bekommen und ist wie immer nicht bei der Aussage geblieben. Keine Anzeige, obwohl die beiden gebeten und gebettelt haben.«

»Das ist wirklich mies. Ich spreche mit Östberg. Er ist auch so ein Idiot aus Stockholm, den die Verlagseigentümer in irgendeinem Vorort aufgesammelt haben. Er versteht von diesen Dingen überhaupt nichts. Du kannst ganz beruhigt sein«, sagt Torsten.

Åke fährt fort: »Ich haben ihnen bei der Besprechung gesagt, dass das nichts ist, worum man sich zu kümmern braucht. Ich habe angedeutet, dass ich schon mit dir gesprochen hätte, als wäre die Sache bereits aus der Welt geschafft. Hedvig hat sich natürlich über irgendetwas aufgeregt, sie scheint meistens schlechte Laune zu haben. Sie wollte widersprechen, aber ich habe getan, als würde ich sie nicht verstehen. Und jetzt haben wir schließlich diesen verdammten Mord, oder was das sein soll, die Alte unter der Fichte, da landet das sicher in einem Stapel mit Fällen, für die niemand Zeit hat. Wenn es überhaupt zu einer Anzeige kommt.«

»Hauptsache, sie fängt nicht an, mit diesem verdammten Frauenhaus-Verein zu sprechen. Cikoria oder wie zum Teufel der heißt«, sagt Olle.

»Diese verdammten Weiber! Hetzen ehrenwerte Frauen auf und bringen sie dazu, wegen irgendeinem Mist Haus und Hof zu verlassen«, seufzt Torsten und verdreht die Augen.

»Diese Cikoria-Frauen wollen sich nur ins Gespräch bringen, damit sie vom Staat und der Kommune Unterstützung für ihre so genannte Tätigkeit kassieren können. Ich kenne diese Damen. Dieses Jahr werden sie keinen müden Heller von der Kommune kriegen. Dafür werde ich mich verdammt noch mal einsetzen!«, schnaubt Olle.

»Prost, Jungs! Jetzt pfeifen wir auf die Weiber und die Regierungen der ganzen Welt! Kommt, lasst uns ins Stadthotel gehen, etwas essen und uns einen Kurzen genehmigen. Dein Kumpel gibt doch wie immer einen aus?«, sagt Olle und stößt Torsten in die Seite, der auflacht.

»Das haben wir uns verdammt noch mal verdient! Heutzutage müssen die Männer zusammenstehen. Egal, was man macht, die Weiber sind ohnehin nicht zufrieden«, sagt Olle. »Kommt ihr jetzt, Jungs? Das geht auf Kosten des geheimen Ausschusses!«

»Ich habe Sie erwartet«, sagt Sofia Blind lächelnd, als Hedvig in ihr Büro kommt und die Tür schließt.
Hedvig setzt sich auf den Besucherstuhl, und die beiden Frauen betrachten einander. Auf Sofias Schreibtisch stehen drei gerahmte Fotografien von ihren Kindern. Drei fröhliche Wesen, ein Junge und zwei Mädchen im Alter von zehn Jahren und jünger, schätzt Hedvig und räuspert sich.
»Also, ich habe eigentlich keine konkrete Frage, aber ich hatte dennoch das Gefühl, mit Ihnen sprechen zu müssen. Was sind das hier eigentlich für Kerle?«
Sofia lacht laut und lange.
»Welche von all den Kerlen meinen Sie genau?«
»Ich dachte hauptsächlich an Ihre Kollegen.«
Sofia wird ernst, nickt.
»Was möchten Sie wissen?«
»Wie halten Sie es hier aus?«
Sofia lehnt sich zurück und schiebt die Stapel mit Verhörprotokollen beiseite, die auf ihrem Schreibtisch liegen. Die Wand hinter ihr hängt voller Kinderzeichnungen.
»Ich bin eine Frau, Samin und Polizistin, ungefähr in dieser Reihenfolge. Da ich außerdem so verrückt bin, mich mit Sexualverbrechen an Kindern zu beschäftigen, können Sie sich den Rest selbst denken.«
Hedvig sieht sie schweigend an.
»Ich arbeite nicht, um Karriere zu machen, ich tu es wegen

der Kinder. Jemand muss ihnen zuhören und es wagen zu glauben, was sie erzählen. Aber Mats grüßt mich auch nicht, falls Sie sich das fragen. Ich bin nur ein Alibi, genau wie Rafael riskiert, eines zu werden. Wir gehören einer Minorität an und sollen unser gesamtes Volk repräsentieren. Und das funktioniert natürlich nicht.«
Hedvig fährt sich durch das Haar.
»Warum ist das so?«
»Fragen Sie mich nicht. Manche Vorstellungen sind felsenfest verankert. Aus Tradition, aus Gewohnheit, vielleicht einfach aus Dummheit. Es ist cooler, gegen Drogendealer zu arbeiten als gegen Sexualverbrecher, so wird es wahrscheinlich immer bleiben. Von meinem nächsten Vorgesetzten bekomme ich gute Unterstützung, aber weiter oben wissen sie kaum, wer ich bin. Jeder kennt jeden, sowohl hier im Haus als in der Stadt. Es gibt verschiedene Interessengruppen. Die Politiker in der Regierung und im Reichstag wissen, was die Öffentlichkeit erwartet, sie fordern Sicherheit für Frauen und Kinder und legen dafür einen bestimmten Etat fest. Aber zwischen dem politischen Willen und der Wirklichkeit, in der wir hier, bei der Polizei, leben, klafft ein Abgrund. Hier stehen ganz andere Dinge auf der Prioritätenliste. Geld oder versteckte Interessen, Absichten, die auch für mich schwer zu erkennen sind, obwohl ich von hier bin. Wissen Sie, wir – die wenigen weiblichen Polizisten, die es hier gibt – sagen immer, dass die Entscheidungen ›in der Sauna‹ getroffen werden. Von den Männern natürlich. Dann kommen sie heraus, halten eine formelle Sitzung ab und gehen noch einmal durch, worüber sie sich in der Sauna schon einig geworden sind … Aber ich gehe meine eigenen Wege. Meine Kinder und mein Mann helfen mir, den Job und die

Probleme, die es dabei gibt, zu vergessen. Aber manchmal überlege ich, die Branche zu wechseln.«

»Wohin denn zu wechseln? Doch wohl nicht zu einem Wach- oder Sicherheitsdienst wie all die anderen?«

Sofia lacht wieder und schüttelt verneinend den Kopf.

»Manchmal frage ich mich, ob ich nicht als Lehrerin für Gemeinschaftskunde von größerem Nutzen wäre.«

»Aber wäre das nicht traurig für die Kinder, denen Sie hier begegnen?«

»Doch. So denke ich auch, und das ist es, was mich bisher hier gehalten hat.«

Eine Weile sitzen sie schweigend da.

»Dieser Kommunalrat, Olle Grönland, wer ist das eigentlich?«

»Ein Kind der Stadt. Dieser Ort hier ist zwischen ihm und seinem Cousin aufgeteilt, wenn man so will.«

»Und wer ist der Cousin?«

»Er heißt Torsten Stålnacke und ist der Chefredakteur der größten Tageszeitung. Neben der Zeitung besitzt er eine Menge verschiedener Unternehmen, er kennt alle wichtigen Leute in der Stadt. Torsten hat die ökonomische Macht, könnte man sagen, und Olle die politische. Eigentlich mögen sie sich nicht besonders, glaube ich, aber sie haben sich während ihrer gesamten Jugend gegenseitig beobachtet und sind neidisch aufeinander gewesen. Und in ihrem Umfeld gibt es mehrere hier aus dem Haus, die auch dabei sein und mitmischen wollen.«

»Wen denn?«

Sofia sieht Hedvig eine Weile an, bevor sie antwortet: »Åke.«

»Der Polizeichef?«

Sofia nickt: »Ja.«

Hedvig atmet tief ein und sagt: »Was denken Sie über Sergej Björkman?«
Sofia wird ernst.
»Der Hundezüchter. Er hat keine blütenreine Weste. Ich weiß es.«
»Woher?«
Sofia schließt die Augen und schüttelt den Kopf.
»Meine Intuition sagt es mir. Beobachten Sie ihn, und Sie werden etwas Faules finden. Davon bin ich absolut überzeugt.«
»Was meinen Sie damit?«
Sofias Telefon klingelt, und sie zwinkert entschuldigend, ehe sie abhebt. Das Gespräch ist kurz.
»Entschuldigen Sie, ich muss jetzt gehen. Ich soll ein vierjähriges Mädchen vernehmen. Wir können später weiterreden.«

Heute ist Mittwoch, und ich habe Angst. Ich sehe meine Kinder auf dem Boden spielen und denke an diesen Mann, nein, er ist kein Mann, kein Mann würde so etwas tun. Ich denke an das Schwein, das sich an mir vergriffen hat. Nein, wieder falsch. Ich tue alles, was ich vermag, um nicht an ihn zu denken.
Morgen kommt Vladimir und holt mich ab, wir brechen früh auf. Dann fahren wir die knapp tausend Kilometer durch zwei Länder hindurch in ein drittes: Russland, Finnland, Schweden. Vladimir hat einen neuen Pass für mich, und der Mann, zu dem ich komme, schreibt mir jedes Mal eine persönliche Einladung.
Die Regeln haben sich verschärft. Es ist schwieriger geworden, ein Visum für Finnland zu bekommen. Man verlangt heutzutage eine persönliche Einladung, das war

früher nicht nötig. Damals sind wir gemeinsam in Kleinbussen gereist, jetzt haben sich aufgrund der neuen Bestimmungen die Transportbedingungen geändert. Wir werden nicht mehr wie früher gruppenweise zu einer Bar, einem Campingplatz oder einer Tankstelle gebracht. Jetzt fahren Privatautos zu einer privaten Adresse. Nicht mehr nur Vladimir fährt, sondern auch seine Freunde. Sergej ist derjenige, der bezahlt. Vladimir ist nur sein Halbbruder und Untergebener. Auf der Reise ist er dennoch der König. Ich habe Angst vor Vladimir, genauso wie ich Angst vor Sergej und der Polizei habe.

Die Grenze ist selten ein Problem. Nach Schweden hinein muss man einfach nur schnell fahren, wir rasen über die Grenze, als wäre nichts. Nur ein einziges Mal wurde der Wagen vom Zoll gestoppt, aber sie suchten nach Drogen oder vielleicht Waffen. So wie wir den Pass und die Identität wechseln, wechselt Vladimir die Nummernschilder seiner Fahrzeuge. Jedes Mal, wenn wir kommen, sind wir jemand anderes. Wenn jemand nachfragt, sind wir zum Shopping hier. Und ich habe schließlich eine persönliche Einladung, das ist schnell geregelt.

Welche vernünftige Mutter lässt ihre beiden kleinen Kinder bei einem alkoholsüchtigen Vater und reist tausend Kilometer weit, um in der Küche eines anderen Mannes Piroggen zu backen? Aber was ist die Alternative? Gibt es überhaupt eine Alternative? Die Fabrik hat geschlossen, es droht die Hungersnot, ich will nicht, dass es meinen Kindern so ergeht wie mir. Ich hätte an der Universität studieren können, wenn meine Mutter sich mehr um mich gekümmert und dafür gesorgt hätte, dass ich mich für ein Stipendium bewerbe. Ich bin nicht dumm, auch wenn alle sich redlich bemühen, es mich glauben zu machen. Die

Lehrer hätten sich auch darum kümmern müssen, anstatt im Gegenzug zu guten Noten Sex zu verlangen.
Mein großes Mädchen ist jetzt vier. So klug und so naiv zur gleichen Zeit. Sie ist schon ein kleines Püppchen. Ich fürchte mich vor dem Tag, an dem sie zur Frau reift. Wird sie denselben Weg einschlagen wie ich? Wird sie auch eines schönen Tages entdecken, dass das größte Geschenk, das das Leben ihr gemacht hat, dasjenige ist, eine Frau zu sein?
Der Junge ist erst zwei. Sie sind jetzt schon so unterschiedlich. Sie ist geradlinig, neugierig, eigensinnig. Er ist schmal, ängstlicher, kränklich. Ich brauche Geld für sein Asthmamittel. Wenn die Apotheke es noch hat.
Ich bin eine schlechte Mutter. Das alles ist meine Schuld. Wenn ich mich nur nicht mit Igor eingelassen hätte, er trank schon damals zu viel. Aber die Kinder, nie hätte ich die Kinder wegmachen lassen können … Ihretwegen tue ich das hier, zwinge mich dazu. Ich weiß wohl, was die Leute hinter meinem Rücken reden, woher ich auf einmal so viel Geld habe, wie wir so oft Fleisch essen können, das kann ja nur einen einzigen Grund haben. Aber wer will für so eine alte Frau noch Geld zahlen? Ich werde demnächst achtunddreißig. Dort drüben, in Schweden, sind sie offenbar nicht so wählerisch. Lässt sich diese alte Natascha wirklich noch verkaufen?
Meine Lieblinge, meine geliebten Kinder. Ihr seid alles, was ich habe. Mein Glanz in dieser ewigen Dunkelheit. Ihr seid mir wichtiger als das Leben. Ich würde für euch sterben, das wisst ihr. Wie jede andere Mutter. Ihr sollt eine bessere Zukunft haben, als ich sie hatte. Euretwegen mache ich das hier.
Die Schwiegermutter weiß natürlich Bescheid. Wer sollte

sonst bei euch sein, wenn Papa säuft? Ihre Augen sind bereits gebrochen, sie blicken, ohne zu sehen. Aber sie ist nüchtern und schlägt euch nicht. Sie hält euch fern, wenn Igor zu betrunken ist, zu sehr am Ende. Sie weiß so gut wie ich, wie verzweifelt wir Geld brauchen und dass es keine andere Möglichkeit gibt, welches zu beschaffen.

Manchmal, Gott sei mir gnädig, denke ich, es wäre besser, Igor wäre tot. Wenn er sich nur zu Tode saufen könnte, aber sein Herz scheint Unmengen zu vertragen. Oder wenn wenigstens einer seiner Saufkumpane sich ernsthaft mit ihm streiten und ihn erschlagen würde. Nichts Dramatisches oder Brutales, nur so, dass er auch wirklich stirbt. Das würde uns nicht mehr Geld einbringen, aber eine gewisse Ruhe, eine kleine Sicherheit, dass das Geld, das ich verdienen kann, nicht wieder sofort durch den Hals der Wodkaflasche rinnt.

In den schwersten Stunden, wenn er wirklich alles versoffen hat, wenn es keine einzige Kopeke mehr für das Essen am nächsten Tag gibt, dann kommt mir manchmal der Gedanke, dass ich ihn selbst töten sollte. Um diesem Zustand endlich ein Ende zu bereiten. Aber die Fortsetzung, ihm selbst in den Tod zu folgen und auch die Kinder mitzunehmen, dieser Gedanke existiert nicht. Der klare Blick meiner Kinder hält mich davon ab. Aus ihren unschuldigen Augen betrachtet mich das Leben.

Verzeih mir. Verzeih meine sündigen Gedanken. Du sollst nicht töten.

Ich werde noch verrückt. Ich gehe innerlich kaputt bei dieser Sache.

Das Mädchen bewegt sich unruhig im Schlaf, ja, ja, Mama ist da. Ja, ja. Sie wirft sich zwischen den Laken hin und her und brabbelt vor sich hin, Wörter, die nur sie versteht.

Kleines, Mamas Liebling. Schlaf jetzt, meine Sonne. Ich hab dich lieb.
Ihre Unruhe stammt von mir. Sie ist schon viel zu ernst, hat schon viel zu viel gesehen und verstanden. Wenn Igor betrunken ist, schreit er manchmal: »Du kannst deine verdammten Bälger nehmen und von hier verschwinden!«
Das Mädchen ist alt genug, um den Inhalt dieser Worte zu verstehen.
Was soll nur werden? Wie wird es uns ergehen?
Meine Küken, jetzt schlafen wir.
Mama ist da.

»Andersson« steht auf dem Türschild der Wohnung im zweiten Stock. Eine Wohnung wie jede andere. Alt, aber sauber. Sechziger-Jahre-Stil, einfach möbliert, mit Möbeln, die von Freunden geschenkt wurden, die die Arbeit des Frauenhauses unterstützen. Maja sucht einen Moment lang nach dem Schlüssel, läutet das verabredete Signal und öffnet die Tür. Das Innere der Wohnung ist dunkel, auf dem Sofa im Wohnzimmer erahnt sie einen zusammengesunkenen Schatten.
»Ingrid?«
Keine Antwort.
»Ich mache jetzt in der Diele das Licht an«, sagt sie und schaltet die Lampe ein.
Auf dem Sofa in dem spartanisch eingerichteten Wohnzimmer des Apartments sitzt die Frau genauso zusammengesunken, wie sie sie verlassen hat.
»Ingrid?«
Maja nähert sich, stellt die Einkaufstüte weg und berührt die Frau vorsichtig an der Schulter. Die zuckt zusammen, wendet sich abrupt der Besucherin zu und schlingt ihr die

Arme um den Hals. Sie hat ein zugeschwollenes Auge und einen blaugrünen Fleck, der sich über ihre linke Wange zieht. Er hat wie immer mit der rechten Hand zugeschlagen. Die Nase ist zu doppelter Größe angeschwollen, aber hat zumindest aufgehört zu bluten.

»Schon gut, es ist jetzt vorbei. Es ist gut«, flüstert Maja in das Haar der Frau.

Ingrid bekommt ein Taschentuch, mit dem sie sich die Augen trocknet. Maja beschließt, es jetzt nicht noch einmal mit Reden zu versuchen, und stellt stattdessen ein tiefgefrorenes Fertiggericht in die Mikrowelle. Gegen die kompakte Stille in der Küche schaltet sie das kleine Radio auf der Küchenbank ein. Leise ertönt irgendeine Schlagermusik. Maja schaltet die Lampe über dem Küchentisch ein, lässt aber vorher sorgfältig die Jalousie herunter. Niemand soll wissen, wer sich hier, in der Wohnung des Frauenhauses Cikoria, aufhält. Sie macht auch die kleine runde Lampe im Wohnzimmerfenster an, holt aus einem Schrank eine Kerze hervor und tauscht die alte, heruntergebrannte im Kerzenständer auf dem Küchentisch aus. Kocht starken Kaffee. Dann geht Maja die Frau auf dem Sofa holen. Sie folgt willenlos, ist es nicht gewohnt, selbst zu bestimmen. Hierher zu kommen, wieder einmal, hat ihr die letzten Kräfte geraubt.

»Iss ein wenig«, sagt Maja leise.

Ingrid stochert im Essen herum, starrt mit roten Augen in den flackernden Kerzenschein. Dann kommen die Tränen, ganz plötzlich, zwischen einem Bissen Brokkoli und einem Bissen Nudeln. Maja öffnet die Arme.

»Du musst ihn anzeigen«, sagt Maja in das Halbdunkel hinein, zur Wohnungsdecke hin.

Ingrid richtet sich auf. Isst ihren Teller leer, nimmt eine

Tasse kochend heißen Kaffee entgegen. Aber sie sagt nichts. Wenn sie atmet, rasselt es ein wenig.

»Ich verstehe, dass du nicht ins Krankenhaus fahren möchtest, aber ich habe dafür gesorgt, dass eine Ärztin, die mit dem Frauenhaus zusammenarbeitet, kommt und nach dir schaut«, sagt Maja.

»Nein! Keinen Arzt!«, ruft Ingrid in dem Moment, als es an der Tür läutet.

»Beruhige dich. Sie will dir nur helfen, damit du keine Schmerzen mehr hast«, erwidert Maja und geht, um die Tür zu öffnen.

Eine große, aparte Frau mit grau meliertem Haar tritt ein und legt den Mantel ab. Sie begrüßt Maja kurz und geht dann in die Küche.

»Hallo, ich heiße Birgitta Vallgren und bin Ärztin. Darf ich mal sehen? Ich werde Sie nicht anfassen. Das hier sollte geröntgt werden, es könnte sich um eine Fraktur handeln«, sagt sie und betrachtet Ingrids Gesicht.

»Das ist bestimmt nur eine Platzwunde. Ich kann nicht ins Krankenhaus gehen. Dann würde sofort geredet werden. Sie verstehen.«

»Ja«, sagt Birgitta und nickt. »Ich kenne eine Krankenschwester dort, die Sie morgen vielleicht zwischen zwei Patienten schieben könnte. Ich kann mit Ihnen den Hintereingang benutzen, wenn Sie möchten?«

»Haben Sie ein paar Schmerztabletten? Das dürfte reichen.«

»Ich muss Sie gründlich untersuchen, damit Sie keine bleibenden Schäden davontragen. Haben Sie Olle angezeigt?«

Ingrid schnaubt.

»Angezeigt. Dann wird alles publik, und ich komme nur

in eine noch schlimmere Hölle. Und alle wissen doch, wie die Polizei ist.«

Birgitta nickt und lächelt vorsichtig. »Ja. Danke, ich weiß. Ich bin mit dem Polizeichef verheiratet.«

Es wird still, während Birgitta vier weiße Tabletten hervorholt.

»Nehmen Sie die vor dem Zubettgehen ein. Hier ist meine Telefonnummer, falls Sie etwas brauchen. Wenn die Schmerzen nicht nachlassen, rufen Sie mich bitte an, in Ordnung?«

Maja schaltet den Fernseher ein, damit Ingrid ein paar lebendige Menschen zum Anschauen hat, wenn sie und Birgitta gegangen sind. Das Geräusch kollidiert mit der Schlagermusik aus dem Radio, und Maja stellt Sten & Stanley ab.

»Hier ist meine Privatnummer. Ruf mich an, wenn etwas ist. Morgen bin ich früh bei der Arbeit in der Redaktion.«

Keine Antwort. Jetzt sitzt sie wieder zusammengekauert auf dem Sofa, die Frau des Kommunalrates.

»Gute Nacht, Ingrid«, sagen Maja und Birgitta. Schweren Herzens schließen sie die Tür hinter sich.

»Die arme Frau«, sagt Birgitta auf dem Weg nach draußen. »Und es war nicht das erste Mal, sagtest du?«

Maja schüttelt verbissen den Kopf.

Auf dem Heimweg denkt sie an Per-Arne Sandin, den in ihren Augen vollkommen untauglichen Abendreporter der Zeitung. Sie saß heute am frühen Abend ganz in seiner Nähe und hörte, wie er den letzten Kontrollanruf des Tages bei der Polizeizentrale tätigte.

»Hallo, hier ist Sandin von *Norrbottens Allehanda*. Irgendwelche Vorkommnisse?«

»Aha, aha, hmm, was sagen Sie? So? Nein, genau. Nichts, hmm. Na ja.«

Sergejs Gutshof am Stadtrand befindet sich von außen betrachtet in einem verwahrlosten Zustand. Auf dem Hof steht ein alter verrosteter Traktor, und haufenweise Ersatzteile liegen verstreut herum. Unter dem Dach des einen Wirtschaftsgebäudes sind zwei offenbar ausrangierte Motorscooter übereinander gestapelt. Im Halbdunkel lassen sich ein Handkarren und ein Pick-up erkennen. Motorsägen, Bandsägen, Äxte, allerlei Maschinen in mehr oder minder heruntergekommenem Zustand.

Hinter dem Haus liegen die vier Hundezwinger. Ein giftiger grauer Köter, dessen struppiger Schwanz sich wie eine Hefeschnecke über den Rücken kringelt, steht mit aufgerichteten Vorderpfoten am verbeulten Maschendrahtzaun und bellt, als seien sie Einbrecher der übelsten Sorte.

Rafael nimmt die Treppe in einem Satz und klopft an die sich abblätternde Tür, die vielleicht einmal grün gewesen ist. Oder blau?

Stille. Dann sind von innen her Stimmen zu hören, eine tiefere und eine helle.

»So, jetzt machen wir es so, wie ich gesagt habe«, sagt die dunklere.

»Du bist doch verrückt«, antwortet die hellere.

»Mach den Mund zu, es zieht«, erwidert die Männerstimme.

Rafael und Hedvig sehen sich an. Rafael will gerade noch einmal klopfen, als die Tür auffliegt und der Hundezüchter Sergej Björkman vor ihnen steht. Die Goldketten an seinem Hals glitzern.

»Vornehmer Besuch! Guten Tag, guten Tag«, sagt Sergej und lacht.
Der Handschlag ist fest, um nicht zu sagen schmerzhaft. Er betrachtet sie prüfend, von oben bis unten. Hedvig muss sich gegen den Impuls wehren, ihm einen Schlag zu verpassen, als sein Blick enttäuscht über ihre nicht vorhandene Oberweite gleitet und weiter zu ihren schmalen Hüften wandert.
»Ich habe Sie erwartet, wenn man so sagen kann. Man bekommt nicht oft Besuch von seinem Freund und Helfer, der Polizei. Und Freundin natürlich. Treten Sie ein, treten Sie ein. Elisabet ist wie ein Tornado herumgewirbelt und hat den ganzen Vormittag geputzt, seit wir erfahren haben, dass die Staatsmacht hier zu uns nach Hause kommen würde, um uns zu kontrollieren«, sagt er.
Seine Frau hat ihre füllige Figur in eine Art Jäger-Outfit gepresst: grüne Tarnhose und Weste. Ihr Handschlag ist noch fester als der ihres Mannes. Rafael räuspert sich und sagt:
»Wir haben nur ein paar Fragen. Es ist keine Rede davon, dass wir …«
Der Hundezüchter unterbricht ihn.
»Jaja, kommen Sie herein, so kommen Sie doch herein, damit wir das hinter uns bringen. Ich erwarte in einer Stunde einen Kunden und muss ein paar neue Welpen begutachten, es ist ein später Wurf, aber er ist ein alter Kunde, er weiß, was er an mir hat, wenn man so will. Die Welpen stammen von einem Rüden, der mehrere Jahre hintereinander Gold bei den Schwedischen Elchhund-Meisterschaften gewonnen hat«, sagt Sergej.
In Anbetracht des schäbigen Äußeren ist das Haus von innen erstaunlich ordentlich. Unmittelbar hinter der Ein-

gangstür hängt ein Gemälde von einem weinenden Kind. Der Kristallleuchter über dem Ledersofa im Wohnzimmer ist poliert, ebenso der rauchfarbene Glastisch mit Messingfüßen auf dem großen, hochwertigen Teppich. Hier und da hängen Ikonen und Ölbilder an den Wänden. Die Elchhundzucht scheint ein einträgliches Geschäft zu sein, denkt Hedvig. Sergej lässt sich auf dem Sofa nieder, und Hedvig und Rafael setzen sich ihm schräg gegenüber. Auf dem Couchtisch stehen Teegläser. Die Metallhalter der Gläser sind mit erlesener Filigranarbeit verziert.

Die Ehefrau kommt klappernd mit einem großen lackierten Tablett herein, auf dem eine runde orangerote Blume vor einem glänzenden schwarzen Hintergrund schwebt. Sie füllt starken Tee in die Gläser und stellt eine Schale, ebenfalls aus Lack, voller Schokoladenpralinen ab.

Hedvig bemerkt, dass die Finger der Frau drall sind und ihre Nägel kurz geschnitten. Was sie nicht daran hindert, viele Diamantringe und leuchtend himbeerfarbenen Nagellack zu tragen. Zugleich erahnt Hedvig unter der wenig diskret ausgebeulten Oberlippe der Frau eine nicht ganz kleine Portion Kautabak.

Rafael lässt sich nieder, wobei es sowohl in ihm als auch im Sofa knackt, das niedrig ist und nicht so recht zu seinen langen Beinen passt. Er liegt daher halb, und Hedvig sieht ihm an, dass die Position ihm nicht behagt. Für sie ist das Sofa genau richtig.

»Wir werden uns kurz fassen und sofort zur Sache kommen«, sagt Rafael und bläst in den dampfenden Tee, bevor er einen vorsichtigen Schluck nimmt.

»Die Polizei hat Informationen erhalten, die darauf hindeuten, dass Sie ein Haus im Moorgebiet errichtet haben. Stimmt das?«

Sergej holt eine Dose Kautabak hervor. Er öffnet den Deckel und schiebt sich gemächlich eine Prise unter die Oberlippe. Er fährt sich mit der Zunge über die obere Zahnreihe und verdreht dann die Augen.

»Wenn es so wäre, ist das verboten?«

»Seien Sie so gut, einfach meine Frage zu beantworten«, sagt Rafael.

Er stellt das Teeglas mit Nachdruck auf dem Couchtisch ab, wobei das Metall gegen die Glasfläche schlägt. Die beiden Männer messen einander mit Blicken.

»Besitzen Sie ein Haus am Moor?«

Schweigen. Sergejs Frau starrt ihren Mann böse an. Wusste sie nichts davon?

Sergej lehnt sich über den Tisch und sagt: »Eine Sache sollte Ihnen verdammt klar sein. Ich hoffe, Sie haben gute Gründe, hier so hereinzuschneien. Meine Tätigkeit könnte in Verruf kommen, wenn Sie hier ständig herumschnüffeln.«

»Welche Ihrer Tätigkeiten meinen Sie?«, fragt Rafael.

Das Schweigen dauert einen Moment zu lange.

»Wovon reden Sie?«, sagt Sergej.

»Sie wissen sehr gut, wovon ich spreche. Von der Tätigkeit, die Sie in Ihrem Haus am Moor betreiben«, erwidert Rafael.

Er geht aufs Ganze, denkt Hedvig. Er weiß nichts. Wir haben dieses Gebäude noch nicht einmal gefunden. Vielleicht hat Viola Gespenster gesehen?

»Wovon zum Teufel reden Sie?«

Sergej ist plötzlich aufgebracht, steht auf, sein Tee ergießt sich über Tisch und Hose, aber das Leder hält die Hitze ab, und er scheint sich nicht zu verbrühen. Seine Frau verschwindet in die Küche und kommt mit einer Rolle

Küchenpapier zurück. Er winkt verärgert ab, als sie ihm ein Blatt reicht.

»Hör auf damit! Lass das!«

Zu Rafael sagt er: »Tauchen Sie bloß nicht hier auf und erzählen einen Haufen Mist, über Dinge, von denen Sie keinen blassen Schimmer haben, Sie Dummkopf! Verschwinden Sie dahin, wo Sie hergekommen sind!«

Dann wird er einen Augenblick still, nimmt erneut Anlauf und schreit aus vollem Halse: »Raus aus meinem Haus! Auf der Stelle!«

»Aber beruhige dich doch, Serjoscha«, sagt die Frau und geht auf ihn zu, aber er schubst sie beiseite.

»Verschwinden Sie! Ich werde Sie verdammt noch mal wegen Hausfriedensbruch anzeigen! Wegen Dienstvergehen! Ich werde Sie festnehmen lassen!«

»Jetzt reicht es mir, Sergej. Jetzt gehe ich angeln«, sagt die Frau. Ihre Stimme ist schrill, kalt.

Sie bekommt einen Schlag gegen die Brust, verliert das Gleichgewicht, fliegt quer durch den Raum und landet an der Wand neben dem Kamin.

Sergej schreit Hedvig an: »Du verdammte Polizeihure! Du verschwindest auch!«

Zu seiner Frau brüllt er: »Dann geh doch angeln, zur Hölle, damit ich dich nicht mehr sehen muss!«

Sie geht, ohne sich umzusehen.

Sergej fährt sich mit der Hand durch das stoppelige Haar und sagt, als sei nichts geschehen: »Ich möchte nur nicht, dass mein Kunde sieht, wie ich von der Polizei verhört werde, wenn er hierher kommt, um Welpen von mir zu kaufen, das verstehen Sie sicher. Wir haben einen Termin in einer knappen Stunde, wie ich bereits erwähnte, aber für gewöhnlich ist er zeitig dran. Ich würde es wirklich

schätzen, wenn Sie jetzt gehen könnten. Ich begreife nicht, wie die Polizei es sich leisten kann, herumzurennen und belanglose Fragen zu stellen, statt sich um Alltagsdelikte zu kümmern. Autodiebstahl, Einbrüche, Misshandlungen und Trunkenheit ... Hören Sie auf, einfache, anständige Leute zu schikanieren, ist das klar?!«
Sie stehen jetzt auf der Treppe, und Sergej schlägt die Haustür hinter ihnen zu.
Sie fahren davon, Hedvig sitzt am Steuer, und schweigen. Hedvig starrt auf die Straße, merkt, wie ihr Gesichtsfeld sich verengt.
»Taktisch unklug. Jetzt weiß er, dass wir Bescheid wissen, obwohl wir es eigentlich nicht tun«, sagt Rafael.
»Vielleicht schrecken wir ihn so auf, dass er sich verspricht oder verrät«, meint sie.
»Aber wir wissen noch nicht einmal, wo dieses Haus steht. Wenn es denn existiert.«
»Natürlich existiert es. Und wir werden es finden.«
Ein Holztransporter kommt ihnen entgegen, und der Sog dahinter bewirkt, dass ihr Wagen für einen kurzen Moment in die Mitte der Fahrbahn gezogen wird. Hedvig konzentriert sich auf den Straßenrand, um den Wagen auf der richtigen Spur zu halten.

Hedvig erwacht mit einem Ruck und setzt sich im Bett auf. Sie ist schweißnass. Alpträume. Von Anders. Wieder. Sie träumt, dass er sterben wird und nur sie ihn retten kann, aber sie versagt, jedes Mal. Er ertrinkt, verbrennt, stürzt ab, wird erschossen, und sie kann nichts tun, um ihn zu retten.
Um sie herum ist es ganz still. Es ist kalt und dunkel im Zimmer.

Sie schaltet die alte, schäbige Lampe neben dem Bett ein. Das Herzklopfen nimmt langsam ab.
Sie nestelt an der blauen Schatulle neben dem Bett herum, kann sie zunächst nicht öffnen. Dann springt der Deckel auf, und Hedvig wird ruhig. Betrachtet die beiden schlichten Goldringe darin. Er hat seinen Ring mit in den Sarg bekommen. Auch als Toter war er ein verheirateter Mann. Lange blickt sie auf die Ringe und schließt die Schatulle dann wieder. Sie ist nicht mehr verheiratet. Sie muss lernen, das zu akzeptieren.
Hedvig zwingt sich, aus dem Bett aufzustehen. Teufel, wie kalt es ist! Sie geht hinunter in die Küche, um etwas Wasser zu trinken. Das ist doch verrückt, er ist schließlich schon seit mehreren Jahren tot.
Sie spürt deutlich seine Anwesenheit, wie so oft nach den Träumen. Er hält sich die ganze Zeit hinter ihr auf, sie kann ihn nicht anfassen oder auch nur anschauen. Sie trinkt in großen Schlucken das metallisch schmeckende Wasser. Schneidet eine Grimasse. Lässt sich auf einen Stuhl fallen und starrt in die Dunkelheit.
Zu all ihren Freunden hat er gesagt: »Seht zu, dass sie so schnell wie möglich einen neuen Mann trifft, einen netten Kerl, versprecht mir das.« Und sie haben es wirklich versucht, mit mehr oder weniger Taktik. Aber sie bekommt sofort Panik. Fass mich nicht an.
Er kommt nicht zurück. Ich muss das begreifen. Nie mehr. Ein ungeheuerlicher Gedanke.
Auf dem Weg zur Treppe wirft sie einen Blick in das Wohnzimmer, wo Rafael schläft. Zum ersten Mal schnarcht er überhaupt nicht. Er hat die Decke von sich geworfen und liegt zusammengekauert wie ein Kind. Er trägt eine blau karierte Pyjamahose, aber der Oberkörper

ist nackt. Hedvig schleicht vorsichtig hinein und legt die Decke über ihn. Sie bleibt stehen und sieht ihn an. Ihr wird bewusst, dass sie ihn kaum kennt. Und seltsamerweise erscheint ihr das ganz in Ordnung. Er ist hier, und er akzeptiert sie so, wie sie ist.

Dann muss ich ihn auch akzeptieren, wer immer er ist. Auf jeden Fall bin ich nicht allein hier.

Langsam geht sie wieder die Treppe hinauf.

Es dauert eine Weile, aber schließlich schläft sie ein. Keine Alpträume mehr, bis der Wecker klingelt.

12

Eines Freitagabends legt sich Staatsanwalt Sture Holmlund schlafen und wacht nicht mehr auf. Da er geschieden ist und weder Kontakt zu seiner Exfrau noch seinen beiden Kindern hat, dauert es bis Dienstagnachmittag, bevor die Polizei gerufen wird, um sich Zugang zu seinem Haus am Stadtrand zu verschaffen. Er liegt in seinem Bett, mit einem blauweiß gestreiften Pyjama der Marke Lexington bekleidet. Die Bettwäsche ist von derselben Marke, und das ganze Schlafzimmer wirkt exklusiv und luxuriös, was bei dem Gedanken an das bescheidene Gehalt eines Mitglieds der Staatsanwaltschaft ein wenig verwunderlich ist. Der Körper weist keine Spuren äußerer Gewalteinwirkung auf, und nichts deutet auf einen Kampf im Schlafzimmer oder einem der anderen Räume des Hauses. Der vorläufigen Einschätzung nach, die Erik und Stickan vornehmen, ist Sture auf ganz natürliche Art in die ewigen Jagdgründe eingegangen. Sie wissen nicht, dass er seit gut einem Jahr an wiederkehrenden und schwerwiegenden Gefäßverkrampfungen litt. Aber da Sture lieber sterben als zum Arzt gehen wollte, ist er nun folgerichtig gestorben.

»Wobei es schon seltsam ist, dass er einfach Knall auf Fall stirbt, so durchtrainiert wie er war. Achtzehn Vasaläufe, oder wie viele hat er mitgemacht?«, sagt Stickan und fährt sich nachdenklich über das Kinn, als sie auf dem Weg zu-

rück zum Revier im Auto sitzen, um einen Bericht zu schreiben und ihre Chefs zu informieren.
»Da bekommt man Angst vor der Dunkelheit«, sagt Erik.
Er denkt an den Pyjama, den Sture Holmlund trug. So einen hätte er auch gern. Aber wie sollte er das hinkriegen, sein halber Polizistenlohn würde sicher dafür draufgehen ... Man müsste Nägel mit Köpfen machen und sich endlich weiterbilden und Jurist werden, wie er es sich schon seit Jahren erträumt. Sich freimachen und weiterentwickeln. Selbst einen Prozess führen, ein richtiger Untersuchungsleiter werden. Rechtsanwalt würde sich ökonomisch sicher am meisten lohnen, dann könnte er sich viele solcher Schlafanzüge leisten. Um sich jetzt für den Herbst zu bewerben, ist es wohl zu spät, aber vielleicht gibt es Kurse, die nach Weihnachten anfangen? Er will sich gleich erkundigen, sobald sie zur Arbeit kommen, das wird er ...
»Hallo!!«
Erik fährt zusammen.
»Ich rede mit dir, Herr Reichsankläger Erik Bengtson! Willst du mit Åke sprechen, wenn wir da sind, oder soll ich es tun?«
Erik verzieht das Gesicht. Dann überlegt er. Wenn Stickan den Bericht schreibt, wird er ziemlich minderwertig geraten, um nicht zu sagen wertlos. Also sollte er lieber selbst eine erste Anzeige des Todesfalles schreiben. Aber wenn er das macht, entgeht ihm andererseits die Möglichkeit, auf dramatische Art und Weise die Neuigkeit vom schnellen und unerwarteten Tod des Staatsanwalts vorzutragen.
»Ich gehe zu Åke, du kannst schreiben. Du machst das so gut«, sagt Erik, und Stickan beißt an.

»Findest du? Klar kann ich ein paar Zeilen hinkritzeln«, sagt Stickan selbstbewusst, beschleunigt in der Kurve, als er in die Tiefgarage unter dem Polizeigebäude einbiegt, und hält dann abrupt an.

Leider bleibt der von Erik erhoffte Effekt aus. Der Polizeidirektor befindet sich in einer Sitzung und darf nicht gestört werden. In derselben Besprechung sitzt auch der Chef der Kripo. Anlass der Sitzung ist Sture Holmlunds Dahinscheiden.

»Wie haben sie davon erfahren?«, fragt Erik Sonja an der Telefonzentrale.

»Der Oberstaatsanwalt hat angerufen und es mitgeteilt. Wie furchtbar! So ein eleganter Mann wie Sture! So einfach wegzusterben!«

Sie lehnt sich weit aus dem Empfangsschalter heraus und flüstert: »Wenn es sich nur nicht um Mord handelt …«

»Das glaube ich wirklich nicht. Es sah alles sehr friedlich aus«, sagt Erik und ist in Gedanken wieder in der großen Holzvilla.

»Aber Staatsanwälte sind doch in der Regel Drohungen ausgesetzt, oder nicht? Habt ihr überprüft, ob er in letzter Zeit irgendwelche Drohbriefe bekommen hat? Vielleicht war es Gift? Oder Gas? Gibt es eine Verbindung zwischen Stures Tod und dem Mord an Viola? Er war doch derjenige, der die Ermittlungen leitete, oder? Habt ihr nicht daran gedacht? Stell dir vor, es gäbe Berührungspunkte zwischen den beiden, was die Zeit oder den Ort betrifft …«

»Hör jetzt auf, Sonja! Ich bin der Polizist, nicht du.«

Sie schaut ihn abschätzend an.

»Ja, weißt du, Erik, manchmal frage ich mich, ob du nicht besser hier an der Telefonzentrale aufgehoben wärst. Man

muss vorurteilsfrei denken können, das ist dir doch klar? Kreativ, aber vielleicht weißt du nicht, was das ist?«
»Hör auf, so viele schlechte Krimis zu sehen. Lass uns unsere Arbeit machen. Wann ist die Sitzung zu Ende?«
»Das haben sie nicht gesagt«, erwidert Sonja und kehrt zu ihrem Kreuzworträtsel zurück.

Der Tod von Sture Holmlund schockiert nicht nur die Polizeibehörde, sondern natürlich auch den Arbeitgeber des Toten, die Staatsanwaltschaft. Trotz Trauer und Bestürzung beschließt man schnell, einen Vertreter zu benennen, bis die Stelle korrekt ausgeschrieben werden kann. Die Aufgabe fällt einem gewissen Staatsanwalt Carl Dahlström zu, vom dem bisher noch niemand etwas gehört hat. Noch so ein alter Kerl, denkt Hedvig. Er ist bestimmt genau wie Sture. Meint, dass Frauenhandel nicht existiert. Dass es wichtiger ist, so genannte schwere Vergehen wie Drogendelikte und Waffenbesitz zu untersuchen.
Rafael fährt nach der Arbeit auf dem Weg zurück nach Hause einen Umweg, der sie auf einen steinigen, schlechten Waldweg führt.
»Wohin willst du? Wohin fahren wir eigentlich?«, fragt Hedvig.
Rafael antwortet nicht, er folgt dem Weg bis zum Ende und steigt dann aus dem Wagen. Hedvig tut es ihm gleich. Draußen ist es kalt. Der Wind zerrt an den Bäumen, die mageren Baumkronen knacken und ächzen. Es herrscht Dämmerung und wird langsam dunkel.
»Ist hier das Moor? Aber wir wissen doch überhaupt nicht, wo wir anfangen sollen zu suchen. Wir wissen noch nicht einmal, wo Viola sich befand, als sie das Haus sah«, sagt Hedvig und greift nach Rafaels Jackenärmel.

»Ich habe Sonja von der Telefonzentrale gefragt, wo die besten Stellen für Multbeeren sind. Sie erwähnte diesen Weg. Es könnte einen Versuch wert sein«, erwidert er und bleibt stehen. Dann holt er aus dem Kofferraum zwei Paar Gummistiefel und eine Taschenlampe.

»Wenn ich jetzt mitkomme, musst du nachher kochen«, sagt Hedvig, die sich gar nicht in der Stimmung befindet, an einem Abend wie diesem aufs Geratewohl in den Wald zu gehen.

Rafael nickt kurz und marschiert los. Sie muss beinahe rennen, um mit seinen langen Schritten mithalten zu können. Sie kommt sich vor wie ein Eichhörnchen neben einem Elch. Rafael hat einen Kompass, auf den er ab und zu einen Blick wirft. Sie wagt nicht zu fragen, ob er weiß, wohin sie gehen. Plötzlich bemerkt sie, dass der Boden unter ihren Füßen weicher und feuchter wird. Je weiter sie vordringen, desto mehr sinken ihre Schritte ein. Schließlich beginnt es unter ihren Füßen zu schmatzen, als sie am Rand des Sumpfgebietes entlangstapfen. Das rostfarbene Wasser schwappt über ihre Füße, und der Geruch nach Verwesung breitet sich in der kühlen Luft aus. Der Wald lichtet sich, sie haben die Bäume im Rücken und blicken über eine mit Grasbüscheln bewachsene, waldlose Landschaft. Das Moor.

Sie seufzt, ist nahe daran aufzugeben, sie suchen nach der Nadel im Heuhaufen, es ist ein hoffnungsloses Unterfangen, sie werden nie irgendein Haus finden. Da flüstert Rafael: »Hast du das Fernglas dabei?«

Sie fühlt in der Jackentasche nach, entdeckt die beiden kleinen, schwarzen Zylinder und klappt sie auseinander, um die Gläser in Augenweite zu bringen. Noch immer sieht sie nur Dunkelheit.

»Setze dich auf meine Schultern«, sagt Rafael und geht vor ihr in die Hocke.
»Was?«
»Steig schon auf!«
Sie tut, was ihr gesagt wird, und als Rafael aufsteht, wird ihr einen Augenblick lang schwindelig. Wenn man sich vorstellt, immer so groß zu sein.
Als er unter ihr zum Stehen kommt, sieht sie auf der anderen Seite des Moors einen Lichtschein. Er ist schwach und teilweise von ein paar Zweigen verdeckt, aber zweifelsohne brennt dort eine Lampe. Ihr Puls wird schneller, auf einmal fühlt sie sich ganz wach, alle Sinne sind angespannt, wie vor einem Sprung. Sie hebt das Fernglas und hält es sich vor die Augen. Es lässt sich nur schlecht etwas erkennen, sowohl wegen der Dunkelheit, als auch wegen des großen Abstands.
»Ich glaube, da steht ein Haus«, sagt sie.
Sie schweigen. Viola hatte so weit also recht.
»Es könnte genauso gut eine Jagdhütte oder ein Scooterverschlag sein, oder irgendetwas anderes«, sagt Hedvig.
Rafael geht in die Knie, damit sie wieder absteigen kann.
Ohne miteinander zu sprechen, gehen sie am Rand des sumpfigen Gebiets entlang, in Richtung des Lichtscheins.
Plötzlich fühlt Hedvig sich munter und bereit, wie weit auch immer zu gehen, nur um herauszufinden, was genau sie dort drüben eigentlich gesehen haben.
Es wird dunkel. Sie stolpern und rutschen auf dem schmatzenden, wankenden Boden. Lautlos zu gehen ist unmöglich. Deswegen ziehen sie sich ein Stück in den Wald zurück, auf festeren Grund, als sie sich dem Lichtschein nähern. Rafael wagt es nicht, die Taschenlampe die ganze Zeit über zu benutzen, sie könnte sie verraten und außer-

dem ihr Sehvermögen im Dunkeln beeinträchtigen. Also schleichen sie vorwärts, langsamer und langsamer, je näher sie herankommen.
Schließlich bleibt Rafael stehen. Als Hedvig weitergeht, greift Rafael nach ihrer Jacke und hält sie zurück. Er beugt sich zu ihr hinunter und flüstert ihr ins Ohr:
»Hunde, vielleicht gibt es Hunde?«
»Der Wind weht uns entgegen«, flüstert sie zurück.
Warmer Atem an kalten Ohren in der abendlichen Finsternis.
»Wir sollten hier bleiben«, raunt Rafael.
»Wir können bis zu dem Felsen dort drüben gehen«, erwidert sie leise.
Das Licht ist jetzt stärker und deutlicher, auch wenn die Entfernung immer noch zu groß ist, um mit bloßem Auge gut sehen zu können. Das Licht stammt von einem erleuchteten Fenster, so viel erkennen beide, als sie den Felsen erreichen. Hedvig holt das Fernglas hervor, schaut über die feuchte Kühle des Moors hinweg.
All ihre Muskeln sind angespannt, sie zittert beinahe. Alles scheint still und ruhig zu sein. Das, was leuchtet, sieht wie eine Deckenlampe aus, eine Deckenlampe in einem Haus. Nichts ist daran ungewöhnlich. Vielleicht ist das Haus neu, vielleicht ist es sogar schwarz gebaut worden, aber an sich ist es wenig aufregend, findet Hedvig.
Sie schleichen näher heran, vergessen für einen Moment, leise zu sein, in seinem Eifer geht Rafael ein wenig zu schnell, es ist schwierig, sich in einem Sumpf lautlos fortzubewegen. Hundegebell. Zwei Wachhunde kläffen in voller Lautstärke, um die Eindringlinge zu verjagen. Hedvig läuft es kalt den Rücken hinunter, wie sollen sie sich bei einem Angriff verteidigen, ihre Dienstwaffen liegen ver-

schlossen auf dem Revier, wie sollen sie erklären, was sie spätabends im Wald zu suchen haben?
Aber die Hunde kommen nicht. Hedvig und Rafael ziehen sich zurück und gehen den Sumpf entlang ein gutes Stück in den Wald hinein. Nicht lautlos, aber behutsam genug, dass das Gebell hinter ihnen verstummt. Dass es einen mannshohen Zaun mit Stacheldraht obendrauf gibt, der die Hunde davon abhält, die Besucher zu attackieren, haben sie nicht gesehen.

Zur gleichen Zeit in der Sauna im Keller des Hauses am Moor: Die Temperatur ist langsam auf fünfundachtzig Grad gestiegen. Die trockene Hitze steht im Kontrast zu der Dunkelheit und Kühle außerhalb des Hauses. Ansonsten gibt es Gemeinsamkeiten: In der Sauna ist es genauso finster wie draußen. Es ist genauso schwierig, etwas zu erkennen. Sie döst ein und stellt sich vor, sie sei in einer Wüste. Sie sucht nach einer Oase, kann aber keine finden. Durst quält sie, aber sie weiß, dass es noch dauert, bis sie etwas zu trinken bekommt.
Sie haben sie gefunden, natürlich haben sie sie wiedergefunden, nachdem sie sich über Violas Balkon aus der Wohnung fortgemacht hatte. Sie hatte Schwierigkeiten zu laufen, wusste nicht, wohin sie sich wenden sollte. Es gelang ihr, bis zu einer Bushaltestelle zu kommen, sie versuchte, sich von den Menschen fern zu halten, aber die, denen sie begegnete, starrten sie an. Sie kaufte eine Fahrkarte zurück Richtung Nordosten. Fast tausend Kilometer später war sie zu Hause. Sie ging direkt auf den Friedhof.
»Mama. Ich bin jetzt da«, flüsterte sie dem kantigen, kalten Kreuz zu. »Ich weiß, dass heute dein Todestag ist,

Mama, dass es eigentlich ein Fest geben sollte, mit Wodka und Obst und Blumen. Aber ich konnte keines arrangieren. Verzeihst du mir?«

Stille. Was hatte sie erwartet?

Die Wunden im Gesicht und am Bein schmerzten. Sie blieb sitzen, bis die Kälte sie ganz durchdrungen und ihr Herz und ihr Hirn erreicht hatte. Ab und zu tastete sie nach dem Umschlag mit dem Geld, das die alte Frau ihr überlassen hatte. Oder von dem sie glaubte, dass die fremde Frau, ihre geheimnisvolle Samariterin, es ihr überlassen hatte. Vielleicht war sie nur vergesslich, vielleicht war es ihr Essensgeld, das Irina genommen hatte, vielleicht war sie zurückgekommen, unmittelbar nachdem Irina die Wohnung verlassen hatte?

»Was soll ich machen, Mama? Ich weiß nicht, was ich jetzt anfangen soll.«

Stille.

Schließlich sah sie ein, dass sie wohl oder übel zurück zur Wohnung ihres Stiefvaters gehen musste. Auf dem Heimweg hatte sie sich einen Plan zurechtgelegt. Sie würde ihre wenigen Sachen holen und dem Stiefvater sagen, was für ein Mistkerl er war. Dann würde sie zurück zum Bahnhof gehen, irgendwie müsste sie das schaffen, und eine Fahrkarte Richtung Süden kaufen. Weit in den Süden. Weit weg, so weit weg wie möglich. Sie würde sparsam sein, und am Ende würde sich schon alles regeln. Sie würde in ein Kloster gehen. Das war der Plan. Der Herr hatte sie errettet, und dies war das Mindeste, was sie im Gegenzug tun konnte, als Dank dafür, dass es ihr geglückt war zu fliehen, dass die alte Dame sie in Sicherheit gebracht und ihr die Hoffnung auf ein besseres Leben gegeben hatte. Ein wertvolleres Leben. Ein ganz eigenes Leben. Als

Nonne würde sie ihre Tage verbringen, weit entfernt von den Gelüsten der Männer. Sie hasste Männer nicht, so war es nicht, sie würde versuchen, Nachsicht mit ihnen zu haben und ihnen ihre Sünden aufrichtig zu verzeihen. Aber sie wollte keine eigene Familie haben. Keine eigenen Kinder. Das war ein trauriger Gedanke, denn sie hatte kleine Kinder immer gemocht. Aber sie sah das als ihr Opfer an. Sie hatte das Leben zurückerhalten, nun musste sie anderen helfen. Vielleicht gerade solchen, wie sie selbst eine war. Es musste doch einen Grund dafür geben, dass sie gerettet wurde. Sie wollte in jedem Fall daran glauben.

Für den Fall, dass etwas passieren sollte, hatte sie gelernt, vorsichtig zu sein. Sie zog den Umschlag mit dem vielen Geld hervor und strich behutsam mit der Hand über das zerknitterte Papier. Hinter dem Kreuz der Mutter befand sich eine kleine Blechdose, in die sie Streichhölzer gelegt hatte, um damit Kerzen anzuzünden. Da hinein legte sie den Umschlag und verschloss den Deckel wieder. Stellte die Dose zurück, bedeckte sie mit ein wenig Laub. Hierher kam der Stiefvater nie, das wusste sie.

»Passt du auf das Geld auf, bis ich wieder da bin, Mama?«, fragt sie und stand mühsam auf. »Ich gehe nur nach Hause und hole ein paar Sachen, dann komme ich zu dir zurück.«

Sie saßen auf dem Sofa und erwarteten sie. Der Stiefvater war verärgert und betrunken, aber Vladimir war nüchtern und rasend vor Zorn.

»Ich habe auf dich gewartet, Ira, du Hure!«, schrie er. »Hast du gedacht, du würdest entkommen? Wer glaubst du, dass du bist? Du schuldest uns Geld! Viel Geld! Für den Ausweis, den Transport, Kleider, Schminke, Essen! Versuch nicht, dich davonzumachen, das wird dir nicht gelingen! Du entkommst uns niemals!«

Sie drehte um und rannte stolpernd die Treppe hinunter. Die Nachbarin von schräg gegenüber öffnete die Tür und rief ihr wie immer hinterher, sie würde dafür sorgen, dass sie wegen des ständigen Krachs die Wohnung räumen müssten, aber Irina rannte nur, blind, panisch und humpelnd.
Vladimir stürzte hinterher und holte sie schnell ein. Er schleifte sie nach draußen zum Wagen, der auf ihn wartete, und brachte sie den ganzen weiten Weg zurück.

Und so befindet sie sich jetzt wieder in der Sauna. Wie konnte sie jemals etwas anderes erhoffen?
Sie hat das Gefühl, dass es noch ein wenig wärmer geworden ist. Vielleicht sind es inzwischen neunzig Grad? Vielleicht hundert?
Ich habe den Siedepunkt erreicht.
An das Grab der Mutter und an ihren eigenen Wunsch, ins Kloster zu gehen, hat sie nicht mehr gedacht, seit Vova gekommen ist, um sie zurückzuholen. Manchmal denkt sie an das Geld in der versteckten Dose hinter dem Grabstein, daran, wohin es sie hätte bringen können. Innerlich ist sie völlig leer. Es herrscht nur Stille und Ruhe, wie bei einer Dynamitladung, in den Sekunden, bevor sie explodiert. Sie vermag nicht einmal daran zu denken, dass sie keine Kraft mehr zum Denken hat.
All meine Träume, was ist aus euch geworden? Was ist das für ein Leben? Wann kommen die Männer zurück? Wie viele werden es sein? Was werden sie dann mit mir machen? Nur die Kiefern und Hunde hören mich, wenn ich schreie.
Sie weiß nicht, dass gerade in diesem Moment zwei schwedische Polizisten durch ein praktisches, zusammenklapp-

bares Fernglas die Dielenbeleuchtung des Hauses in Augenschein nehmen. Irina wird ohnmächtig.

Gunnar hat soeben den elektrischen Zaun entlang der Straße ausgebessert, als er den silberfarbenen Mercedes in die Einfahrt biegen und schleudernd auf dem Hof abbremsen sieht. Er lacht zufrieden. Dann ist es jetzt wieder so weit. Donnerstag. Der beste aller Tage. Sie ist wieder hier. Seine Verlobte. Er nennt sie in Gedanken am liebsten so, seine Verlobte, obwohl er weiß, dass sie dort drüben, jenseits der Grenze, Mann und Kinder hat.

Wenn sie hier ist, gehört sie mir. Nur mir. Hier bin ich derjenige, der bestimmt.

Er eilt dem Wagen entgegen. Dieser magere, gebückte Vladimir ist heute mitgefahren. Sie steigt hinten aus. Gunnar winkt ihr ein wenig unbeholfen zu und versucht es mit einem »Hello« im besten Schulenglisch, aber sie gibt vor, ihn weder zu sehen noch zu hören. Nun ja. Das wird sich schon noch ändern. Sie soll nicht glauben, sie sei etwas Besonderes.

»On Sunday, I pick up at ten«, sagt der Krumme in einem beinahe unverständlichen Englisch.

Die internationale Handelssprache hier oben.

»Money to Sergej«, sagt er noch.

»I send«, erwidert Gunnar, und obwohl es formal unverständlich ist, lacht Vladimir ein fast zahnloses Lachen. Dann setzt er sich in den teuren silberfarbenen Wagen und rast davon. Gunnar sieht eine blonde Frau, die auf dem Rücksitz zu weinen scheint. Aber vielleicht schnäuzt sie sich auch nur, um diese Jahreszeit sind schließlich viele erkältet.

»Welcome back. Ej lavv ju«, sagt Gunnar zu der Frau, die

da in ihren hoffnungslos unmodernen Kleidern aus Kunstfaser auf dem Hof steht.
Sie ist nicht wie die jungen Dinger im Stadthotel, sie ist nicht so stark geschminkt, nicht so aufreizend, nicht so verschlossen. Sie hat ihre eigenen Kleider, und jetzt ist sie ein bisschen schüchtern und hungrig. Der erste Tag ohne die Kinder ist immer der schlimmste, das hat Gunnar begriffen. Er lässt ihr Zeit. Sie ist kooperativ genug, so wie sie ist. Es reicht, wenn sie heute Abend aufräumt. Dann kann sie morgen kochen.
»Es sind noch Piroggen vom letzten Mal, als du hier warst, übrig«, sagt er und geht ins Haus, um sich zu waschen.
»Wie gut«, sagt sie in fehlerfreiem Schwedisch.
Er bleibt stehen, dreht sich zu ihr um.
»Du machst dich«, sagt er.
»Aber natürlich«, sagt sie. »So ist es doch immer.«

Nachdem sie die Piroggen gegessen haben und jeder von ihnen ein Bier getrunken hat, mitten an einem gewöhnlichen Donnerstag, seufzt sie tief und sieht sich um. Er hat noch nicht einmal ansatzweise den Versuch gemacht aufzuräumen, bevor sie kommt. Nichts ist weggestellt oder beiseite geräumt worden, seit sie das letzte Mal hier war. Da war das Tischtuch auf dem Küchentisch noch sauber, die Spüle glänzte, und die kleinen Blumen in den bemalten Porzellantöpfen leuchteten in roten und lila Farben. Die Küche, die sie jetzt vor sich hat, sieht genauso mitgenommen aus wie die Blumen. Das Tischtuch ist voller Krümel, und die Handtücher starren vor Schmutz. Halb leere Schnellimbisskartons, manche mit chinesischen Zeichen versehen, manche von der Grillstube, die auf halbem Weg in die Stadt liegt. Auf dem Herd Töpfe mit eingetrockneten Essensresten. Sie betrachtet den hilflosen Mann auf der anderen Seite des Küchentischs, der sich unbekümmert die letzte ihrer Piroggen in den Mund schiebt. Wenn sie herkommt, versucht sie, ein wenig Ordnung zu schaffen. Aber wenn er sich noch nicht einmal bemühen kann, die Ordnung zu erhalten, dann ist jede Hoffnung verloren. Kein Wunder, dass er dafür bezahlen muss, eine Frau über seine Türschwelle zu bekommen.

Am besten ist es, die Ärmel hochzukrempeln und mit dem Aufräumen zu beginnen. Jetzt nicht an die Kinder denken. Schieb den Gedanken von dir. Fang nicht an zu weinen, dann wird er vielleicht wütend.

»Ich gehe raus zum Melken«, sagt er.

»Mach das. Ich setze einen Kaffee auf. Tschüs«, sagt sie, zufrieden damit, wenigstens ein paar Sätze richtig behalten zu haben.

Sie hat gerade Zeit gehabt, die Kaffeemaschine mit Wasser zu füllen, als sie in einiger Entfernung einen Traktor hört. Natascha erstarrt, lauscht. Eine kalte Hand greift nach ihrem Herzen. Kommt das Schwein wieder? Kurt mit dem Traktor? Gunnars Freund? Wie kann man so jemanden Freund nennen? Er bekommt wohl keine andere ab, denkt sie und flieht hinauf in ihr Zimmer. Sie hört, wie die Haustür geöffnet und wieder geschlossen wird und dass jemand hinter ihr her die Treppe hinaufpoltert. Es klopft an ihrer Tür.

»Bitte, liebe Natascha, lass mich rein, bevor Kurt kommt. Hörst du mich?«, fleht Gunnar außer Atem.

Sie zögert, aber weiß: Er lässt mich hierher kommen, damit ich aufräume und Essen koche. Der Sex bleibt mir erspart, solange Kurt nicht hier erscheint. Es ist ein guter Job, ich verdiene viel Geld, aber entgehe dem

Schlimmsten. Wenn Gunnar bei mir ist, entgehe ich vielleicht Kurt.
Er klopft erneut, beharrlich.
Sie öffnet.
Er sieht erschrocken aus. Er tritt bei ihr ein, und ihr wird bewusst, dass er eigentlich nie hier oben bei ihr gewesen ist, zumindest nicht, während sie selbst da war. Gunnar schließt die Tür und verriegelt sie schnell. Sie hören, wie der Traktorenmotor fauchend zum Stillstand kommt. Ein paar Sekunden später klopft es an der Tür, die im selben Moment aufgerissen wird.
»Hallo?«, ruft Kurt.
Zuerst glaubt sie, Gunnar habe eine Herzschwäche ereilt oder vielleicht Atemnot. Er wimmert und stöhnt, dass sie es mit der Angst zu tun bekommt. Dann sieht sie seine verängstigten Augen und begreift: Er weiß, dass Kurt weiß, dass sie jetzt hier ist. Kurt kommt in der Hoffnung auf eine schnelle Nummer, aber jetzt wird Gunnar seinen Mann stehen und beweisen, dass er selbst alle Dienste Naschas benötigt.
»Oh, oh«, lässt Gunnar einen halb erstickten Schrei los und schließt die Augen, um sich in den Akt hineinzuversetzen, der im alten Zimmer seiner Mutter absolut nicht vor sich geht.
»Ja, oh, ja«, fährt Gunnar fort, und sie hört, wie die Treppe unter Kurts neugierigen Schritten knarrt.
Gunnar kommt leise zum Bett hinüber und setzt sich dort hin. Ohne dass er sie darum bittet, setzt sie sich neben ihn. Dann beginnt Gunnar zu hüpfen, auf und ab mit dem Hintern, und das alte Sprungfederbett quietscht unter ihm gerade so, wie er es erhofft hatte.
Immer heftiger bewegt er sich auf und nieder, voll beklei-

det mit dem ach so dreckigen Stalloverall (ich muss den Überwurf nachher von Hand auswaschen, denkt sie und versucht, nicht zu lachen).

»Oh, Natascha«, ruft Gunnar, während das Bett quietscht und ächzt, so dass man ihn kaum hört.

Dann wird er ruhig.

»Ojojoj! Ojojoj!«, stöhnt er in gespielter Erschöpfung, beinahe verwundert über sich selbst.

»Was für eine Frau!«, sagt er mit lauter Stimme.

Ein leises Poltern auf dem Treppenabsatz verrät, dass Kurt gehört hat, was er hören sollte.

Gunnar lacht in sich hinein und zwinkert Natascha zu, als er mit einem von der Anstrengung des Betthüpfens natürlich geröteten Gesicht ihr Zimmer verlässt und die Tür hinter sich schließt. Dumpf hört sie Kurt dahinter sprechen:

»Zum Teufel, ich dachte schon, du wärst zu alt für solche Aktivitäten.«

Und Gunnars Antwort: »Ein verdammt herrliches Frauenzimmer ist das! Du solltest dir selbst eine mieten und nicht hierher kommen und heimlich naschen. Sie schafft nicht mehr als mich, weißt du. Hier herrscht hartes Training, bis sie am Sonntag wieder fährt. Der reine Hengst, weißt du.«

Die Männer lachen laut.

Theater. Alles ist nur ein Spiel. Aber für Nataschas Teil ist das Spiel von Nutzen. Kurt wird sie von jetzt an in Ruhe lassen.

Als sie hört, wie die Männer gemeinsam hinausgehen und Richtung Stall verschwinden, wagt sie sich aus ihrem Zimmer, die Treppe hinunter in die Küche. Sie seufzt, als sie die Unordnung wieder sieht, sucht dann aber nach dem Küchenradio, das beinahe hinter einem Stapel Zeitungen verschwunden ist, und schaltet die Abendnachrichten ein. Ihre kleine Lieblingskatze kommt herbeigesprungen und bekommt in einer rasch ausgespülten Schüssel Trockenfutter. Das Tier streicht um ihre Beine und schnurrt wie ein kleines Düsenflugzeug. Heute Nacht muss sie nicht allein im Bett liegen.

Ein Klopfen an der Tür lässt sie glauben, dass Gunnar und Kurt zurückgekehrt sind. Sie öffnet vorsichtig, aber da draußen steht ein fremder Mann, der sich wie ein Riese vor ihr auftürmt und den gesamten Türrahmen ausfüllt. Hinter ihm steht eine ganz kleine Frau. Obwohl ihr Gesicht das einer Erwachsenen ist, ist ihr Körper zierlich wie der einer Jugendlichen.

»Hallo«, sagt der Mann.

»Hallo«, sagt Natascha und streckt zur Begrüßung vorsichtig die Hand aus, während sie zum Stall hinüberschaut, um zu sehen, wo Gunnar und Kurt abgeblieben sind.

»Wir sollten uns vielleicht vorstellen, ich heiße Rafael Flores Alba«, sagt der riesige Mann. »Ich bin Polizist.«

Natascha zuckt zurück.

»Ganz ruhig, Sie brauchen keine Angst zu haben«, sagt die kleine Frau.

Sie drängt sich an dem Hünen vorbei und reicht Natascha die Hand, mit weichem, aber bestimmtem Händedruck. Milde blaue Augen und ein lebhafter Zug um den Mund. Natascha fühlt sich gleich ruhiger, und der riesige Mann steigt zum Glück von der Treppe hinunter.

»Ich heiße Hedvig Ek, schön Sie kennen zu lernen«, lächelt die Frau.

Natascha nickt.

»Natascha«, erwidert sie nur. Sie weiß, dass man mit der Polizei so wenig wie möglich sprechen sollte.
Die Frau bricht in einen langen Redefluss aus, und nun reicht Nataschas Wortschatz nicht mehr ganz. Sie versteht so viel, dass die Frau und der Mann schon einmal hier gewesen sind und dabei etwas Wichtiges vergessen haben, aber sie versteht nicht, was. Die Frau scheint nicht zu finden, wonach sie sucht, sieht aber dennoch zufrieden aus. Dann wirft sie einen Blick in die Küche und brummt:
»Ist es Gunnar, der so eine Sauerei anrichtet? Und Sie müssen putzen?«
Die kleine Frau verdreht in allgemeiner Schwesternsolidarität die Augen, was Natascha mit »lass die Kerle ihren Mist selbst aufräumen« interpretiert. Natascha lacht ein wenig und zuckt mit den Schultern.
»Wir fragen uns eigentlich, ob Gunnar hier ist?«
Natascha schüttelt den Kopf.
»Er ist draußen.«
»Entschuldigen Sie die Störung«, sagt die Frau.
»Schönen Abend noch«, sagt Natascha und lächelt schüchtern, bevor sie die Tür schließt.
Sie setzen sich in den Wagen und fahren das kurze Stück bis zu dem Häuschen, das sie von Gunnar gemietet haben. Im Auto ist es still. Beide starren vor sich hin auf den holperigen kleinen Waldweg, auf dem sich Büschel von struppig braungrünem Gras an die Erde schmiegen. Gefallenes Laub glitzert frostig im Scheinwerferlicht. Sie gehen ins Haus, machen Licht und werfen einen genaueren Blick auf die Post, die Hedvig aus ihrem grünen Plastikbriefkasten unten an der großen Straße gefischt hat. Nur Drucksachen.
Rafael reißt zwei von den vier Packungen tiefgekühlten

Fischgratins auf, die sie auf dem Heimweg noch schnell im Konsum besorgt haben. Hedvig fängt mechanisch an, Teller aufzudecken.

»Sie war es«, sagt Hedvig und setzt das stumpfe Messer am Eisbergsalat an, der noch das Beste war, was die Gemüsetheke in der Stadt zu bieten hatte.

»Du meinst, du erkennst sie wieder?«

»Ich glaube, dass es ihr Gesicht war, das ich das letzte Mal gesehen habe, als wir nach dem Überfall dort waren. Dass ihr die Schminksachen in dem Toilettenbeutel im Badezimmer gehören. Sie spricht mit Akzent, also kann sie nicht von hier sein.«

»Dann erkauft sich der Mann, von dem wir diese Bruchbude mieten, Sex von einer Frau, die hierher zu ihm gebracht wird, wenn ihm danach ist? Wie nett. Wir müssen ihn festnehmen lassen und in ein Hotel umziehen.«

»Wir wissen schließlich nicht, ob er mit ihr schläft«, sagt Hedvig und macht sich ein Brot, während sie auf das Gratin wartet.

»Was glaubst du, machen sie dann?«

»Wenn man bedenkt, wie Gunnars Küche aussah, muss sie sicher eine Menge putzen.«

»Und kochen«, sagt Rafael und holt gleichzeitig die beiden ersten Gratins aus der Mikrowelle, bevor er die beiden anderen hineinschiebt.

Sie teilen gerecht jedes Essen: drei Portionen für ihn und eine für sie. Sie hört nicht auf, sich über die Mengen zu wundern, die er vertilgen kann, ohne ein einziges sichtbares Kilo zuzunehmen.

»Sollen wir Gunnar observieren?«

»Lieber denjenigen, der die Frauen hierher transportiert. Wir müssen weiter nach oben in der Hierarchie«, sagt

Rafael und setzt sich an den Tisch. Der kleine, schmale Küchenstuhl ächzt bedenklich.
»Glaubst du, dass es eine Verbindung zu Sergej gibt?«
»Kleiner Onkel Björkman. Serjoscha«, sagt Rafael.
»Was für ein Spiel sollen wir dann bei der Polizei spielen? Sagen, was wir glauben zu wissen? Wenn es eine Verbindung zwischen irgendeinem schwarzen Schaf dort und Sergej gibt, was man vermuten könnte, dann wird er rechtzeitig gewarnt werden«, gibt Hedvig zu bedenken und setzt sich mit ihrem Brot auf die Spüle.
»Wir müssen auf diesen neuen Staatsanwalt hoffen, wie hieß er doch gleich, Carl noch etwas«, sagt Rafael.
Hedvig verzieht das Gesicht.
Die sind doch alle vom gleichen Schlag. Sie erwartet keinerlei Verbesserung.

Als Gunnar aus dem Stall kommt, überlegt Natascha, ob sie ihm vom Besuch der Polizei erzählen sollte. In ihrer Welt sind Polizisten immer und ausschließlich von Übel. Nicht verlässlich, stets korrupt. Sie beschließt, es zu verschweigen, um ihn nicht zu beunruhigen. Sie schienen schließlich nur nach etwas zu suchen, etwas, das sie vergessen hatten. Sie können nicht gefährlich sein. Vielleicht ist es hier anders als zu Hause, vielleicht sind die Polizisten hier gut, nett und rechtschaffen, ohne dass man ihnen ständig kleine, beliebige Gebühren zahlen muss. Die Frau wirkte sehr nett. Gunnar braucht nichts zu wissen.

Am nächsten Morgen ist es auf Gunnars Hof still und ruhig, als Hedvig und Rafael in die Stadt zur Arbeit fahren. Rafaels Wagen protestiert lautstark dagegen, bei dieser Kälte starten zu müssen, aber schließlich springt er an.

Nur zwei räudige Katzen sitzen mitten auf der Straße und starren sie im Licht der Scheinwerfer in der Morgendämmerung mit roten Augen an. Als der Wagen sich nähert, springen sie schnell zur Seite.

»Was glaubst du, wie lange sie bleibt? Bis Sonntag?«, fragt Rafael.

Hedvig nickt.

»Also haben wir ein wenig Zeit, sie zu beobachten«, sagt sie. »Sollte ich vielleicht jetzt schon hier bleiben?«

»Dieser Staatsanwalt kommt doch heute. Im Konferenzraum findet eine Besprechung statt«, sagt Rafael.

Besorgt zu verpassen, was sich auf Gunnars Hof abspielt, fährt Hedvig widerwillig Richtung Stadt. Sie akzeptiert sogar die Discomusik.

Bereits an die Eingangstür bei der Telefonzentrale hat die Lustige Truppe knallrote Plakate geklebt, mit der Ankündigung »Personalfest an einem geheimen Ort, eigene Getränke sind mitzubringen, das lustigste (frechste) Trinklied gewinnt, die ersten zehn Anmeldungen erhalten ein Freibier, Anmeldeliste bei Sonja«.

Am Empfang sitzt Sonja mit einem selbst gebastelten Partyhut auf dem Kopf. Er ist aus rotem Krepppapier mit aufgeklebten silbernen Sternen. Eine kleine Glocke läutet kess, jedes Mal, wenn sie den Kopf bewegt.

»Verdammt, Sonja, nimm diesen Mist vom Kopf! Das Fest ist schließlich nicht für zivile Angestellte, das ist doch wohl klar«, sagt Stickan, der gerade die Tür geöffnet hat und das Polizeigebäude betritt.

Einen Moment lang befürchtet Hedvig, dass Sonja anfangen wird zu weinen. Ihre Unterlippe zittert bedenklich, als sie den Partyhut abnimmt.

»Also, so läuft das hier? Ist das der Dank? Wir wenigen

zivilen Angestellten, die es noch gibt, schuften uns zu Tode, um für das bewaffnete Personal Ordnung zu halten, und dann dürfen wir nicht einmal an eurem geheimen Personalfest teilnehmen! Ich rede mit der Gewerkschaft!«, ruft Sonja hinter ihnen her, als sie am Empfangsschalter vorbeigehen.

»So wahnsinnig lustig, wie Sonja glaubt, ist diese verdammte Truppe gar nicht«, murmelt Stickan auf dem Weg ins Büro.

Erik sitzt bereits am Schreibtisch über einem Stapel Veranstaltungsprogramme der Universitäten von Uppsala, Stockholm, Lund, Sundsvall, Karlstad und Luleå.

»Ist es mal wieder so weit«, sagt Stickan und wirft seine Tasche mit Sportsachen mitten auf die Broschüren. »Wirst du jetzt wieder Jurist und zeigst uns armen gewöhnlichen Idioten, wo der Hammer hängt? Was? Machst in Rekordzeit Examen, kommst zur Polizeibehörde zurück und wirst Abteilungsleiter? Das schaffst du doch nie.«

Ohne ein Wort stellt Erik Stickans Tasche auf den Boden und sammelt seine Unterlagen ein. Schweigend marschiert er Richtung Kaffeeautomaten davon.

»Verstehst du keinen Spaß?«, ruft Stickan ihm hinterher.

Im Konferenzraum wird es eng, wenn alle da sind. Nur Åke und Mats fehlen, sie sind ins Foyer gegangen, um den neuen Staatsanwalt zu empfangen.

»Ich möchte kurz die Gelegenheit nutzen und euch alle auf das Personalfest aufmerksam machen, das die Lustige Truppe organisiert hat. Die Einladung gilt allerdings nur dem Polizeipersonal und nicht, ich wiederhole, *nicht* den zivilen Angestellten. Meldet euch bei Sonja an«, sagt Stickan schnell und hat gerade noch Zeit sich zu setzen, bevor auf dem Flur Schritte zu hören sind.

Hedvig starrt aus dem Fenster. Das Einzige, was sie wahrnimmt, ist ihr eigenes Spiegelbild. Dann sieht sie Åke durch die Tür kommen, dicht gefolgt von Mats. Sie dreht den Kopf in Richtung Tür. Wer ist dieser Staatsanwalt, und wo bleibt er?

Der Mann, der durch die Tür in den Konferenzraum tritt, ist beträchtlich jünger, als sie vermutet hätte. Ungefähr so alt wie sie, vielleicht eher fünfunddreißig als dreißig. Sein Blick, der über all die unbekannten Gesichter vor ihm flackert, wirkt etwas besorgt. Er ist ordentlich gekleidet, beinahe langweilig. Eine rote Krawatte bringt ein wenig Farbe. Als er den Stuhl vorzieht und sich setzt, bemerkt sie die kleine Schnecke, die in seinem rechten Ohr steckt. Wenn der Typ nicht für den Staatsschutz arbeitet, dann hört er schlecht, denkt sie.

Åke und Mats setzen sich zu jeweils einer Seite des neuen Staatsanwalts.

Åke räuspert sich und sagt: »Ihr habt alle von Sture Holmlunds tragischem und unerwartetem Dahinscheiden gehört. Hier haben wir nun seinen Nachfolger in der Untersuchung des Mordes an Viola Uusitalo. Ich möchte Sie herzlich willkommen heißen, Carl Dahlström.«

Åke ist nervös, denkt Hedvig. Warum? Wovor hat er Angst?

»Vielen Dank«, sagt der mit Carl Dahlström Angesprochene und fährt fort: »Es ist nicht gerade ein Traumjob, eine Ermittlung zu übernehmen, bei der die anfängliche Arbeit bereits erledigt ist. Ich werde mein Äußerstes tun, um mich in die Sachlage einzulesen. Wenn Sie zunächst ein wenig Nachsicht mit mir üben, hoffe ich, dass wir den Fall aufklären können, auch wenn ich zugeben muss, dass es im Moment schlecht aussieht«, sagt er und richtet seine stahlgrauen Augen direkt auf Hedvig.

Jetzt nicht ausweichen. Sie schaut zurück, bis er seinen Blick weiterwandern lässt.
»Kann ich einen kurzen Lagebericht bekommen? Was wissen Sie bisher?«, fragt er und wendet sich Mats zu.
»Ja, was soll ich sagen? Åke war derjenige, der sie bei der Jagd unter einer Fichte gefunden hat. Ein Schlag auf den Kopf mit einem stumpfen Gegenstand, viel mehr wissen wir nicht«, sagt Mats und trinkt einen Schluck dünnen Kaffee aus einer schmutzig braunen Plastiktasse.
»Was sagt das kriminaltechnische Labor?«, fragt Carl.
»Ja, mein Gott, wenn man das wüsste«, seufzt Mats schnell. »Aber dazu weißt du wohl mehr, Roffe?«
Rolf Blom nickt und sagt leise, dass sie noch immer auf Antwort warten hinsichtlich einiger Spuren von genetischem Material aus der Wohnung des Opfers.
»Wir haben versucht, bevorzugt behandelt zu werden, aber ohne einen Tatverdächtigen in Untersuchungshaft ist das so gut wie unmöglich«, sagt er.
»Hatte die Frau Feinde? Schulden? Uneheliche Kinder?«
Mats und Stickan schütteln um die Wette den Kopf.
»Soweit wir wissen, hat sie mit niemandem ein Hühnchen zu rupfen gehabt«, sagt Stickan rasch und fährt fort: »Sie war ein religiöses altes Weib, das wussten alle, wollte immer alle belehren, die nicht christlich genug waren.«
Niemand will vor dem neuen Staatsanwalt passiv erscheinen. Wenn man jetzt energisch auftritt, könnte sich das später bezahlt machen. Hedvig beißt sich auf die Lippe, schielt zu Rafael hinüber. Wie viel sollen sie hier und jetzt erwähnen?
»Wir haben Veranlassung zu glauben, dass Gunnar Rantatalo, bei dem wir zur Miete wohnen, Sex kauft«, sagt Rafael.

Sowohl Åke als auch Mats protestieren lautstark: »Ach, hören Sie jetzt auf damit! Selbst wenn es so wäre, hätte es wohl nichts mit diesem Fall zu tun!«
»Darüber sprechen wir später! Jetzt lassen Sie das verdammt noch mal!«
Carl schweigt einen Moment lang, er sieht aus, als denke er nach. »Könnte es eine Verbindung geben?«
Åke ergreift das Wort: »Das kann ich mir kaum vorstellen. Sie müssen mich entschuldigen, Rafael, Sie sind bestimmt ein ausgezeichneter Polizist, aber Sie und Hedvig wurden von außerhalb hierher beordert, um speziell der Behauptung nachzugehen, hier würde unglaublich viel Sexhandel betrieben. Ich finde, Sie sehen am helllichten Tage Gespenster. Das sind doch nur Gerüchte, Gerüchte und Anschuldigungen. Jetzt müssen Sie endlich einmal davon ablassen.«
Carl sieht den Polizeidirektor ruhig an und lässt ihn ausreden. Dann wendet er sich Rafael zu und sagt: »Vielleicht möchten Sie und Ihre Kollegin nach der Besprechung noch einen Moment hier bleiben und mich etwas genauer über diese Sache informieren? Das Problem des Frauenhandels interessiert mich sehr.«
Hedvig bemerkt, dass Åke, Mats und Stickan auf ihren Plätzen lange Gesichter machen. So hätte Sture Holmlund sich nie ausgedrückt.
Nur über seine Leiche.

Hedvig registriert, dass Carl schwach nach Sandelholz duftet. Die Andeutung von etwas Herbem und Trockenem, aber zugleich frisch. Ein Widerspruch.
Sie realisiert verwundert, dass ihr Interesse geweckt ist. Und weicht erschrocken vor der Erkenntnis zurück. Das

Bild von ihr selbst als Braut blitzt auf, an jenem warmen Tag. Neben ihr Anders, nervös, im Frack. Bis dass der Tod uns scheidet. Nächstes Bild: Er liegt stumm und kalt da, wie in einer Schale, im Sarg. Er trägt seine Lieblingskleidung, aber es ist dennoch nicht er. Sie hört ihren eigenen Schrei, als der Deckel sich für immer schließt.

»Nein!«

Dann kehrt sie an die Oberfläche zurück, bemerkt verwundert, dass sie noch immer im Konferenzraum sitzt. Was macht sie hier eigentlich? Sie tastet nach ihrem Ringfinger. Sie weiß, dass dort nichts ist, entrüstet sich aber trotzdem. Warum trägt sie die Ringe nicht? Sie sollten nicht in dieser kleinen Schatulle neben ihrem Bett aufbewahrt werden. Sie wird sie aufstecken, sobald sie nach Hause kommt. Man soll sehen, dass sie eine verheiratete Frau ist.

Carl schließt die Tür zum Flur, nachdem Erik widerwillig als Letzter den Raum verlassen hat.

»Ja?«, sagt er und sieht sie beide fragend an.

In einem einzigen Wortschwall bricht es aus Hedvig hervor. Ihr ist bewusst, dass ihre Erregtheit möglicherweise unprofessionell wirkt, aber der Gedanke an Anders reißt alle Dämme ein.

»Die Chefs hier behaupten, die betroffenen Frauen seien nicht bereit auszusagen, aber sie haben nie versucht, auch nur eine einzige von ihnen zu vernehmen«, sagt sie und starrt vor sich auf die Tischplatte.

Ein halbmondförmiger Kaffeefleck, den eine Tasse hinterlassen hat, ist das Einzige, was sie sieht.

»Finden Sie solch eine Frau, dann verhören wir sie sofort«, sagt Carl.

Er hebt nicht die Stimme, klingt einfach sehr sachlich und

effektiv. Sie lässt ihren Blick über den Tisch wandern, er erreicht seine wohlgepflegten Hände.
Sie schaut auf und sieht ihn an. Der Staatsanwalt ihr gegenüber ist ganz ernst und hält ihrem Blick stand.
Dann spricht Rafael über die Fakten, über den Verdacht, den sie hinsichtlich Sergejs und Gunnars haben. Hedvig seufzt in sich hinein, denkt, dass sie sich genau so hätte verhalten sollen: korrekt und neutral. Nicht emotional. Am wenigsten hier. Reiß dich zusammen.
»Ich habe bei der Baubehörde nachgefragt, ob es eine Genehmigung für das Haus am Moor gab. Dem Vorsitzenden der Behörde nach, Kommunalrat Olle Grönlund, Sie wissen schon, gab es eine Bauerlaubnis für dieses Gebäude. Wobei er sehr vage klang. Die Frau, die ermordet wurde, Viola Uusitalo, kam ja hierher, weil sie glaubte, das Haus sei schwarz gebaut worden. Aber es wurde deswegen nie Anzeige erstattet. Damals. Hm. Ja. Kein illegal gebautes Haus, also. Aber Sergej kommt mir verdammt seltsam vor«, sagt Rafael und beugt sich über den Tisch.
»Der Frauenmisshandler Olle Grönlund«, sagt Hedvig zu sich selbst, bevor sie mit lauter Stimme fortfährt: »Wir haben eine tote alte Frau gefunden, ermordet. Ungereimtheiten in ihrer Wohnung. Den Zettel auf dem Tisch von Irina, von der wir nicht wissen, wer sie ist oder wo sie sich befindet. Wir haben den Nachbarn, der Viola zusammen mit einer jüngeren, misshandelten Frau gesehen hat. Kann Viola jemandem geholfen haben, vielleicht sogar jemandem, der eine Verbindung zu Sergej hatte? Wurde Viola deshalb umgebracht? Vielleicht wusste sie zu viel. Vielleicht hat sie etwas bei dem Haus gesehen, was sie nicht sehen sollte? Sie war oft im Wald und sammelte Beeren oder Pilze, soweit ich verstanden habe.«

Carl sieht sie schweigend an, dann sagt er: »Ich brauche mehr Material, um zu handeln. Können Sie Sergej beobachten? Schauen Sie, was Sie finden. Sobald Sie etwas haben, lassen Sie von sich hören. Von jetzt an machen Sie beide nichts anderes mehr. Ich werde mit Mats darüber sprechen.«

Er steht auf, noch während er spricht. Hedvig gewinnt den Eindruck, richtig oder falsch, von Effektivität. Er sieht vielleicht ein wenig alltäglich aus, aber es kommt ihr so vor, als würde seine Haltung dem Fall eine ganz neue Richtung geben. Sie will daran glauben, dass es so ist. Ihn als einen Teamleiter sehen. Spinn nicht herum. Bleib ganz ruhig.

Sein Händedruck ist warm und fest. Dann ist er plötzlich weg. Hedvig sieht Rafael an. Er sagt das, was sie selbst denkt: »Teufel auch!«

Als sie auf den Flur hinaustreten, steht Erik an die Wand gelehnt und inhaliert so diskret er kann seine Medizin. Das Inhaliergerät zischt leise.

»Was ist mit Ihnen?«, fragt Rafael.

Erik gibt ein unterdrücktes Husten zur Antwort.

»Nichts weiter. Nur eine Allergie.«

Hedvig gleitet an ihm vorbei, ganz dicht, und flüstert: »Streuen Sie Rattengift in den Papierkorb des Chefs, dann werden Sie die Köter vielleicht los.«

Erik bekommt einen heftigen Hustenanfall, und seine mögliche Erwiderung wird von Krämpfen erstickt. Er hält sich ein Papiertaschentuch vor Mund und Nase.

Hedvig und Rafael fahren zum Moor. Tiefer bleigrauer Himmel, dunkler Wald, schwere Luft. Wie observiert man in einer unbebauten Landschaft ohne Parkplätze oder andere Autos, zwischen denen man sich verstecken kann? Sie entdecken einen Waldweg auf der anderen Seite des Moors, und mit Hilfe guter Ferngläser und Teleobjektive haben sie den Eingang des Hauses im Blick.

»Was denkst du über den Staatsanwalt?«, fragt Rafael, der ausnahmsweise den CD-Player im Auto ausgeschaltet gelassen hat, was Hedvig dankbar notiert.

»Unmöglich, jetzt schon etwas zu sagen«, antwortet sie und starrt durch das Fernglas.

Sie denkt an sein Hörgerät. Er trug keinen Ring am Finger. Vergiss es. Er hat seinen Ring vielleicht auch in einem Kästchen auf dem Nachttisch.

Sie sitzen schweigend da. Tag für Tag. Nacht für Nacht. Übermüdet. Mit voller Blase. Frierend. Hungrig. Wenn nicht Hedvig und Rafael hier oder vor Sergejs Hof außerhalb der Stadt sitzen, sind es Erik und Stickan, denen die Wache zugeteilt wurde. Erik ist sichtlich stolz darüber, ein wenig heimlich arbeiten zu dürfen.

In den ersten Tagen sehen Hedvig und Rafael Sergej ab und zu aus der Ferne. Den Mann in einer seiner vielen Lederjacken, mit leicht federndem Gang. Nichts Bemerkenswertes geschieht. Er isst in einer Pizzeria zu Mittag, besucht einen Hersteller von Hundenahrung, fährt zu einem Laden, in dem Ersatzteile für Scooter verkauft werden. Beim Haus am Moor sind keine Aktivitäten zu beobachten, außer einem schwarzen Kastenwagen, der ab und zu angefahren kommt. Der Wagen ist auf einen Mann zugelassen, der in Haft sitzt, verurteilt zu vier Jahren Gefängnis wegen Diebstahls und Misshandlung. Die Scheiben sind getönt, und jedes Mal, wenn der Wagen kommt, fährt er direkt in die Garage, die an das Haus angebaut ist.

Wenn Erik und Stickan die Bewachung übernehmen, passiert absolut nichts, dann verlässt Sergej nicht einmal das Haus, weder seinen Hof noch das Gebäude am Moor. Stickan behauptet, dass er sich überhaupt nicht zeigt. Aber wenn Hedvig und Rafael im Dienst sind, erledigt er zumindest immer irgendwelche kleinen, bedeutungslosen Dinge, wie um sie zu reizen. Er winkt aus der Ferne, als er das Postamt betritt.

»Sind wir blöd, oder wurde er gewarnt? Ist etwas durchgesickert?«, wundert sich Hedvig und packt die Reste ihres hundertfünfzigsten Hamburgers weg, den sie hinter dem Steuer eingeklemmt zu sich genommen hat.

Rafael sitzt mit gequältem Gesichtsausdruck niedergeschlagen auf dem Beifahrersitz.

»Meinst du, dass Stickan …? Denn Erik wird es wohl kaum sein?«

Sie zuckt mit den Schultern.

»Ich weiß es nicht. Vielleicht jemand weiter oben? Åke geht doch mit ihm jagen und kauft auch seine Köter bei ihm. Es ist auf jeden Fall sehr seltsam, wie wenig der Kerl treibt.«

Rafael sagt: »Gib auf!«

Aus der Ferne hören sie Motorenlärm. Erik und Stickan haben Nachtdienst. Hedvig startet den Wagen, und im selben Moment klingelt ihr Handy. Es ist Stickan.

»Er ist jetzt im Haus, das wissen wir«, sagt sie, während die Verbindung immer schlechter wird.

»Wie lange sollen wir noch so weitermachen? Sie sehen doch, dass das absolut nichts bringt«, sagt Stickan.

»Schönen Abend«, erwidert Hedvig und gibt Gas.

Auf dem Heimweg, im Dunkeln, beginnt es zu schneien. Es glitzert vor den Scheinwerfern, erst feine Flocken, die kaum zu sehen sind, dann immer dichterer Schneefall. Hedvig fährt schweigend. Starrt in den tanzenden Wirbel, der sie umhüllt. Es hat nun schon eine ganze Weile Minusgrade gegeben. Dieses Mal bleibt der Schnee sicher liegen.

»Nein, zum Teufel, Erik, jetzt pfeifen wir auf das Ganze. Ich friere mir den Hintern ab. Jetzt haben sie das Licht ausgeschaltet und sich schlafen gelegt. Niemand wird es uns danken, wenn wir hier herumstehen und glotzen«, sagt Stickan und niest kräftig, während er unter einer Fichte in der Nähe des Hauses kauert.
Er richtet sich auf und beginnt, Richtung Auto zu gehen. Niemand braucht zu wissen, dass sie jetzt schon verschwinden. Sie können die Übergabe morgen früh per Telefon machen.
»Es können schließlich nicht alle so eifrig sein wie die kleine Hedvig. Die ist doch krank, ihr Verhalten kann nicht normal sein. Die muss nur mal wieder ordentlich gevögelt werden«, sagt Stickan.
Erik sagt nichts, aber Stickan deutet das als Einverständnis. Kurze Zeit später fahren sie schweigend durch die Stadt, um diese Zeit sind wenige Fahrzeuge unterwegs. Sie nähern sich dem Polizeigebäude von hinten und sehen aus der Ferne, dass in einem Wagen, der auf dem Wendeplatz hinter dem Gefängnis steht, Licht brennt. Erik rutscht hinter dem Steuer tiefer und holt das Fernglas hervor.
»Warte! Ist das nicht …«
Die Scheiben des Wagens sind beschlagen, und wenn sie genauer hinschauen, sieht es aus, als würde das ganze Auto schwanken.

»Was ist das für ein verdammter Idiot, der hier eine Nummer schiebt, direkt vor dem Polizeirevier?«, sagt Stickan. Erik ruft per Handy bei der Zentrale an und bittet sie, den Fahrzeughalter zu ermitteln.

»Was sagen Sie da?«, flüstert er und verschwindet noch tiefer im Sitz, als er erfährt, auf wen der Wagen zugelassen ist.

Ein ungestümer Seeelefant scheint in dem beschlagenen Auto eingesperrt zu sein.

»Was ist?«, fragt Stickan.

»Der Wagen dort drüben ist auf die Polizeidirektion zugelassen.«

»Verdammt. Ist das wahr?«

Schweigen.

»Das ist Åkes Dienstwagen«, flüstert Erik in dem Moment, als das Schaukeln nachlässt und das Licht in dem dunklen, polierten Wagen auf dem Wendeplatz gelöscht wird.

»Ist er verrückt? Treibt er es mit einer Prostituierten im Dienstwagen?«, zischt Stickan.

Die hintere Tür wird geöffnet, und eine Frau steigt aus. Als sie in den Lichtkegel der Straßenlaterne tritt, erkennen Erik und Stickan, wer es ist.

Sonja.

»Das hier haben wir nie gesehen, weder du noch ich«, sagt Stickan. »Untreu zu sein ist nicht ungesetzlich.«

Sie warten, bis sich Sonja in ihren eigenen ausgekühlten Wagen gesetzt hat und weggefahren ist und bis Åke die Scheiben abgewischt hat, so dass er beim Fahren etwas sehen kann, bevor sie in die Garage einbiegen und dort parken.

»Dieser alte Bock! Mit ihr! Jetzt kommt er bestimmt bald mit einer selbst gehäkelten Krawatte, du wirst sehen!«

Am nächsten Morgen ist draußen alles weiß. Das Haus wirkt ausgekühlt, ehe sie aufgestanden sind und sich angezogen haben. Gunnar hat sich beklagt, dass sie zu viel Strom verbrauchen.
»Strom ist teuer. Was wollen Sie mit diesen zusätzlichen Heizkörpern? Ziehen Sie sich lieber wärmer an«, sagt er.
Aber Hedvig hat schon so viele Kleider an wie möglich. Sie schläft in langer Unterhose und mit Strümpfen. Sie beginnt, es leid zu sein. Sie will nach Hause. Doch was erwartet sie dort schon?
Eigentlich hätte sie Lust, joggen zu gehen, aber die Dunkelheit und Kälte in Kombination mit dem frisch gefallenen Schnee halten sie davon ab. Stattdessen macht sie ein kleines Krafttraining neben dem Bett: Liegestütze, Sit-ups, verschiedene Kraftübungen für die Beine und dann wieder Liegestütze und noch mehr Sit-ups. Sie keucht, schwitzt und genießt. Während sie sich physisch verausgabt, kann sie die Unruhe wegen ihrer Arbeit und ihres Privatlebens einen Moment lang vergessen. Sie braucht nichts weiter, als noch einen Liegestütz zu schaffen. Und noch einen.
Anschließend dehnt sie sich ausgiebig. Atmet tief durch. Duscht kalt in dem rostigen Wasser.
»Jetzt müssen wir zusehen, wie wir dieser Sache ein Ende bereiten«, sagt sie eine Weile später am Frühstückstisch und setzt ihr Saftglas neben Rafaels beträchtlichem Sandwichberg ab. »Wenn Sergej heute im Haus ist, dann gehen wir hinein, okay?«
»Wir müssen das erst mit Carl absprechen«, sagt Rafael.
»Ja, ja, selbstverständlich, aber dann. Ich werde noch verrückt, wenn wir nur herumsitzen und keinen Finger rühren.«

»Sowohl Sergej als auch unsere Kollegen wollen wohl genau das erreichen.«

»Wir werden sehen.«

Sie steht trotzig auf. Jetzt reicht es ihr. Sie will wissen, was sich in dem Haus am Moor verbirgt. Wenn es sich nur um eine Torfproduktion handelt, dann will sie das wissen. Sie tritt aus der Haustür. Der Schnee hat sich wie eine Decke über die Landschaft gelegt. Wie dicke Watte klebt der Neuschnee an den Bäumen und Dächern. Die ersten Sonnenstrahlen des Tages suchen sich vorsichtig ihren Weg über den Horizont, die Sonne ist eine müde und schwere Orange, die sich bemüht, wenigstens ein kleines Stück in den Himmel zu steigen. Das sieht schön aus, aber der Schnee ist wie ein Widerstand, der alles verlangsamt.

Der Weg zu Rafaels und Hedvigs Haus hinauf ist nicht geräumt. Gunnar hatte am Morgen vermutlich genug damit zu tun, es bis zum Stall zu schaffen. Zweimal kommt der kleine Wagen vom Weg ab. Rafael schaufelt und flucht, aber schließlich gelangen sie an die Hauptstraße. Sie versuchen, Erik und Stickan anzurufen, aber das Telefon hat keinen Empfang.

Sie müssen den Wagen an einer Ladestelle für Bauholz abstellen und das letzte Stück bis zum Beobachtungsposten zu Fuß durch den Schnee stapfen. Der Wagen von Erik und Stickan ist fort. Nur sehr undeutliche Spuren sind in der unberührten Schneedecke zu sehen.

»Haben sie Angst vor der Dunkelheit gekriegt und sind nach Hause gefahren?«, fragt Rafael.

Hedvig ruft noch einmal per Handy an, und nach dem dritten Versuch kommt eine knisternde Verbindung zustande.

»Er ist nach Hause in die Stadt gefahren, und wir sind ihm

gefolgt«, teilt ein offensichtlich verschlafener Stickan mit.
»Wie praktisch. Wir kommen nicht bis zu der Stelle durch, an der wir gestern standen. Das heißt, wir stecken fest«, sagt Hedvig.
»Auch wenn ich mich wiederhole: Wir können die Sache genauso gut abblasen«, sagt Stickan und schaltet das Telefon aus.
Hedvig entdeckt einen alten Hochsitz, den sie vorher noch nicht gesehen haben. Sie gehen zurück zum Wagen und holen die Thermoskanne mit Kaffee sowie die Ferngläser, die sie noch nicht bei sich hatten. Die Leiter zum Jagdsitz hinauf knarrt bedenklich unter Rafaels Gewicht. Sie sitzen schweigend da. Hedvig ist wütend. Auf die Kälte, auf die Trägheit aller, auf das, wovon sie denkt, dass es sich in dem Haus abspielt, während sie nur hier sitzen und starren. Was ist das bloß für ein Beruf, denkt sie und verbrennt sich am Kaffee. Rafael schaut unbeweglich durch das Fernglas.
Fünf Stunden später erhält Hedvig eine SMS mit der Nachricht, dass sie abbrechen und zum Revier zurückkommen sollen. Besprechung, steht da, aber nicht, um was für eine Besprechung es sich handelt. Fluchend steigt sie hinunter. Trotz des Schnees dämmert es. Es kommt ihr so vor, als sei der ganze Tag verstrichen. Wieder ein sinnloser Tag. Sie stapfen gemeinsam zurück zum Auto. Der Motor startet widerwillig, und sie schlingern davon. Rafael fährt bei weitem nicht so gut wie sie.

»Ach du meine Güte, wie sehen Sie denn aus?«, ruft Sonja im Eingangsbereich, als sie kurze Zeit später eintreffen. »Ab in die Sauna mit Ihnen«, redet sie weiter.

Sonja sieht geschminkter aus als sonst, und um sie herum hängt ein schwerer Duft von Parfüm.
Hedvig wirft ihr nur einen bösen Blick zu und geht sofort zum Konferenzraum. Sie will sich in ihrem angeschlagenen Zustand zeigen, sie möchte, dass die anderen sehen, dass sie keine Angst davor hat, hart zu arbeiten und zuzupacken, dass sie sich wahrlich anstrengt, dass sie sich ihr Gehalt redlich verdient. Natürlich ist das kindisch.
Stickan starrt unter seinem Pony kurz zu ihnen hinüber, Erik blättert in seinen Unterlagen, ohne aufzuschauen. Sowohl der Polizeidirektor als auch der Chef der Kripo sind bei einem Treffen im Kommunalratsamt, worüber, ist unklar. Aber die Kommune hat schon lange um einen königlichen Besuch in irgendeiner Form ersucht, und vielleicht haben sie es nun endlich geschafft.
Als Letzter betritt Carl den Raum, zusammen mit Rolf, der aufgeregt aussieht.
»Wie schön, dass Sie alle kommen konnten«, sagt Carl und blickt sich um. »Ich habe beschlossen, dass wir Sergej ein wenig hintanstellen. Es könnte sich um eine falsche Fährte handeln oder um einen Irrtum unsererseits, und bisher hat die Bewachung des Hauses ja nichts Wertvolles ergeben.«
Hedvig traut ihren Ohren nicht.
»Aber …«
»Wir konzentrieren uns jetzt eine Weile auf etwas ganz anderes. Rolf hat ein paar Informationen erhalten, die ich mit Ihnen besprechen möchte. Bitte, Rolf.«
Alle schauen gespannt auf den Kriminaltechniker, dem die Aufmerksamkeit peinlich ist und der schnell und ein wenig zu leise sagt: »Heute Morgen ist vom kriminaltechnischen Labor eine Antwort gekommen. Diese Kleider,

die Rafael und Hedvig vor einiger Zeit bei Gunnar … hm … gefunden haben … Ihr wisst schon, diese blutigen Kleider aus dem Schrank.«

»Ja?« Stickan klingt merklich verärgert.

»Das Blut stammt von Viola Uusitalo.«

Stille.

»Hol mich der Teufel. Meinst du, dass Gunnar in Frauenkleidern herumgerannt ist und Viola erschlagen hat? Ist er vielleicht insgeheim eine Transe? Ohne dass hier jemand etwas davon weiß?«, sagt Stickan.

Rolf sieht ihn böse an.

»Ich meine gar nichts. Im Gegensatz zu gewissen anderen Leuten halte ich mich an Fakten«, sagt Rolf.

Dass die beiden keine Freunde sind, ist allgemein bekannt.

Hedvig spürt, wie ihr der Schweiß den Rücken hinabrinnt, und zieht die Jacke aus. In Gunnars Schrank lagen Kleider mit Violas Blut daran. Macht das Gunnar zum Mörder? Er trägt doch wohl keine Frauenkleider? Aber die Frau, die manchmal dort ist? Könnte sie Viola umgebracht haben? Aus Geldgründen? Hat sie den Zettel geschrieben, den, der in Violas Wohnung lag?

»Das Blut auf dem Pullover und der Hose, die wir in Violas Wohnung gefunden haben, stammt nicht von ihr. Die Behauptung des Nachbarn, Viola habe eine verletzte Person bei sich gehabt, wird damit bestärkt. Er hat angegeben, dass es sich um ein junges Schulmädchen gehandelt habe. Beide Kleidungsstücke sind von Marken, die in Russland verkauft werden.«

»Dann haben wir noch DNA-Spuren von verschiedenen Personen in Violas Küche und im Badezimmer gefunden. Besonders eine Kaffeetasse hatte an der Seite schöne Fingerabdrücke, und am Boden befand sich eine ausgespuckte Prise Kautabak. Wir wissen freilich nicht, um wessen DNA es sich handelt, sie stammt von niemandem aus unserem Strafregister. Sehr wahrscheinlich ist es aber auch niemand gewesen, der zum häuslichen Pflegedienst gehört. Viola erhielt keine Unterstützung vom Sozialamt. Sie war eine von der Sorte, die alleine zurechtkommt. Und ich glaube nicht, dass jemand vom kirchlichen Nähverein oder der Pfarrer, falls er zu Besuch war, Tabak in die Kaffeetasse gespuckt hat. Das könnte später ein entscheidender Beweis dafür sein, dass eine bestimmte Person sich in der Wohnung aufgehalten hat. Aber im Moment wissen wir nicht, wer diese Person ist. Leider. Im ungünstigsten Fall ist es ein Bekannter von der Kirche, der da gewesen ist, aber mit dem Verbrechen nichts zu tun hat.«

»Ich möchte, dass wir als Erstes Gunnar hierher bitten und ihn zu der Sache befragen. Erik und Stig, können Sie sich darum kümmern? Hedvig und Rafael, Sie dürfen jetzt zunächst einmal duschen gehen, und dann hätte ich gerne, dass Sie, Rafael, das Verhör übernehmen, geht das in Ordnung?«

»Aber ich …«, setzt Erik an.

Rafael nickt und erhebt sich.

»Gut! Dann beenden wir die Sitzung. Ich melde mich nach dem Verhör wieder«, sagt Carl und steht auf.

Hedvig geht in den Keller des Polizeigebäudes hinunter, wo die Sporthalle und der Saal liegen, in dem Hockey gespielt wird. Hinter der Umkleide, einem winzigen Raum für das weibliche Personal, befindet sich eine ebenso winzige Damensauna. Hedvig schält sich aus ihren Kleidern, die von Schnee und Schweiß feucht sind. Lange steht sie

unter der heißen Dusche. Denk nach, während das Wasser über ihren Kopf und ihren schmalen Körper strömt. Gunnar. Welche Rolle spielt er? Und was weiß er?
Sie schließt die Augen und verlässt den harten Duschstrahl, der noch sechzig Sekunden, nachdem sie den Hahn abgestellt hat, weiterläuft. Bevor er aufgehört hat, vor sich hin zu plätschern, ist sie bereits in der feuchtwarmen Dunkelheit der Sauna, auf der obersten Pritsche. Sie legt sich hin, spürt, wie sich die Schweißporen öffnen. Sie ist ganz leer und völlig offen. Jetzt keine vorgefasste Meinung haben. Zuhören. Genau zuhören, das wird sie.
Hedvig zuckt zusammen, als die Tür geöffnet wird. Sie blinzelt gegen die Lampe, die draußen an der Decke hängt. Es ist Sofia Blind, eingehüllt in ein riesiges blaues Handtuch.
»Hallo«, sagen beide leise.
»Wie läuft es?«, fragt Sofia nach einer Weile.
Hedvig seufzt.
»Ich weiß nicht mehr, was ich denken soll. Wir haben eine Zeit lang Sergej überwacht, aber jetzt möchte Carl, dass wir von ihm ablassen und uns stattdessen um Gunnar kümmern.«
Sofia nickt. Sie schließt die Augen und wendet das Gesicht zur Decke. Hedvig schließt ebenfalls die Augen, und eine Weile sitzen sie schweigend da.

In einer anderen Sauna, in einem ganz anderen Keller, drüben im Kommunalratsamt, hat der geheime Ausschuss zu einer Sondersitzung zusammengefunden. Olle hat seine Mannschaft um sich versammelt und ist fuchsteufelswild.
»Was zum Teufel treibt ihr da drüben bei der Polizei?«,

schreit er und wedelt mit seinem Bier herum, dass das Saunaaggregat faucht.

»Irgendein idiotischer Ermittler ruft mich in meiner Eigenschaft als Vorsitzender der Baubehörde an und möchte wissen, ob Sergej eine Baugenehmigung für so eine blöde Hütte da draußen im verdammten Sumpf hat. Ich weiß nichts von einer Genehmigung, aber dir ist ja wohl klar, Åke, dass ich sagen muss, er hätte eine. Obwohl ich keine Ahnung habe. Zum Teufel, ihr könnt doch nicht die ganze Zeit wegen solch total unwichtiger Sachen Theater machen! Habt ihr denn nichts Besseres zu tun? Als ehrenhafte Politiker so zu belästigen! Was sucht ihr eigentlich? Was? Was hat Sergej so Schlimmes angestellt? Verhaftet stattdessen lieber ein paar Waffenschmuggler, unternehmt etwas Sinnvolles, etwas Konstruktives! Es ist verdammt noch mal nicht verwunderlich, dass diese Kommune immer auf dem Zahnfleisch geht, wenn man es mit solchen Hinterwäldlern wie euch zu tun hat. Sergej, das ist ein Geschäftsmann, der ist erfinderisch, der denkt konstruktiv, der ist zum Teufel ein Visionär im Gegensatz zu euch! Und wenn das die eine oder andere Hütte im Moor beinhaltet, wohin kein Mensch je seinen Fuß setzt, was spielt das schon für eine Rolle? Wir wissen schließlich alle, dass die Jungs hier ab und zu ein bisschen vögeln müssen. Das ist Privatsache und keine staatliche Angelegenheit, verdammt. Und auch keine kommunale.«

Åke wickelt das Handtuch um sich. Er hat Schwierigkeiten zu atmen, Olle muss die Temperatur heute höher gestellt haben als sonst.

»Beruhige dich. Du weißt, dass bei den Vorermittlungen Geheimhaltungspflicht besteht, Olle. Ich kann nicht …«

»Fahr zur Hölle mit deiner Geheimhaltung. Sind wir

nicht alle voneinander abhängig? Sollen wir nicht versuchen zusammenzuhalten, wenn Idioten aus Stockholm kommen, die keinen Deut verstehen und beginnen, in Dingen zu wühlen, die nur uns etwas angehen? Wie kannst du diese Typen nur gewähren lassen, Åke?«

Mats schnäuzt sich in die Hand und wischt den Inhalt langsam an seinem Handtuch ab.

»Du kannst dich beruhigen, Olle. Sergej ist im Moment nicht mehr interessant.«

Olle sperrt die Ohren auf und stößt einen verwunderten Pfiff aus.

»Es geht um Gunnar.«

Åke stöhnt und fasst sich an den Kopf.

»Wir sollten nicht …«

Mats grinst böse.

»Du bist ein richtiges Weib, Åke, weißt du das? Ich bin Olles Meinung, wir müssen zusammenhalten. Was haben eine tote, herumschnüffelnde alte Tante, ein Haus am Moor und ein paar russische Teenager auf lange Sicht gesehen schon für eine Bedeutung? In einem Jahr, sogar in einem halben Jahr, ist alles vergessen. Es ist dieser neue Staatsanwalt, der alles kaputtmacht. Er ist bestimmt auch aus Stockholm. Sie sind wie Blutegel. Wenn sie die Zeichen nicht lesen können, ist das auch verdächtig. Ich habe diesem neuen Typen, Carl, gleich gesagt, dass wir einen Haufen anderer Sachen haben, die dringender sind, als vier Leute dafür abzustellen, den ganzen Tag lang im Moor herumzusitzen und ein Haus anzustarren. Aber er bestand darauf. Zu Sture Holmlunds Zeiten war das anders. Da wäre so etwas nicht vorgekommen. Ein Hörgerät hat dieser Typ auch noch. Hört sicher irgendwelche Stimmen. Wenn wir einfach die Schnauze halten und ein bisschen abwarten, dann wird der Spuk bald vorbei sein. Dann können wir uns wieder wichtigeren Dingen zuwenden.«

»Ich habe mit Sergej gesprochen, als er nach Hause kam, während die gerade vor seiner Hütte saßen und wie wild durch ihre Ferngläser glotzten. Er war aufgeregt, das hörte ich ihm an. Aber wer zum Teufel wäre da nicht angespannt«, sagt Olle.

Er wendet sich Åke zu, der das Handtuch nervös zu einer langen Wurst um den Bauch geschlungen hat.

»Jetzt solltest du zusehen, wie du dieser Sache ein Ende bereitest, Åke.«

»Aber ich kann nicht …«

»Reiß dich zusammen! Sitz nicht hier herum und jammere wie ein altes Weib! Fang irgendetwas an, kommandiere alle dazu ab, Autos zu zählen oder was auch immer. Beschäftige sie mit anderen Dingen. Verändere den Fokus, Åke. Das ist nur eine Strategie, eine verdammt gute Strategie, wenn ich darüber nachdenke«, sagt Olle.

Torsten Stålnacke stimmt zu: »Die Kommune könnte dabei vielleicht helfen, ihr könntet doch zu einer Pressekonferenz einladen und eine Diskussion über die Schließung der Entbindungsstation anzetteln oder die Verlegung des Altenheims oder darüber, eine neue Straße oder bessere Kindertagesstätten zu bauen oder über irgendein anderes interessantes Thema. Verändere den Fokus! Wir könnten eine Zeitungsserie planen und Schriftsteller dazu einladen, sich an der Debatte zu beteiligen und über das Ozonloch oder über Radioaktivität oder die Jagd auf Schneehühner oder was auch immer zu schreiben. Das ist kein Problem. Journalisten haben ein kürzeres Gedächtnis als Perlhühner. Verdammt, Olle, das ist doch ganz einfach!«

Torsten lacht in sich hinein, und Åke sieht ihm an, dass er bereits darüber nachdenkt, welche Entscheidungen für seine anderen Unternehmen günstig wären. Und vielleicht auch für das Hotelgewerbe seines Sohnes. Dann fährt Torsten hoch und schüttelt sich wie einer von Sergejs Hunden.
»Was hat Gunnar denn eigentlich gemacht?«
Åke seufzt und sieht Mats an, der schnell sagt: »Blut von der Alten auf Kleidungsstücken in seinem Schrank. Frauenkleidern.«
»Oh, Mist. Ist er so veranlagt?«, fragt Torsten.
»Es war wohl diese Tussi, die zu ihm kommt. Sie hat wahrscheinlich aus Geldgründen getötet oder wegen der Pfifferlinge. Man weiß ja, wie die drüben im Osten sind. Völlig verrückt. Würde mich nicht wundern, wenn die einen Knacks hätte und einfach losgezogen wäre und das erstbeste alte Weib niedergeschlagen hätte. Die Körbe zum Beerensammeln waren leer, als wir sie fanden, sicher von jemandem geleert.«
Åke sieht erst den Chef der Kripo streng an, dann Torsten.
»Das, was jetzt geredet wird, verlässt diese Sauna nicht«, sagt Åke.
»Natürlich nicht«, erwidern Olle und Torsten gleichzeitig.
»Was ist das für eine Frau, die Gunnar sich geschnappt hat? Kurt hat mir erzählt, dass sie ganz schön aktiv im Bett waren, als er zufällig vorbeikam. Ich dachte, der wäre impotent«, sagt Olle.
»Offenbar nicht«, antwortet Mats.
»Du, Olle, ich rufe dich heute Nachmittag an, dann sprechen wir über ein Projekt, das die Kommune anleiern

kann. Vielleicht könnten wir gemeinsam mit der Forstwirtschaft ein Arbeitsmarktprojekt für Arbeitslose starten. Ich bin bereit, mich mit einem meiner Unternehmen als Versuchskaninchen zu beteiligen. Für das Allgemeinwohl muss man ein paar Opfer bringen, oder nicht?«, sagt Torsten und fährt fort:

»Ich kümmere mich darum, dass die Presse erscheint, und Åke sorgt dafür, dass der neue Staatsanwalt nicht auf die Idee kommt, über seine kleine Untersuchung eine Pressekonferenz einzuberufen. Wir können auch Bier und belegte Brote servieren, das mögen diese geizigen Zeitungsschmierer!«

»Aber Olle, du blutest ja an der Hand, hast du dich verletzt?«, sagt Åke plötzlich.

»Ach, verdammt, das war dieser blöde Scooter, der am Wochenende kaputtgegangen ist. Es passierte mitten im Wald, also musste ich das Ding reparieren. Das hat zwei Stunden gedauert, und die ganze Zeit über hat es geschneit. Der Schraubenschlüssel klemmte fest, und ich habe mich ein bisschen geschnitten, aber es ist nichts Schlimmes. Es blutet jetzt nur von der Wärme.«

»Sollte das nicht genäht werden?«, fragt Åke.

»Weiß du was? Du bist so verweichlicht, dass man meinen könnte, du kommst aus Stockholm, Åke«, erwidert Olle.

13

Gunnar ist im Stall, als Erik und Stickan auf den Hof kommen. Er ist mit dem abendlichen Melken beschäftigt und kann es nicht unterbrechen, nur weil die Polizei da ist. Seit diese beiden Polizisten das Altenteilhäuschen oben auf dem Hügel gemietet haben, ist hier auf dem Hof ein ziemliches Kommen und Gehen. Er hätte nie Ja sagen sollen, als Mats ihn gefragt hat, aber die gesamte Miete drei Monate im Voraus war ein Angebot, das er schlecht ablehnen konnte. Dadurch hatte er die Mittel, sich um diese verdammte Dungabdeckung zu kümmern, sonst wäre wahrscheinlich immer noch nichts daraus geworden.

»Ich komme«, brüllt er über die kubistisch eckigen Kuhhintern hinweg den beiden Uniformierten an der Tür zu. Er erkennt sie wieder. Der eine ist Erik Bengtsson, Nisses Sohn. Vater wie Sohn waren immer etwas hochnäsig. Erik ist wohl auf irgendeine Universität oder etwas Ähnliches gegangen, weit im Süden, er sollte studieren, hieß es. Aber man sieht ja, was daraus geworden ist. Jetzt ist er wieder hier. Und Polizist, was ist das für ein Beruf? Keine Arbeit für einen richtigen Mann. Ehrlichen Leuten Ärger zu bereiten. Da sieht es bei seinem jüngeren Bruder schon anders aus, der hat einen Skiverleih und organisiert Scootertouren und Angelausflüge für Touristen. Der sagt nie Nein zu einem Gläschen. Aber Erik hat Gunnar nie rich-

tig gemocht. Er benimmt sich, als sei er Ankläger, Richter und Gefängniswärter in einem.
Aus dem Kameraden des Jungen, Stickan, hätte wohl ein rechter Kerl werden können, wenn er sich keine Flausen in den Kopf gesetzt und sich nicht geweigert hätte, den Hof des Vaters zu übernehmen. Die jungen Burschen sind heutzutage so verdammt hochnäsig. Haben Angst, ein bisschen Dreck unter die Fingernägel zu bekommen.
Gunnar seufzt, geht in den Melkraum und spült das Melkgeschirr unter so heißem Wasser, dass er dabei Handschuhe tragen muss. Es riecht süßlich nach Milch. Eine der Katzen sitzt oben auf dem Tank. Er hat nicht das Herz, sie hinaus in das Schneetreiben zu jagen. Die neuen EU-Regeln erlauben keine Katzen im Melkraum. Aber es ist seine eigene kleine Protestaktion, die Katzen dort zu lassen, wenn sie möchten. Die EU ist eine Scheißerfindung von Südländern, die sich bereichern wollen. Er hat schon einmal Unterstützung beantragt, aber nichts bekommen. Jetzt hat ihm zwar dieser Spaniockel mit den Formularen geholfen, trotzdem glaubt Gunnar, dass dieses Mal wieder nichts daraus wird. Aber er wird schon zeigen, dass er auch so zurechtkommt.
Erik hält ihm die Stalltür auf, und er tritt in den Schnee hinaus, der draußen umherwirbelt.
»Wollt ihr Kaffee, Jungs?«, fragt Gunnar und überlegt sich, wie unordentlich die Küche gerade ist. Man merkt sofort, wenn Natascha nicht da ist und für ihn sorgt. Seine kleine Verlobte. Schlimmstenfalls müssen sie im Wohnzimmer sitzen. Er will nicht kleinlich sein und lieber alle Heizkörper andrehen. Man darf die Staatsmacht schließlich nicht verschrecken.
»Es tut mir leid, aber du musst uns zum Revier folgen«,

sagt Erik und nickt Richtung Polizeifahrzeug, das hinter dem Traktor parkt.

»Was zum Teufel sagst du da?«

»Der Staatsanwalt hat darum gebeten, dass wir dich zum Verhör holen. Es ist nur eine Routineangelegenheit, nichts, weshalb du dich zu sorgen bräuchtest.«

»Aber worum geht es? Um die Steuern? Ich kann die restliche Steuer sofort bezahlen, ist er dann zufrieden?«

»Nein, es geht nicht um Steuern.«

»Geht es um die Fahrerflucht im Sommer, als ich gegen die Mülltonne bei Olssons Grillimbiss gefahren bin, ohne anzugeben, dass ich es war? Hat er das angezeigt? Soll ich ihm was bezahlen?«

»Beruhige dich, Gunnar.«

Stickan versucht, dem aufgeregten Landwirt eine Hand auf die Schulter zu legen, aber der Mann im Arbeitsoverall macht einen Satz rückwärts.

»Ist es wegen dem Schnapsbrenner? Was? In dem Fall könnt ihr direkt auf den Dachboden steigen und ihn sofort mitnehmen. Er steht im Wirtschaftsgebäude. Vielleicht wollt ihr ein paar Kanister abhaben, sagt es ruhig, um alles in der Welt.«

»Halt jetzt den Mund, Gunnar! Hör auf, einen Haufen altes Zeug anzubringen. Das hier haben wir nicht gehört. Du sollst mitkommen. Es geht um einen Mord. Das ist alles.«

Gunnars Unterkiefer sackt beinahe auf sein kariertes Flanellhemd hinunter.

»Mord?! Glaubt ihr, dass ich … dass ich ein …?«

»Wir glauben gar nichts. Du bekommst fünf Minuten, um dich umzuziehen, dann fahren wir los.«

Endlich verstummt Gunnar.

»Aber die Kühe?«
»Es wird nicht so lange dauern«, sagt Erik.
Was weißt du schon darüber, du kleiner Mistkerl, denkt Stickan und spuckt einen Strahl Kautabak in den Schnee zu seinen Füßen.
Noch nie zuvor hat sich Gunnar bewacht von zwei uniformierten Polizisten umgezogen. Das Flanellhemd und die Lederweste kommen weg. Während er an den Schubladen zerrt, ohne etwas zu erkennen und ohne die sauberen Unterhosen oder Strümpfe zu finden, nach denen er sucht, läuft sein Gehirn auf Hochtouren, um dahinterzukommen, warum er, ausgerechnet er, zu einem Verhör geholt werden soll. Wegen eines Mordes.
»Es wäre schön, wenn du duschen und die Haare waschen könntest«, sagt Erik. »Ich bin allergisch gegen Tierhaare«, fährt er fort und niest dreimal kräftig.
Mechanisch tut Gunnar, was von ihm verlangt wird. Aber was sie von ihm wollen, kann er nicht verstehen.
»Wo ist die Frau, die sonst hier bei dir ist?«, fragt Stickan, als Gunnar mit zerzaustem Haar aus der Dusche steigt.
»Was meinst du?«
»Du hast doch manchmal Besuch, oder nicht? Mit Sergejs Hilfe? Er sollte einen neu gestifteten Gesundheitspreis hier oben kriegen, verdammt, er ist es doch, der dafür sorgt, dass es den Männern gut geht und sie zupacken und arbeiten können, wenn sie etwas zu naschen bekommen haben, oder was denkst du, Gunnar?«
Der Bauer errötet bis zum Haaransatz, oder sieht es im Schein der Flurlampe nur so aus? Erik schaut zuerst Gunnar, dann Stickan an. Es ist wohl kaum der richtige Moment für so ein Gespräch. Erik räuspert sich und geht auf die Haustür zu. Er spürt, wie ihm die Katzenhaare und

der Stallgeruch in der Nase kitzeln. Wie können die Leute nur so allergieunfreundlich wohnen? Er hat einmal von einem Bauern gehört, der gegen seine eigenen Kühe allergisch wurde. Der Kerl musste wohl in einer Art Astronautenanzug melken.
»Wo ist die Frau?«
Stickans Frage kommt wie ein Peitschenhieb.
»Ist morgen wieder da.«
Gunnar murmelt die Antwort nur.
»Komm mit, dann fahren wir«, sagt Stickan und nimmt Gunnars Oberarm fest in Griff.
Dieses Mal lässt sich Gunnar zum Polizeiauto führen.
Es ist ein Glück, dass Mutter tot ist, denkt Gunnar, als er sich bückt und auf die Rückbank des Polizeifahrzeugs rutscht, das leicht nach Erbrochenem und Reinigungsmittel riecht. Ich bin froh, dass sie das nicht erleben muss. Von einem Polizeiauto abgeholt, auf seinem eigenen Hof. Das ist doch verrückt.

Die Fenster des Polizeigebäudes leuchten warm und einladend in die Dunkelheit. Es hat kräftig zu schneien begonnen.
Erik fährt in die Tiefgarage hinunter, dann nehmen sie den Aufzug zu einem Korridor hinauf, der von kleinen Zimmern gesäumt wird, in denen sich Menschen über enorme Papierberge beugen. Auf dem Weg hierher haben sie kein Wort miteinander gesprochen. Gunnar fühlt sich zwischen den vielen Leuten, eingesperrt in Räume, die eher für Roboter als für Menschen geplant zu sein scheinen, wie immer unwohl. Er möchte frische Luft atmen und weiter als zwei Meter sehen können. Ein paar dieser armen Teufel haben noch nicht einmal ein Fenster, durch

das sie hinausschauen können. Sie wissen nicht, dass es schneit.
Stickan geht vor, Erik hinter ihm, weiter und weiter den verdammten Flur entlang. In seinem Kopf schwirren Fragen. Steht er unter Verdacht? Wer soll sich um die Kühe kümmern? Schlimmstenfalls kann vielleicht Kurre das Morgenmelken übernehmen, aber sie dürfen ihn doch wohl nicht so lange hier behalten? Oder dürfen sie das? Was soll Natascha denken, wenn er nicht zu Hause ist, wenn sie kommt? Immer wieder fährt er sich mit dem Finger am Hemdkragen entlang. Es ist das neue Hemd, das er zu Weihnachten anziehen wollte, außerdem trägt er eine graue Flanellhose. Die gute Hose. Nur seine Hände verraten ihn, seine kräftigen, rauen Hände mit den schwarzen Fingernägeln zeigen, dass er nicht der kleine Bürovorsteher ist, für den man ihn vielleicht halten könnte.
Er wird in einen kleinen Raum geführt, der von dem langen Korridor abgeht. Erik und Stickan warten draußen, und Gunnar betrachtet die beiden Männer, die jetzt vor ihm stehen. Der lange Lulatsch ist der Typ, der gemeinsam mit dieser Frau sein Häuschen mietet, er hat irgendeinen komischen Namen.
»Worum geht es?«, fragt Gunnar hastig, willig, noch einmal die Vergehen gegen den Staat aufzuzählen, an die er sich erinnern kann, und den Betrag zu zahlen, der verlangt wird. Egal, was, nur um von hier wegzukommen, weg aus diesem Raum, nach Hause auf seinen Hof, zu den Kühen und Katzen.
»Hallo, mein Name ist Carl Dahlström, ich bin Staatsanwalt. Wie schön, dass Sie kommen konnten. Ich nehme an, Sie kennen Rafael Flores Alba bereits, er wird das Verhör leiten. Setzen Sie sich bitte«, sagt der Staatsanwalt und

deutet mit der Hand auf den moosgrün gepolsterten Stuhl im Vernehmungszimmer.

»Möchten Sie etwas trinken? Kaffee?«, fragt Rafael, nachdem Gunnar sich bedächtig auf der anderen Seite des Tisches niedergelassen hat.

»Kaffee wäre schön. Ich gönne mir normalerweise immer eine Tasse nach dem Melken. Aber heute ... kam ich nicht dazu«, sagt Gunnar.

Rafael verschwindet durch die Tür und kommt mit einem braunen Plastikbecher mit dem wässrigsten Kaffee zurück, den Gunnar je getrunken hat. Aber das sagt er nicht.

»Worum geht es?«, fragt er noch einmal.

Der Lange schaltet einen Kassettenrecorder ein und murmelt etwas hinein, bevor er laut sagt:

»Wie gut kannten Sie Viola Uusitalo?«

Gunnar sieht ihn ungläubig an.

Haben sie ihn bei Schneesturm hierher geführt und ihn dazu gezwungen, seine Kühe zu verlassen, nur um ihn zu fragen, ob er Viola kannte? Die, die im Wald gefunden wurde. Die Kirchgängerin. Kurz sieht er ein Bild aus der Zeitung vor sich, er holt es sich jetzt in Erinnerung, dort stand auch, die Polizei wäre verwundert, da es so ausgesehen hätte, als läge die Frau im Bett und schliefe nur, und er hatte im ersten Moment das vage Gefühl gehabt, den Bettbezug wiederzuerkennen, aber dann gedacht, dass es sich wohl um ein Muster handelte, das häufig vorkam. Zur Zeit seiner Mutter. Vielleicht war es eines, das den Laken ähnelte, die sie benutzt hatte. Er dachte damals nicht weiter darüber nach, erst jetzt kommt das Bild zurück. Stammt das Laken von seinem Hof? Verdächtigt ihn die Polizei deswegen?

Er nimmt einen großen Schluck von der Katzenpisse, die sie hier Kaffee nennen.
»Nicht besonders gut. Das tat niemand, glaube ich. Sie blieb für sich.«
Er schweigt.
»Ja?«
»Ein paarmal bin ich ihr im Wald begegnet. Sie war oft draußen und sammelte Beeren oder Pilze. Eine fleißige Frau. Gläubig war sie auch, soweit ich weiß. Wir grüßten uns natürlich, wenn wir uns trafen, das war alles«, sagt Gunnar unwillig.
»Was dachten Sie, als sie in der Nähe Ihres Hofes tot im Wald gefunden wurde?«
»Ich fand es schrecklich. Ich fragte mich natürlich, wer das getan hatte. Sie kann kaum Feinde gehabt haben, die alte Frau.«
Rafael nimmt etwas aus einer Tüte, die er unter dem Tisch hat. Gunnar sieht, dass es irgendeine Bluse ist. Dann erkennt er sie wieder. Mutters.
»Die hier haben wir vor einer Weile in einem Schrank in Ihrem Haus gefunden. Ich dachte zunächst, es sei vielleicht Tierblut. Jetzt haben wir sie untersuchen lassen, und es hat sich gezeigt, dass das Blut von Viola Uusitalo stammt. Haben Sie dafür eine Erklärung?«
»Was zum Teufel machen Sie an meinem Schrank?«
Rafael fährt sich leicht über das Gesicht.
»Es ist Ihr gutes Recht, das zu fragen, aber wir haben die Bluse entdeckt, als wir einmal bei Ihnen im Haus waren, Hedvig und ich. Und wir hielten es für nötig zu untersuchen, woher das Blut kommt, da wir einen unaufgeklärten Mord haben. Wem gehören die Kleider?«
»Sie sind von meiner Mutter«, sagt Gunnar.

»Wann starb sie?«
»Im Dezember werden es fünf Jahre.«
»Und Sie haben ihre Kleider fünf Jahre lang aufgehoben?«
»Einen Teil. Einen Teil habe ich auch der Heilsarmee gegeben.«
»Viola Uusitalo wurde erwiesenermaßen später als vor fünf Jahren ermordet, also können wir Ihre Mutter ausschließen.«
Gunnar starrt Rafael an und zieht eine Grimasse.
»Machen Sie sich nicht über meine Mutter lustig!«
Rafael fährt fort: »Hat nach Ihrer Mutter jemand anderes diese Kleider getragen?«
Stille.
»Gunnar? Ich möchte, dass Sie mir antworten.«
Er schweigt.
»Haben Sie sie selbst getragen?«
»Nein!«
»Hat jemand anderes diese Bluse angehabt?«
Gunnar seufzt, nickt langsam und starrt auf den Tisch.
»Sie müssen mir antworten, dass Sie nicken, hört man auf dem Band nicht.«
»Ja«, sagt Gunnar leise.
»Wer hat sie getragen?«
Erneute Stille.
»Ich verstehe, dass das hier schwierig für Sie ist, Gunnar, aber wir versuchen, einen Mord aufzuklären, und es ist wichtig, dass Sie sagen, was Sie wissen. Wir möchten nicht, dass die falsche Person gefasst wird.«
»Kann man noch eine Tasse Kaffee bekommen?«
Rafael ist sich im Klaren darüber, dass dies nur ein Versuch ist, Zeit zu gewinnen, aber er hat bereits zu Beginn

beschlossen, behutsam vorzugehen. Gunnar hat Angst. Es gilt, dies auszunutzen. Jetzt geht Carl hinaus und kommt mit einem Plastikbecher mit dem gleichen Inhalt wie beim letzten Mal zurück. Gunnar trinkt alles in einem Zug, seine Hände zittern.

Dann atmet er tief durch und brüllt aus vollem Halse: »Natascha leiht sich immer Mutters Kleider aus, wenn sie hier ist, ein Teil davon passt ihr gut. Ich wusste nicht, dass sie irgendwo Blut abbekommen hat. Sie ist keine Mörderin!«

»Eins nach dem anderen jetzt. Wer ist Natascha?«

»Eine Dame, die ich kenne.«

»Eine Dame?«

»Ja, eine Frau. Sie kommt manchmal zu mir.«

»Aha. Warum?«

»Sie putzt und kocht für mich.«

»Warum?«

Gunnar windet sich.

»Weil ich jemanden brauche. Seit Mutters Tod hat es keine Ordnung mehr gegeben. Ich kann nicht kochen, und ich kann doch nicht nur von fertig gekauften Fleischbällchen und Tütensuppen leben. Oder?«

Rafael kontert mit einer Gegenfrage: »Wie haben Sie Natascha kennen gelernt?«

»Warum fragen Sie?«

»Wie haben Sie sich kennen gelernt?«

»Im Stadthotel«, sagt er leise.

Rafael schaut Gunnar eine Weile abschätzend an, bevor der Damm bricht: »Wenn Sie wüssten, in was für ärmlichen Verhältnissen sie zu Hause lebt. Sie braucht mein Geld. Ich helfe ihr nur. Das ist eine Vereinbarung zwischen ihr und mir. Sie ist zufrieden, und ich bin zufrieden.

Was ist daran so seltsam? Und warum muss sich jemand anderes einmischen?«
»Hat Natascha eine eigene Familie?«
Stille.
»Sie hat zwei Kinder«, sagt Gunnar nach langem Zögern. Das Verhör bereitet ihm Qual.
»Vielleicht auch einen Mann?«
»Er trinkt. Und schlägt. Dem entgeht sie hier. Ich gebe ihr normalerweise auch Kartoffeln mit. Und Blumen.«
»Macht sie bei Ihnen noch anderes außer zu putzen und zu kochen?«
»Was meinen Sie?«
»Schlafen Sie miteinander?«
Gunnar errötet bis zum Haaransatz. Was sind das eigentlich für Polizisten? Haben sie nichts Wichtigeres zu tun, als die Leute zu fragen, mit wem sie schlafen?
»Nein, das tun wir nicht.« Gunnar beugt sich über den Tisch und faucht: »Ich bin impotent!«
Stille.
»Sind Sie jetzt zufrieden? Wollen Sie es schriftlich haben?«, fragt Gunnar.
»Bezahlen Sie sie?«
»Fürs Kochen und Putzen, ja. Nichts anderes.«
»Wo ist Natascha jetzt?«
Weiter, immer weiter, denkt Rafael. Keinerlei Emotionen zeigen, nur so viel wie möglich aus ihm herausbekommen.
»Sie kommt morgen nach dem Mittagessen.«
»Hat sie mit Ihnen über Viola gesprochen?«
»Kein Wort. Sie ist eine nette Frau, tüchtig. Sehr nett zu meinen Katzen. Ich habe Schwierigkeit zu glauben, dass sie … dass sie jemanden getötet haben könnte … ja …«

»Wir möchten sie morgen treffen. Vielleicht gibt es trotz allem eine ganz natürliche Erklärung.«

Gunnar erhebt sich, seine Beine zittern wie verrückt. Er schämt sich, fühlt sich nackt. Ist es jetzt vorbei? Wenn sie nun herumrennen und erzählen, dass er impotent ist, wenn Kurt es erfährt. Er wird ausgelacht werden. Seine Tarnung würde in Stücke geschlagen. Was soll werden? Was werden die Leute sagen? Was denkt die Polizei eigentlich?

»Eine Sache noch«, sagt der lange Lulatsch.

Gunnar hält inne und sieht ihn an.

»Als Sie Natascha im Stadthotel trafen, waren da nur Sie beide anwesend?«

Gunnar lächelt bleich.

»Es waren wohl noch so an die fünfzehn andere Frauen da, glaube ich. Ich erinnere mich nicht mehr genau.«

»Hat jemand das Treffen dort arrangiert?«

Gunnar denkt resigniert, dass das ohnehin keine Rolle mehr spielt, und sagt schnell und wütend: »Er heißt Sergej.«

»Sergej Björkman?«

»Kennen Sie ihn?«

»Hat er die Frauen besorgt?«

Gunnar nickt und seufzt. »Ja. Es war verdammt noch mal wie immer.«

»Haben damals noch andere dort Frauen gekauft?«

»Ich habe nichts gesehen. Ich weiß es nicht. Und denken Sie daran, dass ich nicht dort war, um mir Sex zu erkaufen, sondern um eine Haushälterin zu finden, und das ist doch wohl kaum ungesetzlich?«

»Wie ist sie dann hierher gekommen?«

»Ich habe sie natürlich eingeladen. Wissen Sie denn gar nichts?«

»Ihr Freund Kurt, hat er sich auch ein paar Dienste im Stadthotel erkauft?«
»Das weiß ich wirklich nicht. Ich war nicht gerade nüchtern.«
»Hat der Herr Staatsanwalt noch weitere Fragen?«
»Nein.«
»Dann beenden wir das Verhör. Danke.«
»Verhör? War das ein Verhör?«
»Nur zur Orientierung. Sie können jetzt nach Hause fahren. Sagen Sie an der Rezeption Bescheid, dann kann man Ihnen ein Taxi bestellen.«
»So ein Quatsch. Das bleibt bei dem Wetter doch stecken. Da bitte ich lieber Kurre, mit dem Traktor zu kommen. Aber sagen Sie, Konstapel, …«
Rafael lacht. Das ist ein Titel, der ihm gefällt. Nur schade, dass es ihn nicht in Wirklichkeit gibt.
»Also, das mit meiner … Impotenz … Kann das zwischen uns bleiben? Das ist ein wenig … privat. Nicht einmal Kurt weiß davon. Er glaubt, dass wir … dass ich … ja.«
»Im Moment herrscht Geheimhaltungspflicht hinsichtlich dieser Untersuchung, das heißt, Sie können ganz beruhigt sein, Gunnar.«
Die drei Männer geben sich die Hand, und der Landwirt tritt auf den Flur hinaus. Rafael und Carl sehen sich an.

Es ist Nacht. Anders' Gesicht erscheint vor Hedvigs Augen, sobald sie sie schließt. Er sieht glücklich aus. Es ist Sommer. Sie vermisst ihn furchtbar. Die wenigen Freunde, die sie hat, sagen ihr, dass sie sich zusammennehmen soll, aufraffen, am Riemen reißen. Und das Schlimmste: dass sie einen anderen treffen soll. Hedvig weiß sehr wohl, dass das Versprechen, das sie ihm gegeben hat, lautete »bis

dass der Tod uns scheidet«, aber der Gedanke, einen anderen zu treffen, kommt ihr dennoch wie Untreue vor. Er war schließlich derjenige, den sie haben wollte, derjenige, den sie gewählt hat. Und dann lebten sie glücklich bis an das Ende ihrer Tage, tatsächlich ungewöhnlich glücklich, verglichen mit den meisten anderen, aber ihre gemeinsamen Tage dauerten nach der Hochzeit nur zwei Jahre.
Warum hast du mich verlassen?
Sie ist wütend auf ihn, böse, dass er tot ist, obwohl sie weiß, dass die Krankheit, die er bekam, nichts war, wofür er etwas konnte. Er hatte sich wie kein anderer in Topform gehalten, hatte darauf geachtet, was er aß und dass er sich genügend ausruhte. Sie selbst hat sich seit Anders' Tod unglaublich vernachlässigt. Es scheint, als ob nichts mehr eine Rolle spielen würde.
Mein Panther. Bereit sein, bevor es geschieht, und wagen, wenn es eintrifft. Das war sein Motto.
Hedvig denkt an die Tasche mit der Kletterausrüstung, die zu Hause auf dem Dachboden liegt. Die vielen Seile und Karabinerhaken, Befestigungshaken und Steigeisen. Sie vermisst ihre gemeinsamen Expeditionen, ihre Ausflüge und kindischen Abenteuer. Die Ausrüstung wurde nicht mehr angerührt, seit Anders sie vor Jahren in der Tasche verstaut hat. So wie es jetzt scheint, wird nichts davon jemals wieder ausgepackt werden. Es sind nur tote Dinge.

Am nächsten Morgen hat es aufgehört zu schneien. Hedvig hat vor ein paar Tagen ein Paar billiger Langlaufski gekauft und so gut es ging gewachst. Am Rande der Stadt, auf derselben Seite, auf der Gunnars Hof liegt, hat sie ein Naherholungsgebiet mit elektrisch beleuchteten Loipen entdeckt, wohin sie am frühen Morgen fährt. Dort verschafft sie sich Bewegung, und es knirscht unter den Skiern. Ein zäher Langstreckenläufertyp holt sie ein und verschwindet schnell vor ihr. Langsam wird sie warm und strengt ihren ganzen Körper an. Hedvig genießt die Stille. Der Schnee dämpft alle Geräusche. Oben auf einer Anhöhe ist die Aussicht wunderbar. Hedvig bleibt stehen, ihr keuchender Atem und ihr rauschender Puls sind alles, was sie hört. Ihre Langlauftechnik lässt sehr zu wünschen übrig, aber es ist ein gutes Training. Dennoch fühlt sie sich auf unbestimmte Art verärgert. Aus einem Schornstein auf einem weit entfernten Haus steigt Rauch auf. In der anderen Richtung sieht man die Lichter der Stadt.

Hedvig fährt nach Hause, duscht kurz und schlingt ein kleines Frühstück hinunter. Rafael sieht sie aus verschlafenen Augen an. Er zieht es vor, am Nachmittag oder Abend Sport zu treiben. Jetzt hat sie wieder so eckige Bewegungen, sie wirkt wütend, bevor der Tag überhaupt angefangen hat. Dass sie die Kraft dazu hat.

»Was ist los?«, macht er einen leisen Versuch.

»Wieso?«

Sie starrt ihn böse an.

»Tja, du wirkst irgendwie verärgert.«

Hedvig schnaubt zur Antwort und schaufelt die dampfende Hafergrütze in sich hinein, dass die Milch, die zusammen mit der Grütze im Teller schwimmt, aufspritzt.

»Ist es wegen Anders?«

Er hält den Atem an. Es ist das erste Mal, dass er es wagt, danach zu fragen. Es dauert eine Tausendstelsekunde, dann fängt sie an zu weinen. Mist, wie dumm von dir, Flores Alba! Ihr Gesicht wird rot und verschwollen, und er fühlt sich wie ein Idiot.

»Kümmere dich nicht darum! Es ist alles in Ordnung mit mir«, weint sie.

Er nickt und lächelt leicht. Verdammtes Mädel. Es ist doch nicht so schlimm, traurig zu sein.

»Was grinst du?«, schreit sie und deutet mit dem Löffel in ihrer Hand auf ihn.

»Beruhige dich, Hedvig.«

»Ich bin ruhig!«

»Möchtest du nach Hause fahren? Sollen wir jemand anderen hierher beordern? Es ist nur ein Job, weißt du.«

»›Nur ein Job.‹ Außerdem habe ich kein Zuhause, wohin ich fahren kann, ich kann also genauso gut hier bleiben. Aber vielleicht willst du nach Hause?«

Ihre Stimme klettert in ein klägliches Falsett.

»Hör jetzt auf, Ek.«

Er versucht seine Hand freundschaftlich auf ihren Arm zu legen, aber sie schlägt sie beiseite und murmelt vor sich hin: »Einen Neuen treffen! Du solltest einen neuen Mann treffen. Warum dauert es so lange? Du bist zu wählerisch. Anders ist jetzt tot. So reden sie alle. Die ganze Zeit. Ich will keinen anderen treffen. Ich will Anders zurückhaben. Aber er kommt nicht zurück. Und hier laufe ich in einer Art selbst auferlegtem Zölibat herum und bin umgeben von einem Haufen geiler Sexkäufer, die nichts lieber wollen als einen Fick. Das macht mich wahnsinnig, Rafael, verstehst du, wahnsinnig! Aber wenn du mich nach Hause schickst, weiß ich nicht, was ich tue, verstehst du? Wohin soll ich dann gehen?«

Sie starrt ihn an.

Er nickt. Streckt vorsichtig die Hand aus, um die Tränen von ihrer Wange zu wischen.

»Jetzt nicht beißen«, sagt er.

Ein schwaches Lächeln umgibt ihre Augen. Dann schnäuzt sie sich und isst die Hafergrütze auf, als sei nichts gewesen.

Später, auf dem Weg zur Arbeit, hat Hedvig eine Idee und biegt auf dem Weg in die Stadt zum Friedhof ab.
»Wohin willst du jetzt?«
»Wir haben nie Violas Grab gesehen«, sagt sie und bremst auf dem frisch von Schnee geräumten Parkplatz ab.
»Geh nur, ich bleibe im Auto«, sagt Rafael müde.
Hedvig steigt aus und tritt durch das Tor. Sie gelangt offenbar auf den alten Teil des Friedhofs mit großen, schweren Grabsteinen, eingefasst von Reihen niedriger Hecken, die beinahe ganz von Schnee bedeckt sind. Hedvig stapft weiter in Richtung einer kleinen Anhöhe mit niedrigen Steinen. Ganz hinten scheinen die frischen Gräber zu liegen. Steif gefrorene Blumenkränze sehen auf dem weißen Meer aus Schnee wie Rettungsringe für die Toten aus. Neben einem schlichten, vorläufig errichteten Holzkreuz hockt eine Frauengestalt. Hedvig bleibt stehen und starrt auf den gebeugten Rücken in dem dunklen Mantel.
Es ist Natascha.
Hedvig ist sich nicht ganz sicher, aber überzeugt genug, um so leise wie möglich umzukehren und keuchend zum Wagen zurückzugehen.
»Schnell! Komm! Natascha ist an Violas Grab! Ich brauche einen Dolmetscher.«
Rafael zwängt sich aus dem Wagen. Ihm ist das Problem bewusst, dass seine enorme Körpergröße leicht als Bedrohung empfunden wird. Warum hat Hedvig nicht Russisch lernen können, dann wäre alles viel einfacher.

Still geht er hinter Hedvig her auf den Friedhof. Die Frau hockt noch am Grab. Sie trägt einen Schal um den Kopf. Hedvig hört, wie Rafael tief durchatmet. Hoffentlich wird Hedvigs Anwesenheit die Begegnung abmildern. Als sie noch einen Meter von Natascha entfernt sind, bleiben sie stehen. Die Frau vor ihnen ist ins Gebet vertieft. Rafael bewegt sich langsam, und sie zuckt bei dem Geräusch des knirschenden Schnees zusammen.

Sie steht auf, schwankt kurz, nachdem sie so lange in der Hocke gesessen hat.

»Hallo«, sagt Hedvig vorsichtig.

Die Frau nickt schweigend, als sie sie wiedererkennt. Betrachtet kritisch die kleine Frau und den großen Mann vor sich.

»Das Grab der ermordeten Frau?«, fragt Natascha leise.

Hedvig nickt.

»Sind Sie schon einmal hier gewesen?«

»Nein, noch nie. Aber ich habe an sie gedacht. Oft.«

»Sind Sie heute zu Gunnar gekommen?«

Keine Antwort. Natascha beginnt, langsam wegzugehen. Wie baut man Vertrauen zu einem Rücken auf?

»Bitte, gehen Sie nicht«, sagt Hedvig flehend.

Natascha geht weiter. Sie zieht den Mantel enger um sich. Der Atem steigt wie eine Säule aus ihrem Mund auf.

Sanft und ruhig entströmen Rafael Worte. Natascha bleibt stehen, als sie hört, dass dieser große, dunkle Mann Russisch spricht, ihre Muttersprache, und wie es klingt, ganz ohne Akzent. Auch er appelliert an sie, bittet sie zu bleiben. Violas wegen. Sie sieht ihn an. Er verwendet die höflichsten, respektvollsten Worte, die ihm einfallen.

»Gnädige Frau. Seien Sie so nett und ... Könnten Sie so freundlich sein, uns zu helfen ... Wir würden es unerhört schätzen, wenn Sie uns helfen wollten ... Es geht um die ermordete Frau.«

Natascha empfindet eine stille Freude. Nicht so sehr, weil jemand in diesem Land in ihrer eigenen Sprache zu ihr spricht oder weil sie sich nun ganz ohne Probleme und Einschränkungen ausdrücken kann, sondern wegen des Tonfalls und der Wortwahl, die zeigen, dass der Mann die Person achtet, mit der er redet. Es ist lange her, seit jemand so zu ihr gesprochen hat. Lange her, seit jemand der Meinung war, sie, Natascha, habe irgendeinen Wert an sich. Sie, die vor allem für die Bedürfnisse anderer da ist: die ihres Mannes, ihrer Kinder, ihrer Schwiegermutter, Gunnars, Vladimirs, Sergejs.

Der Mann vor ihr gibt sich korrekt und höflich. Er bittet sie um der toten Frau willen zu erzählen, was sie weiß. Neben ihm steht die kleine Frau, die auch freundlich mit Natascha gesprochen hat, als sie sich begegnet sind. Zugleich blinkt in Nataschas Hinterkopf ein Warnlicht auf: Denk daran, dass es Polizisten sind. Vertraue nie und nimmer der Polizei. Aber Polizisten sind doch wohl auch Menschen? Zu Hause vielleicht nicht immer, vielleicht nicht einmal immer hier. Aber zu diesen beiden Individuen fühlt sie ein gewisses Vertrauen. Sie braucht nicht alles zu erzählen, nur so viel, wie sie selbst will. Es wäre sogar ganz schön, wenn jemand ihr zuhören wollte.

Natascha nickt und lächelt vorsichtig. Rafael dankt ihr wortreich. In einem abgeschiedenen Teil des Friedhofs finden sie eine Bank. Hedvig wischt den Schnee weg, geht zum Auto zurück und holt eine Isomatte aus dem Kofferraum. Außerdem füllt sie eine Tasse mit Kaffee aus einer Thermoskanne, die sie ausnahmsweise am Morgen vorbereitet hat. Natascha blickt sie an und nimmt einen Schluck von dem heißen Getränk. In der eiskalten Luft dampft es um die Tasse herum.

»Hedvig möchte gerne ein paar Fragen stellen, die ich übersetzen werde. Ist das in Ordnung?«, fragt Rafael vorsichtig.

Natascha nickt.

»Sie sprechen sehr gut Russisch.«

»Es geht um einen Mord. Eine alte Frau wurde tot aufgefunden. Haben Sie davon gehört?«, fragt Hedvig.

Rafael übersetzt mit leiser Stimme.

Natascha zuckt kurz zusammen und betrachtet den Mann und die Frau vor sich genau. Wie wenig sie wissen. Sie sind aus einer anderen Welt. Dennoch fühlt sie sich zum ersten Mal behandelt wie ein Mensch. Sie nimmt noch einen Schluck von dem Kaffee. Er ist stark und gut, aber sie hätte lieber Tee getrunken.

»Ich habe mitbekommen, dass eine Frau getötet wurde.«

Sie nickt in Richtung Grab.

Hedvig macht einen Anlauf.

»Wir haben in Ihrem Zimmer bei Gunnar Kleider gefunden, Kleider, an denen das Blut von Viola, der toten Frau, klebte. Wissen Sie, wie es dahin kam?«

Noch einmal betrachtet sie kritisch Hedvigs vor Kälte gerötetes Gesicht. Sie sieht so unschuldig aus.

»Ich war es, die sie unter den Baum legte. Das Bettzeug stammt von Gunnar«, sagt Natascha leise.

»Warum haben Sie das gemacht?«

Rafael spricht ruhig und behutsam, als sei dies ein ganz normales Gespräch und handelte nicht von Leben und Tod.

»Ich hatte Mitleid mit ihr. So im Graben zu liegen. Es war so unwürdig.«

»Im Graben? Lag sie im Graben?«
»Nachdem er sie mit ihrer eigenen Thermoskanne erschlagen hatte, ja.«
Natascha blickt auf die Tasse in ihren Händen hinab und stellt sie vorsichtig auf die verschneite Bank neben die Isomatte. Der Schnee um die Tasse herum schmilzt.
»Moment, ›er‹ sagen Sie, welcher er?«
Sie sieht ihm direkt in die Augen und flüstert:
»Sergej. Sergej natürlich. Immer Sergej.«
»Hat Sergej Björkman Viola Uusitalo getötet?«
»Wenn die Frau mit den Beerenkörben und dem Fahrrad so hieß, ja, dann hat er sie getötet.«
»Haben Sie das gesehen?«
Sie schließt die Augen und nickt, bevor sie antwortet: »Ich habe zwei kleine Kinder zu Hause. Verstehen Sie? Mein Mann ist Alkoholiker. Ich versorge sie alle, einschließlich der Schwiegermutter. Es ist lange her, seit die Fabrik geschlossen hat und ich meine Arbeit verloren habe. Dennoch sind wir fünf Personen, die jeden Tag essen müssen. Die Miete muss bezahlt werden. Mein Mann tut nichts anderes als zu schlagen und zu fluchen. Das hier ist die am wenigsten schlechte Lösung. Hätte ich mich nicht darauf eingelassen, würden wir hungern. Meine Schwiegermutter kümmert sich um die Kinder, wenn ich hier bin.«
Sie verstummt und schaut auf ihre Füße im Schnee. Wippt ein wenig mit den Zehen und schüttelt das Weiße von den Schuhspitzen.
»Wenn Sie mich noch einmal nach dem fragen, was ich jetzt erzähle, werde ich nicht das Gleiche sagen. Ich kann nicht vor Gericht aussagen, dass Sergej die alte Frau erschlagen hat, denn wenn ich es tue, sind sowohl ich als auch meine Kinder bald tot. Sergej ist nur ein kleiner

Wurm, er ist nur ein Handlanger höherer Mächte, aber er ist ein Glied in der Kette. Wer ihn verrät, ist des Todes. Von Vova, Vladimir, demjenigen, der mich hierher fährt, habe ich gehört, dass Sergej neulich selbst Schläge kassiert hat, weil er seine Schulden bei einem Höheren in der Kette nicht ordnungsgemäß bezahlen konnte. Vielleicht können Sie dennoch etwas erreichen, wenn ich Ihnen erzähle, was ich gesehen habe.«

»Ich würde am liebsten Ihre Zeugenaussage auf Band aufnehmen«, sagt Hedvig und deutet zum Wagen. »Niemand muss Sie sehen.«

Natascha schüttelt den Kopf und lässt ein müdes Lächeln erkennen. Es kommt Hedvig in den Sinn, dass die Frau vor ihr auf der Bank vermutlich nicht viel älter ist als sie selbst, dennoch hat sie tiefe Furchen im Gesicht, auf der Stirn, um die Augen und um den Mund herum. Nataschas Leben ist härter als das von Hedvig. Plötzlich fühlt sie, wie sie auf der Bank zusammenschrumpft. Mit welchem Recht fragen sie sie aus? Bringen sie sie in Gefahr? Aber dann schiebt Hedvig den Gedanken an Viola in den Vordergrund. Der Mord muss aufgeklärt werden.

»Was haben Sie gesehen?«, fragt sie so ruhig wie möglich.

Ein Bild erscheint Natascha immer wieder. Es ist nicht Kurt, der im Bett auf ihr liegt, diesen Gedanken schiebt sie so gut es geht beiseite. Nein, was sie sieht, ist die kleine Frau auf der Treppe zu dem neuen Haus am Moor. Die alte Frau mit dem lustigen wollenen Hut.

Natascha und die Frau waren sich gelegentlich im Wald begegnet. Die alte Dame war immer vornübergebeugt gegangen, mit einem Preiselbeerpflücker in der Hand, oder sie hatte Blaubeeren, Multbeeren und Pilze gesammelt. Manchmal war Natascha der Frau heimlich gefolgt, weil sie bemerkt hatte, dass die Alte sich im Wald wie in ihrer Westentasche auskannte. Manchmal war sie reichlich dafür belohnt worden, wenn die Frau sie zu guten Pilzgründen und Stellen führte, an denen Multbeeren wuchsen. Immer in sicherer Entfernung war sie der Frau gefolgt und hatte sich anschließend dafür geschämt, von den Kenntnissen der Alten zu profitieren.

Eines Abends hörte sie aufgeregte Stimmen von der Treppe des Hauses. Natascha hatte sich gewundert, warum ausgerechnet um dieses Haus der Zaun so hoch war, aber dann gedacht, dass es hier in Schweden vielleicht so üblich war. Sie sah die alte Frau gestikulieren und hörte sie etwas rufen. Natascha versteckte sich so gut es ging hinter einer jungen Fichte. Es war spät, denn sie hatte sich auf der Suche nach noch mehr Preiselbeeren verlaufen. Sie war auf dem Weg zurück zu Gunnars Haus. Sie hoffte, dass er nicht böse werden würde, weil es so spät Essen gab. In der einen Hand trug sie einen halb vollen Zehnlitereimer aus rotem Plastik, in der anderen einen leeren gelben. Sie hatte nicht gefunden, wonach sie gesucht hatte, zumindest nicht in der erhofften Menge. Vielleicht war die Frau mit dem wollenen Hut schon hier gewesen.

Natascha sah aus der Ferne, wie die Alte sich umdrehte und die Treppe hinunter, zurück zu ihrem Fahrrad ging. Die Tür zum Haus wurde geschlossen. Natascha wollte gerade ihren Eimer nehmen und wieder in den Wald verschwinden, als sie sah, dass die Haustür sich noch einmal öffnete.

Ein Mann kam heraus, es sah aus, als hätte er vergessen, der Frau etwas zu sagen. Er folgte ihr.

Vielleicht lag es an ihrem hohen Alter, doch die Frau schien nicht zu merken, dass der Mann sich hinter ihr befand. Natascha riss die Augen auf und presste sich beide Hände vor den Mund, als der Mann sich die Thermoskanne der Frau schnappte, die in ihrem offenen Fahrradkorb lag. Er hob seine Hände und schlug ihr mit voller Kraft auf den Hinterkopf. Immer wieder. Nataschas roter Eimer kippte um, und ein Teil der Preiselbeeren fiel in das feuchte Moos. Sie bemerkte, dass der Mann noch zweimal zuschlug, nachdem die Frau bereits gestürzt und liegen geblieben war. In einer einzigen Bewegung packte er den kleinen Körper und zog ihn vom Weg, hinunter in den tiefen Graben. Das Fahrrad trug er in den Wald. Er kam zurück, schaute in den Graben, um sich zu vergewissern, dass die Frau nicht mehr lebte, und ging dann zurück ins Haus. Gerade als er die Tür öffnete, fiel der Strahl der Lampe auf sein Gesicht. Es war Sergej.

Natascha erstarrte innerlich. Dass er ein schlechter Mensch war, wusste sie. Aber nicht, dass er so schlecht war, so schonungslos. Das Herz hämmerte ihr in der Brust. Sie stand unschlüssig da. Der erste Impuls war, zu der Frau im Graben zu rennen und sie herauszuziehen. Aber dann riskierte sie, der gleichen Behandlung wie die alte Frau ausgesetzt zu werden. Während sie noch zögerte, wurde die Haustür wieder geöffnet, und zwei junge Mädchen verließen gemeinsam mit Sergej und einem weiteren Mann hastig das Haus. Alle Lichter erloschen. Sie setzten sich in einen großen schwarzen Van und fuhren davon, dass der Kies aufspritzte.

Natascha wartete, stellte den roten Plastikeimer mit zitternden Händen hin und versuchte, so viele der herausgefallenen Beeren wie möglich einzusammeln. Sie schaute wieder auf und beschloss, dass sie nachsehen müsse, was mit der kleinen alten Frau war. Geduckt rannte sie den Weg entlang zum Graben, in den Sergej die Frau geworfen hatte. Es hatte lange geregnet, und der Graben war mit Wasser gefüllt. Die Frau lag auf dem Bauch, das Gesicht im Wasser.

Natascha fuhr zusammen, als die beiden Hunde am Haus wild zu bellen begannen. Sie hatte dort bisher nie Hunde gesehen; wenn nun noch jemand im Haus war und herauskam? Aber abgesehen vom Bellen der Hunde geschah nichts. Sie riss sich zusammen und zog die alte Frau aus dem Graben. Sie war nahe daran, das Gleichgewicht zu verlieren und selbst hineinzufallen. Aber schließlich bekam sie den mageren Körper der Frau zu fassen, und es gelang ihr, sie herauszuziehen. Die Alte blutete stark am Hinterkopf. Natascha versuchte, mit ihr zu reden, erhielt aber keine Antwort. Sie probierte es unbeholfen mit der Mund-zu-Mund-Beatmung, schaffte es aber nicht, die Atmung in Gang zu setzen, sie fühlte nach dem Puls und fand keinen.

»Mütterchen, hörst du mich, antworte, hallo?«, flüsterte Natascha der Frau auf Russisch zu. »Ich habe gesehen, was passiert ist, ich habe gesehen, wie er dich geschlagen hat, das ist schrecklich«, fuhr sie fort, hauptsächlich, um sich selbst zu beruhigen.

Der Abend kam ihr auf einmal sehr dunkel vor.

Ohne richtig zu begreifen warum, schleppte sie die Frau mit sich. Sie schwankte unter ihrer Last, aber folgte dem Weg. Sie konnte sie nicht hier lassen, die Frau musste ein würdevolleres Ende finden, als mit dem Kopf vornüber in einem mit Wasser gefüllten Graben zu liegen. Der blutige Kopf schlug gegen Nataschas Schulter.

Was hatte die kleine Alte eigentlich zu Sergej gesagt, was konnte ihn so rasend machen? Natascha lief und lief, bis sie nicht mehr konnte; da hatte sie das Moorgebiet hinter sich gelassen und fand sich umgeben von dichtem Nadelwald.
Ich kann nicht mehr. Ich muss mir etwas überlegen, dachte sie und trat vorsichtig zwischen die Bäume, besorgt, den Körper fallen zu lassen. Sie sah ein, dass das, was sie trug, kein Mensch mehr war, sondern die Überreste einer Person, nur ein Körper. Sie fühlte mehr die Konturen einer großen Fichte, als dass sie sie sah, und ohne weiter darüber nachzudenken, was das eigentlich bedeutete, legte sie die Frau vorsichtig auf den Nadelteppich unter den weiten Zweigen. Sie versuchte so gut es ging, sie in irgendeiner Weise würdevoll herzurichten. Es wirkte kalt, und die Kleider der Frau waren in Unordnung und warfen Falten um den Körper.
»Verzeih mir, Mütterchen, ich komme bald wieder«, flüsterte Natascha und strich der Frau leicht über die runzlige, pergamentartige Wange.
Sie rannte zurück, musste die beiden Eimer holen, damit Gunnar nicht böse wurde. Sie hatte jetzt Schwierigkeiten, etwas zu erkennen, aber ihr Orientierungssinn führte sie richtig. Sie blieb einen Augenblick stehen, dann rannte sie weiter über den Weg, in den Wald auf der anderen Seite. Sie dachte, dass sie das Fahrrad nie finden würde, aber genau in dem Moment stolperte sie beinahe darüber. Es wurde zur Hälfte von einem hohen Büschel Gras verdeckt. Die Körbe, die die Frau am Lenker gehabt hatte, waren hinuntergefallen, und über den Boden lagen überall Pilze verstreut. Natascha handelte mechanisch und sammelte vorsichtig alle ein, die sie finden konnte.

»Verzeih mir, aber du hast keine Freude mehr an ihnen«, flüsterte sie.
Die ganze Zeit über horchte sie zum Weg hinüber. Sie musste sich beeilen, bevor der Wagen zurückkam. Der gelbe Eimer wurde fast voll, und es war schwierig, die beiden Bastkörbe der alten Frau mitzunehmen, aber schließlich kam sie darauf, den kleineren in den größeren zu stellen, und wenn sie den Griff in den Mund nahm, konnte sie ihre ganze Last an Preiselbeeren und Pilzen auf einmal tragen. Wieder eilte sie den Weg entlang, jetzt galt es, die Fichte zu finden, unter der die Frau lag. Aus irgendeinem Grund hatte Natascha das starke Gefühl, dass die Alte ihre Körbe wiederhaben musste, dass sie sie bei sich haben musste. Alles andere war undenkbar.
Sie musste eine ganze Weile suchen, bis sie die richtige Fichte fand. Der Kopf der Frau war zur Seite gekippt und entblößte die Verletzungen am Hinterkopf. Das Blut glitzerte schwach in dem grauen Haar. Natascha kniete nieder und setzte der Frau den Hut wieder auf. Die Körbe stellte sie unter den Baum, dann nahm sie ihre beiden Eimer und eilte nach Hause zu Gunnars Hof. Auf den Kiesweg legte sie einen Fichtenzweig und zwei große Steine, um zurückfinden zu können.
Gunnar stand mit einem Butterbrot in der Hand in der Küche, als sie durch die Tür kam. Sie kickte im Flur die Stiefel von sich, auch sie eine Hinterlassenschaft von Gunnars Mutter.
Sie verstand, dass er fragte, wo sie gewesen sei. Er wirkte nicht besonders erbost, eher verwundert. Sie zeigte ihre Eimer vor, den mit Pilzen gefüllten als Erstes. Es sah aus, als ob er lächelte. Sie deutete es so, dass er Pilze mochte.
Er zeigte auf ihre Schulter. Sie begriff zunächst nicht, was

er meinte. Er führte sie zum Spiegel im Wohnzimmer. Sie sah das Blut und erzählte, sie sei gestürzt. Vermutlich verstand er sie nicht, aber er schien nicht besonders besorgt.
»Yes, yes, good«, sagte er nur.
Sie eilte hinauf in ihr Zimmer und zog die blutige Bluse aus. Sie würde sie später waschen. Sie verbarg sie ganz unten in ihrem Schrank, um sie nicht sehen zu müssen. Sie versuchte, nicht daran zu denken, was sie erlebt hatte, diese Tat, deren Zeugin sie vor kurzem gewesen war. In einer neuen, sauberen Bluse stellte sie sich in die Küche und putzte schnell die Hälfte der Pilze. Dann briet sie sie in reichlich Butter an, und Gunnar lachte, als er sie aß. Es war das erste Mal, dass sie ihn lachen hörte.
Am Abend darauf ging sie hinaus, als Gunnar beim Melken war. Sie hatte eine alte Decke und ein Kissen gefunden und ganz unten aus Gunnars Wäscheschrank einen blumigen Bezug hervorgeholt. Er wusste garantiert nicht einmal, dass es ihn gab. Er selbst benutzte nur die zwei, drei, die zuoberst im Schrank lagen, in einem ständigen Kreislauf zwischen Bett und Wäschekorb. Sie steckte Decke und Kissen in eine große Papiertüte und lief zum Wald. Der Fichtenzweig und die Steine lagen noch da, und sie fand die alte Frau leicht wieder. Sie sah zusammengesunkener aus als am Tag zuvor. Schnell schob Natascha das Kissen unter den Kopf der Frau und breitete die Decke über ihr aus.
»So, Mütterchen, jetzt brauchst du nicht mehr zu frieren«, flüsterte sie.
Sie faltete die große Tüte wieder zusammen und nahm sie unter den Arm. Sie schaffte es gerade bis in die Küche, bevor Gunnar kam.
Was ist in mich gefahren?, überlegte sie später. Warum

bette ich einen toten Menschen, eine Frau, von der ich gesehen habe, wie sie umgebracht wurde? Noch dazu von einem Mann, den ich kenne? Warum gehe ich nicht zur Polizei?
Weil ich dann selbst Schwierigkeiten bekomme. Ich bin eine, die nicht existiert. Die Polizei verhält sich bestimmt so, wie die Polizei es zu Hause machen würde, sie lacht mich nur aus. Sie glauben schließlich zu wissen, was für eine ich bin, oder meinen zumindest, es erraten zu können. Und wenn Sergej erfährt, dass ich ihn verraten habe, tötet er mich.
Ich kann nicht von Gunnars Hof aus telefonieren, denn dann verdächtigen sie sicher ihn. Und ich kann nicht von zu Hause aus anrufen, denn dann wird ihnen klar, wie alles zusammenhängt. Und außerdem habe ich die Pilze gestohlen. Aber da sie verspeist sind, wissen nur Gunnar und ich, dass es sie gegeben hat.
Als sie in Vladimirs Auto saß, um für dieses Mal nach Hause gebracht zu werden, fiel Natascha ein, dass sie völlig vergessen hatte, die blutverschmierte Bluse zu waschen, wie sie es vorgehabt hatte. Es lief ihr kalt den Rücken hinunter. Sie hätte sie eigentlich verbrennen sollen. Wie unglaublich ungeschickt. Natascha schwor sich selbst, dass sie sich zuallererst um die Bluse kümmern würde, wenn sie das nächste Mal kam. Gunnar würde bestimmt nicht in ihrem Schrank nachsehen.

»Genau so war es«, sagt Natascha und blickt schüchtern zu Hedvig und Rafael auf.
Sie sind ganz still. Natascha hat in ihrem eigenen Rhythmus erzählt. Rafaels Übersetzung kam zunehmend ins Stocken.

»Wie haben das Kissen und die Decke ausgesehen?«, fragt Hedvig nach einer Weile.
Natascha denkt nach.
»Ich glaube, es waren große Blumen darauf. Alt und zerschlissen. Ich dachte, dass es nicht so schlimm wäre, sie zu nehmen, dass Gunnar nichts merken würde.«
»Sie sind sich ganz sicher, dass es Sergej war, der Viola getötet hat?«
»Ja. Nur er war da. Er und ich und Viola. Ich bin ihm nur einmal begegnet, als ich das erste Mal hierher kam, aber wie Serjoscha aussieht, vergisst man nicht.«
Sie sieht Hedvig an und lacht müde.
»Ich sehe Ihnen an, was Sie denken. Was sagt Ihnen, dass er sie getötet hat und nicht ich? Glauben Sie meinen Worten und fragen Sie Sergej, dann werden Sie sehen.«
»Was machen Sie eigentlich hier bei Gunnar?«, fragt Hedvig plötzlich mit leiser Stimme.
Nataschas Gesicht verdunkelt sich, bevor sie Rafael auf Russisch die Antwort gibt:
»Was ich mache? Was glauben Sie, was ich mache? Hinter ihm herräumen, das mache ich. Ich spüle, wasche und koche. Das mache ich. Aber wir tun nicht, was Sie denken. Das ist sehr privat, aber ich habe zwei Kinder geboren und bin nicht mehr so schüchtern. Ich habe nie mit Gunnar geschlafen. Er bekommt ihn nicht hoch. Aber er möchte wohl gerne, dass die Leute glauben, wir seien in jeder Hinsicht zusammen, dass er ein richtiger Mann ist. Besonders sein Freund Kurt soll das glauben. Das ist ihm sehr wichtig.«
»Wer organisiert Ihre Reisen hierher?«
»Denken Sie daran: Ich werde das hier nur einmal erzählen.«

»Ich habe ein gutes Gedächtnis«, sagt Hedvig und lächelt die Frau auf der Bank neben sich an.
»Sergej«, flüstert Natascha. »Hier, bei Ihnen, ist es Sergej. Ich wurde von Verwandten von ihm abgeholt, verschiedenen Männern. Aber meistens ist es Vladimir, Vova, der sich um den Transport kümmert. Ich bezahle Vladimir und Sergej. Sie sind Halbbrüder. Serjoscha zahlt seinerseits einem anderen Geld. Fragen Sie ihn selbst. Ich habe mitbekommen, dass solche wie ich, alte, ausgediente, abgearbeitete Mütter, hier nicht mehr sehr hoch im Kurs stehen. Er fährt sein Unternehmen zweigleisig, könnte man sagen. So habe ich es jedenfalls verstanden. Wir Älteren, die für eine längerfristige Hauslieferung vorgesehen sind. Und in jüngster Zeit hat er mehr auf junge Mädchen gesetzt, richtig junge Schulmädchen. Ich habe Sergej nur ein einziges Mal getroffen, aber da behauptete er, einen neuen Markt entdeckt zu haben, der einträchtiger sei, und dass er bald mit solchen wie mir aufhören und nur noch mit jungen Mädchen arbeiten würde. Das mache sich besser bezahlt. Ich finde, Sie sollten selbst mit Sergej sprechen. Das Gewissen dieses Mannes ist schwärzer als eine Mittwinternacht.«
»Bitte, möchten Sie uns nicht doch begleiten, es wäre ungeheuer wertvoll, wenn wir wenigstens eine ordentliche Vernehmung durchführen könnten«, sagt Hedvig flehend.
Die Frau steht sofort auf und klopft den Schnee ab, der sich auf ihren zerschlissenen Mantel gelegt hat.
»Ich gehe jetzt. Wenn jemand fragt, sind wir uns nie begegnet.«
»Wie kommen Sie jetzt von hier fort?«
Hedvig und Rafael sehen sich an.

»Wir können sie doch nicht zurück zu Gunnar fahren«, flüstert Rafael auf Schwedisch.
Natascha zuckt resigniert mit den Schultern.
»Ich werde wohl wie gewöhnlich zu Gunnar gehen und aufräumen. Ich kann zu Fuß gehen«, sagt sie und sieht Rafael an, dem klar wird, dass sie offenbar verstanden hat, was er zuletzt gesagt hat.
»Dann fahre ich wieder nach Hause. Hoffentlich brauche ich dann nie mehr wiederzukommen. Wenn Sie Sergej verhaften, zieht das Unternehmen eben an einen anderen Ort. Die Nachfrage scheint unersättlich. In Russland gibt es ein Rekrutierungsnetzwerk. Ein großes, weit verzweigtes Netz. Vielleicht kann ich all dem entkommen. Einfach verschwinden. Bestenfalls bin ich so uninteressant, dass sie sich nicht um mich kümmern. Es gibt keine weitere Nachfrage nach solchen wie mir. Aber das setzt voraus, dass Sie nicht nach mir suchen. Das wäre mit großer Gefahr für mich verbunden. Denn irgendeine Garantie für meine Sicherheit können Sie wohl kaum geben?«
Hedvig schüttelt langsam den Kopf und denkt einen Moment nach, bevor sie sagt: »Können Sie Auto fahren?«
Natascha sieht sie fragend an.
»Wenn jemand Sie fragt, habe ich nie getan, was ich jetzt tun werde. Kommen Sie!«
Sie greift schnell nach der Thermoskanne und der Isomatte und packt beides in ihren Rucksack.
»Was hast du vor?«, fragt Rafael und bläst zugleich warme Luft in seine Handschuhe.
»Das erkläre ich dir später«, sagt Hedvig und eilt zum Wagen.
Fieberhaft wühlt sie im Kofferraum und findet schließlich

den gesuchten Meißel. Hedvig drückt ihn Natascha in die Hand, zusammen mit dem Autoschlüssel.

»Wenn Sie über die Grenze kommen, fahren Sie beiseite und schrauben die Nummernschilder ab. Entsorgen Sie sie. Wir lassen Sergej wissen, dass Sie tot sind, dass Sie ertrunken im Fluss gefunden wurden oder so etwas. Verändern Sie Ihr Aussehen, färben Sie sich die Haare, ziehen Sie um, wenn Sie können. Vermeiden Sie Ihre alten Kontakte. Fahren Sie auf direktem Weg nach Hause, dann gewinnen Sie Zeit. Niemand erwartet Sie jetzt. Verstehen Sie?«

»Aber, Moment mal, was …«, protestiert Rafael, der rechtmäßige Eigentümer des Wagens.

»Still!«

»Soll ich das Auto nehmen?«, fragt Natascha zögernd. Machen sie sich über sie lustig?

»Sie bekommen es von uns, damit Sie nach Hause fahren können. Es ist Rafaels Privatfahrzeug, wie Sie sehen, ist es ganz verrostet und nichts Besonderes. Er kann es entbehren, das verspreche ich Ihnen«, sagt Hedvig und hört nicht auf die immer lauter werdenden Proteste ihres Kollegen. »Unser Chef hat damit nichts zu tun. Sie haben uns wertvolle Informationen geliefert. Ich handle jetzt ganz aus dem Gefühl heraus, und Rafael wird wahrscheinlich toben und mich beschimpfen, wenn Sie gefahren sind. Aber das braucht Sie nicht zu bekümmern.«

Hedvig klopft Rafael bei jedem Wort leicht auf den Arm, um ihn zu beruhigen und ihn dazu zu bringen, trotz dessen, was sie sagt, weiterhin zu übersetzen.

»Was zum Teufel machst du? Verschenkst du meinen Wagen? Was meinst du, wie wir hier wegkommen sollen? Und nach Hause?«, faucht Rafael.

»Sei kein Dummkopf! Wir müssen ihr von hier forthelfen! Sonst haben wir bald noch eine Leiche!«

Nataschas Augen verdunkeln sich.

»Du kannst doch wohl nicht einfach den Wagen weggeben?«

»Ich kaufe dir einen neuen. Hör jetzt auf!«

Rafael seufzt. Erst einmal, dann noch einmal. Dann sieht er Natascha an und lächelt matt.

»Verzeihen Sie, es war nicht meine Absicht, mich so ... zu erregen«, sagt er.

Natascha reicht ihm mit fragendem Blick den Autoschlüssel. Er wehrt ihre Hand ab und schüttelt den Kopf.

Natascha betrachtet die kleine, frierende Frau und neben ihr den großen, dunklen, eleganten Mann, dessen Proteste zum Schluss verstummt sind.

»Stellen Sie das jetzt nicht in Frage, sonst überlege ich es mir vielleicht noch anders. Ich habe beschlossen, darauf zu vertrauen, dass Sie die Wahrheit sagen, und das ist möglicherweise dumm, aber es ist ein Risiko, mit dem ich leben kann. Es wäre schwerer zu wissen, dass Ihre Kinder für immer mutterlos sind. Sie haben nichts gesagt. Ich habe nichts gehört. Den Chefs werde ich erzählen, dass das Auto gestohlen wurde. Fahren Sie jetzt«, sagt Hedvig.

Rafael übersetzt mürrisch.

»Meine Schwester ... Sie und ihre Familie wohnen auf einem Bauernhof ... Vielleicht könnte ich mit den Kindern dorthin fahren.«

»Gut, tun Sie das. Seien Sie vorsichtig.«

Natascha sieht das ungleiche Paar an. Es gibt tausend Gedanken, die man sich machen könnte, und genauso viele Worte zu sagen, aber sie sieht ein, dass die Frau recht hat.

Jetzt gilt es, die eigene Haut zu retten, zu handeln, ohne zu zögern. Sie hat getan, was sie konnte, und dieser Mensch, noch dazu eine Polizistin, öffnet eine kleine Masche im Netz und sagt »verschwinde«. Sie kann kaum glauben, dass es wahr ist. Sie nimmt erst Hedvigs kleine, dann Rafaels enorme Hand und spricht ein einfaches »Danke«.

Rafael küsst sie leicht auf beide Wangen, wie es sich gehört, und ihre Augen füllen sich mit Tränen. Was für ein bemerkenswerter Mann er ist.

Natascha lässt den Motor aufheulen. Es ist lange her, seit sie das letzte Mal gefahren ist. Mit einem vorsichtigen Winken und einem kratzenden Geräusch beim Einlegen des Gangs ist sie verschwunden.

»Wie zum Teufel denkst du sollen wir jetzt von hier wegkommen? Und wie kannst du die Ermittlungen derart sabotieren? Es ist ein dienstliches Vergehen, sie fahren zu lassen«, schreit Rafael und starrt Hedvig wütend an.

Sie antwortet schnell: »Du siehst doch selbst, wie gering ihre Chancen sind, wenn sie hier bleibt und aussagt und diese dämlichen Polizisten vielleicht irgendwelchen Personen Informationen über Natascha geben, die sie auf keinen Fall bekommen sollten. Sie wird sofort das nächste Opfer, ohne dass jemand mit der Wimper zuckt. Das ist es nicht wert. Es ist besser, ihr zur Flucht zu verhelfen.«

»Verdammt, du bist verrückt, Ek!«

»Viola wurde von Sergej umgebracht. Er betreibt vermutlich Zuhälterei und Menschenhandel, sowohl mit älteren Frauen als auch mit ganz jungen Mädchen. Aber Natascha würde nie zu einer Gerichtsverhandlung kommen, dem hätte sie nie zugestimmt, auch wenn sie jetzt hier geblieben wäre. Es ist nicht illegal, Sex gegen Geld anzubieten oder für Sex zu bezahlen. Also ist es nicht Natascha, hinter der wir her sind. Wenn wir es nur wagen, der Spur, die sie uns heute gegeben hat, zu trauen, wird Sergej sich selbst verraten.«

»Aber woher wissen wir, dass sie die Wahrheit sagt?«

»Was hat sie davon, in dieser Angelegenheit zu lügen, Rafael?«

»Ihre eigene Täterschaft zu verbergen.«

Hedvig schüttelt den Kopf.

»Benutze deinen Instinkt. Sie war es nicht. Sie hat aus Versehen etwas beobachtet, das ihr Angst gemacht hat. Ihre Erzählung ist so unwahrscheinlich, mit dem Kissen und der Decke, dass sie ihre Glaubwürdigkeit steigert. Wir können ja nachsehen, ob das Fahrrad noch immer im Wald in der Nähe von dem Haus am Moor liegt, wie Natascha gesagt hat. Wenn wir Glück haben, finden wir darauf Sergejs Fingerabdrücke.«

»Du musst einen neuen Wagen kaufen«, seufzt Rafael.

»Das werde ich! Hör jetzt auf zu meckern!«

»Aber …«

»Rafael, über die Moral reden wir später. Jetzt sind wir sehr in Eile!«

14

Hedvig ruft Carl auf dem Handy an, aber es ist besetzt. Sie ruft Erik und Stickan an, aber die haben ein Treffen mit der Lustigen Truppe, und niemand weiß, wo sie sind. Der Polizeidirektor und der Chef der Kripo sitzen in einer Besprechung, und als sie den Diebstahl des Wagens meldet, antwortet ein verschlafener Typ: »Aha, Ihnen wurde das Auto gestohlen, sagen Sie, ja, ich habe im Moment niemanden da, den ich vorbeischicken könnte, wir hatten einen Raubüberfall auf einen Geldtransporter, und deswegen sind alle unterwegs.«

»In welche Richtung sind die Täter gefahren?«

»Nach Süden, glaube ich. Sie sind wohl nur zu einer Raubtour hier heraufgekommen, wie immer.«

Hedvig lacht, als sie das Gespräch beendet. Die gesammelten Einsatzkräfte des Landes blicken nach Süden, was bedeutet, dass eine russische Frau mittleren Alters in einem rostigen Privatfahrzeug mit schwedischem Nummernschild über die Grenze schlüpfen kann, ohne allzu große Aufmerksamkeit zu wecken. Dann ruft Hedvig die Taxizentrale an und hat Glück, ein Wagen setzt gerade eine frisch verwitwete Dame ohne Führerschein am Friedhof ab.

»Wir möchten zu Sergej Björkmans Haus am Moor«, sagt Hedvig, als sie sich auf die Rückbank gesetzt hat. Rafael zwängt sich auf den Beifahrersitz neben den Taxifahrer,

der laut Ausweis an der Windschutzscheibe Mustafa Mughrabi heißt.
»Natürlich. Was für ein ungemütliches Wetter wir bekommen haben, nur Schnee und wieder Schnee. Das ist verrückt, wir haben noch nicht einmal Weihnachten«, sagt Mustafa zu Rafael und überschreitet deutlich die Geschwindigkeitsbegrenzung.
Als er keine Antwort erhält, redet er weiter: »Müssen Sie aus geschäftlichen Gründen hin? Wenn Sie wüssten, wie viele hohe Tiere ich schon dorthin gefahren habe, Leute von der Kommune, der Kirche, dem Bergwerk, dem Elektrizitätswerk. Von allen möglichen Stellen. Nicht so viele Frauen, fast keine, zumindest keine Kundinnen, wenn man so sagen darf. Alle wollen zu Sergej, wenn die Geschäfte abgeschlossen und die Verträge unterschrieben sind. Was machen Sie beruflich?«
»Ich bin Polizist«, sagt Rafael.
Mustafa schluckt so laut, dass es sogar Hedvig auf dem Rücksitz hört. Außerdem nimmt er hastig den Fuß vom Gaspedal.
»Ich selbst würde nie zu einem Mann wie Sergej gehen. Er ist ein böser Mensch. Was er betreibt, ist eine große Sünde«, sagt Mustafa ernst.
Rafael nickt, holt sein Handy hervor und ruft die Telefonzentrale an. Er hat keine Zeit für solches Geschwätz. Auf Sonja kann man immer zählen, sie antwortet nach dem zweiten Klingeln.
»Hier ist Rafael. Hedvig und ich haben versucht, Carl Dahlström anzurufen, aber wir erreichen weder ihn noch sonst irgendjemanden. Ich möchte, dass er sich umgehend bei mir meldet, könnten Sie ihn suchen? Hedvig und ich sind bei Sergejs Haus am Moor, bitten Sie ihn, dorthin zu

kommen und Verstärkung mitzubringen. Sagen Sie ihm, dass wir neue, sehr interessante Informationen haben. Es ist dringend. Danke.«

»Ich kümmere mich darum. Passen Sie auf sich auf«, sagt Sonja.

»Ist etwas passiert?«, fragt Mustafa.

Er bremst ein Stück vom Haus entfernt ab. Der Weg ist fast völlig zugeschneit.

»Nur ein kleiner Mord«, sagt Rafael und steigt aus dem Wagen.

Dann streckt er den Kopf durch die geöffnete Autotür und fügt hinzu: »Wir lassen von uns hören wegen genauerer Informationen über die große Anzahl Kunden, die Sie hierher gefahren haben. Ich möchte gerne mehr darüber wissen.«

Mustafa sieht verängstigt aus, nickt aber hastig. Sobald er sein Geld bekommen hat, wendet er den Wagen und fährt eilig davon, umgeben von einer Schneewolke.

»Das hier wird verdammt schwer zu erklären sein«, ruft Rafael Hedvigs Rücken zu. »Zuerst wird uns auf unerklärliche Weise am Friedhof von einer diebischen Trauernden der Wagen gestohlen. Dann kommen wir mit einer Menge schwerwiegender Verdächtigungen gegen Sergej an, für die wir keine Beweise haben. Und dann fahren wir mit dem Taxi zum Tatverdächtigen, ohne vom Staatsanwalt grünes Licht bekommen zu haben. Willst du dich total blamieren? Sollen wir beide unseren Job verlieren?«

Sie dreht sich im Schnee um, und er sieht in ihr ernstes Gesicht.

»Ich vertraue Natascha. Wir haben keine Zeit, hier herumzustehen und auf ein positives Signal zu warten, von dem wir wissen, dass wir es bekommen. Wir können es

uns nicht leisten, noch mehr Zeit zu verlieren. Carl kann seine Erlaubnis im Nachhinein geben.«
Plötzlich zieht sie sein Gesicht zu sich herunter. Er muss sich fast zusammenklappen, um so stehen zu können.
»In dem Haus befinden sich Kinder, Rafael. Minderjährige. Je länger wir warten, desto schlimmer wird es. Wir müssen sie herausholen und Sergej fassen. Begreifst du das?«
»Wir wissen ja nicht einmal, ob er hier ist«, antwortet Rafael.
In dem Moment hören sie aus der Ferne Motorengeräusch. Sie machen schnell einen Schritt in den Wald hinein, in geduckter Haltung. Von ihrem Versteck aus sehen sie, wie der dunkle Transporter an ihnen vorbeifährt. Auf dem Beifahrersitz erkennen sie Sergej.
»Hallo, das ist der Anrufbeantworter von Carl Dahlström. Hinterlassen Sie Ihren Namen und Ihre Telefonnummer, dann rufe ich so bald wie möglich zurück«, sagt Carls Stimme auf der Mailbox seines Handys.
»Hier sind Hedvig Ek und Rafael Flores Alba. Wir stehen im Wald, beim Moor, vor dem Haus von Sergej. Sergej ist gerade in einem Transporter hier eingetroffen. Wir haben neue Informationen darüber erhalten, dass Sergej Violas Mörder ist und dass sich in dem Haus Kinder befinden sollen. Bringen Sie so viele Leute wie möglich mit. Ich weiß, dass es einen Überfall gegeben hat, aber kommen Sie, so schnell es geht.«
Sie legt auf und seufzt, während sie Rafael anschaut, der hinter einem großen Stein kauert.
Dann springt sie auf.
»Jetzt gehen wir hin und sprechen mit ihm.«
»Wir müssen zuerst mit Carl reden!«

»Wir haben ihn doch gesucht! Wenn er die Mailbox einschaltet, ist er selbst schuld. Sei nicht so feige!«, faucht sie.
Hedvig schlägt sich die Hände vor den Mund und lauscht in die Stille hinein. Der Himmel hat sich verdunkelt, es sieht aus, als würde es noch mehr Schnee geben.
»Was haben wir zu verlieren? Wenn Erik und Stickan das Sagen hätten, müssten wir die ganze Angelegenheit so schnell wie möglich zu den Akten legen. Wir brauchen mehr Beweise, komm schon! Feigling!«
Das letzte Wort trifft Rafael an der richtigen Stelle, und er geht so schnell los, dass sie ihm kaum folgen kann. So nahe am Haus sind sie noch nie gewesen. Die Fenster blicken leer, kein Mensch ist zu sehen.
Das Rauschen des Windes in den Baumkronen ist das Einzige, was zu hören ist. Aber Moment ... Da ist noch ein anderes Geräusch ... Was ist das? Ein klagender, lang gezogener Laut. Sie sehen einander an. Ein Tier? Wie klingt ein Rentier? Ein Elch? Das Gittertor vor ihnen ist abgeschlossen. Vom Tor aus sind es etwa zwanzig Meter bis zu dem neu erbauten, rot gestrichenen Holzhaus. Neben dem Tor befindet sich ein roter Knopf, den Hedvig drückt. Nach zehn Sekunden Stille drückt sie noch einmal. Wieder hört man diesen Laut, wie ein gedehntes Brüllen. Kommt es aus dem Haus?
Es raschelt, und eine undeutliche Männerstimme ertönt: »Ja?«
»Wir sind von der Polizei. Wir suchen Sergej«, sagt Hedvig und fühlt, wie ihr Puls zu rasen beginnt, obwohl sie das überhaupt nicht möchte.
In der Gegensprechanlage knistert es.
»Zum Teufel, wer?«

Wieder dieses Geräusch. Ist es ein Mensch? Oder ein Tier?
»Öffnen Sie die Tür, dann können wir reden. Wir müssen mit Sergej sprechen«, sagt Rafael heiser.
»Welchem verdammten Sergej?«
»Sergej Björkman! Wir wissen, dass er da ist, wir haben ihn im Wagen gesehen. Öffnen Sie jetzt.«
Stille. Dann summt es im Tor. Als es hinter ihnen wieder ins Schloss fällt, spürt Hedvig eine eisige Kälte im Magen.
Sie beschließt, genau so ruhig und fest zu sein, wie sie sich momentan absolut nicht fühlt. Rafael ist dabei. Atme. Das ist doch das, was du wolltest.
Rafael und Hedvig richten beide ihren Blick auf die nagelneue Eingangstür vor ihnen, oberhalb der Treppe. Es scheint eine Art Sicherheitstür zu sein. Rafael klopft an, und die Tür wird aufgerissen. Darin steht ein Mann in einem orangefarbenen Helly-Hansen-Pullover und mit zerzaustem Haar.
»Worum geht es?«
Hedvig glaubt zu erkennen, dass der Mann sich vorbeugt und auf einen Knopf neben der Tür drückt. Sekunden später hört sie Hundegebell, und aus dem Augenwinkel sieht sie zwei Kampfhunde herbeistürzen. Entgegen dem, was der Mann vermutlich erwartet hat, reagiert Rafael, indem er durch die Tür springt, direkt auf den Mann zu. Er zieht Hedvig mit sich und wirft die Haustür hinter ihnen ins Schloss. Sie bringen Schnee hinein und fallen auf dem aufgewärmten Steinboden beinahe hin.
»Oh, Verzeihung, aber die Wachhunde haben sich wohl losgerissen? Ich habe so furchtbare Angst vor Hunden, verstehen Sie«, sagt Rafael und ignoriert völlig, dass der

Mann in Orange aussieht, als habe er sich soeben den Fuß gebrochen, was er schlimmstenfalls tatsächlich hat.
Da ertönt wieder dieser Laut, es klingt, als käme er aus dem Keller. Hedvig dreht sich um und lauscht.
Im selben Moment kommt ein Mann die steile Treppe, die zum Keller führt, heraufgeschlendert. Sergej, um den es sich dabei handelt, zeigt ein breites Lächeln. Obwohl der Winter begonnen hat, trägt er im Haus eine dunkle Sonnenbrille.
»Meine Freunde! Welche Ehre! Was kann ich für Sie tun? Haben Sie sich im Wald verirrt? Fährt keine U-Bahn mehr?«, sagt er.
»Haben Sie Schläge kassiert, Sergej? Haben Sie Ihre Auftraggeber nicht ordnungsgemäß bezahlt? Waren Sie aufsässig?« Hedvig hört sich selbst sprechen, weiß aber nicht, woher die Worte kommen.
»Halt dein Maul, du verdammte Polizeihure«, schreit Sergej, mit einer Stimme, die sie noch nie gehört hat.
Der Helly-Hansen-Typ humpelt zu Sergej hinüber. Das Brüllen im Keller wird immer lauter.
Was weiß sie davon, wie es ist, Prügel zu beziehen? Diese mickrige Person, die in ihrem ganzen Leben wohl noch nie ordentlich gebumst worden ist. Sie würde sich mit Pferdeschwanz, kurzem Rock und Kniestrümpfen womöglich gut machen. Oder in Uniform. Lieber würde er sterben, als von den vier Männern erzählen, die vorgestern Abend zu ihm kamen, herumschrien und tobten, weil er in Euro statt in Dollar gezahlt hatte. Sie brüllten, das sei zu wenig. Er schrie, das sei alles, was er habe. Dass sie dankbar sein sollten. Dass, wenn die besten Mädchen dreißig Prozent behalten dürften, er, Sergej, ja wohl den Rest behalten könne. Oder beinahe.

Sie hatten die ganze Zeit über Motorradhelme auf, so dass er ihre Gesichter nicht erkennen konnte. Sie zerschlugen den Glastisch und den Kristallleuchter. Der Größte ging mit einer Axt auf seinen Mercedes los, der in der Garage stand. Sergej schaute zu und weinte. Dann bekam er in der Garage Prügel, aber zum Glück nur mit den Fäusten, nicht mit der Axt. Also bin ich für sie immer noch von Nutzen, dachte er dabei.

»Das nächste Mal bezahlst du das Doppelte. Sonst gibt es Ärger, mein Freund«, sagte einer der Motorradhelme.

Er sprach Russisch.

»Wir wollen dir nichts Böses, aber du weißt, dass wir das tun müssen. Das ist Teil unserer Vereinbarung. Du bist nur ein kleiner Haufen Dreck, Sergej«, flüsterte der Brutalste von ihnen. Er strich mit dem scharfen Ende der Axt leicht über Sergejs Stoppelkopf, wie um ein Zeichen zu setzen.

Dann fuhren sie zurück, tausend Kilometer Richtung Norden, dorthin, woher sie gekommen waren. Später, als er seinen Halbbruder Vova und einen Cousin anrief, erfuhr er, dass sie auch Besuch bekommen hatten. Jetzt galt es also, alles auf den Markt zu bringen, was sie hatten. Daher das Gebrüll im Keller. Diese Fotze sollte jetzt raus und ihre Schulden abbezahlen, ein für alle Mal. Eingesperrt in der Sauna war sie einen Dreck wert.

Und dann noch die Bullen. Sergej schiebt seine Sonnenbrille hoch und lässt sich in all seiner blaulila Pracht bewundern. Noch immer steht er auf der Treppe, auf halbem Weg nach oben. Er muss zum Angriff übergehen.

»Darf ich den Hausdurchsuchungsbefehl sehen?«, bittet er.

»Hausdurchsuchung? Immer mit der Ruhe, wir wollen

nur ein bisschen reden«, sagt der Riesenbulle, auch noch ein Kanake.
»Dann rede, Romeo, ich dachte, das hätten wir bereits das letzte Mal getan. Ich habe zu arbeiten«, sagt Sergej.
»Züchten Sie auch Kampfhunde? Ich wusste nicht, dass die sich zur Elchjagd eignen«, sagt die kleine Schlampe, ohne dass jemand sie danach gefragt hätte.
Aus dem Keller ist wieder das Geschrei zu hören.
»Haben Sie im Keller noch mehr Hunde, Sergej?«, fragt Rafael.
»Passen. Sie. Verdammt. Auf«, sagt Sergej und setzt die Sonnenbrille wieder auf.
»Zehn Jahre.«
Wieder sie, dieses Kindergesicht. Sie ist wie eine Zecke. Frisst einen Stück für Stück auf.
»Zehn Jahre, Sergej. Zehn Jahre sind die Höchststrafe für Menschenhandel, Sergej. Oder möchten Sie vielleicht lieber Serjoscha genannt werden? Ist es das wert?«
Sergej hält die Luft an, schweigt aber. Dann macht er einen neuen Anlauf: »Ich weiß nicht, wovon Sie reden.«
Hedvig ist schnell, sie stürzt auf die Kellertreppe zu, Sergej stößt einen Ruf aus, aber es gelingt ihm nicht, sie zu stoppen, bevor sie das untere Ende der Treppe erreicht hat. Rafael greift nach einem Stuhl und wirft ihn Sergej vor die Füße, der verdutzt auf den unteren Stufen steht. Aus dem Keller hört man Geschrei und Lärm.
Der Helly-Hansen-Typ hat plötzlich einen Revolver in der Hand, und Rafael greift nach seinem Halfter. Sie blicken einander in die Augen, und Rafael sieht den anderen eiskalt lächeln, bevor seine Hände ausführen, was sein Kopf befiehlt: Schieß!
Der Schuss trifft den Mann an der Hüfte, er bricht schrei-

end zusammen. Rafaels Autopilot setzt ein. Das Blut pocht in seinen Ohren, er nimmt schnell den Revolver des Mannes an sich und versucht zu ertasten, ob der Kerl noch andere Waffen bei sich hat. Er blutet, aber Rafael lässt ihn liegen.

Befinden sich weitere bewaffnete Leute im Haus? Wie viele sind es? Geraten sie in einen Hinterhalt, wenn er auch in den Keller hinuntergeht? Er hört, dass es dort unten eine Schlägerei gibt, und hört Hedvig rufen. Er geht das Risiko ein.

Vorsichtig schleicht er sich zur Treppe. Rafael fixiert den Mann, der sich am Boden liegend die Hüfte hält und wimmert. Er wird ihm nicht folgen können. Rafael duckt sich und schaut vorsichtig in den dunklen Keller hinunter. Weder Sergej noch sein Helfershelfer dort unten scheinen bewaffnet zu sein, vielleicht dachten sie, dass die Gefahr vorüber sei, als die Observierung des Hauses aufhörte. Rafael sieht, wie Sergej mit einem Schlüssel an einer saunaähnlichen Tür aus unbehandeltem Kiefernholz herumhantiert, während Hedvig mit einem weiteren Mann ringt. Rafael geht in Deckung, hebt seine Waffe und brüllt, um den Tumult zu übertönen: »Geben Sie auf! Sonst schieße ich!«

Keine Reaktion. Oder niemand hat etwas gehört.

Rafael fühlt, wie Panik sich wie ein dünnes Band um seinen Hals legt, ein Draht, der sich langsam zuzieht. Wir schaffen das nicht allein. Was für Idioten wir waren, hier reinzugehen.

Sergej hebt eine strampelnde Hedvig in die Sauna und wirft die Tür zu, ehe er sie schnell verriegelt.

Sie fällt zu Boden. Von draußen hört man dumpfes Poltern, die Tür ist verschlossen, es pocht in ihrem Kopf. Sie

hört Rafaels Schreie, gefolgt von schnellen Schritten auf der Treppe. Alles wird still.
Es knistert im Wärmeaggregat, sie fühlt die Hitze wie eine Wand. Die Beleuchtung funktioniert nicht, nur neben der Tür leuchtet eine kleine Lampe. Dann hört sie ein stilles, trockenes Schluchzen aus der obersten Ecke der großen Sauna. Es klingt wie ein Mädchen.
Die Nackenhaare richten sich ihr auf.
»Hab keine Angst«, sagt Hedvig und weiß nicht, ob sie zu sich selbst oder dem Mädchen spricht.
Sie fummelt in ihrer Jackentasche und findet ihr Handy. Flucht, als sie auf das Display schaut: kein Empfang. Wieder richtet sie ihre Aufmerksamkeit und ihren ganzen Willen in die Ecke hinauf.
»Ich heiße Hedvig«, flüstert sie. »Alles wird sich regeln.«

Sergej versucht, die Treppe hinauf zu entkommen, aber Rafael verfolgt ihn.
Eine unglaubliche Wut bricht im Hirn des Polizisten auf, eine Kraft, die ihn vorwärts treibt. Sergej reißt an der Haustür, verschwindet nach draußen, die Treppe hinunter, wo er einen Hund beiseite kickt. Der Kerl aus dem Keller will Rafael packen, aber er bekommt einen ordentlichen Schlag und lässt von ihm ab.
Ihn jetzt nur nicht verlieren. Hinterher. Pack dir Sergej.
Der fliehende Mann versucht, das Tor zu schließen, damit Rafael mit den Wachhunden auf dem Grundstück eingesperrt wird. Aber Rafaels Muskelkraft ist größer. Er gelangt durch das Tor und schlägt es hinter sich zu. Sergej lässt los und rennt ins Moor hinaus. Rafael hinterher.
Der Schnee gestaltet den Untergrund schwierig, sie stolpern, rutschen und straucheln zwischen Grashöckern und

Erdlöchern, die unter dem Schnee nicht zu erkennen sind. Manchmal brechen sie ein, sind nahe daran zu stürzen.
»Bleiben Sie stehen!«, brüllt Rafael, aber Sergej rennt weiter wie ein Hase.
Sergej rennt in einem Bogen in den Wald hinein, und Rafael schneidet ihm den Weg ab. In einer Wolke aus Eiskristallen stürzen sie zu Boden, ihre Leiber wälzen sich übereinander, Sergej schlägt wild um sich, und Rafael versucht, ihn festzuhalten.
»Beruhigen Sie sich«, schreit Rafael.
Sergej bekommt einen großen Stein zu fassen und versetzt ihm damit einen Schlag auf den Kopf.
Da scheint es, als habe Rafael endgültig genug. Der große Mann schüttelt sich und steht auf. Dann wirft er sich Sergej wie einen Sack über die Schulter. Sergej strampelt und flucht.
Während das Blut ihm von dem Schlag mit dem Stein in die Augen rinnt, wankt Rafael zurück zum Haus. Er sieht die Streifenwagen eintreffen und empfindet eine unglaubliche Erleichterung. Jetzt ist es vorbei. Als er festen Boden unter die Füße bekommt, überlässt er Sergej den Kollegen. Dann bricht er zusammen.

Nach langem Warten hören Hedvig und das Mädchen starken Radau von oben. Dumpfe Rufe und das Scheppern zu Boden fallender Gegenstände, Männer, die schreien. Ist Carl jetzt da? Hedvig wendet sich von dem bebenden Mädchenkörper ab, der in der obersten Ecke kauert. Dort ist es auch am wärmsten, aber das Mädchen weigert sich, nach unten zu Hedvig zu kommen.
Hedvig hämmert mit bloßen Fäusten gegen die heiße, gut isolierte Holztür.

Sie klopft und ruft: »Hier sind wir! Hier unten! In der Sauna! Halloooo!«
Das Poltern lässt nach, sie hört eilige Schritte, bellende Hunde. Jemand nähert sich, und sie schreit noch einmal, um auf sich aufmerksam zu machen, bevor sie hier drinnen eingehen. Von draußen hört sie Stickans träge Stimme. Selten hat sie sich mehr über etwas gefreut.
»Hier drinnen sind wir!«
»Ja, und was habt ihr verdammt noch einmal da drin zu suchen?«, antwortet Stickan. »Ich hole ein Messer oder eine Axt oder so etwas, und dann komme ich wieder.«
»Hier drinnen ist auch ein Mädchen. Rufen Sie einen Krankenwagen! Und schalten Sie die Wärme ab!«, ruft Hedvig.
Sie erhält keine Antwort.
Sie klettert wieder hinauf zum Mädchen. Ihre Augen beginnen, sich an die Dunkelheit zu gewöhnen. Hedvig zuckt zusammen, als sie das geschwollene, zerschlagene Gesicht vor sich sieht. Aufgeplatzte Lippen, geronnenes Blut, blutige Strähnen in dem langen, blonden Haar. Die Augen sind blank vor schierer Angst. Hedvig tätschelt ihr unbeholfen die Beine, die das Mädchen krampfartig angezogen hat. Ihr fällt nichts besseres ein als zu singen.
Schweißgebadet sitzt Hedvig Ek mit einer schwer misshandelten Jugendlichen eingesperrt in einer Sauna und singt »Leuchte, leuchte kleiner Stern«, wieder und wieder. Das Mädchen wiegt sich leicht hin und her und starrt sie abwesend an.
Endlich hört man einen rasselnden, knackenden Laut, als der Kolben des Hängeschlosses auf der Außenseite der Tür zersägt wird. Licht fällt herein und schmerzt ihnen in den Augen. Hedvig wendet das Gesicht der kühlen Luft

zu, die hereinströmt. Das Atmen fällt ihr wieder leichter. Das Mädchen klammert sich an Hedvig, panisch.
Sie schreit immer wieder: »Njet! Njet! Njet!«
Vor der Sauna stehen eine Menge Leute. Stickan sieht besorgter aus, als Hedvig gedacht hätte. Erik hilft zwei Sanitätern, eine Bahre die Kellertreppe hinunterzutragen. Das Mädchen weigert sich, sich hinzulegen, bleibt stattdessen die ganze Zeit über zusammengekauert sitzen und hält krampfartig und immer fester Hedvigs Hand.
»Ich begleite sie«, sagt sie zu Carl, der sie beide schweigend anschaut.
»Es tut mir leid. Rafael hat alle Informationen. Nehmen Sie Sergej fest und überprüfen Sie seine DNA. Vielleicht passt sie zu den Spuren aus Violas Wohnung, von denen Rolf gesprochen hat. Wir haben mit einer Zeugin geredet, die gesehen hat, wie Sergej Viola mit ihrer eigenen Thermoskanne erschlagen hat.«
»Und wo ist diese Zeugin?«
Hedvig seufzt und zuckt mit den Schultern.
»Haben Sie geschossen?«, fragt Carl, zurückhaltend.
Hedvig schüttelt den Kopf.
»Dann müssen wir Rafael fragen. Er ist draußen ohnmächtig geworden.«
»Hat er Sergej erwischt?«
Carl nickt verbissen.
Draußen versuchen zwei Hundeführer, sich um die beiden Kampfhunde zu kümmern, die sehr aggressiv sind. Die Tiere sollen jeweils in einen Transportkäfig, haben aber selbst eine ganz andere Auffassung von der Sache und geben dies lauthals zum Ausdruck.
In einem Krankenwagen wird der Mann mit der Schusswunde versorgt, ein anderer nimmt das Mädchen und

Hedvig mit. Als Rafael wieder zu sich kommt, besteht er darauf, selbst gehen zu können, aber Stickan und Erik bringen ihn dennoch ins Krankenhaus, damit er genäht werden kann. Da befindet sich Sergej bereits in sicherem Gewahrsam auf dem Polizeirevier.

Rolf Blom betritt das Haus am Moor mit Bergen von Plastiktüten, die alles aufnehmen sollen, was sichergestellt wird. Sergejs Computer wird beschlagnahmt und zur technischen Untersuchung mitgenommen. Bevor den Technikern vollständiger Zugang zum Haus gewährt wird, wird es komplett durchsucht. Es werden keine weiteren jungen Frauen gefunden.

»Jetzt gehen wir, Leute«, ruft Mats, der widerwillig aufgetaucht ist und so schnell wie möglich wieder zurück zum Revier möchte.

»Wir haben das Haus noch nicht gründlich durchsucht.« Es ist Sofia, die spricht, mit ruhiger Stimme.

»Ach, Unsinn. Hier gibt es nichts mehr zu finden«, sagt Mats.

»Wir sind noch nicht fertig.«

Sofia geht an Mats vorbei ins Haus. Es ist still und leer, abgesehen von den Technikern. Sie bleibt einen Moment stehen, bevor sie weiter in den oberen Stock hinaufsteigt. Dort hält sie noch einmal an und lauscht. Dann geht sie mit entschlossenen Schritten auf eine Kleiderkammer zu, die sich an der kurzen Seite des Hauses befindet. Dort drinnen stapeln sich Kisten und Kartons. Soviel sie erkennen kann, enthalten sie verschiedene Perücken und Kostüme für die Spiele von Erwachsenen. Sie sieht sich um, lauscht noch einmal. Was war das?

Hinter einem langen Umhängemantel entdeckt sie eine weitere Tür, die zu einer weiter innen liegenden Kammer führt. Sofia glaubt, von dort ein Jammern zu hören, als sie nach der Türklinke greift. Es ist abgeschlossen.

»Hab keine Angst«, sagt sie leise, während sie in ihren Hosentaschen nach ihrem geliebten multifunktionalen Fischmesser sucht.

Sie klappt einen Dietrich heraus, und nach kurzem Herumhantieren springt das Schloss auf.

Vor ihr auf dem Boden sitzt in dem ansonsten leeren und fensterlosen Verschlag ein zusammengekauerter Junge. Er hält die Arme krampfartig um die Knie geschlungen und zittert am ganzen Körper. Die Wut schießt wie eine Feuersäule in ihr auf.

Von unten hört sie Mats rufen: »Kommst du irgendwann runter? Da ist nichts, sage ich!«

Sofia Blind zieht sich die Jacke aus und legt sie um den Jungen. Er ist vielleicht zehn, elf Jahre alt. Sie streicht ihm über den Kopf und wiederholt immer wieder: »Es ist gut jetzt, hab keine Angst.«

Er bewegt sich nicht vom Fleck.

Schließlich hebt sie ihn hoch und trägt ihn aus der doppelten Garderobe. Im Flur bleibt sie stehen und blickt aus einem Fenster auf den dunklen Himmel hinaus, an dem sich das Nahen der Dämmerung ankündigt. Dann steigt sie mit ihrer Last die Treppe hinunter. Der Junge ist beunruhigend leicht zu tragen.

»Jetzt gib auf, Sofia«, sagt Mats, verstummt aber, als sie die Treppe hinunterkommt und mit einem Bündel im Arm an ihm vorbeigeht.

Ein Kind? War das ein Kind? Ein Junge? Ist das möglich? Verdammt, Serjoscha!

Sofia Blind ist rasend vor Wut, als sie Carl aufsucht, nachdem sie den Jungen in die Hände des Ambulanzpersonals

übergeben und dieses sich auf den Weg ins Krankenhaus gemacht hat:
»Was für ein mieses Schwein! Sergej wollte tatsächlich sein Geschäft erweitern. Nicht nur mit jugendlichen Mädchen, sondern auch mit Kindern und kleinen Jungen.«
Sogar der ansonsten so sachliche und kühle Staatsanwalt wird angesichts dieser Erkenntnis blass.

Es herrscht ein großes Durcheinander. Um das abgeschiedene, für gewöhnlich so ruhige Haus herum ist der Schnee von den vielen Einsatzfahrzeugen voller Reifenspuren. Carl bleibt auf der Treppe stehen und wechselt ein paar Worte mit Rolf, bevor er sich zu einem der Wagen begibt, die auf dem Weg zurück zum Revier sind. Carl lässt sich auf die Rückbank fallen. Per Handy ruft er den Polizisten an, der für die Hausdurchsuchung verantwortlich ist, die in Sergejs Stadtwohnsitz durchgeführt wurde, kurz nachdem sie in das Gebäude am Moor eingedrungen waren. Auch dort wurde ein Computer beschlagnahmt sowie große Mengen Bürounterlagen.
Außerhalb der Umzäunung sieht er eine groß gewachsene Frau bis zu den Knien im Schnee stehen und das Haus mit einem langen Teleobjektiv fotografieren. Er vermutet, dass sie von einer der Lokalzeitungen kommt. Er führt ein kurzes Telefonat mit dem Polizisten, der für die Weitergabe von Informationen zuständig ist, und schaltet dann sein Handy aus. Er hasst es, wenn Journalisten wie wild anrufen und auf alle Fragen auf einmal eine Antwort haben wollen, noch bevor die Polizei irgendetwas weiß. Daraus entstehen nur falsche Spekulationen. Aber er weiß um den Sensationswert einer doppelten Hausdurchsuchung und der Tatsache, dass einige Leute ins Kranken-

haus beziehungsweise zum Verhör gebracht wurden. Schlimmstenfalls müssen sie wohl eine Pressekonferenz abhalten, damit er anschließend ungestört arbeiten kann.

Auf dem Polizeirevier herrscht eine seltsam konzentrierte Stille. Nur Sergej Björkman veranstaltet in seiner Zelle Radau und verlangt, sofort freigelassen zu werden. Da das Gefängnis wie immer überbelegt ist, muss er sich zunächst mit einer Ausnüchterungszelle begnügen, in der es nur eine Kunststoffmatratze auf dem Boden und ein Abflussloch in der Ecke gibt. Er wütet darin herum, aber da die Möblierung gelinde gesagt spartanisch ist, kann er nicht viel Schaden anrichten, weder an sich selbst noch in der Zelle. Wenn einer der Wärter kommt, um nach ihm zu sehen, schimpft er abwechselnd auf Russisch oder Schwedisch, von Mal zu Mal erregter.
Er verlangt, seinen Anwalt zu sprechen. Er will Lennart Grönlund, im Übrigen der Bruder von Kommunalrat Olle Grönlund. Lennart ist bei der Polizei und dem Gericht dafür bekannt, ungewöhnlich herzlichen Kontakt zu Schwerverbrechern zu haben. Er verspricht, zum Gefängnis zu kommen, sobald ein anderer Klient, den er vertritt, wegen seiner mutmaßlichen Beteiligung an einem Drogendelikt verhört wurde.
Carl hat sich soeben an seinen Schreibtisch gesetzt, als Rafael mit einem großen weißen Verband um den Kopf in seiner Tür auftaucht.
»Sind Sie nicht im Krankenhaus geblieben?«, fragt Carl.
»Da kann ich später noch liegen. Ich habe ein paar Informationen, über die Sie Bescheid wissen sollten.«
Rafael betritt das Büro und schließt die Tür hinter sich.
Er setzt sich und gibt stückweise wieder, was Natascha

erzählt hat. Die ganze Zeit über hört Carl aufmerksam zu und notiert ab und zu etwas, das ihm besonders wichtig erscheint.

»Wo befindet sie sich jetzt?«

Rafael seufzt und schließt die Augen.

»Ich weiß es nicht. Sie machte sehr deutlich, dass sie nicht bereit ist, vor Gericht als Zeugin auszusagen, dass sie nicht möchte, dass wir nach ihr suchen. Sie fürchtet um ihr Leben und das ihrer Kinder, und ich verstehe sie.«

»Haben Sie sie gebeten, mit hierher zu kommen?«

Rafael nickt.

»Sie weigerte sich. Ich befand es für wichtiger, die Informationen zu erhalten, die sie hatte, als ihr zu drohen oder sie so einzuschüchtern, dass sie ganz geschwiegen hätte.«

Carl ist still und überlegt.

»Sie ist unsere wichtigste Zeugin. Sie hat den Mord gesehen«, sagt er.

»Vergessen Sie nicht das Mädchen aus der Sauna. Vielleicht weiß es auch etwas«, erwidert Rafael.

»Aber Sie haben Natascha gehen lassen?«

Rafael wird von einem plötzlichen Unwohlsein gepackt und stürzt hinaus, um sich in der nächstgelegenen Toilette zu übergeben. Vielleicht ist die Gehirnerschütterung doch nicht so leicht.

Die Ambulanz mit dem Mädchen aus der Sauna fährt zur Notaufnahme des Krankenhauses. Das Mädchen und Hedvig werden sofort in ein Untersuchungszimmer geführt, und eine ältere Ärztin im fleckigen weißen Kittel kommt herein und setzt sich zu ihnen. Auch der Dolmetscher, den das Krankenhaus herbeigerufen hat, ist eine Frau. Sie steht bleich an der Tür.

»Ich heiße Majvor und bin hier Ärztin. Du brauchst jetzt keine Angst zu haben, wir werden dir helfen. Ich sehe, dass du heftig geschlagen wurdest«, sagt die Ärztin ruhig.
Von der Tür kommt eine gemurmelte Übersetzung.
»Kannst du mir sagen, wie du heißt?«
Das Mädchen krümmt sich zusammen und schweigt.
»Du hast doch sicher wenigstens einen Vornamen? Es reicht, wenn ich deinen Vornamen kenne.«
»Irina.«
Es kommt wie ein heiseres Flüstern.
Hedvig erstarrt, sagt aber nichts.
Ist das wirklich Irina? Die Irina, dic den Brief an Viola geschrieben hat?
Majvor nickt dem Mädchen zu.
»Irina, gut. Wie alt bist du, Irina?«
»Fünfzehn Jahre.«
Es wird still im Raum.
»Fünfzehn«, wiederholt Majvor mit erstickter Stimme.
Aus den Augen des Mädchens leuchtet die Angst hervor.
»Ich muss dich ein wenig untersuchen, Irina, aber ich glaube, du solltest erst etwas zur Beruhigung bekommen. Und dann glaube ich, sprechen wir mit den Ärzten der Kinderstation, denn weißt du, die verstehen sich viel besser als ich darin, Kinder zu behandeln. Du bist schließlich noch nicht erwachsen, Irina.«
Hedvig schließt die Augen, beißt die Zähne zusammen, macht sich stark. Ein Kind, sie ist noch ein Kind.
Dann bekommt Irina eine Spritze, und endlich ist sie ruhig genug, sich hinzulegen. Sie weigert sich noch immer, Hedvigs Hand loszulassen, und Hedvig folgt wie angekettet, als die Trage, auf der Irina liegt, zur Kindernotfall-

station gerollt wird. Dort treffen sie einen anderen Arzt, wieder eine Frau.

Und das, was getan werden muss, wird getan, wie unangenehm es auch ist. Die Wunden werden gereinigt, genäht und verbunden. Das Mädchen hat Frakturen an der Nase und am Kiefer und soll operiert werden, sobald der Kieferchirurg kommen kann. Zu weinen schmerzt zu sehr, also lässt sie es bleiben. Auch die Verletzungen im Genitalbereich sind schwer und müssen genäht werden.

Irina, fünfzehn, bekommt noch weitere Tabletten und Spritzen, um in einen tiefen Schlaf zu fallen.

Als der Griff um Hedvigs Hand sich so weit gelockert hat, dass sie sich loswinden kann, geht Hedvig auf den Gang hinaus, um mit der Ärztin zu sprechen, die sehr verbissen wirkt.

»Ich habe in meinem gesamten Berufsleben noch nie solche schweren Verletzungen von solch sexualsadistischer Art an einer so jungen Person gesehen«, sagt die Frau, während sie sich die Hände gründlich mit Desinfektionsmittel wäscht.

»Wie bald können wir sie vernehmen?«

Die Ärztin seufzt und zieht ihren weißen Kittel fester um sich, als könne er sie wärmen.

»Am liebsten gar nicht, aber ich verstehe, dass es wichtig für Ihre Ermittlungen ist. Rufen Sie mich an, dann werden wir sehen. Wir halten sie unter Beobachtung. Sie hat jetzt große Schmerzen und wird sie noch eine Weile haben. Die Kieferfraktur erschwert ihr das Sprechen.«

Hedvig nickt und bedankt sich. Sie bittet um zwei Schmerztabletten für ihren eigenen Kopf, bevor sie das Krankenhaus durch den Haupteingang verlässt und Carl anruft. In ihrem Schädel brummt es, und ihr wird bewusst, dass sie seit dem Schluck Kaffee auf dem Friedhof nichts mehr zu sich genommen hat.

»Müssen wir sie bewachen? Besteht Gefahr? Hat Sergej noch mehr Kerle, die frei herumlaufen und nach ihr suchen könnten?«, fragt Hedvig.

»Gut, dass Sie daran denken. Ich werde mit dem Krankenhaus reden«, sagt Carl und beendet das Gespräch.

Eine Weile später wird Irina in ein Einzelzimmer auf der Urologie verlegt, wo die meisten Patienten ältere Männer mit Prostatakrebs sind.

15

»Guten Tag, Sergej, setzen Sie sich doch«, sagt Rafael und deutet auf den Stuhl auf der anderen Seite des Tisches. Er hat ein paar ordentlich dosierte Schmerztabletten genommen und besteht darauf, das Verhör selbst durchzuführen. Carl wäre es eigentlich lieber, Hedvig würde es leiten, aber da sie noch immer im Krankenhaus ist und Rafael so gerne möchte, kann er zumindest erst mal anfangen.

Sie haben gemeinsam im Vernehmungsraum auf Sergej und seinen Anwalt gewartet. Jetzt liefern die Gefängniswärter einen fluchenden Sergej ab, gefolgt von einem breit lächelnden Lennart Grönlund. Rafael mustert den Verteidiger, er kennt diese Sorte. Gut gekleidet, an der Grenze zu pedantisch, scharfe Bügelfalten in der schwarzen Anzugshose. Schwarze Schnürschuhe, die so glänzen, dass man sich darin spiegeln kann, und eine grelle, breite Seidenkrawatte, die wie ein Ausrufezeichen am Hals baumelt. Weste, natürlich, und dann das obligatorisch lange, zurückgekämmte Haar. Sowie die reichlich große, beinahe viereckige Mappe für alle Dokumente.

»Schönen Tag auch«, grüßt Lennart.

Der Handschlag ist fest.

»Wie Sie sehen, ist Sergej nicht in der richtigen Verfassung hierfür. Ich weiß nicht, ob Sie die Möglichkeit haben, noch ein, zwei Stunden zu warten?«

Carl sieht ihn ungerührt an und sagt freundlich, aber in einem Ton, der keine Widerrede duldet: »Nein. Bitte, Rafael.«

»Zum Henker, ich soll von diesem verdammten Neger verhört werden? Das ist doch Rassismus. Ich will zumindest einen richtigen Polizisten«, schreit Sergej. »Habt ihr hier nur Neger und Frauen? Wie? Habt ihr keine richtigen Polizisten?«, sagt er zu Carl, der ihn völlig ignoriert.

Rafael setzt an, beugt seinen schweren Körper über den Tisch, so dass sein weißer Verband fast Sergejs Kopf berührt.

»Wenn Sie mit Neger meinen, dass ich Eltern habe, die im Ausland geboren wurden, haben Sie ganz recht. Aber in dem Fall sind Sie selbst einer.«

Sergej hält die Luft an. Rafael tut, als sei nichts, und fährt fort: »Sergej Björkman, wo waren Sie an dem Abend, an dem Viola Uusitalo ermordet wurde?«

»Wo ich war, wieso, wo ich war, wissen Sie denn noch, wo Sie an dem Tag überall waren?«

»Stimmt es, dass Sie an diesem Abend, als es dämmerte, mit Viola Uusitalo gesprochen haben?«

»Verdammt, nein.«

»Wir haben einen Augenzeugen, der das behauptet.«

Sergej fällt der Unterkiefer herunter, und er verstummt. Er gewinnt die Fassung wieder, aber nicht schnell genug.

»Was für einen Zeugen, zum Teufel? Wer spioniert denn abends im Moor herum, das ist doch krank!«

»Der Zeuge sagt, Sie hätten mit Viola gestritten, stimmt das?«

»Daran erinnere ich mich nicht. Es gibt so viele alte Weiber, die sich irgendetwas einbilden.«

Rafael senkt die Stimme zu einem Flüstern.
»Unser Zeuge sagt, dass Sie Viola folgten und sie mit ihrer Thermoskanne erschlugen. Was sagen Sie dazu?«
»Sie lügen doch! Ich habe kein altes Weib umgebracht.«
»Danke. Dann beenden wir das Verhör an dieser Stelle, und Sie können in Ihre Zelle zurückkehren, Sergej.«
Sergej sieht Rafael an.
»Nicht ins Gefängnis, seien Sie doch ein bisschen nett, nicht ins Gefängnis. Nicht in diese Ausnüchterungszelle! Da werde ich völlig verrückt!«
»Ist es dort nicht schön? Wissen Sie, wenn Sie uns nichts sagen, gibt es keine Veranlassung dafür, dass wir hier sitzen und unsere Zeit vergeuden. Wir haben einen Mordfall zu lösen, wissen Sie. Wir müssen auch noch kurz mit den Technikern sprechen und abklären, was sie in Violas Wohnung an Spuren von genetischem Material gefunden haben.«
Sergej erbleicht.
»Gibt es etwas, was Sie uns gerne erzählen möchten, Sergej?«, fragt Rafael.
Sergej schüttelt den Kopf. Er zischt: »Ich leide an Klaustrophobie. Ich ertrage keine kleinen, abgeschlossenen Räume. Seien Sie ein bisschen freundlich. Gibt es keinen größeren Raum für mich?«
»Andere müssen sogar damit zurechtkommen, in einer Sauna oder Garderobe eingesperrt zu sein«, sagt Rafael.
»Lennart, tu etwas«, sagt Sergej.
Der Anwalt bittet darum, mit seinem Klienten unter vier Augen sprechen zu dürfen. Fünf Minuten später wird das Verhör wieder aufgenommen, und Sergej sagt verbissen: »Ich habe nichts getan. Nichts. Wirklich.«
Rafael wird sauer.

»Wenn Sie so wollen, Sergej, in Ordnung. Ein Zeuge hat gesehen, dass Sie Viola getötet haben, ein Augenzeuge, Sergej. Auf Violas Thermoskanne, die die Mordwaffe ist, sind Fingerabdrücke. Fingerabdrücke, die nicht von ihr selbst stammen. Wir werden früh genug erfahren, ob sie mit Ihren Abdrücken identisch sind. Die Spurensicherung arbeitet gerade daran. Jemand hat auch in Violas Wohnung Spuren hinterlassen. Außer den Fingerabdrücken haben unsere Techniker DNA-Spuren auf einer Kaffeetasse in der Küche gefunden. Sie verwenden doch Kautabak, oder, Sergej? Groben Tabak, nicht wahr? Davon lag etwas in der Kaffeetasse. Sind Sie derjenige, der dort gewesen ist? Das werden wir auch in Kürze wissen, wenn Ihre DNA-Probe klar ist und wir vergleichen können. Waren Sie in der Wohnung? Wir haben Grund, das anzunehmen. Nach wem haben Sie gesucht? Sie können es ebenso gut selbst erzählen.«

»Zum Teufel«, zischt Sergej und starrt mit geröteten Augen auf den Tisch. Seine Finger betasten nervös die Verletzungen, die er sich bei der Verfolgungsjagd im Gesicht zugezogen hat.

»Dann haben wir das Mädchen aus der Sauna. Schwer misshandelt. Und ich meine, schwer. Sowohl physisch als auch psychisch. Und den Jungen. Aus der Kleiderkammer. Beide werden mit uns sprechen und erzählen, was mit ihnen gemacht wurde.«

Rafaels Stimme klingt gepresst. Plötzlich explodiert er vor dem Verdächtigen und seinem Anwalt.

»Sergej Björkman, ich will, dass Sie mir hier und jetzt erzählen, warum Sie ein fünfzehnjähriges Mädchen und einen kleinen Jungen in diesem verdammten Haus am Moor eingesperrt hielten. Sagen Sie es mir! Was haben sie

getan, um das zu verdienen? Warum hatten Sie dort Wachhunde? Es sind Kinder, Sergej! Kinder!«
Rafael und Sergej starren sich an, und die Luft vibriert. Carl und Lennart reagieren gleichzeitig.
»Beruhigen Sie sich«, sagen beide auf einmal.
Aber Rafael fährt fort: »Das Mädchen aus der Sauna sagt, sie heiße Irina. Hedvig hat gerade angerufen, um es an uns weiterzugeben. Der Brief in Violas Wohnung war mit demselben Namen unterschrieben. War sie es, nach der Sie gesucht haben, Sergej? War sie vor Ihnen geflohen? Aber woher wussten Sie, wo Sie suchen sollten? Warum gingen Sie ausgerechnet in Violas Wohnung? Hatte sie Ihnen früher an dem Abend irgendetwas gesagt? Wir haben einen Nachbarn, der Zeuge wurde, als diese Irina, auch damals schwer verletzt, zusammen mit Viola in die Wohnung ging. Wir können ihn bitten, Irina zu identifizieren, fragen, ob sie diejenige ist, die er gesehen hat.«
Sergej schnaubt kurz, sagt aber nichts.
»Haben Sie bereits früher jemanden ermordet? Haben Sie schon einmal getötet? Liegen noch weitere Menschen unter Fichten, von denen wir wissen sollten? Ich will, dass Sie mir antworten!«
Sergej schüttelt den Kopf.
»Nein, nein. Ich habe sonst niemanden getötet! Ich schwöre es! Sind Sie verrückt?«
Die Falle schließt sich um ihn mit einem Knall, der in seinem Kopf dröhnt, als ihm klar wird, was er gesagt hat.
Rafael starrt ihn an.
»Keinen anderen? Nur Viola also?«
»Das habe ich nicht gesagt.«
»Doch, Sergej, das haben Sie. Haben Sie Viola getötet?«
»Nein, sage ich.«

Carl unterbricht sie, indem er sagt: »Jetzt, glaube ich, brauchen wir eine Pause. In der Zwischenzeit können wir in Erfahrung bringen, was die Techniker auf Ihren Computern gefunden haben, Sergej. Wir haben ungewöhnlich viele Spuren, denen wir nachgehen müssen.«
Rafael steht ein wenig mühsam auf und verlässt den Raum.
Sergej sieht ihm böse nach.

»Du musst ruhiger werden, sonst wird das Verhör zu nichts führen«, sagt Hedvig hinter Rafaels Rücken am Kaffeeautomaten.
Sie ist aus dem Krankenhaus zurück und hat sich unterwegs gerade noch die Zeit genommen, eine Grillwurst mit Brot zu essen. Während des letzten Teils des Verhörs hat sie in einem angrenzenden Raum mit Mithöranlage gesessen und Rafaels Vernehmung verfolgt.
Rafael sucht mit einer Hand Halt am Kaffeeautomaten, ihm wird schwarz vor Augen. Plötzlich dreht er den Kopf zur Seite und erbricht sich heftig in den Mülleimer, der neben dem Automaten steht.
»Leg dich hin«, sagt Hedvig und verfrachtet ihren Kollegen mühsam auf den Boden.
Rafael schließt die Augen. Auf seiner Stirn glänzen Schweißperlen.
Carl blickt besorgt auf die beiden Polizisten vor sich. Hedvig kniet neben Rafaels Kopf.
»Sehen Sie zu, dass Sie jemand nach Hause fährt, damit Sie sich ausruhen können«, sagt Carl.
Rafael will den Kopf schütteln, aber es schmerzt zu sehr.
»Übernimmst du jetzt?«
Hedvig nickt.

»Treib ihn mit so vielen Fakten wie möglich in die Enge. Er muss gestehen, nicht nur durch einen Versprecher. Um des Jungen willen. Und des Mädchens.«

Vielleicht irrt sie sich, aber es sieht fast so aus, als stiegen Rafael Tränen in die Augen. Vielleicht liegt es nur an der Überanstrengung, den Schmerzen und der Müdigkeit?

Erik, Stickan, Carl und Hedvig tragen Rafael gemeinsam zu Åkes Sofa. Dem einzigen Sofa, das es im gesamten Polizeirevier gibt. Es ist natürlich zu kurz, daher hängen Rafaels Beine wie immer darüber hinaus. Hedvig holt einen Stuhl, auf den er seine Füße legen kann. Sie findet eine Decke, die sie über ihm ausbreitet, und dann schiebt sie Åkes Papierkorb neben ihn, für den Fall, dass er sich noch einmal übergeben muss. Wohin Åke verschwunden ist, weiß niemand.

»Wenn etwas ist, dann rufe, irgendeiner wird dich schon hören«, sagt Hedvig, als sie alle den Raum verlassen.

Aber Rafael ist bereits eingeschlafen.

Schweigend gehen Hedvig und Carl gemeinsam zum Vernehmungszimmer zurück.

Auf dem Weg dorthin ruft Hedvig Rolf an. Er klingt verärgert, als er abhebt: »Ja, hier Blom?«

»Hallo, hier ist Hedvig Ek, ich verhöre gerade Sergej, ich wollte nur wissen, ob Sie auf dem Computer schon etwas gefunden haben?«

»Die Jungs arbeiten daran. Wir wissen nicht genau, was wir da haben, aber ich glaube tatsächlich, dass wir eine Art Kartei gefunden haben.«

»Kartei? Über die Frauen, die er verkauft hat?«

»Ja, tja, von ihnen gibt es auf jeden Fall eine Liste, aber sehen Sie … Ich glaube, wir haben auch eine Kundenkartei.«

Hedvig bleibt stehen. Sie hört intensiv zu und betrachtet Carls Gesicht, während Rolf redet: »Es gibt mehrere lange Listen mit Namen und Telefonnummern, manchmal einer Adresse. Ein Teil der Telefonnummern gehört sicher zu Handys mit Prepaid-Karte, die wir nicht identifizieren können. Andere haben nur ein Postfach angegeben. Wir können wahrscheinlich nicht alle ausfindig machen, aber, ja, ich schätze, wir haben hier mehrere hundert Namen von Käufern. Er ist keine besondere Leuchte, dieser Sergej, oder?«

»Danke, Rolf. Ich melde mich wieder. Ich werde das Carl mitteilen.«

Der Staatsanwalt macht angesichts der Neuigkeit große Augen. Was für ein unglaublicher, unerwarteter Durchbruch.

Hedvig konzentriert sich, jetzt gilt es, ihren Wissensvorsprung im Gespräch mit Sergej taktisch einzusetzen. Und vor allem: die Ruhe zu bewahren. Ein solch wichtiges Verhör zu übernehmen ist kein Traumjob, aber sie hat keine Wahl.

Sie betreten das Vernehmungszimmer. Sie setzt sich auf den Stuhl, auf dem Rafael vorher gesessen hat.

Sergej schaut auf und stöhnt: »Nein, zum Teufel! Bin ich eine Art Versuchskaninchen, oder was? Kann nicht Stickan, oder wie er heißt, das hier übernehmen?«

»Woher wissen Sie, wie meine Kollegen heißen?«

Hedvigs Stimme ist spitz.

»Kleines Fräulein, ich sage Ihnen eines. Hier oben kennen wir uns alle.«

»*Frau*«, sagt Hedvig reflexartig.

Sergej starrt sie fragend an.

»Ich bin kein Fräulein, sondern eine Frau. Genau genommen Witwe. Versuchen Sie, ein wenig Respekt zu zeigen, dann werde ich das auch bei Ihnen tun.«

»Oh, verzeihen Sie vielmals! Sie genießen das hier, oder, so etwas gefällt Ihnen, nicht wahr? Die Harte zu spielen und clevere Fragen zu stellen, was? Frau Rambo, nett, Sie kennen zu lernen«, sagt Sergej provokativ und übertrieben langsam.

Hedvig überhört das und fährt fort: »Auf Ihren Computern haben wir Listen gefunden, Sergej. Namenslisten. Viele Namen. Was sind das für Listen?«

»Darauf möchte ich keine Antwort geben. Meine Computer sind privat. Sie haben kein Recht, sie zu durchsuchen.«

»Wir haben sie auf einen Beschluss des Staatsanwaltes hin beschlagnahmt. Was sind das für Listen, Sergej?«

Sie bemüht sich, die Stimme kühl und korrekt klingen zu lassen.

»Was weiß ich, wahrscheinlich sind es meine Listen über Hundekäufer und andere Hundezüchter.«

»Die alle männlich sind?«

»Ich weiß nicht, wovon Sie reden. Die meisten Jäger sind doch wohl Männer.«

»Überlegen Sie, Sergej. Wir haben alle Zeit der Welt. Vielleicht müssen Sie in Ihre Zelle zurück und ein wenig nachdenken.«

Er schweigt und starrt sie an, fixiert einen Punkt irgendwo zwischen ihren Augenbrauen. Sie hört, dass er zu hyperventilieren beginnt. Ist es ernst, oder simuliert er nur?

»Sergej«, sagt sie. »Sollen wir eine Vereinbarung treffen, Sie und ich? Darin sind Sie doch gut, oder, in Vereinbarungen? Wenn Sie etwas kooperativer sein könnten, dann sorge ich dafür, dass Sie in eine ordentliche Untersuchungshaftzelle kommen, mit einem Bett und einem Tisch. Gegen die Restriktionen kann ich nicht viel machen, aber dennoch. Wie klingt das?«

»Ja.«

Der Mann vor ihr nickt steif. Er scheint tatsächlich Angst vor der Ausnüchterungszelle zu haben, konstatiert sie verwundert.

»Aber dann müssen Sie mir helfen, Sergej. Sie müssen aufrichtig sein und erzählen, was passiert ist. Sie werden des Mordes verdächtigt, Sergej. Sollen wir damit beginnen? Das ist ein sehr ernstes Verbrechen. Wenn Sie es nicht begangen haben, müssen Sie erzählen, wer es dann war. Wir möchten schließlich nicht, dass die falsche Person verurteilt wird. Aber wenn wir Ihnen glauben sollen, müssen Sie die belastenden Umstände schlüssig erklären können.«

Er sieht sie mit einem Blick an, der typisch für Personen ist, die in einem Verhör unter starkem Druck stehen, einem Blick, der besagt, dass in dem Verdächtigten ein Kampf tobt. Alles erzählen – aber was genau? Etwas Kleines gestehen, um mit etwas Größerem durchzukommen? Nach einer Weile sieht sie seinen Augen an, dass er sich für eine Sache entschieden hat. Die Frage ist, für welche.

»Ich habe mich immer über diese alte Frau geärgert, wissen Sie. Sie kam dauernd auf mein Grundstück und pflückte dort Multbeeren. Aber irgendwann hatte ich genug. Ich packte ihren Proviantkorb und hob sie über den Zaun. Irgendwann ist das Maß voll. Es ist möglich, dass ich dabei ihre blöde Thermoskanne berührt habe, das weiß ich nicht. Aber ich habe sie definitiv nicht getötet!«

»Und der Zeuge, der gesehen hat, wie Sie Viola gefolgt

sind, der Zeuge, der behauptet, Sie hätten sie vom Fahrrad gezogen und erschlagen?«

»Sie lügt! Sie sollte sich eine Brille kaufen!«

»Warum glauben Sie, dass unser Zeuge eine Sie ist?«

Sergej sieht verwirrt aus.

»›Sie‹ sagen sie. Ich habe das Geschlecht unseres Zeugen nicht erwähnt. Warum sagen Sie ›sie‹, Sergej?«

»Ich habe wohl angenommen, dass es eine Frau war, die dort im Wald herumspioniert hat. Es war wahrscheinlich jemand von diesem verdammten Frauenhaus Cikoria, was? Diesen Weibern können Sie nicht trauen, das ist Ihnen doch wohl klar? Sie hassen Männer. Ich weiß, dass es dort viele gibt, die mich nicht mögen.«

»Es ist niemand vom Frauenhaus.«

Sie messen einander mit Blicken. So geht es weiter, langsam, langsam kommt das Verhör voran. Sergej sträubt sich, will nicht, weiß nichts, hat nichts gesehen. Carl ist von Hedvigs Geduld beeindruckt. Sie braust nicht auf, fragt im selben ruhigen Ton immer weiter und wiederholt, wiederholt, wiederholt, bis sie eine Antwort erhält, die sie weiterbringt. Langsam bricht sie Sergej wie eine widerspenstige Muschel auf, vor ihrem Netz aus Fragen wird er unschlüssig, windet sich darin, bricht ein, ermüdet, verstrickt sich.

Stur hält er daran fest, nie in Viola Uusitalos Wohnung gewesen zu sein. Hinsichtlich der Listen auf seinen Computern behauptet er, sich an keine Details erinnern zu können, obwohl Hedvig mehrfach nachfragt.

»So, Sergej, jetzt hören wir auf. Ich sehe ein, dass das unerhört anstrengend für Sie ist. Jetzt dürfen Sie sich ausruhen, und dann reden wir später weiter. Ich werde mich darum kümmern, dass Sie in eine bessere Zelle verlegt werden. Danke«, sagt Hedvig und gibt dem Verdächtigen die Hand.

»Ihnen ist doch wohl klar, dass Sie etwas Konkreteres brauchen. Ein paar Namen auf einem Computer, verdammt, was beweist das schon«, sagt Lennart, als die Gefängniswärter kommen, um seinen Klienten abzuholen.

Lennart spricht direkt zu Carl. Als ob Hedvig nicht anwesend wäre.

Rafael schläft noch immer auf Åkes Sofa, als Hedvig nach ihm sieht. Carl setzt eine kurze Besprechung an und bittet Sonja, Pizza zu bestellen, damit sie gleichzeitig etwas essen können. Hedvig möchte lieber eine Lasagne, ihr Bedarf an nach Hause gelieferten Pizzas ist in ihrem Leben schon lange gedeckt.

»Ich weiß nicht, ob sie Lasagne haben, aber Sie können stattdessen sicher Knödel bekommen«, sagt Sonja.

Hedvig nickt. Was auch immer, Hauptsache, man kann es essen. Außer Pizza eben.

Sie bemerkt, dass Sonja sich künstliche Fingernägel zugelegt hat, lang wie Krallen und mit rosa Nagellack bemalt.

Alle versammeln sich im Konferenzraum, und Rolf resümiert schnell, was sie gefunden haben.

»Jetzt, wo wir einen mutmaßlichen Täter haben, müssen wir versuchen, das genetische Material mit seinen Werten abzugleichen. Das bedeutet, dass wir in Kürze wissen, ob er die Thermoskanne angefasst hat, die vermutlich Viola Uusitalos Tagen ein Ende bereitet hat. Wie ihr wisst, glauben wir auch, dass Sergej in ihrer Wohnung aus einer Kaffeetasse getrunken und eine Prise Kautabak hinterlassen hat. Aber warum er sich in der Wohnung aufhielt, wissen wir noch immer nicht.«

»Wir haben Veranlassung zu glauben, dass sich Irina dort befand und dass er nach ihr suchte. Ich habe noch nicht mit ihr sprechen können, ihre Verletzungen sind zu schwer«, sagt Hedvig und beißt probehalber in einen bleichen Knödelklumpen, der in Butter und Preiselbeermarmelade schwimmt.
Ganz in Ordnung eigentlich.
»Auf beiden Computern von Sergej haben wir Listen über Männer gefunden, die Sexkäufer und Kunden seiner Mädchen sein könnten. Eine Art Kundenkartei, könnte man sagen«, fährt Rolf fort.
»Er sagt, dass es Leute seien, die Jagdhunde von ihm gekauft haben«, sagt Hedvig.
»Aha, sagt er das. Dann fragen Sie ihn doch, ob er für gewöhnlich detailliert die sexuellen Präferenzen seiner Hundekäufer vermerkt, wie zum Beispiel ›Dreier‹, ›wet‹, ›S/M‹, ›rasiert‹, ›minderjährig‹ oder ›Knaben‹.«
»Steht das so dabei?« Hedvig friert heute mehr als sonst.
Rolf Blom seufzt und holt tief Luft: »Ja. Genau so steht es da.«
Nach dem Treffen dreht sich alles in Hedvigs Kopf. Es ist nach Mitternacht.
»Fahren Sie nach Hause und schlafen Sie. Das war ein gutes Verhör heute. Ich möchte, dass wir morgen versuchen, das Mädchen zu vernehmen. Oder vielleicht den Jungen, er war nicht so schwer verwundet. Ich lasse Sergej offiziell verhaften und stelle einen Antrag auf Untersuchungshaft, bevor ich nach Hause zu My fahre«, sagt Carl zu ihr, als sie den Raum verlässt.
My? Ist das seine Freundin? Nur weil er keinen Ring trägt, bedeutet es ja nicht, dass … Vergiss es. Hedvig sieht Carl einen Moment zu lange schweigend an.

»Was ist?«
»Es ist nur so, wir haben kein Auto mehr.«
»Wie das? Wurde es gestohlen?«
»So könnte man es sagen. Das müssen Sie mit Rafael klären.«
»Nehmen Sie jetzt ein Taxi nach Hause, dann komme ich morgen früh und hole Sie ab. Sie können hier jetzt nichts mehr machen.«
Hedvig lächelt müde und sagt gute Nacht. Rafael darf auf dem Sofa weiterschlafen. Die Taxizentrale verspricht, in zehn Minuten einen Wagen zu schicken. Hedvig wartet an der Eingangstür, bis sie die Lichter von zwei Autoscheinwerfern auf das Polizeigebäude zufahren sieht. Es knarrt unter ihren Füßen, als sie auf die Straße tritt.
»Das ist doch … Guten Tag, noch einmal«, grüßt der Taxifahrer, als sie sich auf die Rückbank gesetzt hat.
Sie blickt auf, versteht nicht, ihr ist beinahe übel vor Müdigkeit. Schließlich erkennt sie die Augen wieder, die sie im Rückspiegel anschauen. Es ist wieder Mustafa.
»Sie sehen völlig erschöpft aus. Gehen Sie nach Hause und legen Sie sich ins Bett«, sagt Mustafa mit gespielter Strenge.
Hedvig nickt.
»Genau das werde ich auch tun.«
»Wie lief es für Sie im Haus am Moor?«
Sie starrt hinaus auf die Fahrbahn, wo körnige, wirbelnde Schneeschleier herumtreiben. Direkt hinter der Stadt endet die Straßenbeleuchtung, und sie fahren wie durch einen langen Tunnel in dem von Dunkelheit und Schnee umgebenen Scheinwerferlicht.
»Sergej wurde verhaftet«, sagt sie müde.
Mustafa schaut sie wieder im Rückspiegel an.

»Wissen Sie, ich bin nicht ganz dumm. Ich habe in meiner Heimat in Teilchenphysik promoviert, aber niemand will mich hier als Physiker einstellen. Deswegen fahre ich diesen Wagen. Jede Arbeit kann gut oder schlecht gemacht werden, und ich habe beschlossen, sie gut zu machen. Ich kann mir nicht aussuchen, wohin meine Kunden chauffiert werden wollen. Dennoch wurde ich langsam misstrauisch, als plötzlich so viele Geschäftsleute mitten in den Wald gefahren werden wollten, zu diesem Haus im Moor. Mir war klar, dass nicht alles mit rechten Dingen zuging. Aber dass es ein Bordell war …«
»Sie könnten uns vielleicht helfen?«
»Wie das?«
Mustafa blickt sie dieses Mal wachsam an.
»Sie sind schließlich ein Zeuge, Sie haben Männer dorthin gebracht, Kunden. Vielleicht haben Sie auch das eine oder andere gehört? Dass sie Mädchen kaufen wollen, oder so etwas?«
Der Taxifahrer schaut starr vor sich, hinaus in die Dunkelheit. Die Fahrbahn rast auf sie zu. Vielleicht hat er nicht gehört, was sie gesagt hat? Gerade als sie die Frage wiederholen will, kommt die Antwort: »Ich bin ein ehrenhafter Mensch. Ich bin gegen die Sünde. Die Menschen dürfen einander nichts Böses tun. Rufen Sie mich morgen an, dann werde ich Ihnen erzählen, was ich weiß. Aber erst nach dem Mittagessen, am besten kurz vor zwei, dann habe ich mein Gebet beendet.«
Sie sieht ihn schweigend an. Wir sind zwei seltsame Vögel, wir beide, denkt sie.
Mustafa biegt von der Hauptstraße ab und erreicht Gunnars Hof. Hedvig bemerkt, dass in der Küche Licht brennt. Vielleicht hat er nur vergessen, es auszuschalten.

Gunnar müsste schon lange im Bett sein, wenn er morgen früh zum Melken aufstehen will.
»Sie können hier halten, dann gehe ich das letzte Stück zu Fuß«, sagt sie.
»Kommt nicht in Frage«, sagt Mustafa und lenkt den Wagen auf dem ungeräumten Weg den Hügel hinauf.
Hedvig streift kurz der Gedanke, wie sie zurück nach Stockholm kommen sollen, jetzt, da sie Rafaels Auto weggegeben hat, aber sie schiebt das Problem von sich. Schlimmstenfalls muss sie für die Flugtickets aufkommen.
Bevor Hedvig aussteigt, reicht Mustafa ihr eine Karte mit seinem Namen und der Telefonnummer der Taxigesellschaft.
»Wohnen Sie hier ganz allein im Wald?«, fragt er.
»Das ist kein Problem. Ich teile mir das Haus mit meinem Kollegen«, sagt sie, als sie bezahlt, und steigt dann aus.
Langsam fährt er rückwärts zu Gunnars Hof zurück, da man oben vor Rafaels und Hedvigs Haus nicht wenden kann. Hedvig wartet in der Stille und Kälte, bis sie schließlich den Schnee abstreift und das Türschloss öffnet. Als sie ihre Jacke ausgezogen hat, bleibt sie stehen und lauscht. Es kommt ihr so vor, als sei jemand im Haus, doch sie schüttelt das Gefühl ab. Pure Einbildung. Wer sollte das sein? Sergejs Männer würden doch nicht …? Er steht nicht so weit oben in der Hierarchie, wie er selbst gerne glauben möchte. Außerdem hat er gerade Prügel eingesteckt, weil er seine Beschützer nicht wie vereinbart bezahlt hat. Sie macht das Licht an, geht in die Küche, seufzt über die Unordnung, die auf dem Küchentisch und der Spüle herrscht. Diverse Essenskartons, geöffnete Brotpackungen und ein vergessener Käse. Unter dem Tisch liegen Rafaels Sportschuhe und stinken. Auf der Arbeits-

platte drängen sich eine Packung Kaffee und eine Teedose sowie ein paar leere und ein paar ungeöffnete Bierdosen aneinander. Außerdem liegen einige Zeitungen und alte Post neben der Kaffeemaschine. Nicht viel besser als bei Gunnar zu Hause.

In dem scharfen elektrischen Licht sieht man die Mängel an der Einrichtung und der hastigen Renovierungsarbeit, die Rafael und Hedvig vorgenommen haben, als sie vor ein paar Monaten hierher kamen. Vielleicht geht die Zeit hier trotz allem ihrem Ende entgegen, jetzt, da sie Sergej verhaftet haben? Vielleicht können sie es wagen, sich auf ein Weihnachtsfest zu Hause zu freuen? Obwohl sie lieber ihren Resturlaub in der Sonne verbringen würde, um dem Ganzen zu entgehen. Oder bei der Arbeit, um nicht daran denken zu müssen, dass sie niemanden zum Glücklichsein hat. Nicht einmal zum Unglücklichsein.

Neben der Arbeitsplatte stehend nimmt sie einen nächtlichen Imbiss zu sich. Isst mechanisch, zu müde, um zu denken. Zieht auf dem Weg ins Badezimmer alle ihre Kleider aus, duscht heiß und lange, da Rafael nicht zu Hause ist und sie sich nicht darum sorgen muss, dass er nicht duschen kann, wenn das warme Wasser im Boiler aufgebraucht ist. Sie wickelt sich in ein Handtuch, und in Gedanken liegt sie bereits im Bett. Sie geht ins Schlafzimmer, ohne das Licht einzuschalten, und zieht eine Schublade ihrer Kommode auf, um einen frischen Pyjama zu finden.

Als die Stehlampe plötzlich angeht, bekommt sie beinahe einen Herzinfarkt.

Sie fährt herum. Im Lehnstuhl neben ihrem schmalen Bett sitzt Gunnar. Er sieht ein wenig verwirrt aus und hat einen flackernden Blick.

»Wo ist sie?«, fragt er.
»Was machen Sie hier?!«
»Wo ist sie?«
»Von wem reden Sie?«
»Natascha. Meiner Frau, Natascha. Meiner kleinen Verlobten. Wo ist sie?«
Hedvig betrachtet ihn schweigend. Eine traurige Gestalt, unrasiert und schmutzig. Das karierte Arbeitshemd zeigt um den Hals herum dunkle Schweißränder.
»Sie kommt nicht mehr wieder«, sagt Hedvig und versucht, ruhig zu klingen, während sie sich gleichzeitig fragt, ob Gunnar nun wirklich verrückt geworden ist.
»Heute ist Donnerstag. Sie kommt immer donnerstags zu mir. Dann wird alles sauber und ordentlich. Die Freitage sind schöne Tage«, sagt er und fängt schluchzend zu weinen an.
»Gehen Sie nach Hause ins Bett, Gunnar. Wir können morgen darüber sprechen«, sagt Hedvig.
»Hat sie gesagt, warum sie nicht mehr zurückkommt?«
Er hebt den Blick und schaut mit seinen wässrigen blauen Augen auf die kleine Frau, die vor ihm steht. Sie reicht ihm ein Papiertaschentuch, und er schnäuzt sich geräuschvoll.
»Nein, Gunnar, das hat sie nicht gesagt«, lügt Hedvig.
Sie wickelt das Handtuch so fest sie kann um sich, bevor sie auf ihren Vermieter zugeht, ihn beim Arm nimmt und ihn aus dem Schlafzimmer hinaus und die Treppe hinunterführt.
»Gehen Sie nach Hause und legen Sie sich hin, Gunnar. Sie müssen bald aufstehen und melken. Alles wird sich regeln, Sie werden sehen. Alles wird sich regeln«, sagt sie mit leiser Stimme.

»Glauben Sie? Glauben Sie wirklich? Was soll ich ohne Natascha machen? Ich muss wohl wieder zu Sergej gehen. Aber keine ist wie Natascha, ohne sie wird es hier leer sein. Ich werde keine Neue finden. Es ist nicht so einfach, wissen Sie. Das Leben ist einsam und hart.«

Gunnar schnäuzt sich noch einmal.

Hedvig will sich jetzt auf keine Konversation einlassen, sondern nur den Alten aus dem Haus bekommen und die Tür schließen.

»Möchten Sie, dass ich mit zu Ihnen hinuntergehe?«, fragt sie und öffnet die Tür nach draußen, wo Kälte und Dunkelheit herrschen.

»Nach Hause finde ich ja wohl noch. Ich muss an die Kühe denken.«

Er macht eine Pause und fährt fort: »Sie schließen hier hinter sich ab. Das gefällt mir nicht. Haben Sie irgendwelche Geheimnisse? Hier schließen wir nie ab, auch Natascha nicht. Aber ich bin trotzdem hineingekommen«, sagt Gunnar und zieht sich die Arbeitsstiefel an, bevor er hinaus ins Schneetreiben marschiert und in Richtung seines Hofes verschwindet.

Hedvig schlägt die Tür zu und dreht den Schlüssel herum. Es geht ihn einen Dreck an, ob sie abschließen oder nicht. Und mit einem Vermieter, der bei einem ins Schlafzimmer eindringt, ist es kaum verwunderlich, dass man die Haustür abschließt, denkt sie. Bevor sie sich ins Bett legt, stellt sie eine große Truhe auf das eine Ende des Flickenteppichs und zieht sie damit vor die Haustür. So muss er sich wenigstens ein bisschen anstrengen, falls er planen sollte zurückzukommen. Sie verwirft den Gedanken, im Pyjama zu schlafen. Stattdessen zieht sie ihre Kleider an und legt sich so ins Bett unter die Decke. Die Lampen im ganzen Haus bleiben an. Rafael muss es nicht erfahren. Er wäre der Meinung, sie übertreibe.

»Was, zur Hölle, höre ich da, ihr habt Sergej verhaftet? Seid ihr verrückt?«, schreit Olle Grönlund im Ruheraum vor der Sauna des Kommunalratsamtes.
Der geheime Ausschuss hat gerade innerhalb kürzester Zeit seine zweite außerordentliche Sitzung. Es beginnt, anstrengend zu werden.
»Lennart rief mich heute Mittag an und sagte, dass er Sergej verteidigen solle. Seid ihr von allen guten Geistern verlassen? Was wollt ihr mit ihm machen, er ist Hundezüchter, verdammt! Sieh zu, dass du der Sache ein Ende bereitest, Åke, zum Teufel! Du kaufst schließlich deine Köter bei ihm und ich meine, du weißt, dass Sergej ein feiner Kerl ist, ein bisschen grob vielleicht, aber es steckt nichts Schlechtes in ihm! Wenn er ein paar kreative Nebeneinkünfte hat, dann stört das doch niemanden? Alle Beteiligten sind mit dem Arrangement zufrieden, wenn man es so ausdrücken will.«
Åke windet sich. Dann sagt er: »Er steht unter Mordverdacht. Und dem Verdacht der Zuhälterei oder des Menschenhandels zum Zwecke der Prostitution oder wie nun die endgültige Anklage lauten wird. Es tut mir leid. Aber unsere Spurensicherung glaubt, Listen von Käufern gefunden zu haben.«
»Was denn für Listen? Was denn?«, fragt Olle im Falsett.
»Kundenkarteien. In den Computern.«
»Was sagst du da, verdammt?! Hat er sie im Computer gespeichert? Ist er verrückt? Nein, zum Teufel, ich muss meinen Bruder anrufen! Lennart muss mir helfen, Scheißeeee …«

Die Stimme des Kommunalrats verschwindet Richtung Umkleideraum. Es klatscht, als seine bloßen Füße auf den gekachelten Boden treffen. Åke seufzt und nimmt sich noch ein Bier. Aha. Ist das das Ende? Das Ende des geheimen Ausschusses?

»Was hat er?« Torsten Stålnacke setzt sich hin. Er ist heute spät dran, und Åke gibt ihm eine kurze Zusammenfassung.

»Oh, verdammt, was erzählst du da? Tut mir leid, aber das würde natürlich dem Chef unserer Nachrichtenredaktion gefallen. Von den anderen Medien ganz zu schweigen. Wir haben in den letzten Monaten leicht sinkende Auflagenzahlen gehabt, das ist nichts, worüber ich weiter sprechen möchte, aber eine gute Schlagzeile könnte die Sache völlig ändern«, sagt Torsten nachdenklich.

»Fällt es dir so leicht, Olle zu verkaufen?«, fragt Åke und denkt, dass er es hätte wissen müssen; vor Zeitungsleuten sollte man auf der Hut sein. Sie faseln zwar immer von Anonymisierung, aber natürlich wissen dennoch alle, um wen es sich dreht.

»Verkaufen, was heißt verkaufen? Haben die Bürger denn nicht das Recht, Bescheid zu wissen? Das hier ist von großem allgemeinen Interesse. Olle vertritt schließlich die Staatsmacht, oder na ja, in jedem Fall die lokale Macht hier. Er muss überprüft werden, zumindest ab und zu. Wie jede staatliche Obrigkeit«, sagt Torsten und sieht den Vertreter der Polizeimacht in der Sauna scharf an.

Åke steht auf, um zu gehen. Hier kann er nicht länger bleiben. Jetzt dreht Torsten auch durch. Vertraue niemandem.

»Willst du schon los? Ich wollte noch von meinem Projekt, der Lustigen Truppe, erzählen, einer Kooperation zwischen dem Arbeitsamt des Bezirks, meinem forstwirtschaftlichen Betrieb und dem Stadthotel. Die ortsansässigen Scooterverkäufer sind auch ein wenig daran beteiligt. Für steigende Beschäftigung und Gemeinschaft, gegen Landflucht und Abwanderung. Es ist ein sehr breit angelegtes Projekt. Wir können schon morgen darüber eine Pressekonferenz abhalten, wenn ihr wollt. Ihr wolltet doch etwas, das die Aufmerksamkeit von dieser Geschichte mit den Damen ablenkt, die angeblich hierher kommen. Aber ich wusste nicht, dass Olle selbst …«

»Hör auf. Vergiss es. Außerdem gibt es schon eine ›Lustige Truppe‹«, sagt Åke.

»Wo denn das?«

»Innerhalb der lokalen Polizei.«

»Was sagst du? Das sollte man kaum glauben, wenn man eure sauren Gesichter sieht. Dann müssen wir wohl den Namen ändern oder es in Erwägung ziehen. Habt ihr den Namen schützen lassen? Vielleicht könnten wir Noch Lustigere Truppe heißen, was hältst du davon? Oder warum nicht Die Lustigste Truppe? Nein, geh nicht, Åke!«

Mitten in der Nacht klingelt das Telefon. Carl tastet auf dem Nachttisch herum und merkt, dass er voll bekleidet eingeschlafen ist, wieder einmal. Neben sich hört er ruhige Atemzüge. Jetzt nur nicht My wecken.

»Ja, hallo?«, flüstert er.

»Guten Abend, hier ist Olle Grönlund, Kommunalrat Olle Grönlund. Es tut mir leid, dass ich so spät noch anrufe und störe«, sagt eine nervöse Stimme am anderen Ende.

»Worum geht es?«

»Ja, hm, ich weiß nicht, wie ich mich ausdrücken soll, also, hm, es ist mir zu Ohren gekommen, dass Sie … dass es … dass auf Sergej Björkmans Computern Listen gefunden wurden.«

»Hinsichtlich der Angelegenheit, von der Sie sprechen, herrscht noch Geheimhaltungspflicht, daher kann ich das leider nicht kommentieren.«

»Ja, nun ist es so … wie soll ich sagen? Ich frage mich nur, ob ich im Vorfeld wissen könnte, also, das ist ein reines Versehen, aber es könnte so sein, könnte, sage ich, es könnte so sein, dass ich … hm … also, dass mein Name da vorkommt … also … auf den Listen.«

»Aha?«

»Ja, und ich dachte nur, dass, wenn es so ist, wenn der Herr Staatsanwalt meinen Namen entdeckt, dann könnten wir vielleicht irgendeine gütliche Lösung finden? Wenn herauskommt, dass ich Sergejs Dienste genutzt habe, ist meine politische Karriere am Ende, das verstehen Sie doch, oder? Ich möchte um jeden Preis eine … hm … Klage vermeiden. Vielleicht könnte man sich stattdessen auf eine Art außergerichtlichen Vergleich einigen? Wenn es also so schlimm stehen sollte. Was ich absolut nicht glaube. Aber wenn.«

»Was sind das für Dienste, die Sergej bietet?«, fragt Carl und starrt in die Dunkelheit des Schlafzimmers.

Klick.

Der Kommunalrat hat aufgelegt.

Carl lehnt sich in sein Kissen zurück und verzieht im Dunkeln den Mund. Die Leute sind doch nicht bei Verstand. Rufen an und wollen herausfinden, ob sie bei den Ermittlungen vorkommen. Jetzt haben alle Angst.

16

Im Frauenhaus Cikoria brennt Licht, obwohl es spät ist. Hier ist für alle Fälle immer jemand im Dienst. Das Netz ist stark und besteht auch aus Frauen, von denen man auf den ersten Blick vielleicht nicht annehmen würde, dass sie sich für das Frauenhaus engagieren. Es verbindet sie große Einsatzbereitschaft und ihr Gerechtigkeitsempfinden. Nicht selten haben sie selbst die persönliche Erfahrung von Gewalt innerhalb einer engen Beziehung, wie es so schön heißt, gemacht. Die meisten Mitglieder sind sich wohl über die Meinung im Klaren, die viele Männer im Ort von ihnen haben: dass sie Männerhasserinnen sind, rechthaberisch und vermutlich alle miteinander lesbisch.

Maja, die im Alltag als Pressefotografin für die Zeitung *Norrbottens Allehanda* arbeitet, legt nach einem langen, unterstützenden Gespräch mit einer Frau, die seit geraumer Zeit von ihrem Exmann bedroht wird, den Hörer auf. Maja seufzt und fährt sich über das Gesicht. Jetzt nicht noch mehr Kaffee, dann schläft sie nie ein.

»Ich gehe jetzt.«

Es ist die Ärztin Birgitta Vallgren, die Frau des Polizeidirektors, die in der Tür steht.

Maja nickt.

»Wir müssen wegen des Budgets für das nächste Jahr einen Antrag bei der Kommune stellen.«

»Glaubst du, dass sie die Zuschüsse senken?«

»Die Gefahr ist groß. Sie sprechen von einer Halbierung. Die Politiker finden uns unangenehm und undankbar. Dennoch erspart unsere ehrenamtliche Arbeit der Kommune einen Haufen Geld.«

»Eine Halbierung? Dann müssen wir die Wohnung kündigen, weil wir die Miete nicht mehr aufbringen können. Begreifen die denn, was das bedeutet?«

Birgitta schüttelt still den Kopf und schaut zu Boden. Maja betrachtet sie, sie sieht abgearbeitet aus.

»Was ist mit dir?«

Birgitta schweigt und beißt sich auf die Lippe.

»Du brauchst es mir nicht zu erzählen.«

»Ich glaube, Åke geht fremd.«

»Wieso glaubst du das?«

»Er ist in letzter Zeit so fröhlich. Und außerdem schlafen wir überhaupt nicht mehr miteinander. Beides macht mich misstrauisch. Vor langer Zeit einmal habe ich ihn wirklich geliebt. Aber ich weiß nicht, was aus diesen Gefühlen geworden ist. Sie sind verschwunden, ohne dass ich weiß, wohin«, sagt Birgitta.

Maja sagt eine Weile lang nichts, die beiden Frauen schauen sich nur müde an.

»Glaubst du, dass Sergej jetzt ins Gefängnis wandert?«, fragt Maja.

»Ich hoffe es. Nach all unseren Tipps, bei denen Åkes Mitarbeiter die ganzen Jahre über nur abgewunken haben. Mats ist von allen der Schlimmste, glaube ich. Ich habe Åke gesagt, dass wir ihn nicht mehr nach Hause einladen können, weil ich wahnsinnig werde, wenn er anfängt zu reden. ›Wieso glaubt ihr, dass irgendeine Art von Handel betrieben wird, nur weil in einer bestimmten

Wohnung besonders viele Männer ein und aus gehen?‹ Er spinnt. Manche meinen, er sei wegen dieser ganzen Sache übergeschnappt«, sagt Birgitta.

»Wenn wir ihn von der Zeitung aus anrufen, erzählt er auf jeden Fall einen Haufen dummes Zeug. Möchte man ein Aufsehen erregendes Zitat, braucht man nur Mats anzurufen, das wissen alle«, sagt Maja.

Birgitta seufzt.

»Das Schlimmste ist ja, dass Åke letztendlich die Verantwortung trägt. Ich habe ihm gesagt, dass Mats versetzt werden müsste, er hat eine Auffassung von Frauen, die einem Angst macht. Aber dann würden die Leute anfangen zu reden, weißt du, und davor hat Åke eine Heidenangst. Er und ich, wir können nicht mehr über dieses Thema sprechen. Mein eigener Mann sagt ›du übertreibst‹ und ›das kann ich nicht glauben‹. Er ist der Vater meiner Kinder. Wie ist das gekommen? Dass ich nicht gesehen habe, dass wir uns in zwei ganz verschiedene Richtungen entwickeln. Er möchte am liebsten den Kopf in den Sand stecken. Eine schlechte Eigenschaft für einen Polizeichef. Wir sprechen inzwischen fast nur noch darüber, was wir zu Abend essen sollen. Wobei er ja nie zu Hause ist, also koche ich auch nicht mehr oft.«

Maja zeigt ein schwaches Lächeln.

»Geh nach Hause und leg dich hin.«

»Du auch. Soll ich dich mitnehmen?«

»Nein, ich gehe zu Fuß, aber danke.«

Der Wecker klingelt viel zu früh. Es kommt ihr vor, als habe sie gerade erst den Kopf auf das Kissen gelegt, und dabei ist es schon wieder Zeit aufzustehen. Schlaftrunken und mit ersten Anzeichen von Kopfschmerzen schleppt

sich Hedvig aus dem Bett. Friert. Immer diese verdammte Kälte. Kaffeemaschine einschalten und die Heizung in der Küche maximal aufdrehen. Die Geräte beginnen munter zu brummen. Selbst fühlt sie sich alles andere als munter, eher abgespannt und sehr ungeduldig. Was wird der Tag bringen? Wie wird das Verhör laufen? Wie geht es dem Mädchen und Rafael? Wird Sergej zu reden beginnen?
Hedvig steigt kurz unter die Dusche und friert die ganze Zeit über. Als sie in die Küche zurückkommt, ist der Kaffee in der Maschine fertig. Sie stürzt zwei Tassen hinunter und isst einen Teller Dickmilch. Draußen ist es noch immer dunkel, aber der Schnee macht es ein wenig heller. Vor dem Fenster schimmert es blauweiß. In der Ferne sieht sie Licht in Gunnars Stall brennen. Er ist schon bei der Arbeit dort unten. Hedvig schüttelt sich bei dem Gedanken, dass er in ihr Haus eingedrungen ist und auf sie gewartet hat. Hätte er ihr etwas antun wollen, hätte er es gekonnt. Es gibt Leute, die meinen, sie sei ein Ungeheuer, das ausgerottet werden müsse. Dass sie in Sachen gräbt, die sie nichts angehen.
Hedvig weist den Gedanken von sich, schaut auf die Uhr. Sie und Carl haben keine Zeit ausgemacht, wann er sie abholen wird. Sie nimmt das Telefon und wählt seine private Nummer, die sie für den Fall, dass sie ihn erreichen muss, gespeichert hat. Es raschelt und eine muntere Stimme sagt: »Hallo, hier My.«
Hedvig ist verwirrt. Sie dachte, dass seine Freundin My heiße, diejenige, von der er gesagt hatte, dass er zu ihr nach Hause müsse. Aber die Stimme gehört einem Kind.
»Hallo, ich heiße Hedvig. Ist dein Papa vielleicht zu Hause?«, fragt Hedvig zögernd.
»Ja, er ist auf dem Klo und pinkelt. Ich hole ihn. Tschüs!«,

sagt das Kind, und Hedvig hört leiser werdende, eifrige Schritte. Aus der Ferne hört sie das Kind wieder: »Papa, da ist eine Frau am Telefon. Ich habe vergessen, wie sie heißt.«

Hedvig schließt die Augen und lächelt. Man stelle sich vor, dass auch Staatsanwälte manchmal auf die Toilette gehen, um ihren Bedürfnissen nachzukommen ... Und dann die Einsicht: Er hat die ganze Zeit von seiner Tochter gesprochen. Aber keinen anderen Frauennamen erwähnt, soweit sie sich erinnert. Bedeutet das, dass er alleine mit der Tochter lebt? Dass er zudem ledig ist? Ist das gut oder schlecht? Will sie es wissen?

Es wird ihr unerwartet leicht ums Herz, als sie seine Stimme hört.

»Ja, hier Carl?«

»Hallo, hier ist Hedvig. Ich habe Sie hoffentlich nicht geweckt?«

Sie hört ihn stöhnen.

»Nein, nicht wirklich. Wir lagen auf dem Sofa und haben seit heute früh um sechs Zeichentrickfilme angesehen.«

»Ich wollte nur sagen, dass ich jetzt startklar bin, falls es für Sie in Ordnung geht, mich abzuholen. Ich kann hinunter zum Hof kommen, zu Gunnars Hof, dann können Sie mich dort aufsammeln. Auf dem Weg zu uns hoch liegt so viel Schnee.«

»Natürlich, kein Problem. Ich muss nur erst My zum Kindergarten fahren. Ich bin in zwanzig Minuten da.«

Sie legen auf, und Hedvig kommt sich ganz und gar lächerlich vor. Okay, er ist vielleicht frei und ungebunden, aber ist er überhaupt an ihr interessiert? Wenn er ein Kind hat, muss es schließlich irgendwo eine Mutter dazu geben, eine Person, an die er durch das Kind für den Rest seines

Lebens gebunden ist. Und ist sie selbst wirklich interessiert, oder macht sie sich nur etwas vor? Tatsächlich hat sie seit einer Weile nicht mehr an Anders gedacht. Ist das ein gutes Zeichen? Vielleicht kann ihre Panik sich wenigstens heute freinehmen. Carl ist von der kühlen Sorte, undurchschaubar, es ist schwer zu wissen, was er insgeheim denkt.

Hedvig gräbt in ihrer Tasche, findet aber nicht, wonach sie sucht. Sie geht in ihr Zimmer hinauf und wühlt in ihrem Toilettenbeutel. Ganz unten entdeckt sie schließlich ihren einzigen Lippenstift. Sie stellt sich vor den Badezimmerspiegel und malt sich die Lippen rot an.

Sie zieht ihre Jacke über, tritt auf die Treppe hinaus und verschließt die Haustür. Dann stapft sie durch den Schnee und stellt fest, dass über Nacht ein wenig Neuschnee gefallen ist. Sie stolpert und rutscht den Hang hinunter und denkt daran, dass damit bald Schluss sein wird. Bald wird sie wieder in hübschen Lederstiefeln auf schneefreien Gehwegen unterwegs sein. Aber vielleicht will sie gerade heute doch noch nicht, dass es so schnell dazu kommt. Typisch, dass sie erst jetzt, wo die Ermittlungen sich einer Art Durchbruch nähern, herausfindet, dass My ein kleines Mädchen ist, das in den Kindergarten geht.

Hedvig schüttelt den Kopf. Gerade als sie den Hof betritt, kommt Gunnar aus dem Stall. Er bemerkt sie erst, als sie dicht vor ihm steht.

»Hallo«, sagt sie und hat eine Idee. »Kann ich mit Ihnen ins Haus kommen, ich müsste Sie ein paar Dinge fragen?«

Gunnar nickt und murmelt eine Antwort, die sie nicht versteht. Er macht große Schritte in seinen alten, zerschlissenen Arbeitsstiefeln. Über dem Blaumann trägt er

eine alte Schaffellweste. Auf dem Kopf sitzt eine schäbige Mütze, auch aus Fell. Die Ohrenklappen schlenkern im scharfen, kalten Wind.
Sie folgt ihm in sein Haus. Zwei Katzen sitzen auf der Spüle und schauen Gunnar und Hedvig aus grünen Augen an.
»Wie geht es Ihnen?«, fragt sie spontan.
»Ja, was soll ich sagen, kleines Fräulein, kleines neugieriges Wesen. Es geht Gunnar Rantatalo verdammt schlecht. Und das ist Ihre Schuld!«
»Meine Schuld?«
»Sie kommen hierher und schnüffeln, Sie und dieser Lange, und danach ist alles verändert. Die Frauen verschwinden von hier, Sergej wurde eingesperrt, und Sie setzen Himmel und Hölle in Bewegung, um die Dinge nach Ihrer Auffassung geradezurücken.«
»Die Gesetzgebung ist, wie sie ist, und sie gilt für alle Menschen gleichermaßen. Das schwedische Gesetz ist im ganzen Land gültig, auch wenn es nicht immer so scheint«, sagt Hedvig.
»Das Gesetz, das Gesetz! Was hat der Staat damit zu tun, wie wir hier oben unser Leben gestalten, können Sie mir das sagen? Was? Wenn Natascha und ich uns einig sind, warum muss sich dann ein anderer einmischen?«
Er ist eher verzweifelt als wütend. Er geht in die Küche und setzt sich an den Tisch. Er ist wieder den Tränen nahe. Hedvig seufzt. Sie findet, dass sie diese Argumente jetzt zur Genüge gehört hat. Sie kann sie alle auswendig, rückwärts, im Schlaf aufsagen.
»Ich würde gerne etwas mehr über Ihre Kontakte zu Sergej erfahren«, sagt Hedvig und setzt sich auf die andere Seite des Küchentischs.

»Er hat nichts getan! Sergej ist ein guter Mensch, er will nur helfen! Warum kommen Sie her und wühlen herum und machen alles kaputt? Wir hatten es so gut! Allen hier ging es gut, bis Sie kamen. Hören Sie? Ich bereue, dass ich Ihnen jemals das Haus vermietet habe! Ich wünschte, ich könnte das ändern. Sie sind die Bösen, nicht Sergej.«

Er beugt sich näher zu ihr. Hat er getrunken? Gunnar sieht wirklich mitgenommen aus. Seine Augen glänzen vor Tränen, und er blickt sie starr an.

Plötzlich bemerkt sie, dass er nach dem Brotmesser gegriffen hat und es in der Hand hält. Er hat es bestimmt selbst geschliffen, es sieht scharf aus. Probehalber fuchtelt er damit vor ihrem Gesicht herum. Es sieht aus, als würde allein die Bewegung ihm die Kraft verleihen weiterzufuchteln.

»Verschwinden Sie von hier. Verschwinden Sie! Ich will Sie nie wieder hier sehen.«

»Beruhigen Sie sich, Gunnar. Machen Sie jetzt keine Dummheit, alles wird nur noch schlimmer. Gunnar!«

Er macht einen Ausfallschritt auf sie zu, aber im selben Moment klopft es an die Haustür. Gunnar hört das Geräusch nicht, er greift weiter an, aber Hedvig duckt sich und weicht aus. Gunnar verliert das Gleichgewicht und fällt gegen die Wand hinter ihr. Er dreht sich um und schaut sie an. Hedvig steht eingeklemmt zwischen dem Herd und der Spüle. Da wird die Tür aufgestoßen, und Carl steht da.

Er erkennt schnell die Situation und ruft: »Was geht hier vor?«

Fast wie ein Polizist, denkt Hedvig.

Gunnar kommt aus dem Konzept, lässt das Messer fallen und bleibt stehen. Dann fängt er an zu weinen, bricht in

ein lang gezogenes Schluchzen aus. Carl sieht Hedvig fragend an, die sich vorsichtig an die Stirn tippt. Vielleicht ist er verrückt geworden.
»Wir nehmen ihn mit und sprechen mit ihm«, sagt Carl leise zu Hedvig.
Zu Gunnar sagt er: »Ziehen Sie sich um und folgen Sie uns, dann können wir in aller Ruhe reden. Ich heiße Carl Dahlström und bin Staatsanwalt. Beruhigen Sie sich erst einmal.«
Gunnar wischt sich die Tränen aus dem Gesicht und schnauft.
»Ich kann jetzt nicht mitfahren, Kurt wollte kommen und mir mit dem Dach helfen. Ich habe ein Problem mit dem Stall. Ich bin doch schon bei Ihnen gewesen?«
Carl räuspert sich und sagt: »Kurt ist bereits auf der Polizeiwache. Er hat im Haus von Sergej am Moor eine Schussverletzung abbekommen, wie Sie vielleicht wissen. Das Dach muss wohl warten. Kommen Sie jetzt.«
Gunnar zieht sich um. Draußen auf dem Hof steht Carls alter Kombi, ein typischer Familienwagen. Hedvig schaufelt ein paar Spielsachen von der Rückbank in den Fußraum. Dort liegt bereits ein Durcheinander aus einigen leeren Limonadenflaschen, einem rosa Handschuh, einer Haarbürste und einem Paar kleiner lila Gummistiefel mit rosa Blumen darauf. Es gibt noch andere, die Hilfe beim Aufräumen brauchen, denkt Hedvig.
Auf dem Beifahrersitz ist ein Kindersitz montiert, weshalb sich Hedvig und Gunnar beide auf die Rückbank setzen.
»Es tut mir leid, dass es im Wagen so aussieht. Ich komme nie dazu … aufzuräumen«, entschuldigt sich Carl.
Schweigend fahren sie in die Stadt. Ab und zu lässt Hed-

vig den Blick über Carls Kopf auf dem Sitz vor ihr gleiten. Er fährt ruhig und sicher, hält sich an die erlaubte Höchstgeschwindigkeit.

Gunnar räuspert sich und fängt wieder von vorne an, wie ein Tonband: »Ja, ich habe ja schon gesagt, haben Sie nichts Besseres zu tun? Es ist doch wohl meine Sache, wen ich treffe und wie? Ist Ihnen klar, dass ich jetzt versuchen muss, eine neue Frau zu finden, die für mich arbeiten kann?«

»Dann, Gunnar, begehen Sie erneut ein Verbrechen«, sagt Carl mild und sieht den Landwirt auf der Rückbank an.

»Was hat der Staat damit zu tun? Zu jeder Zeit sind doch Leute über Grenzen hinweg zusammengekommen. Und was sollen wir denn machen, wenn alle Frauen von hier fortziehen? Wir bleiben zurück mit dem Hof, dem Land, dem Wald und der Verantwortung, aber die Frauen hauen einfach ab. Sie überlassen uns unserem Schicksal. So ist es hier, aber das begreifen Sie nicht. Natascha ist nett, sie ist eine anständige und gute Frau. Was, zum Teufel, sollen die Männer machen, wenn sie sich keinen Sex kaufen dürfen?«

»Sie können die Sache selbst in die Hand nehmen«, antwortet Hedvig.

17

Weißt du, kleine Großmutter, sie waren jetzt da und haben mich geholt, die Polizei ist schließlich gekommen. Ich sollte wohl *endlich* sagen, aber inzwischen bin ich mir nicht mehr richtig sicher. Ich weiß nicht, was schlimmer ist. Ich bin völlig verwirrt. Ich liege hier in meinem Bett im Krankenhaus, umgeben von alten Männern, das ist sehr merkwürdig, musst du wissen. Ich dachte daran, dir zu erzählen, wie es ist. Um Ordnung in meine eigenen Gedanken zu bringen, um nicht verrückt zu werden, um die Realität zu begreifen. Wenn das denn die Realität ist. Ich hoffe, es gibt dort, wo du bist, einen Dolmetscher. Ich hoffe es wirklich. Einen Dolmetscher mit Engelsflügeln. Aber ich denke doch, dass du mich verstehst, kleine Großmutter. Du hattest so freundliche Augen und so warme Hände. Das vergesse ich nie. Du brauchst keinen Dolmetscher.

Die Polizisten haben gesagt, du seist tot. Ich bin traurig darüber. Ich darf jetzt nicht weinen, denn dann tut es so weh. Ich werde versuchen, nicht daran zu denken. Wenn ich mit dir spreche, bist du doch bei mir, nicht wahr? Was spielt der Tod da für eine Rolle, kleine Großmutter? Überhaupt keine. Wenn ich die Augen schließe, fühle ich, dass du hier bei mir auf der Bettkante sitzt.

Zuallererst muss ich dir erzählen, dass sie mir auch das Kreuz genommen haben, das du mir gegeben hattest, die

Halskette, die neben dem Bett lag und von der ich glaube, dass du sie mir schenken wolltest. Nichts Eigenes darf ich behalten, am allerwenigsten solch ein Symbol. Auch wenn es jetzt sehr gut gepasst hätte, das Kreuz des Leidens. Meines und deines und allen Leidens.

Die Polizei kam, und ich habe keine Worte, kleine Großmutter, um dir zu erzählen, was davor geschah. Ich erinnere mich nicht daran, was sie mir antaten, nur daran, wie ich klang. Das Gebrüll, die Schmerzen, die Geräusche. Ihre Rufe und meine Schreie. Meine Laute. Alles endete in Finsternis. Wieder in der Sauna, eingesperrt.

Ich fühle jetzt deine Hand, Großmutter. Willst du meine Hand halten, während ich mit dir spreche? Du hast so sanfte, starke Hände.

Die Polizei brachte mich ins Krankenhaus. Eine kleine Frau kam mit und hielt meine Hand, so wie du jetzt. Ich konnte sie nicht loslassen. Über die Untersuchungen und die vielen Stiche kann ich auch nicht sprechen. Danach lag ich mehrere Stunden keuchend da, ich war so müde. Als hätte der Körper keine Kraft, um zu heilen, nicht schon wieder, nicht noch einmal.

Vor dem kleinsten Geräusch zucke ich zusammen. Ich habe Angst, dass Sergej mir hierher folgt, aber sie sagen, er sei hinter Schloss und Riegel bei der Polizei. Ich hoffe, er verrottet dort. Ich weiß, dass das kein christlicher Gedanke ist, kleine Großmutter, aber ich hasse diesen Mann wirklich.

Als gestern die kleine Polizistin zu mir kam und mit mir zu reden begann, mich fragte, ob ich erzählen könne, was ich erlebt hätte, da fehlten mir zunächst die Worte. Wie sollte ich jemandem erzählen, was sie mit mir gemacht haben? Es gibt keine Worte dafür, kleine Großmutter.

Aber diese Frau, Hedvig heißt sie, hat Geduld. Sie kommt jeden Tag und spricht mit mir. Sie haben mich im Mund genäht, damit mein Kiefer wieder richtig heilt, daher kann ich ihr im Moment nicht gut antworten. Ich schreibe einiges auf, und dann übersetzt es jemand für sie. Ich mag sie. Sie hat mir englische Zeitschriften und Blumen gekauft. Einen kleinen Stoffteddy mit einem aufgenähten Herzen hat sie mir auch gegeben. So bin ich nicht ganz allein.

Ich habe versucht, ihr einen Teil zu erzählen, und sie saß ruhig auf dem Stuhl und sah aus, als würde sie aushalten, was ich sagte. Also werde ich ihr wohl noch mehr erzählen. Sie soll mir helfen, meine Last zu tragen.

Sie hat mich gefragt, ob ich mir vorstellen könnte, in einem Gerichtsverfahren gegen Sergej auszusagen. Zuerst habe ich Ja gesagt. Er ist nicht mal ein Mensch, er ist ein Tier. Dann habe ich nachgedacht. Auch eine lange Gefängnisstrafe ist irgendwann zu Ende, und er hat viele Freunde mit Einfluss und Macht. Alle hat die Polizei nicht erwischt. Sie könnten mir wieder auflauern, genauso wie sie es taten, als ich versuchte, mit deinem Geld nach Hause zurückzukehren, kleine Großmutter.

Sie finden mich immer. Glauben sie. Aber ich denke, dass ich keine Angst haben darf. Ich bin nicht diejenige, die etwas falsch gemacht hat, sondern Sergej. Wie kann man jemanden so einsperren, ein Mädchen, kaum ausgewachsen, und es zusammenschlagen und Dinge mit ihm machen, über die man nicht einmal sprechen kann? Nur kranke Menschen tun so etwas.

Hedvig hat mir gesagt, dass ich nur so lange hier bleiben darf, wie ich im Krankenhaus liegen muss. So sind die Regeln. Vielleicht kann ich noch ein wenig länger bleiben, das könnte die Polizei arrangieren. Aber nicht für immer. Das ist eigentlich nicht gerecht, ich helfe ihnen, aber sie können mir danach nicht helfen, ich muss allein zurechtkommen und wieder nach Hause fahren. Wo auch immer mein Zuhause ist. Hedvig kann mir nichts garantieren. Ich muss mich selbst um mich kümmern, so wie ich es immer getan habe. Ich wünschte mir natürlich, ich könnte hier bleiben und in deiner kleinen, hübschen Wohnung wohnen, Großmutter, aber das ist nur ein Traum, das ist mir klar. So gut wird es nie werden.

Ich höre dich zu mir sagen, dass ich der Polizei helfen soll, dass ich erzählen soll, was ich weiß. Dass die Wahrheit am Ende über das Dunkel siegen soll, trotz allem. Ich werde mutig sein. Ich verspreche dir, so gut ich es vermag darüber zu reden, was passiert ist. Sowohl über das, was mir zugestoßen ist, als auch über die Umstände, die bewirkten, dass wir uns wie durch ein Wunder im Moor begegneten. Dann soll geschehen, was will.

Meine Stimme wird auch für all die anderen Mädchen sprechen, von denen ich nicht weiß, wo sie inzwischen sind. Für die Sommersprossige und die Hinkende, für die Dunkle und die Helle und für das Mädchen mit dem Muttermal und dasjenige mit nur einem Ohr.

Für sie alle wird meine Stimme sprechen.

Sergej Björkman hat schlecht geschlafen, obwohl er von der Ausnüchterungszelle in eine gewöhnliche Zelle umziehen durfte. Tiere haben es besser als er hier. Die Fragen der Polizei umschwirren ihn wie böse Mücken im Moor. Wie er auch versucht, sie zu verscheuchen, sie kommen immer wieder, nehmen sich noch ein Häppchen von ihm und noch eines. Wenn nur ein wenig Wind aufkäme, ein

Lüftchen, damit die Insekten in alle Himmelsrichtungen vertrieben würden!
Aber nein.
Er hat während der ganzen langen Nacht überlegt. Er ist nicht dumm. Er begreift, dass er die Wahl hat. Oder genauer gesagt, vier: gestehen, abstreiten, schweigen oder lügen. Offensichtlich hat ihn irgendein Weib dort im Moor gesehen, als er Viola Uusitalo außer Gefecht gesetzt hat. Er weiß nicht, wer es war, hat aber seine Vermutungen. Sobald er dazu kommt, wird er seine Männer auf sie hetzen, diese Alkoholikerfrau mit den kleinen Kindern. Wie kann sie glauben, dass sie ungestraft solch unerhörte Dinge der Polizei erzählen kann? Wie kann sie die Hand abschlagen, die sie ernährt? Diese kleine Hure. Die wird er sich schon vorknöpfen.
Es scheint, als gäbe es in Kürze Belastungsmaterial gegen ihn, aber darauf pfeift er. Vielleicht haben sie auch nur alles erfunden. Dieser idiotische Staatsanwalt muss erst mal beweisen, dass es so passiert ist, wie er behauptet. Sergej streckt sich auf seiner Pritsche aus. Er denkt nicht daran, sich zu ergeben und zu gestehen, nur weil sie einen lächerlichen Zeugen haben. Dasselbe gilt für das Haus am Moor. Warum sollte er darüber reden? Oder über das Mädchen aus der Sauna? Sie kann schließlich schon dort gewesen sein, als er kam.
Der Inhalt des Computers gibt ihm mehr zu denken. Es ist Elisabet, die sich all die Jahre um die Buchführung gekümmert hat. Erst bei den Elchhunden, dann bei diesem Unternehmen. Nicht aus steuerlichen Gründen, sie sind schließlich nicht angemeldet, sondern aus Gründen der Ordnung. Dass sie krankhaft pedantisch ist, weiß er. Sie, die Listen an die Kühltruhe heftet, wie viele Lachse und

Rentierrücken noch vorhanden sind. Nimmt man ein paar Fischbällchen oder Rindersteaks heraus, muss man daran denken, sie auf der Liste zu streichen, sonst wird Elisabet fuchsteufelswild.
Hoffentlich hat sie keine Quittungen oder Visitenkarten aufgehoben oder Namenslisten geführt. Er hat ihr schließlich aufgetragen, Codewörter zu benutzen, aber er hat das nie wirklich überprüft. Papierkram gehört nicht zu seinen Stärken. Er will arbeiten, nicht herumsitzen und irgendwelche verdammten Unterlagen wälzen. Dennoch ist das Unternehmen so gewachsen, dass ein System nötig ist, um Ordnung zu halten. Er ahnt Schlimmes, obwohl er ihr gesagt hat, dass sie sich die Sachen im Kopf merken und keinerlei Notizen machen soll. Die Ordner mit den Namen und Nummern und verschiedenen Präferenzen hat er doch in den feuerfesten Schrank im alten Stall geschlossen. Wie haben sie die finden können?
Er schluckt geräuschvoll und entschließt sich im selben Moment zu schweigen. Keinen Ton wird er sagen. Er denkt nicht daran, noch einmal den Mund zu öffnen, bevor er nicht ein freier Mann ist. So wird es sein. Wenn seine Alte dann aus reiner Nervosität anfängt zu quatschen, muss sie dafür einstehen. Dann ist sie schließlich mitschuldig. Dann wird sie auch bestraft werden. Mithilfe zur Zuhälterei, oder wie man das nennt? Vielleicht sogar Beschützen eines Verbrechers? Er hätte sie schon lange loswerden sollen, die fette alte Kuh.
Die Zellentür wird aufgesperrt. Er dreht sich um, erwartet keinen Besuch. Da steht eine stattliche Frau, die er nicht kennt. Sie trägt eine Art Kostüm.
Sergej schweigt. Er kann genauso gut gleich damit anfangen.

»Ich heiße Pia Niska. Ich bin Ihre neue Anwältin«, sagt das Teufelsweib, als es durch die Tür tritt.
Sie stellt so eine riesige, viereckige Ledermappe auf den Tisch, wie alle Anwälte sie zu haben scheinen, inklusive Lennart Grönlund.
»Wo zum Henker ist Lennart?«, schreit er die Unbekannte an.
Weiter reicht Sergejs soeben geleistetes Schweigegelübde nicht.
»Lennart Grönlund ist von dem Fall enthoben, seit die Polizei seinen Namen in der Kundendatei auf Ihrem Computer gefunden hat. Ich wurde an seine Stelle gerufen. Kommen Sie mit, es ist Zeit für das Verhör«, sagt Pia Niska.
»Was für eine verdammte Kundendatei? Ist Lennart darin aufgeführt? Was zum …«
Sergej verbirgt das Gesicht in den Händen und brüllt laut auf.

Das Verhör stagniert. Nach fünfundvierzig Minuten des Abstreitens und Schweigens als einzige Antworten auf die Fragen, mit denen Rafael Sergej zu ködern versucht, ist der Polizist nahe daran aufzugeben. Dennoch fällt es ihm schwer, nicht zu lachen. Sergej Björkman, du Dummkopf, du wirst es nie schaffen, während der gesamten Ermittlung und der Gerichtsverhandlung zu schweigen. Dafür braucht man eine stahlharte Psyche, und die hast du nicht. Denkt Carl.
»Danke für heute«, sagt er freundlich und bemüht sich, vom Schweigen des Verdächtigen so unbeeindruckt wie möglich zu klingen.
Dies ist ein Machtkampf, den Rafael und Carl besser beherrschen als Sergej. Und laut Hedvig ist das verletzte

Mädchen bereit auszusagen. Nicht im gleichen Saal wie Sergej, sie werden beantragen müssen, dass er in einem anderen Raum mithören kann. Das Mädchen hat auch von der alten Frau erzählt, Viola, die ihr geholfen hat zu fliehen. Dass sie verarztet wurde und in Violas Wohnung schlafen durfte und dass sie einen Nachbarn getroffen haben. Mit großer Mühe hat das Mädchen gestanden, das Geld und das Kreuz genommen zu haben, aber mehrfach wiederholt, dass der größte Teil des Geldes noch in einer Dose am Grab ihrer Mutter steckt, wohin ihr Stiefvater nie geht.
Sergej hat ganz ohne Zweifel ein Motiv gehabt, Viola zu töten, denkt Carl. Er schaut auf die Uhr. Er müsste es noch schaffen, die fertige Lasagne zum Mittagessen hinunterzuschlingen, die er heute bei Konsum gekauft hat. Dann wird es Zeit sein für Gunnar. Und Kurt.
Gunnar ist ein heikler Fall, bei dem die Bezeichnung des Verbrechens verzwickt ist, falls sich überhaupt eine Anklage erheben lässt. Er selbst behauptet, Natascha als Haushälterin genutzt zu haben und dass Sex in diesem Dienst nicht mit inbegriffen war. Natascha erzählte laut Hedvig und Rafael die gleiche Version. Entweder es verhält sich tatsächlich so, oder beide haben entschieden, es so darzustellen, um nicht dafür einstehen zu müssen, dass es sich in Wahrheit um Prostitution handelte. Vom sozialen Standpunkt aus war es ja Gunnars Ziel, die Leute im Dorf glauben zu lassen, dass er noch immer ein potenter Mann ist, der eine Frau an seiner Seite braucht. Ist damit die Absicht dieselbe wie bei einem wirklichen Sexkäufer? Sein Name findet sich in der Kundenliste, die die Techniker auf Sergejs Computer entdeckt haben. Aber reicht das als Beweis?

Carl überlegt hin und her, während er die viel zu heiße Lasagne verschlingt. Plötzlich klingelt sein Handy; auf dem Display sieht er, dass es seine Tochter ist.

»Hallo, Papa, hier ist My. Du, ich wollte dich nur fragen, ob … ob … ob …«

»Ja, was denn?«

»Äh, also … nein, ich habe es vergessen.«

»Aha«, sagt er gestresst und hoffte dass sie es nicht bemerkt.

»Doch, jetzt fällt es mir wieder ein. Weißt du, wohin ich meine Troddeln gelegt habe, die mit den rosa Glitzersternen? Oma und ich können sie nicht finden.«

»Die sind in deiner Einhorn-Tasche«, sagt er. »Ich hole sie dir, wenn ich nach Hause komme.«

»Oh, wie gut! Küsschen! Grüß alle, die du kennst!«, ruft die kleine, fröhliche Stimme, die ihn mit ihrer Wärme umfängt.

Eine andere Wirklichkeit.

Dann legt sie auf.

Carl steht auf, um sich Kurt Johansson vorzunehmen. Gunnars Nachbarn, den Mann mit dem orangefarbenen Fleecepullover, dreifacher Vater, der als Bodyguard für Sergej gedient hat. Der eine relativ leichte Schussverletzung abbekommen hat und dann in dem Haus am Moor verhaftet wurde. Kurt, der am liebsten den Traktor nimmt, wenn er irgendwohin muss. Nataschas Klage wegen Vergewaltigung wird nicht halten. Gunnar sagt, dass er betrunken war und sich an nichts erinnert. Wahrscheinlich wird Kurt dasselbe sagen.

Im selben Moment, in dem Carl zusammen mit Rafael, der sich in den letzten Tagen erholt hat, den Vernehmungsraum betritt, erreichen drei ernste Frauen den Empfangsschalter der Polizeiwache. Sonja erkennt fast alle, als sie von ihrer Häkelarbeit aufblickt. Ihr Gesicht erstarrt zu einer Maske.

»Ach, hallo, Birgitta, willst du mit Åke sprechen? Ich fürchte, er ist beschäftigt«, sagt sie höflich, aber distanziert.

Mit lauter Stimme sagt Birgitta zu Sonja: »Ich bin nicht in meiner Eigenschaft als Åkes betrogene Ehefrau hier, falls du das gedacht haben solltest, Sonja. Ich bin hier in meiner Eigenschaft als neu gewählte Vorsitzende des Frauenhauses Cikoria. Ich verlange, den Polizeidirektor sofort zu sprechen. Wir möchten unter anderem einen Fall von Frauenmisshandlung anzeigen.«

Während Birgitta das sagt, blitzt es gleichzeitig auf, so dass Sonja geblendet wird. Eine große Frau fotografiert. Sie trägt eine Art khakifarbenen Safarianzug mit Taschen an der Vorder- und Rückseite und hat eine riesige Kamera an einem Riemen um den Hals hängen. Sonja glaubt, die Frau schon einmal gesehen zu haben, und erinnert sich dann, dass sie im letzten halben Jahr bei mehreren Pressekonferenzen auf dem Polizeirevier anwesend war.

»Meine Lieben, immer mit der Ruhe, bitte. Ich werde sehen, was ich machen kann, aber wäre es nicht einfacher gewesen, Birgitta, wenn du im Vorfeld einen Termin mit Åke ausgemacht hättest? Ihr habt euch doch sicher zuletzt am Frühstückstisch gesehen?«, sagt Sonja und schnappt nach Luft.

»Nein, Sonja«, sagt Birgitta und beugt sich über den Schalter, an dem Sonja sitzt. »Ich glaube eher, dass er heute Morgen mit dir gefrühstückt hat, oder?«

Sonja errötet wie eine Pfingstrose und drückt frenetisch

auf ihre Telefontasten. »Ja, hallo, hier Sonja von der Zentrale, hast du Åke gesehen? Nein. Seine Frau ist hier. Vom Frauenhaus. Kannst du Åke holen? Ja, es eilt. Danke.«

»Wir schätzen deine Bemühungen, Sonja«, sagt die neu gewählte Vorsitzende des Frauenhauses und betrogene Ehefrau des Polizeidirektors.

Zehn Minuten später, als die kompakte Stille im Foyer Sonja beinahe den Atem nimmt und den gesamten Sauerstoff verbraucht hat, kommt endlich der Polizeidirektor herunter. Vor dem Sicherheitsglas erbleicht er, als er seine Frau und die beiden anderen Damen vor sich sieht. Er schneidet eine Grimasse, als diese verdammte Fotografin von der Zeitung ihn in einem Blitzlichtgewitter fotografiert. Haben sie sie immer noch nicht hinausgeworfen? Er wird mit Torsten darüber reden müssen.

»Liebe Birgitta, ich kann nicht …«, fängt er an.

»Lieber Åke, das kannst du bestimmt«, sagt seine Frau und marschiert frech ins Innere des Polizeigebäudes, dicht gefolgt von den beiden anderen Frauen.

»Aber was soll das? Bist du verrückt?«, ruft ihr Mann in einem unbeholfenen Versuch, die kleine Gruppe aufzuhalten, hinter ihr her.

Er wirft Sonja an der Zentrale einen Blick zu, aber die sucht eilig nach einer Häkelnadel, die ihr ärgerlicherweise in ihrem kleinen Kabuff auf den Boden gefallen ist, so dass sie überhaupt nicht zu sehen ist.

Wie konnte sie sich nur mit Åke einlassen? Sie hätte sich doch denken können, dass seine Frau irgendwann dahinterkommt. Aber untreu zu sein ist wenigstens nicht strafbar, tröstet sie sich. Auch eine Oma braucht ein wenig Würze in ihrem Liebesleben. Nie hätte sie sich vorstellen können, auf dem Rücksitz eines Polizeifahrzeugs Sex zu haben, wenn auch eines zivilen, aber immerhin. Obwohl er manchmal Probleme hat, auf Touren zu kommen, ja, tatsächlich hat sie schon Besseres erlebt. Er wirkt irgendwie etwas gehemmt, der gute Polizeidirektor. Es wäre vielleicht an der Zeit, sich nach etwas Jüngerem umzusehen …

»Birgitta, beruhige dich, verdammt. Wir können doch wie vernünftige, zivilisierte Menschen darüber reden. Du brauchst deswegen nicht gleich die Presse mitzubringen!«

Seine Gattin sieht in kalt an. Die Frauen sind vor den Aufzügen im Inneren des Polizeigebäudes stehen geblieben. Ihre Anwesenheit weckt eine gewisse Aufmerksamkeit, und die Kollegen, die vorbeikommen, betrachten sie neugierig.

»Die Vertreterinnen des Frauenhauses Cikoria, die Vorsitzende und die stellvertretende Vorsitzende, sind heute hierher gekommen, um Anzeige zu erstatten. Ich möchte, dass du diese jetzt schleunigst zur Kenntnis nimmst, und ich erwarte, dass die Polizeibehörde sie mit dem nötigen Ernst behandelt.«

Birgitta sieht ihren Mann böse an. Er seufzt und hebt die Hände.

»Ich verstehe nicht, was du damit erreichen willst, aber von mir aus. Bitte, hier entlang. Seit wann bist du Mitglied im Frauenhaus-Verein?«, fragt er, während er die Gruppe zu seinem Dienstzimmer führt.

»Ich wurde bei der gestrigen Jahreshauptversammlung zur Vorsitzenden gewählt. Es gibt einiges, was du nicht über mich weißt, mein kleiner Schmusebär«, antwortet sie.

»Nenn mich *nie* so, wenn andere dabei sind«, zischt Åke mit hochrotem Gesicht.

Seine Frau ignoriert ihn völlig.
Obwohl Åkes Dienstzimmer, gelinde gesagt, geräumig ist, fällt Åke das Atmen seltsam schwer, nachdem die Frauen eingetreten sind. Die Hündin unter dem Tisch knurrt bedrohlich, obwohl sie ihr Herrchen erkennt, aber Åke beruhigt das Tier sofort. Die Fotografentussi hört nicht auf zu blitzen, so dass man beinahe einen epileptischen Anfall bekommen könnte, denkt Åke verärgert.
»Ich habe Ingrid Grönlund, neu gewählte zweite Vorsitzende des Frauenhaus-Vereins Cikoria, mitgebracht, die eine Anzeige erstatten möchte. Bitte«, sagt Birgitta.
Åke zuckt wie von einem Schlag zusammen. Er hätte sie gleich wiedererkennen müssen, aber es ist lange her, seit sie sich das letzte Mal gesehen haben. Vor ihm sitzt die Frau des Kommunalrats. Olles Alte. Sie schaut Åke böse an. Ihre Nase ist schief und sieht komisch aus. Åke schluckt und sagt »ja?«, so neutral er kann.
»Ich möchte meinen Mann wegen Misshandlung anzeigen. Er hat mich wiederholt geschlagen, aber ich wollte ihn bisher nicht anzeigen, weil ich an die Kinder gedacht habe. Und ich habe außerdem gedacht, dass eine Anzeige bei der Polizei seine politische Karriere und seine Chancen zerstören würde weiterzukommen. Olle möchte so furchtbar gerne in den Reichstag, und nächstes Jahr ist doch Wahl. Aber jetzt ist unser jüngster Sohn volljährig, und ich ertrage es nicht mehr. Vor einiger Zeit hat Olle mir die Nase gebrochen. Als ich anrief, kamen ein paar Polizisten, aber ansonsten wurde die Sache wohl nicht weiter verfolgt. Ich habe ein paar Fotos dabei, um zu dokumentieren, wie ich damals aussah«, sagt sie und schiebt Åke einen Umschlag zu.
Widerwillig nimmt er das Kuvert entgegen und schreibt

aus Leibeskräften weiter, lässt seine Zeigefinger über die Tastatur des Computers hüpfen. Er wird blass im Gesicht, aber denkt nicht daran, eine Szene zu machen, nicht vor der Fotografin. Oh, nein, so dumm ist er nicht. Aber Birgitta wird etwas erleben, wenn sie nach Hause kommen. Das ist doch ungeheuerlich! Wollen sie jeden Mann, jeden Polizisten, jeden Machthaber hier oben unmöglich machen? Sie werden zum Gespött im ganzen Land. Schon morgen können das staatliche Fernsehen und das staatliche Radio die Neuigkeit über die Anzeige aufgeschnappt haben, und dann werden die überregionalen Abendzeitungen nachziehen, und wieder einmal werden die Männer von hier oben als rohe Kerle dargestellt werden, was sie in Wirklichkeit gar nicht sind. Olle wird an den Pranger gestellt werden, und dann kann er die geplante Karriere im Reichstag sofort an den Nagel hängen, bevor er überhaupt damit angefangen hat.

Åke ist fuchsteufelswild und schaut mit verkniffenem Blick zu seiner Frau hoch. Was ist in sie gefahren? Ist sie völlig von Sinnen?

Birgitta hebt die Hand, wie um ihn daran zu hindern, das herauszuschreien, was er ihrer Meinung nach denkt, und sagt stattdessen: »Ich möchte, dass du das so im Computer vermerkst, dass ich es sehen kann, Liebling. Und nichts vergessen«, sagt sie, als spreche sie zu einem Kind.

Bevor sie gehen, stellt sich Birgitta, seine eigene, heiß geliebte, aber etwas vorpubertäre und frigide Frau, hin und verliest eine Erklärung, die der Vorstand des Frauenhauses Cikoria bei dieser verdammten Jahreshauptversammlung, die offenbar am Tag vorher stattfand, verfasst hat. Warum hat Birgitta nichts davon gesagt? Er war zwar gestern bei Sonja, aber dennoch!

Sie fordern die Einstellung von Menschenhandel jeder Art, sie fordern, dass der weibliche Körper nicht mehr als Handelsware fungiert. Dass der Gewalt von Männern gegen Frauen Einhalt geboten wird, ebenso wie jeder Form von Gewalt innerhalb von privaten Beziehungen. Sie fordern, dass die Schule und der Sozialdienst ihr Personal hinsichtlich dieser Problematik weiterbilden, und sie fordern, dass die Kommune ihr besonderes Augenmerk auf junge Männer richtet, bei denen die Gefahr besteht, dass sie ein falsches Bild davon bekommen, was die Liebe zwischen Mann und Frau eigentlich ausmacht. Sie fordern außerdem, dass Kinder, die Misshandlungen zwischen den Eltern miterleben mussten, auch als Verbrechensopfer gelten. Und das Unerhörteste von allem: Sie fordern, dass die Polizei dieses Problem ernst nimmt.
Åke fasst sich an die Stirn. Er kann nicht glauben, dass das wahr ist. Was ist nur in sie gefahren? Sie sind verrückt geworden!
»Unser gesamter Aufruf wird morgen in der Zeitung zu lesen sein, Liebling«, sagt seine Frau zu ihm, bevor sie sich umdreht, um ihren Mann in seinem Dienstzimmer zurückzulassen, in dem inzwischen jeder Sauerstoff verbraucht ist.
Ihm fehlen die Worte, um zu antworten. Er setzt sich schwerfällig in seinen teuren, ledernen Chefsessel und starrt ihr nach.
Birgitta wendet sich ihm noch einmal zu: »Ach, übrigens, ich habe heute Morgen meinen Scheidungsantrag beim Amtsgericht eingereicht. Ingrid hat ihren gleichzeitig abgegeben. Dann haben wir zusammen zu Mittag gegessen. Es war sehr nett. Das Essen, meine ich«, fügt sie fröhlich hinzu, bevor sie die Fotografie von sich nimmt, die auf

Åkes Schreibtisch steht, und sie inklusive Rahmen in ihre Handtasche steckt.
Dann geht sie mit Ingrid und Maja hinaus und schlägt die Tür hinter sich zu.

Nach diesem Vorfall steigt die Arbeitsbelastung auf der Polizeiwache kräftig. Wie ein Lauffeuer breitet sich vom Büro des Amtsgerichts das Gerücht aus, dass sowohl Åkes als auch Olles Frau die Scheidung wollen. Dazu kommt, dass Olle seiner Frau die Nase gebrochen hat und der Polizeichef es mit Sonja in seinem Dienstwagen treibt. Der Damm ist gebrochen, und alle Grenzen scheinen sich aufzulösen.
Carl erreicht eine Anzeige von Lotta, der Frau des Stadthotel-Besitzers, und Hedvig nimmt ihre Aussage zu Protokoll. Diese ergibt neue Namen und Kontakte, die sich weiterverfolgen lassen. Lotta, die die Schwiegertochter von Torsten Stålnacke ist, zeigt ihren eigenen Mann und dessen Hotel als mutmaßlichen Ort der Prostitution an. Sie ist bereit zu bezeugen, was an jenem Wochenende in den Hotelzimmern passierte, als sie in der Bar einen Erotischen Zirkus veranstalteten und Sergej die Gäste mit galanten Damen versorgte. Eine Flasche Champagner in privater Atmosphäre für 400 Euro.
»Ich dachte, dass diese Angaben für die Ermittlungen interessant sein könnten, die, soweit ich mitbekommen habe, derzeit gegen Sergej Björkman laufen«, sagt die Frau, die an jedem sichtbaren Körperteil ein Piercing trägt.
Sergejs Frau Elisabet wird mit der Tatsache konfrontiert, dass die Polizei hinter der Chagall-Litographie im Wohnzimmer ihres Stadthauses ein Geheimfach gefunden hat. Dort lagen lose Zettel mit Angaben über Käufer, die je-

mand – sie? – noch nicht in den Computer übertragen hat. Sie legt die Karten vor Carl direkt auf den Tisch:

»Ich halte es nicht durch, herumzureden und zu lügen, wie es die Männer vermutlich machen. Sehen wir jetzt lieber zu, die Sache hinter uns zu bringen. Natürlich habe ich meinem Mann bei seinem Unternehmen geholfen.«

»Hunde oder Frauen?«

»Ich bin seine Sekretärin und habe mich um die Kundenkontakte gekümmert.«

»Wie viel haben Sie gewusst?«

Sie schweigt und dreht an einem ihrer funkelnden Ringe.

»Ich habe mich nie in Details eingemischt. Nicht zu viel gefragt.«

»Haben Sie sich nicht gewundert, was er treibt? Waren Sie nicht eifersüchtig auf die vielen Frauen, zu denen er Kontakt hatte?«

Elisabet zuckt mit den Schultern.

»Dank Sergejs Geschäften konnten wir gut leben. Einen guten Jagdhund bekommt man nicht umsonst. Ich konnte reisen, wohin ich wollte. London, Paris ... Und lange Angeltouren machen, wenn die Saison es zuließ. Ich habe gerade eine Reise nach Nordnorwegen gebucht, um auf Walsafari zu gehen. Das wird gut.«

»Aber jetzt spreche ich nicht von Hunden, Elisabet.«

Sie schweigt und lässt die Zunge über die obere Zahnreihe gleiten, um den Kautabak zu schmecken, der unter ihrer Oberlippe steckt.

»Wie steht es mit Ihrem Gewissen?«

Sie mustert ihn von oben bis unten und grinst.

»Gewissen, was ist das? Ich kümmere mich um meinen Kram und pfeife auf die anderen. Das sollten Sie auch tun. Dann wäre alles viel einfacher.«

»Ich bin verpflichtet, Sie festzunehmen und vermutlich auch wegen Beihilfe anzuklagen, Elisabet. Sie haben gewusst, was ihr Mann getrieben hat. Sie haben seine Geschäfte gedeckt. Das kann man nicht durchgehen lassen.«

»Können Sie es denn beweisen? Ich habe nur meine Arbeit getan. Ich habe eine ordentliche Sekretärinnenausbildung, so etwas gibt es heute kaum noch. Ein paar Listen mit Namen und Telefonnummern, was beweisen die?«, sagt sie und starrt auf einen Punkt an der Decke über Carls Kopf.

Er antwortet mit einer Gegenfrage: »Warum?«

Sie seufzt und fährt sich mit den Händen über die kurzen Haare. Dann schaut sie auf: »Ich habe ihn einmal sehr geliebt. Aber Sergej ist von Jahr zu Jahr gieriger geworden, und ich habe das nüchtern betrachtet: Ich brauche nicht zu viel zu wissen, aber kann gut davon leben. Es gibt nicht so viele andere Sekretärinnenjobs hier in der Stadt, nicht mit dem Gehalt und der Freiheit.«

Sie seufzt wieder und fährt fort: »Mein Mann ist abhängig von Sex, eigentlich bräuchte er Hilfe. Ich habe es nicht fertig gebracht, ihn anzuzeigen, ich war feige und hatte Angst, und die habe ich natürlich immer noch. Angst davor, verlassen zu werden, Angst davor, geschlagen zu werden, Angst davor, aufgehängt oder ausgepeitscht zu werden oder Schlimmeres.«

Elisabet senkt die Stimme zu einem Flüstern: »Ich war dankbar, dass er sich an jemand anderem abreagieren konnte als an mir, verstehen Sie? Ich trug die Kunden ein, nahm das Geld entgegen und verwaltete die Bankkonten, mehr nicht. Ich habe nie nach etwas gefragt. Ich wollte nichts wissen. Und das möchte ich auch jetzt noch nicht. Unsere Ehe ist schon lange keine mehr. Wir schlafen nicht miteinander, und dafür bin ich sehr dankbar. Was er braucht, holt er sich woanders, und ich komme ohne aus. Das ist uns beiden recht.«

»Wie viel wussten Sie darüber, was vor sich ging? Wussten Sie, dass Ihr Mann ein minderjähriges Mädchen bei aufgedrehter Heizung in einer Sauna gefangen hielt? Wussten Sie, dass wir einen kleinen Jungen eingesperrt in einer Garderobe gefunden haben?«

Elisabet hält sich mit den Händen die Ohren zu und kneift die Augen zusammen. Carl zählt acht glitzernde Ringe an ihren dicken Fingern.

Dann öffnet sie plötzlich die Augen und sagt, beinahe erschrocken: »Aber was wird jetzt aus meiner Walsafari? Ich habe die Reise schon bezahlt.«

Die stellvertretende Fotografin Maja kommt mit der Kamera voller digitaler Bilder zurück in die Redaktion. Sie fühlt stets eine sonderbare Ruhe, beinahe eine Kälte im Körper vor einer entscheidenden Publikation, von der sie im Vorfeld weiß, dass sie Aufmerksamkeit wecken wird. Ihr ist bewusst, dass das, was sie erwartet, nicht leicht sein wird. Dennoch empfindet sie eine zurückhaltende Zuversicht.

Sie setzt sich an einen Computer, an dem meistens ein Vertreter oder Praktikant arbeitet und der momentan nicht in Benutzung ist. Im Kopf hat sie sich bereits einen Text zurechtgelegt, eine Grundstruktur, die sie mit frischen Eindrücken und Emotionen ausschmückt. Eigentlich ist sie als Fotografin angestellt, aber sie hat auf der Hochschule auch ein Schreibseminar besucht, das gutes Ansehen genießt. Dennoch weiß sie, dass ein schreibender Fotograf nicht dasselbe wie ein schreibender Journalist

ist. Sie braucht also nicht zu glauben, dass sie etwas Besonderes ist. Sie ist angestellt, um zu knipsen, und damit basta.

Als daher der Chefredakteur Allan Östberg in dem Großraumbüro auf sie zugestürzt kommt, holt sie tief Luft.

»Was hast du auf der Polizeiwache gemacht? Es hat dich doch wohl niemand dorthin geschickt? Stålnacke hat angerufen und davon erzählt, er wurde seinerseits vom Polizeidirektor informiert. Das klingt sehr eigenwillig, aber vielleicht hast du eine gute Erklärung?«, sagt er, noch bevor er sie erreicht hat.

»Ich habe von der Aktion des Frauenhauses erfahren und dachte, dass das von allgemeinem Interesse sei«, antwortet sie so neutral wie möglich.

»Ich habe keinen einzigen freien Reporter, den ich darauf ansetzen kann, also vergiss die Sache«, sagt er kurz und wendet sich ab, da er das Gespräch als beendet ansieht.

»Ich habe gerade selbst einen Text geschrieben«, sagt sie.

Er fliegt schneller herum, als wenn sie auf ihn geschossen hätte.

»Du hast etwas geschrieben? Du? Entschuldige, aber wurdest du nicht als Fotografin eingestellt?«

»Lies doch zuerst den Text. Du willst doch sicher keine Neuigkeit verpassen? Von der *Arbetarposten* war niemand dort, weil sie nichts von der Aktion wussten.«

»Und woher wusstest du dann davon, wenn ich fragen darf?«

»Durch gute Kontakte«, antwortet Maja und starrt ihm in die Augen.

Allan wirft ihr über den Rand seiner metallgefassten Lesebrille, die er zu einem Spottpreis in der Tankstelle gekauft hat, einen bösen Blick zu. Er überfliegt über ihre

Schulter hinweg den Text auf dem Bildschirm. Schnaubt dreimal und zischt einmal.

»Nein, weißt du, Maja, das ist nichts, worum man sich kümmern sollte. Überhaupt nicht. So etwas wollen wir nicht in unserer Zeitung haben. Das regt die Leute nur auf. Diese Debatte ist jetzt schließlich verstummt, also warum sollten wir ihr neues Leben einhauchen? Der Frauenhaus-Verein, wen zum Teufel interessiert der? Dessen Mittel werden ohnehin gekürzt, er wird sich nicht mehr lange halten können. Nein, wir haben morgen ein Topthema exklusiv von Per-Arne. Ein wirklicher Aufreißer über ein groß angelegtes bezirksübergreifendes Wirtschaftsprojekt. Eine positive Meldung. So etwas wollen die Leute lesen. Nichts über irgendeine verdammte Protestbewegung von alten Weibern«, sagt er und tauscht den Tabak unter seiner Oberlippe aus.

»Also lehnst du den Text und die Bilder ab?«, fragt Maja.

»Genau. So etwas begreifst du erst, wenn du länger in der Branche gearbeitet hast. Ich habe hier einen anderen Auftrag für dich. Eine alte Frau aus einem Dorf kurz hinter der Stadt hat gerade angerufen und erzählt, dass ihr Christstern blüht. Also ein Christstern vom letzten Jahr. Was! Davon müssen wir unbedingt ein Foto haben! Übernimmst du das? Du bekommst dort sicher auch einen Kaffee«, sagt Allan und steckt ihr einen handgeschriebenen Zettel zu, auf den jemand einen Frauennamen und eine Telefonnummer gekritzelt hat.

»Ich kann das machen. Aber mit der Meldung vom Frauenhaus gehe ich zur *Arbetarposten*. Nur damit du es weißt«, sagt Maja und klickt das Printsymbol an. Dann steht sie auf, um ihre Seite aus dem Drucker zu holen.

»Drohst du mir?«

Sie schüttelt den Kopf.
»Ich teile dir nur mit, was ich tun werde. Wenn du das Material ablehnst, das ich einreiche, habe ich jedes Recht der Welt, damit anderswo hinzugehen.«
»Aber deine Bilder gehören der Zeitung! Unserer Zeitung! Du fliegst hier raus, wenn du dich so amateurhaft verhältst.«
»Mein Vertrag läuft morgen aus. Und niemand hat von einer Verlängerung gesprochen. Du brauchst dich also nicht darum zu bemühen, mich hinauszuwerfen«, sagt sie und schickt den Text per E-Mail an die konkurrierende Chefredaktion.
»Du hättest nie eine Verlängerung bekommen«, ruft Allan hinter ihr her, als sie sich auf den Weg zur Garage macht, um zu der Alten mit dem Christstern zu fahren.
»Ich hätte auch nicht bleiben wollen. Niemals!«, antwortet sie.
Maja schaut auf der Karte nach, in welcher Richtung das Dorf liegt, und teilt der Frau telefonisch mit, dass sie auf dem Weg sei. Dann ruft sie bei der *Arbetarposten* an und bittet darum, die Chefredakteurin sprechen zu dürfen, eine Frau, die nur ein paar Jahre älter ist als sie. Maja stellt sich zunächst vor, anschließend berichtet sie in groben Zügen, was auf der Polizeiwache und später bei ihrem Arbeitgeber passiert ist.
»Ich habe Ihre Mail hier vorliegen, ich werde den Text sofort lesen. Können Sie die Bilder auch gleich schicken?«, geht die Chefin unmittelbar zur Sache.
»Ich sitze im Auto und bin auf dem Weg zu einem Termin und habe keinen Computer dabei. Ich komme in ein paar Stunden vorbei«, sagt Maja.
»Das müsste reichen«, antwortet die Chefredakteurin.

»Es könnte Ärger um die Urheberrechte der Bilder und des Textes geben«, meint Maja.
»Darüber reden wir später. Kommen Sie zuerst mit den Bildern hierher. Das klingt nach einer sehr guten Story!«, sagt die Chefin enthusiastisch und legt auf.

Am Morgen nach dem Besuch der Vertreterinnen des Frauenhauses zittert Åke schon bei dem Gedanken daran, aus dem Bett zu steigen. Er hat zu Hause geschlafen, aber wo Birgitta ist, weiß er nicht. Nach dem gestrigen Überfall hat er weder mit ihr noch mit Sonja gesprochen. Er hat versucht, Torsten zu erreichen, um eine eventuelle Publikmachung zu verhindern, aber aus unbekannten Gründen war er nicht aufzufinden. Åke hat vier Nachrichten hinterlassen, aber Torsten hat sich nicht zurückgemeldet. Schließlich zwingt Åke sich doch, sich aus dem Bett zu wälzen und zum Briefkasten zu gehen, um die *Norrbottens Allehanda* zu holen. Aber die größte Schlagzeile auf ihrer Titelseite verkündet nur die Nachricht von einem neuen Arbeitsmarkt- und Beschäftigungsprojekt, an dem die Kommune, das Stadthotel und Torstens Forstwirtschaftsunternehmen beteiligt sind. Sowohl Olle als auch Torsten sind auf einem großen Foto zu sehen, auf dem sie sich umarmen und grinsen und das beinahe zwei Seiten der Zeitung füllt.
Åke atmet auf. Schön, dann hat es doch keine öffentliche Aufmerksamkeit geweckt. Er wagt es, gleichzeitig das Handy und die lokalen Morgennachrichten im Radio einzuschalten. Vierzehn entgangene Anrufe, meldet das Display unheilverkündend.
»Kommunalrat Olle Grönlund steht wegen Frauenmisshandlung unter Verdacht. Grönlunds Ehefrau, die auch

die Scheidung verlangt, erstattete gestern Anzeige bei der Polizei. Zugleich übergab der Vorstand des Frauenhauses Cikoria eine Liste von Forderungen, wie die Polizei in Zukunft die Probleme Frauenmisshandlung und Prostitution behandeln sollte. Der heutigen Ausgabe der *Arbetarposten* zufolge werden sowohl Kommunalrat Olle Grönlund als auch dessen Bruder, der Anwalt Lennart Grönlund, verdächtigt, im Zusammenhang mit der großen Prostitutionsaffäre, die derzeit aufgerollt wird, mehrfach sexuelle Dienste käuflich erworben zu haben. Beide Namen finden sich auf der Kundenliste, die die Polizei in den Computerdateien des mutmaßlichen Zuhälters gefunden hat. Die neu gewählte Vorsitzende des Frauenhauses Cikoria, Birgitta Vallgren, teilte dem lokalen Nachrichtensender mit, dass …«

Mit einem Schrei stürzt sich Åke auf das Küchenradio und schaltet es aus, um das Elend nicht mehr mit anhören zu müssen. Die große Zeitung wollte die so genannte Neuigkeit also nicht haben? Diese roten Feministinnen und Männerhasserinnen sind stattdessen zum kleinen Käseblatt gegangen? Was bedeutet das? Dass Torstens Einfluss sich nicht weiter als bis in sein eigenes Unternehmen erstreckt? Oder dass die Meinungsfreiheit trotz allem einigermaßen funktioniert?

Birgitta, ich bringe dich um, denkt Åke, während er sich einen Teller mit Dickmilch füllt und ihn im Stehen ausschlürft.

Gott sei Dank geht es Irinas Kiefer besser, denkt Hedvig, als sie der neuen Vertretung am Informationsschalter der Polizeiwache zunickt. Sonja hat sich auf unbestimmte Zeit krankgemeldet, und ein munteres Mädchen mit asia-

tischem Aussehen wurde an ihre Stelle gesetzt. Nach Tagen des anstrengenden Verhörs fühlt sich Hedvig völlig ausgelaugt. Sie könnte sich im Foyer auf den Boden legen und mit dem Fußabstreifer als Kopfkissen sofort einschlafen. Jetzt, da sie anfangen, gewisse Strukturen innerhalb der Ermittlungen zu erahnen, hat Carl sie allesamt nach Hause geschickt, damit sie sich möglichst ausruhen. Das Amtsgericht hat den Haftbefehl für Sergej und Kurt bewilligt. Gunnar hat die Erlaubnis erhalten, nach Hause zu seinen Kühen zu gehen. Polizei und Staatsanwaltschaft arbeiten nicht mehr unter demselben Zeitdruck.
Die anfängliche Phase der Unsicherheit ist vorüber, nun setzt eine zeitraubende Puzzlearbeit ein, mit dem Ziel, bei der vorläufigen Untersuchung so viele Aspekte wie möglich zu berücksichtigen. Und Carl weiß sehr gut, dass die Männer, die sie erwischt haben, nur an der Spitze des Eisbergs stehen. Der Fahrer Vladimir wird vermutlich davonkommen, ebenso die Motorradhelmträger, die Sergej aufgesucht haben. Sie haben an der Oberfläche gekratzt, das Unternehmen vorübergehend gestört, aber wahrscheinlich wird es in kurzer Zeit einen neuen Weg finden, wenn dies nicht bereits geschehen ist. Carl seufzt. Dennoch muss er an das glauben, was er tut, daran, dass es von Bedeutung ist. Er muss zumindest das Wenige tun, was er kann. Aber das Gesamtsystem wird er nicht zerschlagen.
Sergej will noch immer nicht reden, trotz Rafaels beharrlichem, wiederholtem Versuch.
Rafael hat einen Termin im Krankenhaus, um die Fäden gezogen zu bekommen. Hedvig hat versprochen, ihn irgendwie abzuholen, und auf dem Weg zu ihm kommt sie endlich dazu, zu einem Gebrauchtwagenhändler zu gehen. Nach kurzem Zögern schlägt sie bei einem alten Saab

mit neu eingebautem Motor zu, den der Verkäufer trotz eines Kilometerstands von 200 000 wider besseres Wissen als »reines Schnäppchen« anpreist. Bleibt zu hoffen, dass sie damit zur Arbeit kommen. Vielleicht sogar den ganzen Weg nach Hause bis Stockholm. Da sie diejenige war, die Rafaels Auto hergegeben hat, muss sie ihm dieses wohl schenken. Ein mildernder Umstand ist ohne Frage die Tatsache, dass der frühere Besitzer einen CD-Player im Wagen gelassen hat.

Auf dem Weg zum Krankenhaus fährt sie beim Konsum vorbei. Je schwieriger und fordernder die Ermittlungen sind, an denen sie arbeitet, desto mehr Frauenzeitschriften und Modemagazine liest sie. Eine Art Ausgleichstherapie, so sieht sie es selbst. Je mehr sie im Hass der Menschen aufeinander herumwühlt, desto mehr Oberflächlichkeit, Glanz und leicht verdauliche Wirklichkeitsbilder braucht sie. Vielleicht ist das Realitätsflucht, aber es funktioniert bei ihr. Sie nimmt fünf Frauenzeitschriften von einem Ständer und bezahlt bei dem etwas verwunderten Lasse.

»Gab es in letzter Zeit wieder einen Überfall?«, versucht sie sich im Smalltalk.

Lasse schüttelt den Kopf.

»Nein, keine Überfälle. Gott sei Dank.«

18

Rafael wartet auf einer Bank im Eingangsbereich des Krankenhauses. An der Stelle am Kopf, wo man ihn rasiert hat, um dort Stiche setzen zu können, werden die Haare schon wieder länger. Er lächelt und winkt Hedvig zu, bevor er sich zu seiner vollen Länge erhebt.

»Hola! Cómo estás?«, sagt er und lacht sie an.

Hedvig legt ihm den Autoschlüssel in die Hand.

»Es ist nicht so gut wie dein altes. Aber es hat einen CD-Player.«

Er sieht sie an, schüttelt den Kopf und lacht laut auf. Es ist lange her, seit sie ihn so erlebt hat.

»Du bist verrückt, Ek!«

Sie kommen am Supermarkt vorbei, der am Ende der Stadt liegt, halten dort und kaufen etwas zu essen. Das heißt, Rafael kauft ein. Hedvig staunt nur angesichts der Mengen an Gewürzen, Paprika, Zwiebeln, Fleisch und Gemüse, die er in den Einkaufswagen legt.

»Willst du das alles essen? Allein?«

Rafael lacht geheimnisvoll, und irgendwann zwischen den Bananen und der Paprika holt er das Handy hervor. Hedvig entnimmt dem Gespräch, dass er irgendjemanden zum Essen einlädt.

Verdammt, denkt sie. Wen denn jetzt? Zu uns nach Hause! Das geht nicht! So wie es dort aussieht! Das kann ich nicht! Das will ich nicht!

Er beendet das Telefonat und betrachtet kurz ihr düsteres Gesicht. »Hör mal, du Spinnerin, wenn du mein Auto weggeben kannst, kann ich doch wohl jemanden zum Essen einladen? Du brauchst dich um nichts zu kümmern; wenn du ein bisschen aufräumst, sorge ich für Essen und Unterhaltung. Okay?«
Ein unverständliches Murmeln ist ihre Antwort.

Ein paar Stunden später klopft es an die Tür ihres Häuschens. Zuvor ist Rafael wie ein Wirbelwind durch die Küche gefegt, ohne auf Zurufe zu reagieren. Hedvig hat das Schlimmste aufgeräumt, im Badezimmer geputzt und im großen Zimmer den Tisch gedeckt, mit der Anweisung, zwei Gedecke mehr aufzulegen.
Als sie die Tür öffnet, denkt sie zunächst wie immer, etwas sei passiert. Draußen steht ein kleines Mädchen von vier, vielleicht fünf Jahren. Sie trägt eine rosa glitzernde Steppjacke, und auf ihrer Nase sitzt eine herzförmige Sonnenbrille aus rosa Kunststoff, ebenfalls glitzernd, obwohl es draußen stockduster ist. Auf dem Kopf hat sie einen Haarreif, an dem zwei Metallantennen befestigt sind. Daran wackeln über dem Scheitel des Kindes zwei silberne Sterne.
»Hallo, ich heiße My«, sagt das Mädchen fröhlich und streckt zur Begrüßung eine kleine Hand aus.
Dann geht die resolute kleine Dame an Hedvig vorbei und schnurstracks zu Rafael in die Küche. Hedvig hört, dass er sofort Kontakt zu dem Kind bekommt, denn es ertönt von beiden ein lustiges Kichern. Hedvig stößt die Haustür etwas weiter auf, und da steht er, Carl. Er sieht müde aus, aber lächelt sie herzlich an. Herzlicher, als sie ertragen kann. Sie hat das Gefühl hinwegzuschmelzen.

Verdammter Rafael.
»Sind Sie also der heimliche Gast. Hallo. Kommen Sie herein ...«, sagt sie und tritt zur Seite.
»Hallo, ich hoffe, es ist okay, dass My ...«
»Ja, natürlich. Das ist doch selbstverständlich«, sagt Hedvig und nimmt seine Jacke.
Draußen in der Küche hat sich das kleine Mädchen von Jacke, Mütze und Sonnenbrille befreit. Die Silbersterne im Haar hat sie aufbehalten, und lustig tanzen sie über ihrem Kopf herum. Das Mädchen steht auf einem Stuhl und schiebt Piroggen von einem Ofenblech auf eine große Platte. »Schau mal, Papa, was für süße Piroggen. Die hat Rafael ganz alleine gemacht«, ruft sie begeistert.
»Aha, was du nicht sagst. Das ist ja toll«, sagt Carl und umarmt seine Tochter.
»Empanadas nennt man die. Es ist ein Rezept von meiner Mutter«, sagt Rafael und reicht dem Staatsanwalt ein Glas kräftigen Rotwein.
»Tja, ich muss ja nachher noch nach Hause fahren«, zögert Carl.
»Aber bis dahin dauert es noch eine Weile. Und die Verkehrspolizei ist auf einem Fortbildungswochenende, es wird also keine Verkehrskontrollen geben«, lacht Rafael und stößt mit Carl an.
Hedvig betrachtet die Gruppe am Herd. Den großen Mann, der begonnen hat, enorme Fleischstücke in der Pfanne anzubraten, mit der leuchtend roten Narbe am Haaransatz, und den etwas kleineren Mann, der einen Pullunder über dem ordentlich gebügelten Hemd trägt. Er muss zu Hause gewesen sein und sich umgezogen haben. Und dann das kleine Mädchen, das wie ein Wasserfall redet, ununterbrochen, plappernd, fröhlich.

Ihr blondes, langes Haar ist kunstvoll dicht am Kopf geflochten, und beide Zöpfe enden in rosafarbenen Rosetten. Mit Glitzer.
Kann Carl so Mädchenhaare flechten?
Als ob er ihren Gedanken gehört hätte, dreht er sich um und zeigt ein vorsichtiges Lächeln. Hedvig wendet den Blick sofort Richtung Spüle ab. Das Atmen fällt ihr schwer.
Ich will nicht. Ich kann nicht. Nicht jetzt. Noch nicht. Es ist erst drei Jahre her.
Sie nehmen im großen Zimmer Platz, und Rafael bringt seine gefüllten Töpfe herbei.
Hedvig zündet die Kerzen auf dem Tisch an. Es sieht schön aus. Vielleicht kann sie es doch wagen, sich zu entspannen. Rafael und My sind schließlich hier. Nur mit der Ruhe.
Sie essen, und Hedvig sieht ihren Kollegen verwundert an, von dem sie bisher dachte, er würde nur von Fertiggerichten aus kleinen Pappkartons leben.
»Oh, was für gute Empanadas«, sagt My und lacht, als sie einen Bissen in den Mund schiebt.
»Wie lange bleiben Sie eigentlich noch hier oben?«, fragt Carl, während er langsam ein Stück Weißbrot in ein Gemisch aus weißen Bohnen und roten Zwiebeln tunkt.
»Das ist wohl Verhandlungssache. Eigentlich sollten wir vielleicht demnächst nach Hause zurückkehren, aber ich könnte noch eine Weile bleiben und versuchen, Sergej in die Mangel zu nehmen, wenn Sie möchten. Er scheint sich nicht um die neuen Untersuchungsergebnisse zu kümmern, die ihn sowohl mit der Mordwaffe als auch mit Violas Wohnung in Verbindung bringen«, sagt Rafael, der die Teller wechselt und seinen Gästen unter vielem an-

deren eine Platte mit großen Steaks aus der Küche mitbringt.
»Ich würde es sehr schätzen, wenn Sie ihn noch einmal verhören könnten.«
Rafael nickt.
»Und Sie, Hedvig?«
Sie zuckt mit den Schultern.
»Ich kann bleiben. Habe nicht wirklich jemanden, der zu Hause auf mich wartet.«
»Ich würde gerne bei Olle Grönlunds Frau ein bisschen intensiver nachfragen, dieser Ingrid. Ich glaube, Sie wären dafür geeignet.«
»Vergessen Sie Sofia Blind nicht! Sie kennt außerdem die Leute hier in der Gegend besser.«
»Mmm. Damit haben Sie Recht. Wir drei sollten uns morgen vielleicht einmal zusammensetzen. Ich glaube, dass bei manchen Verhören eine Polizistin von Vorteil ist. Könnten Sie mit dem Mädchen, Irina, weitermachen?«
Hedvig nickt.
»Violas Fahrrad lag an der Stelle, von der Natascha gesprochen hatte. Wobei es den Technikern schwer fiel, Sergejs Fingerabdrücke darauf zu finden, es lag schließlich eine ganze Weile draußen. Aber das unterstützt natürlich ihre Behauptung.«
Rafael drängt ihnen fröhlich noch mehr Essen auf, und niemand lässt sich besonders lange bitten.
»Wo hast du das gelernt? Wenn ich das gewusst hätte, hätte ich jeden Abend selbst gekochtes Essen verlangt«, sagt Hedvig.
Rafael lacht laut.
»Bei Mama Mercedes, natürlich! Ich habe meine Kenntnisse gut hinter Hamburgern und Fertigpizza versteckt,

damit du nichts merkst. Ich bin auch ein Ass im Selbermachen von Chorizos, aber das habe ich für ein anderes Mal aufgehoben. Komm, My, jetzt kannst du mir helfen, den Nachtisch vorzubereiten.«

Das ungleiche Paar steht vom Tisch auf und geht in die Küche.

Hedvig und Carl hören, wie Rafael Krach macht und My immer wieder ihr helles Lachen erklingen lässt.

Carl fährt sich über das Gesicht und lehnt sich mit dem Weinglas in der Hand zurück.

»Deswegen hat es mich fast verrückt gemacht, als wir Irina in der Sauna fanden. Ich musste sofort an My denken«, sagt er. »Wenn es sie gewesen wäre. Dann hätte ich Sergej vermutlich auf der Stelle getötet.«

Er seufzt.

»Ich bin sowohl ein besserer als auch ein schlechterer Staatsanwalt geworden, seit ich ein Kind habe. Ein besserer, weil ich mehr Mitgefühl habe und mehr Verständnis für komplizierte Familienbeziehungen. Aber ein schlechterer, weil ich selbst so verletzbar geworden bin. Ich habe eine Heidenangst davor, dass ihr etwas passieren könnte. Was mich selbst angeht, ist nichts mehr von Bedeutung, solange nur My nichts geschieht. Vor allem, weil ich mit ihr allein bin. Wenn ihr etwas passiert, bin nur noch ich da.«

Hedvig nimmt auch einen Schluck Wein und fragt: »Sind Sie alleinerziehend?«

Sobald sie es ausgesprochen hat, merkt sie, dass es eine taktlose Frage ist.

Sie selbst zieht es immer vor, wenn die Leute ihr aus freien Stücken schwierige Dinge erzählen. Wenn es sich denn hierbei um eine schwierige Sache handelt, das weiß sie

schließlich nicht einmal. Aber er ist sicherlich der erste Staatsanwalt, den sie trifft, der sich allein um ein so kleines Kind kümmert.
Carl seufzt.
Schnell sagt Hedvig: »Verzeihen Sie. Vielleicht möchten Sie lieber nicht antworten.«
Er blickt zu ihr auf, betrachtet sie eingehend.
»Mys Mutter ist psychisch krank«, kommt er direkt zur Sache. »Es ist immer schlimmer geworden, und sie ist nicht immer ansprechbar. Sie wechselt ständig die Pflegeanstalt. Manchmal bekommt sie Hilfe, manchmal nicht. Sie kann sich nicht einmal um sich selbst kümmern, umso weniger um My. Ich habe natürlich große Angst davor, dass My dieselbe Anlage hat, aber das weiß man noch nicht. Ich sorge für My beinahe seit ihrer Geburt.«
»Entschuldigung«, sagt Hedvig leise.
Carl schüttelt den Kopf.
»Nein, nein, das ist nichts, wofür Sie sich zu entschuldigen brauchen. Es geht nun schon so lange so, dass ich mich wohl letztendlich daran gewöhnt habe. Obwohl ich nie gedacht hätte, dass ich das tun würde. Ich bin hierher gezogen und habe die Stelle angenommen, weil meine pensionierte Mutter hier schon lange lebt, und ich wusste, dass sie mir zum Beispiel helfen würde, My vom Kindergarten abzuholen, wenn es eng wird. Und das wird es beinahe jeden Tag. Gott sei Dank versteht sie sich sehr gut mit meiner Mutter.«
Hedvig nickt. Das hätte sie nie gedacht. Ist Carls kühle Art nur eine Fassade, um das häusliche Chaos zu verbergen? Sie hat schließlich von anderen Eltern die Klage gehört, wie schrecklich alles geworden ist, seit sie Kinder haben, unaufgeräumt und unordentlich, ungespültes Ge-

schirr bis unters Dach, schmutzige Windeln und eine Waschmaschine, die dutzende Male gefüllt werden muss. Wobei sich vielleicht Carls Mutter um all diese Dinge kümmert?

Wieder lachen Rafael und My draußen in der Küche. Ein großes und ein kleines Wiehern.

»Und Sie?«

Sie sieht ihn an und denkt, dass es ebenso gut ist, die Dinge gleich zu klären, damit er weiß, dass sie nichts für ihn ist.

»Ich bin Witwe«, sagt sie und blickt ihm in die Augen.

Jetzt ist er an der Reihe, um Verzeihung zu bitten.

Und sie wehrt die Entschuldigung genauso großmütig ab wie er.

»Es ist jetzt drei Jahre her. Mein Mann war völlig gesund, er arbeitete für die nationalen Einsatzkräfte, aber dann bekam er Krebs. Es dauerte ein halbes Jahr, dann war er tot.«

Sie spricht immer langsamer. Die Worte kommen abgehackt aus ihrem Mund, und sie verhaspelt sich. Sie fühlt, wie Tränen in ihr aufsteigen.

»Er war so stark. Und immer lustig. Ein guter Kletterer. Er war Experte für vertikale und horizontale Fortbewegungsmethoden. Aber das half nicht gegen den Krebs. Das Wappen der nationalen Einsatzkräfte zeigt einen stilisierten Panther. Ihr Motto ist ›Posse ante factum/audere cum convenit‹. Das bedeutet ›Bereit sein, bevor es geschieht, und wagen, wenn es eintrifft‹. Genau so war er.«

Stille.

»Es fällt mir schwer, darüber hinwegzukommen. Ich bin so wütend darüber, dass er gestorben ist. Wir hatten keine Zeit, gemeinsam Kinder zu bekommen. Nichts ist mehr von ihm übrig. Es kommt mir so vor, als sei ich auch gestorben. Ich vergraule alle Männer. Die Last, die ich trage, ist so groß und schwer. Alle glauben, ich sei verzweifelt. Und in gewisser Weise bin ich das wohl auch.«

Sie verstummt wieder.

»Vielleicht hat diese Erfahrung Sie auch zu einer besseren Polizistin gemacht?«, sagt Carl vorsichtig.

Hedvig sieht ihn an.

»Ich weiß es nicht. Ich weiß es wirklich nicht.«

Da wird die Tür von der Küche aus aufgestoßen, und Rafael und My stürmen herein. Sie halten jeweils einen Teller in Händen und rufen »ta-da!«, als sie zum Tisch kommen. Auf den Tellern liegt eine Art heller Pudding mit Klecksen von etwas Weißem obenauf. In dem Ganzen steckt ein Haufen Cocktailfähnchen und Wunderkerzen. Die Wunderkerzen brennen und knistern im Halbdunkel am Esstisch.

Carl und Hedvig lachen. Sie fühlt sich erleichtert darüber, ihm die Sache erzählt zu haben. Es fällt ihr leicht, mit Carl zu reden. Zugleich ist sie froh darüber, unterbrochen worden zu sein, bevor das Gespräch zu privat wurde.

»Was hast du da für eine Grütze gemacht, My?«, fragt Carl mit großen Augen.

»Das ist doch keine Grütze, Papa, das siehst du ja wohl! Das ist ein Nachtisch! Mit Feuerwerk! Genau wie im Zirkus!«, ruft das Mädchen glücklich.

»Es nennt sich Flan«, sagt Rafael. »Eine Art Crème brûlée. Wobei es normalerweise ohne Wunderkerzen serviert wird. Bitte sehr.«

Rafael stellt seinen Teller ab, greift sich My und hievt sie ohne Vorwarnung in die Luft in Richtung Decke. Hedvig kneift die Augen zusammen, hoffentlich wirft er das Mädchen nicht so hoch, dass sie sich den Kopf anschlägt. Aber es geht gut, und My lacht wieder.

Rafael bringt zwei weitere reichlich gefüllte Teller herbei, und sie setzen sich, um zu kosten.

»Wir machen es heute nicht auf die schwedische Art, wir trinken den Kaffee erst nach dem Nachtisch«, bestimmt der Koch eigenmächtig, während er die verloschenen Wunderkerzen aus seinem und Mys Dessert zieht und es sich dann schmecken lässt.

Als das Essen beendet ist, tuschelt Rafael kichernd mit My, die daraufhin nickt. Alle vier räumen gemeinsam den Tisch ab, bevor sie ihn beiseite schieben.

»Und jetzt gibt es ... DISCO!«, rufen Rafael und My gleichzeitig, während Rafael die Stereoanlage geräuschvoll in Gang setzt.

My ist ganz bei der Sache und hüpft wie ein kleiner, rosa glitzernder Gummiball um Rafaels lange Beine herum. Die Silbersterne tanzen und wackeln über ihrem Kopf. Carl fängt an zu lachen, und Hedvig tut es ihm gleich.

»Auf jetzt! Keine Mauerblümchen! Los, tanzen!«, ruft Rafael und zieht die beiden widerspenstigen Erwachsenen hoch, die sich vor Lachen kaum halten können.

Und dann sind sie auf den Beinen und zappeln herum.

Es widerspricht völlig Hedvigs Prinzipien und Gewohnheiten, aber sie fühlt dennoch eine Befreiung dabei, wie ein Kind loslassen zu dürfen. Carl springt umher wie ein Wilder und wirft Arme und Beine hoch. My fällt vor Lachen zu Boden.

Da geht Carl unerwartet zu einer Art John-Travolta-Parodie über, wackelt mit dem Hintern und streckt die Arme in die Luft. Rafael pfeift auf zwei Fingern und schließt sich dem Stil an. Hedvig schüttelt lächelnd den Kopf. In

Carl steckt ohne Frage mehr, als man zunächst vermuten könnte.
Trotzig tanzen sie gegen die Dunkelheit an, die sich vor den Fenstern ausbreitet, und bemerken nicht das über den Himmel flimmernde Nordlicht. Eine kosmische Diskothek mit einer Lichtanlage, die denen, die sie sehen, den Atem raubt.
Die Kühe heben unten in Gunnars Stall verwundert die Köpfe und lauschen auf Laute, die sie noch nie gehört haben:

I am not a sinner, nor a saint,
not that I will lose my head and faint
every time we touch, no,
am I forgiven
living, loving my way

Später, als My auf dem Sofa eingeschlafen ist und Carl eine Decke über sie gelegt hat, ist die Musik zu einem leisen Gitarrensolo reduziert. Carl lehnt den Whiskey ab, den Rafael ihm anbietet. Rafael legt sich in seiner vollen Länge auf den Boden und schließt die Augen.
»Woher kommt die Musik?«, fragt Carl mit gedämpfter Stimme.
»Aus Argentinien«, antwortet Rafael, ohne die Augen zu öffnen.
»Bist du mal dort gewesen?«
»Das kann man wohl sagen. Ich bin dort geboren«, sagt Rafael und blickt ihn aus halb geschlossenen Augen an. »Ich bin mit meiner Mutter, Mercedes, hierher gekommen, als ich noch ein kleiner Junge war. Mein Vater ist während der Junta-Zeit verschwunden. Wir bekamen hier

Asyl. Mutter träumte davon, dass Vater zurückkäme, wie durch ein Wunder, dass er eines Tages vor der Tür stehen würde, als sei nichts gewesen. Aber das geschah natürlich nicht.«

»Was passierte dann?«

Rafael seufzt.

»Sie verfiel einem schwedischen Taugenichts. Zum Schluss hauten wir beide ab, sie und ich, aber es dauerte viel zu lange.«

Rafael setzt sich auf und trinkt den Inhalt seines Glases in einem Zug aus.

»Hätte ich gewusst, dass dieser kleine Junge in der Garderobe dieses verdammten Hauses am Moor eingesperrt ist, hätte ich Sergej wahrscheinlich getötet, als ich ihn schließlich zu fassen bekam.«

Rafael steht auf und wankt unruhig zum Fenster.

»Aber Sie wussten es nicht. Und der Tatsache, dass Sie ihn erwischt haben, verdanken wir es, dass wir jetzt in der Geschichte vorankommen können«, sagt Carl.

Lange sind sie alle drei still.

Spröde Gitarrenklänge füllen den Raum.

Epilog

In wenigen Tagen ist Silvester. Natascha sieht ihre beiden Kinder an, die dicht aneinander geschmiegt auf der Küchenbank bei ihrer Schwester liegen. Sie sollte jetzt zu Bett gehen, morgen muss sie früh aufstehen und im Stall helfen. Sie muss sich nützlich machen, damit ihre Schwester und deren Mann nicht allzu bald unzufrieden werden.

Vielleicht kann sie aus all den Garnen und Stoffresten, die die Schwiegermutter ihrer Schwester ihr gezeigt hat, etwas Originelles machen. Sie lagen durcheinander geworfen in einem Karton unter ihrem Bett. Vielleicht könnte sie kleine, weiche Tiere häkeln oder nähen und sie auf dem Markt verkaufen. Sie war immer gut in Handarbeit. Man muss erfinderisch sein und etwas machen, was sonst niemand macht.

Sie beugt sich über den alten Küchentisch und schaut in die Gesichter ihrer zwei schlafenden Kinder hinunter. Früher am Tag haben sie darüber gesprochen, was wohl Väterchen Frost, Djed Marosj, für spannende Sachen zu Neujahr mitbringen könnte. Das Mädchen, das vier Jahre alt ist, bekam ganz glänzende Augen und redete lange und ausführlich von einem Märchenbuch mit schönen Bildern, das sie sich wünscht. Natascha hat keine Ahnung, wie sie sich ein solches Buch leisten soll, aber irgendwie wird es gehen müssen. Ihr Geld hat sie für die Zugfahrkarten ausgegeben. Den Rest hatte Igor versoffen, und Gunnar kam nie dazu, sie für das letzte Mal zu bezahlen. Manchmal denkt sie an das Auto, das sie zurückgelassen hat. Vielleicht hätte sie es irgendwie verkaufen können, es war wertvoll, aber so ohne Nummernschilder wäre es zu riskant gewesen. Das Wichtigste war in dem Moment für sie gewesen, nach Hause zu kommen.

Ihre Tochter ist so ernst und verständig geworden. Als Natascha sagte, dass sie sofort aufbrechen müssten, beschwerte sie sich überhaupt nicht, sondern packte still ihre Sachen. Der Junge ist unberechenbar. Er spricht noch immer schlecht und begreift noch nicht, wo sie sind. Das Haus seiner Tante auf dem Land, mit all den unbekannten Geräuschen, gefällt ihm nicht. »Eklig, eklig«, sagt er ständig. Aber vor den Tieren hat er keine Angst. Gestern musste sie ihn aus der Box heben, in der der größte Bulle steht.

Sie schaut aus dem Küchenfenster in die Dunkelheit hinaus und zieht ihren Schal fest um sich. Ihr eigenes Spiegelbild reflektiert sich in der Scheibe. Es zieht kalt herein, obwohl ihre Schwester den Fensterrahmen mit alten Lumpen abgedichtet hat.

Sie hat getan, was die kleine Polizistin ihr im fernen Schweden gesagt hatte. Sie fuhr über die Grenze, bog in einen Waldweg in der Nähe ihres Heimatortes ein und schraubte die Nummernschilder ab. Sie warf sie in den Fluss, der noch nicht ganz zugefroren war, und sah sie im Wasserfall verschwinden. Wahrscheinlich liegen sie jetzt weiter flussabwärts unter der vereisten Wasseroberfläche. Vielleicht findet sie jemand im Frühling. Aber es ist zu hoffen, dass sie für immer weg sind. Wie sie selbst.

Sie ließ das Auto dort auf dem Waldweg zurück und ging

zu Fuß den ganzen Weg zur Stadt, bis nach Hause. Ihre Schwiegermutter war mit den Kindern da. Igor war wie immer unterwegs und trank. Sie erklärte der Schwiegermutter hastig, dass sie die Kinder nehmen und fortgehen müsse, am besten so schnell wie möglich. Mit der Küchenschere schnitt sie ihr langes, blondiertes Haar ab und verbarg den Rest unter einem großblumigen Wollschal, auf eine Weise, wie sie sich sonst nie kleidete. Auf einmal sah sie wie eine Großmutter aus. Die Schwiegermutter fing an zu weinen. Natascha sah ihr die Angst an, mit dem Sohn und seiner launenhaften Wut allein gelassen zu werden.

Rasch halfen sie sich gegenseitig, das Allernötigste zu packen. Die Kinderkleider, die Puppe des Mädchens und das Auto des Jungen. Ein paar Konserven, Brot, Mehl und Salz.

Natascha fragte die Schwiegermutter, ob sie mitkommen wolle. Die Alte nickte, ohne zu zögern. Alles war besser als die Hölle hier. Sie wurden eifrig, beinahe ausgelassen, waren aber zugleich besorgt, dass Igor nach Hause kommen und ihren Plan durchschauen könnte. Den Kleinen sagten sie, dass sie in Urlaub fahren und Cousinen auf dem Land besuchen würden, danach kämen sie wieder nach Hause. Natascha sah der Tochter an, wie erleichtert sie war, als sie begriff, dass der Vater nicht mitkommen würde. Nur Mama, Oma, sie selbst und der kleine Bruder. Sie nahmen noch am selben Abend den Zug. Igor kam vorher nicht nach Hause, so entgingen sie seinen Schlägen und seinem Hass. Eine große Erleichterung.

Natascha denkt daran, eine Weile bei der Schwester zu bleiben, vielleicht ein Jahr. Sie ist noch immer stark und kann mit den Händen arbeiten, sie wird sich schon nützlich machen können. Dann will sie versuchen, anderswo ein neues, eigenes Leben aufzubauen.

Sie hat aufgehört, ihre Haare zu färben, und am Haaransatz werden erste graue Strähnen sichtbar. Sie hat auch den Kontakt zu ihren alten Freundinnen abgebrochen, denjenigen, die im schlimmsten Fall dazu überredet oder erpresst werden könnten zu sagen, wo sie sich aufhält. Es gibt sie nicht mehr, die alte Natascha ist fort. Aber manchmal tut es ihr weh, wenn sie die Not und Armut um sich herum sieht. Dennoch ist das Essen hier besser als in der Stadt, und das Asthma des Jungen ist hier in der reineren Luft auch nicht mehr so schlimm. Manchmal denkt sie an Gunnars großes Haus, das mit all seinen Zimmern leer steht. Sie könnten es viel besser gebrauchen als er. Dann denkt sie an Kurt, und jeder Wunsch zurückzukehren erlischt. Sie betet jeden Abend darum, dass seine Strafe hart sein wird und so viele von Sergejs Männern wie möglich eingesperrt werden. Aber was tatsächlich passiert, wird sie nie erfahren.

Natascha hat noch immer jeden Tag Angst, Angst davor, dass Sergejs Männer sie trotz allem finden und sie dazu bringen zurückzukehren. Aber mit jedem vorübergehenden Tag redet sie sich ein, dass sie der Meinung sind, sie sei die Suche nicht wert. Sie ist zu alt. Gott sei Dank.

Manchmal denkt sie auch an Igor, den alten Igoriak, und fragt sich, ob er sie wohl aufspüren und ihr eine in seinen Augen wohlverdiente Tracht Prügel verpassen wird. Aber der Alkohol lockt ihn mehr als sie, davon ist sie überzeugt. Obwohl er sich vielleicht denken kann, wo er nach ihr suchen müsste.

Sie bläst die Petroleumlampe aus und entkleidet sich im Dunkeln. Drüben auf der anderen Küchenbank schnarcht die Schwiegermutter. Natascha schlüpft vorsichtig zu den beiden warmen Kinderkörpern unter die dick gefütterten Decken. Der Zweijährige schlingt im Schlaf seine mageren Arme um ihren Hals und zieht sie dicht an sich heran. »Mama«, murmelt der Junge. »Meine Mama!«

Dank an:

All meine guten Quellen innerhalb der Polizei, von denen keine mit Namen genannt und keine einzige vergessen wird.

Meine anderen Quellen innerhalb verschiedener Organisationen, die gegen den Frauenhandel kämpfen.

Annika Bladh, meine Verlegerin bei Prisma, für ihren Mut, an einen kontroversen Text zu glauben.

Bosse Brink, meinen Kriminalreporterkollegen und Lehrmeister beim *Svenska Dagbladet*, für gute Gespräche über böse Dinge.

Gunilla Ekberg, Expertin für Gleichberechtigung im Wirtschaftsministerium und Projektleiterin des staatlichen Einsatzes gegen Frauenhandel in der Barentsseeregion. Für fortlaufende und lohnende Gespräche.

Eva Egman, Vorsitzende des Frauenhauses Iris in Luleå, für Gespräche über den lokalen Frauenhandel in Norrbotten.

Annika Eriksson, unter anderem Autorin und Freundin einer Freundin, gebürtig aus einem kleinen Dorf in Västerbotten, für scharfsinniges Gegenlesen zu einem späten Zeitpunkt und kreative Ansichten über die unterschiedlichen Charaktere.

Birgitta Gärdin, Freundin und ehemals meine Chefin beim *Svenska Dagbladet*, für konstruktive Textkritik (auch wenn ich nicht alle Ratschläge befolgt habe).

Hans Ihrman, von der Abteilung für organisiertes Verbrechen bei der Staatsanwaltschaft Stockholm (Internationella Åklagarkammaren), für große Kenntnisse hinsichtlich der Zuhälterei und des Menschenhandels zum Zwecke der Prostitution und die kritische Durchsicht der Schilderungen, wie ein Staatsanwalt im Zusammenspiel mit der Polizei agiert.

Anders Jönsson, beinahe Schwager, für sein Wissen über Jagd und Elchhunde.

Ann-Helén Laestadius, Kriminalreporterkollegin und Freundin, geboren und aufgewachsen in Kiruna, für viele wertvolle Diskussionen über das Leben und die Menschen nördlich des Polarkreises. Besonderen Dank für die Hilfe bei samischen und tornedalschen Nachnamen.

Ulf Larsson, Freund der Familie, für botanische Kenntnisse.

Alexander Moberg, Filmregisseur, für wiedererwachte Freundschaft und aufrichtige Textkritik zu einem frühen Zeitpunkt (aber auch hier habe ich nicht alle Ratschläge befolgt).

Cecilia Nilson, meine Redakteurin bei *Tiden*, für ständiges und hilfreiches Aufmuntern.

Mats-Eric Nilsson, Nachrichtenchef beim *Svenska Dagbladet*, und den anderen Chefs der Zeitung, dafür, dass ich Urlaub bekam, um dieses Buch schreiben zu können. Irgendeine Ähnlichkeit zwischen Allan Östberg aus diesem Buch und Mats-Erik Nilsson gibt es nicht! Letzterer ist ein großes Vorbild, wenn es um stilistische sowie ethische Fragen innerhalb der Presse geht.

Ingvar Nord, meinen Vater, Segelflieger und Segler, für Hilfe in Meteorologie.

Ulla Nord, meine Mutter, ein Bücherwurm, für Aufmunterung und häufige Kinderbetreuung.

Ayako Odashima, Ayako-san, a close friend from Japan working worldwide for the UN and a strong supporter of my writing.

Inga-Britt Rova, meine Redakteurin bei *Prisma*, ein lebender norrbottnischer Sicherungsanker! Besonderer Dank für souveräne Textredaktion und nette Kommentare!

Christina Rydhammer, langjährige Freundin, geduldige Leserin und passionierte Pädagogin, für Hilfe bei spanischen Namen und Ausdrücken.

Annika Seward Jensen, meine Verlegerin bei *Tiden*, für großen Enthusiasmus und aufmunternde Diskussionen während des Schreibprozesses.

Marek Stokowski, Polish museum curator and author, for friendship and good discussions about how to write and when.

Wenche Stribolt, mehrere Jahre angestellt bei Schwedens Exportrat in Moskau, für langjährige Freundschaft, große Kenntnisse über Russland und die Hilfe bei russischen Kosenamen und Kleidermarken sowie argentinischem Essen.

Karin und Leif Wahldén, meine Schwiegereltern, für praktische Hilfe, Kinderbetreuung und warmherzige Aufmunterung.

Mikael Wahldén, meinen Mann, für seine große Geduld mit einer lange Zeit einseitig besessenen Ehefrau. Danke auch für verschiedene bösartige Verbesserungen der Erzählung.

Finally, for the British author Bali Rai, always asking for »some juicy crimes«: well, here they are.